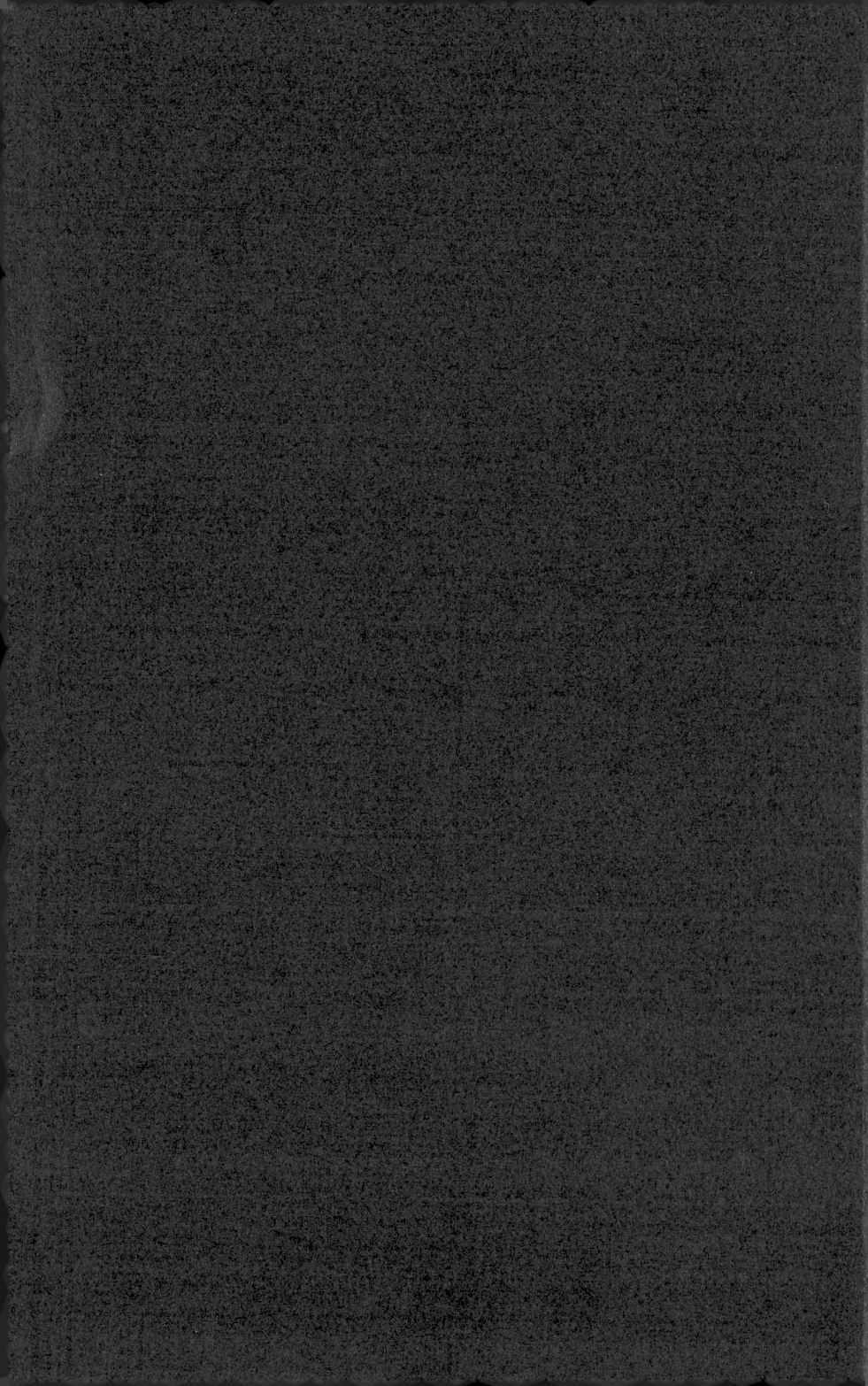

寻找故事玩家

第 1 届脑洞故事板虚构小说创作大赛

脑洞故事板 ● 编

天津出版传媒集团
百花文艺出版社

图书在版编目（CIP）数据

寻找故事玩家：第一届脑洞故事板虚构小说创作大赛 / 脑洞故事板编. -- 天津：百花文艺出版社，2020.9

ISBN 978-7-5306-7847-3

Ⅰ. ①寻… Ⅱ. ①脑… Ⅲ. ①短篇小说–小说集–中国–当代 Ⅳ. ①I247.7

中国版本图书馆 CIP 数据核字(2019)第 281524 号

寻找故事玩家：第一届脑洞故事板
虚构小说创作大赛

XUNZHAO GUSHI WANJIA:DIYIJIE NAODONGGUSHIBAN
XUGOU XIAOSHUO CHUANGZUO DASAI

脑洞故事板 编

出 版 人：薛印胜
选题策划：唐冠群 **责任编辑**：胡晓童
装帧设计：丁莘苡
出版发行：百花文艺出版社
地址：天津市和平区西康路 35 号 **邮编**：300051
电话传真：+86-22-23332651（发行部）
　　　　　　+86-22-23332656（总编室）
　　　　　　+86-22-23332478（邮购部）

网址：http://www.baihuawenyi.com
印刷：山东临沂新华印刷物流集团有限责任公司
开本：880×1230 毫米 　1/32
字数：410 千字
印张：14.375
版次：2020 年 9 月第 1 版
印次：2020 年 9 月第 1 次印刷
定价：49.00 元

如有印装质量问题，请与山东临沂新华印刷物流集团有限责任公司联系调换
地址：山东省临沂市高新技术产业开发区新华路 1 号
电话：(0539)2925659 邮编：276017

目录

校准中心　　　　　001
文 / 华木有枝

密码游戏　　　　　012
文 / 高级鱼

机器人修炼手册　　123
文 / 题决

奔跑的狗　　　　　134
文 / 二月

男朋友的手机爱上我　152
文 / 鸪悦狐

地狱管培生　　　　164
文 / 予你栖迟

吉吉卡索尔的春天　178
文 / 黄白橙

塞翁失马　　　　　201
文 / 杳三岁

侦探日报——侦探吐司　235
文 / Araybellar

我上司好像杀人了怎么办　　261
文 / 坂田小黄

无法企及之美　　286
文 / Lyz

凶手与你并肩而行　　297
文 / 采月之滨

醉哥　　322
文 / 一旸Young

鱼　　335
文 / 木兰无长胸

少女树　　350
文 / 橘子药酒

天空鲸鱼与奇怪果汁　　359
文 / 徐大小越

人生镜像馆·我就这么死了?　　370
文 / 梅艺璇

啃过书本的老鼠　　383
文 / 胡广香

基因的原罪　　399
文 / 火罐大公举

虫灾　　447
文 / 七奉一

校准中心

文/华木有枝

一

周老师坐在办公椅上，揉了揉太阳穴，可能是最近没睡好，老是头疼。为了不耽误工作，他吞下一片阿司匹林。这是校准中心面向少数抽奖群众及特殊单位报送人员运行的第一天，打起精神。要是一切顺利，就可以加快商业化运营的步伐了。

周老师起身伸了个懒腰，来回踱了几步，满意地环顾着办公室。墙面上特意选用了橘色的墙纸，想给人温暖舒适的感觉。在穿着上，周老师也按中心要求，穿了一身米黄色的连体工装裤，显得相对轻松休闲，哪怕不能让来访者的心情更放松，至少也比穿白大褂引起不必要的争论要好。

嘣——

听到熟悉的声音，周老师回头一看，办公桌上，玻璃瓶的瓶塞不见了，只剩下大半瓶略微褪色的千纸鹤。木塞躺在地上，木塞顶端的一只金属蝴蝶微微颤动着翅膀。磁场在做运营前的调试。大概是磁场不稳定，让瓶塞弹出来了吧。周老师捡起地上的瓶塞，注视着蝴蝶翅膀，轻叹一声，把木塞塞回瓶子里。

咚咚咚——助理推开门："周老师，今天上午的三组客户都已经做好体检和登记了，现在可以带进来了吗？"

周老师点点头。一个梳着马尾的女孩从助理身后探出头，看样貌估计是高中生，清纯乖巧。助理侧身让女孩进来。

"请坐。"周老师抬手示意。

女孩有些局促，微微点了点头，坐在周老师面前的圆凳上。

"小姑娘，想解决什么问题？"

"没有，我是听同学说网上有校准中心的试运行抽奖，他特别感兴趣，天天转发，我就跟风转发了一下，没想到抽中了。我本来想把名额让给他，可是主办方不允许。"女孩意识到这样不太礼貌，"其实我也很感兴趣，就想来看看。"

"来之前对校准中心有所了解吗？"周老师并不指望跟风参与抽奖的人能有多少了解。

"呃……做了一点点功课，但网上的资料也不是很多。我看到网站上的口号是'求知、正思、明辨、定心'，还挺有意思的。还有一些新闻报道，说这是'推动人类精神文明的一大步''思维建设的高光时刻'……"

女孩是围绕新闻报道噼里啪啦说了一大堆。能说出这么多，周老师已经很满意了。校准中心的研发工作一直是保密进行的，从理论到实践都有可能会引发伦理或者社会问题，为了保护研发人员、保护这个项目，对外公开的信息一直很少。女孩回答出来的虽然只是模糊笼统的概念，但几乎已经是网上能找到的信息的极限了。周老师向来反感伸手党，而眼前的女孩竟自己做了这么多功课，他不由得对女孩产生了好感。

"说得很好。其实'求知、正思、明辨、定心'这个口号已经概括得比较全面了。解释起来就是四个方面的内容——让知识的传播更简单；帮助树立正确的价值观念；帮助判断是非正恶；帮助稳定情绪，做好心理建设。"

女孩似懂非懂地点点头。"那'校准'的是……知识、价值观、是非观、情绪？可是……标准是什么？"

"被校准的，其实是你发自内心相信的东西，根深蒂固的观念。"周老师解释道，"而标准主要是大众心中的一杆秤，以及现实世界本身。"

"现实世界本身……"女孩轻轻皱了下眉头,"什么意思?"

"你知道黑天鹅的故事吗?"

"知道,我挺喜欢娜塔莉·波特曼的。但这部电影我不太喜欢,氛围有点压抑,人物也太偏执……"

周老师笑着摆摆手:"我说的不是电影。你知道 17 世纪之前,欧洲人认为所有的天鹅都是白色的吗?直到人们在澳大利亚发现了黑天鹅,这个不可动摇的信念就崩溃了。"

"所以……"

"现实世界中,有些事实和我们的认知是不一样的,而我们当中很多人甚至没有意识到这一点。我们可能存在一些我们自己都不知情的偏见。"

女孩没有说话。

"举个简单的例子吧,假如你认为冰淇淋吃下去之后都会被消化掉,所以并不会长胖,但事实是,哪怕糖分对你身体产生的影响再微小,影响也终究存在。我这么说你能明白吗?"

"好像明白了。所以校准的,其实是我个人的主观意见与客观规律?"

"可以这么说吧。"

"那客观规律本身……是不是真正的客观规律呢?我不希望自己脑中被植入芯片,然后……变成大脑不受自己控制的机器人。"

现在的孩子,电影看太多了吧。谁有那么多闲工夫来控制你的思想啊。"不是植入芯片。我们用头戴式设备来检测你的脑电波和预先储存的一套'标准答案'是否一致。"

"简单来说,如果你原本认为地球是方的,经过校准,你就会接受地球是圆的这一命题。这样有利于确保知识在传播的过程中不会因为个体的理解差异而产生误解。"

"这个我明白了,可是怎么确定被校准的不是研发者自己相信的所谓真理,而是真实世界的运行规律呢?"

周老师心里咯噔一下。这孩子的问题很犀利啊。"这种大型项目,都是有专家组层层把关的,也许个别研发者会有偏见,但不至于整个专家组都有偏见对吧。当然啦,校准都是由磁场来完成的,我无法干涉。"

"可是……这给我一种'洗脑'的感觉,我还是不太放心。"女孩的脸有些红,但表情格外认真。

"并不是所有观念都会改变的。是这样,只有经确认出现在面板上的题目,才会在你大脑思考的时候,检测你的脑电波,得以校准。你可以根据需求来选择题目,比如最适合你的,可能是知识。"

女孩眼睛一亮。"我物理不太好……可以给我做一套物理题吗?"

"可以呀。不过目前只能针对比较简单的命题来提供判断题。选择题、填空题和解答题的形式太复杂,涉及的思维活动也更复杂,目前的技术还不成熟,所以暂时不对外提供。"

"判断题也可以的。"

周老师拿出一套高中物理判断题。

1.加速度不断减小,速度也一定不断减小。(　　)
2.光的干涉和衍射不仅说明了光具有波动性,还说明了光是横波。(　　)
3.电磁场是一种物质,不能在真空中传播。(　　)
4.均匀变化的电场在它的周围产生均匀变化的磁场。(　　)
…………

"看看吧,没问题的话,签个确认书就可以做了。"女孩扫了一眼题目,便激动起来,掩饰不住地微笑,在纸上签了自己的名字。签毕,周老师带她来到办公室众多小隔间之一,给她戴上检测仪,在面板上操作一番,第一题浮现出来。女孩咬着唇思考了一下,开始答题。

周老师缓步离开隔间。

二

第二位中奖人是一名小学低年级男生。或者更准确地说,一位年轻的父亲用儿子的信息注册了账号,参与了抽奖,现在把儿子带了过来。

这位父亲看起来很文雅，风度翩翩。助理小姑娘们应该都喜欢这一款。小男孩眼眶红红的，眉边贴着纱布。纱布边缘被浸出的药水染得有些泛紫。

“小朋友几岁啦？叫什么名字？”周老师笑眯眯地问。

小男孩一进办公室就坐在父亲旁边的凳子上，倒也老实，没有东张西望。只是低着头噘着嘴，不肯搭腔。

“前几天和同学打架，挨了一顿批，还在闹别扭呢。”孩子父亲解释道，“一开始校准中心都不愿意来，哭着不肯出门，被他妈妈揍了，我好不容易哄过来。”

“小朋友嘛，难免调皮一点儿，哈哈。”周老师从抽屉里拿了糖果，蹲在小男孩面前，“来，叔叔这儿有棒棒糖。”

小男孩抬头看了他爸一眼，接过棒棒糖。

“告诉叔叔，你几岁啦？”

“7岁。”

“刚上二年级。希望把从小到大的数理化全给他灌一遍，省得上辅导班了。要是我们小时候有这技术……”

谁都想一劳永逸。“不好意思，孩子不能自主判断的命题，是无法进行校准的。”

“那……能做什么样的命题呢？”

“这个年龄的孩子，可以确认一下基本的价值观，四则运算也可以做一些，还有一些生理知识……”

孩子父亲微微眯起眼。“小小年纪，不用教他这些。男孩子长大了自然会懂的。”

一副知识分子的样子，心态还不如楼下阿姨来得开放端正。你也需要做个校准了。“行，不如就做一些团结友爱的题目，《小学生日常行为规范》那种，可以吧？”

孩子父亲点点头。周老师找出一套题目，交给孩子父亲确认。孩子父亲浏览着，眉头越皱越紧。

“有什么问题吗？”

"有些题目不太合适,可以按我说的修改一下吗?"

"这些都是经过专家确认的,目前不支持定制个性化题目。"周老师有些无语,"但不合适的,可以去掉不做。"

孩子父亲轻轻吸了一口气,在题目上比画起来:"这一条——诚实守信,不说谎话——不是说诚实不好,但有时候说谎在所难免,是吧……孩子从小就太老实的话,以后会吃亏的。"

周老师按孩子父亲的意见,在系统里操作起来。行吧。

"还有这个……积极参加集体活动,认真完成集体交给的任务,不做有损集体荣誉的事——也去掉吧。"

什么年代了,还有"精致的利己主义者",唉。周老师不禁回想起自己读书的时候,同学们都是以集体荣誉为重的。更令人难过的是,孩子自己还什么都不懂,没有办法做出自己的选择,就这么在父母的意志下,从小被培养成"精致的利己主义者"。

"嗯,还有这条——敢于斗争,遇到坏人坏事主动报告——太危险了,去掉……"孩子父亲说了一长串,周老师将这些题目一一删去,打印出最终版本,递给孩子父亲。"好了,这是最终题目,再过目一下吧。"

1.尊敬父母,关心父母身体健康,主动为家庭做力所能及的事。(　　)

2.听从父母和长辈的教导。(　　)

3.尊敬老师,接受老师的教导,与老师交流。(　　)

4.同学之间友好相处,不欺负弱小,不讥笑、戏弄他人。不骂人,不打架。(　　)

5.虚心学习别人的长处和优点,不嫉妒别人。(　　)

6.遇到挫折和失败不灰心,不气馁,遇到困难努力克服。(　　)

7.衣着整洁,经常洗澡,勤剪指甲,勤洗头,早晚刷牙,饭前便后要洗手。(　　)

8.课前预习,课后认真复习,按时完成作业。(　　)

9.坚持锻炼身体,坐、立、行、读书、写字姿势正确。(　　)

10.爱护公物,不在课桌椅、建筑物和文物古迹上涂抹刻画。(　　)

11.遵守交通法规,不乱穿马路,不在公路、铁路、码头玩耍和追逐打闹。( )

12.珍爱生命,注意安全,不做有危险的游戏。( )

孩子父亲露出了满意的笑容,哄着孩子签了字,自己也在"监护人"处签上名。周老师带孩子父亲和小男孩进了隔间。

系统启动后,一个毫无感情的女声念出题目:"第一题。尊敬父母,关心父母身体健康,主动为家庭做力所能及的事。"

小男孩头上的检测仪发出"嗞嗞"的电流声。"怎么回事?"孩子父亲一把抓住周老师,用气声问道。

"别担心,这说明孩子在有意识地思考题目的内容。"

小男孩用触控笔在屏幕上打了一个钩,随即钩变成绿色,然后慢慢从屏幕上消失。

女声继续朗读:"第二题……"

"这说明孩子的思想、实际做出的判断、系统的标准答案三者是一致的,"周老师轻声向孩子父亲解释道,"是个好孩子啊。"

孩子父亲向周老师微笑了一下。

"第四题。同学之间友好相处,不欺负弱小,不讥笑、戏弄他人。不骂人,不打架。"

嗞嗞嗞——小男孩打了钩,钩变成绿色,却迟迟没有从屏幕上消失。电流声音越来越大,小男孩的身体颤动起来。

"这又是怎么回事?"

"这说明孩子虽然打了勾,但实际上真实想法和做的选择不一样。现在'校准'正在进行。"见孩子父亲面露一丝担忧,周老师补充道:"对身体没有影响,很安全。"

嘣——

"好了,这个观点已经被他彻底吸收了。"

三

第三位客户看上去年近四十岁，浑身散发着浓郁的香味，从眼皮到脸部肌肉都耷拉着，面部骨骼撑不起皮肉，鼻梁却高挺而粗壮。周老师对化妆品不甚了解，但直觉告诉他，面前女人用的化妆品一定很劣质。女人长发及腰，未做打理，蓬乱毛糙。说得好听点是不修边幅，说得难听点，像是刚从地牢里逃出来。

"你好。"周老师微笑着伸手向女人问好。女人嘴角抽动了一下，算是回应。握手时，女人长长的指甲一片鲜红。

女人落座。周老师打开桌面上的文件夹——里面是一封函件和一张指示。

尊敬的校准中心领导：

经项目工作组批准，本所报送一名长期观察对象接受校准。此人曾扰乱社会秩序，目前仍有严重臆想症和危害社会的倾向，后附其详细个人资料及拟定命题，望贵中心予以支持。

社会安全观察所
2028 年 10 月 13 日

中心领导的指示只有三句话："命题已录入系统，请执行。告诉客户是新的常规检查方式，其余保密。启用'云忆'，全程录像。"

指定命题，启用"云忆"，这么大阵仗，这女人到底犯了什么危害社会的大罪？周老师又仔细看了一遍函件的内容，却没发现实质性的信息。不急，看看题目和"云忆"就知道了。

"题目已经在系统里了，请跟我来。"

"又做题……又做题……没完没了……"女人嘟囔着，跟着周老师进了隔间。

这个隔间比普通的宽敞许多，四面都是厚实的白色幕布，两人进门后，周老师关上门，门缝和幕布融为一体，整个房间变成了一个严丝合缝的白盒子。隔间中央的设备与普通的似乎并无二致——一个面板，一把座椅，一个头戴式检测仪。

女人在周老师的指引下坐好，戴上检测仪。周老师在面板上输入密码和一系列指令，题目浮现出来。

我应当遵纪守法。（　　）

嗞嗞嗞——女人猛地一跃，但不知何时被系上了安全带，女人只能在座椅里扭动，盯着周老师大叫："漏电！"

周老师差点笑出来。"不是漏电，正常现象。"

女人翻了个白眼，在面板上打了钩，钩变绿、消失。

我从未做过违法乱纪的事情。（　　）

嗞嗞嗞——女人在面板上打钩，钩却变成红色的叉。室内渐渐变暗，四周幕布上接二连三地浮现出不同的画面片段——阴暗逼仄的房间里，一个披头散发的女人，面对着电脑，噼里啪啦地敲击着键盘，嘴里似乎还不停地念叨着什么，口型夸张，却听不到声音；白天，女人行色匆匆地去银行取钱；女人在电脑屏幕上接连划过一张又一张普通人的照片，每一张上都赫然写着诅咒的红字；人群拥挤，女人戴着黑色口罩，向一位挺拔帅气的男子递去一个玩偶，男子眼看要接过去，却猛地收回手，用另一只手捂住……

周老师的注意力全在幕布的影像上，听到"嘣"的一声，才注意到女人的身体正从剧烈的震动中缓缓平息下来，随着声响，影像也渐渐褪去。

网络暴力，键盘侠啊。周老师发现女人的额头上已经隐隐出汗。竟然还发自肺腑地觉得自己不算违法乱纪吗？难怪反应这么剧烈了。

四

嗞——嘣——嘣——

幕布上，办公室里，一位满头银发的老奶奶直勾勾地盯着周老师，面色有些愁苦、憔悴；老奶奶坐在座椅上，干瘪的眼眶里流出泪水，嘴角却扯开笑着；周老师将确认书和医院开具的抑郁倾向证明整理好，放进文件夹里……

嘣——

校准中心门口整齐地排着两列花篮，大门上方挂着"求知、正思、明辨、定心"的大红色标语，所有人都喜笑颜开，媒体的镜头咔咔咔闪烁……

嘣——

校准中心门口摆着巨大的花圈，十来个年轻人、中年人与保安起了争执……

嘣——

新闻报道，学生、家长举着横幅，在城里进行大规模游行；教育部部长发表电视讲话……

嘣——嘣——

"嘣"与"嗞"不绝于耳，此起彼伏。每一声响起，连座椅都随之发出了史无前例的剧烈抖动。面板上，是刚刚完成的最后一道判断题。括号里，红色的钩异常醒目。

周老师摘下检测仪，头昏脑涨，摇了摇头，缓缓走出隔间。一个穿白大褂的女孩坐在办公桌前叠纸，闻声抬起头："完成了就可以离开啦，谢谢您的参与。"

办公桌上，整整齐齐摆放着好几个文件夹。一个瓶子里，下半瓶是褪色的千纸鹤，上半瓶是崭新的星星。瓶塞躺在女孩手边，金属蝴蝶在瓶塞上颤动着翅膀。

周老师盯着桌面上的瓶塞。

身后传来橐橐的高跟鞋声。一个穿着米黄色连体工装裤的戴眼镜美女走过来，面无表情。白大褂女孩望着她说："谢谢您的配合，可以离开了，再见。"眼镜美女茫然地点点头，离开了办公室。白大褂女孩拿起一张纸，从头到尾浏览了一遍，装进文件夹。

周老师看着白大褂女孩:"这个瓶塞我可以拿走吗?"

女孩面露难色,周老师继续盯着她。女孩点点头。周老师拿起瓶塞,吹了一口气,蝴蝶的翅膀震动起来,发出清亮的回响。周老师把瓶塞揣进工装裤的口袋里,向女孩点头致意,慢步离开。

女孩再次拿起确认书看了一眼,放进文件夹。

确认书

本人完全知情且同意进行以下命题判断。

命题列表:

1.知识是客观规律的总结。( )

2.外界因素不可能强行改变人的观念。( )

3.人的观念没有对错之分。( )

4.人的观念没有统一的标准。( )

5.我们应该自行调整自己的心理状态,追求正面情绪,完全避免负面情绪。( )

6.正面和负面的情绪都是人生体验,没有高下之分。( )

7.人的情绪是自发的,不应强行干预。( )

8.开展科研项目不能违背社会伦理。( )

9.科学的发展应当优先于其他任何事情。( )

10.人拥有独立思考和判断的能力和自由。( )

......

197.我从未在校准中心工作过。( )

本人签字:周嗣

时间:2028 年 12 月 22 日

密码游戏

文/高级鱼

本文大量情节涉及网络社交聊天工具，为保证阅读通畅以楷体形式呈现，并保留部分使用习惯。

——编者

一、3

"3"——电脑屏幕上显示着这个阿拉伯数字，白色背景，黑色字体，占满了整个屏幕。

"这是什么鬼？"罗维眯着眼睛看着屏幕。他顺手移动了一下鼠标，屏幕上的"3"立刻消失了，随即跳转到了另一个页面：

"刚刚显示的数字是您所持有的密码数字，为了防止该数字被泄露，包括您和管理员在内的任何用户都将无法再次查看该数字，因此您务必牢记此数字！

您是 10 位玩家中第一位获得密码数字的玩家，因此您所持有的密码数字对应的序号为 1。"

罗维一脸疑惑，他只是因为好奇在群里打开了群主发的一个链接。"什么意思？相亲游戏吗？"他默念着。

这时群消息又弹出来了，是群主"黄油"发来的：

恭喜！10位玩家获得了参加本次《密码游戏》的资格，他们的昵称分别是：

【星氧】(1号)

【Yaran】(2号)

【麦芽妹】(3号)

【四明】(4号)

【林忠寒】(5号)

【如果能重来我要选摩杰】(6号)

【407299】(7号)

【格桑紫玲】(8号)

【A金灿灿房屋咨询顾问梁雨】(9号)

【六明】(10号)

请以上10名玩家抓紧时间进入游戏官网进行身份和银行卡认证，认证成功后即可参与游戏！

随后，群主又发了一个游戏官网的链接。

"嗯……要不要进呢？"罗维一边考虑着点击链接的后果，一边点进了那个链接。

还是刚刚那个网站，这次页面上写着：

"恭喜您，星氧！您获得了参加游戏的资格。请在下面的表单中输入您的姓名、开户银行和银行卡号，我们将在极短的时间内向您的银行账户汇款100万元人民币作为您参加本次《密码游戏》的游戏资本。"

"一看就是假的啊。"罗维冷笑了一声，然后输入了自己的姓名和银行信息。

"反正只是卡号，又不输入密码，就看看这个骗子网站到底搞什么花样吧。"按下回车后，罗维看着手机20分钟，什么事都没发生。于是罗维又开始浏览群里的历史消息。他非常好奇，这个群的群主到底是什么人。

罗维今年 24 岁,男,无业,利己主义,三个月前加入这个叫"密码游戏"的群。他是个解谜爱好者,这个群的名字吸引了他,本以为是某个新奇的解谜游戏互动群,结果进去之后根本没人谈论游戏的事,反而变成一个联谊相亲群。群里四百多个人,整天都在聊家长里短的八卦和组局。无所事事的罗维偶尔也参与一些闲聊,虽然没和群里的人见过面,但认识了群里一个叫【Viola】女网友。

Viola 从没公开过任何照片,但见过她真人的群友都说她非常漂亮;罗维也想一睹其芳容,但他懒得参加群活动,只想在网上套出她的自拍,这是罗维一直没退群的主要原因之一;另一个主要原因,罗维还是期待着这个游戏规则的正式发布。之所以还在期待,是因为这个群的群主【黄油】。黄油的个人主页什么都没有,在群里也从来不说话,只是偶尔发表群公告,都是"密码游戏的官网即将正式发布""请耐心等候"这样的内容,哪怕群里根本没人关心这个游戏,除了罗维,他对这个群主和游戏内容都非常好奇。

突然,罗维的手机响了,是一条短信:

【××银行】匿名用户已向您的账号汇款 1,000,000.00 元人民币,请注意查收。

罗维数了一下位数,然后拿着手机沉默了 3 分钟……

"哈哈哈哈哈哈哈哈!"罗维突然放声大笑,不停地笑。

隔壁的室友一拳打在墙壁上吼道:"吵毛啊!"

罗维回过神来,表情变得严肃起来,马上回到了群主发的官网。"游戏规则呢?"罗维用肉眼在屏幕上搜索游戏规则的关键字。为了这个神秘的规则,他等了 3 个月了。

很快,罗维在官网首页找到了游戏规则的简介:

密码游戏规则说明

本次密码游戏共 10 名玩家参与,每位玩家都拥有 0—9 中的一个数字,且所有玩家拥有的数字都不相同,即都是唯一的。

游戏期限为一周 7 天,从 11 月 22 日零点开始,到 7 天后的零点(11 月 29 日)结束;在游戏期限内,任一玩家在游戏官网首页的密码锁中输入最终的 10 位数密码,即获得游戏胜利。

最终密码是所有玩家拥有的数字按对应玩家的序号排列的组合。

最终获胜的玩家将获得 1000 万元人民币的奖励!

在页面底部,有个金色巨大的密码锁,上面显示着 10 个数字空位,以及一个"确认解锁"的按钮。

页面的最上方,有一个秒表倒计时,显示着"6 天 23 时 29 分 54 秒",秒数在不停地减少。

罗维看了看时间,11 月 22 日,0 点 30 分——也就是说,游戏已经开始了。

短短几行的规则,罗维反复阅读了好几遍。

"这规则真是简单粗暴。"罗维心中自语。

"先不管规则,也不管主办方的脑洞,即使现在退出游戏,我仍然可以拿走 100 万元,且不用负任何法律责任吧……如果我们 10 个玩家全都选择退出游戏,那么即使没有获胜者,主办方也要白赔 1000 万元。主办方花这么大血本举办这次游戏的目的是什么?"

罗维暂时还无法解答这个问题。

"再想想游戏规则。每个人都持有一个唯一的数字……我的数字应该就是之前看到的那个 3。而我的序号是第一位,也就是说,最终密码可以确定是一个以 3 开头的 10 位数的密码,即 3*********。我现在登录的是我自己的账号,但我在网页上任何地方都找不到重新查看这个数字的方法,想必其他玩家也一样找不到。所以,想要知道剩下的 9 个数字,必须让其他 9 个玩家自己说出来……要让我们和自己的竞争对手合作的意思吗?"

这时罗维突然发现首页的规则下面还有一段小字:

规则补充:

1.如果玩家在未填写完所有数字的情况下点击"确认解锁"按钮,系统会告知玩家当前已填写的数字是否正确。如果有数字不正确,则系统会扣除一次玩家的尝试机会。每位玩家都有 2 次尝试机会。如果尝试机会用完,玩家将被淘汰出局;如果数字正确,则不会扣除玩家的尝试机会,且系统会记录该玩家已经破解的密码数字的个数，作为该玩家当前的分数。

3.如果游戏时间结束时仍没有玩家正确输入全部数字，则得分最高（不低于2分）的玩家为获胜者。如果最高分数的玩家有多个，则最先达到该分数的玩家为获胜者。

4.所有玩家行动必须遵守法律，游戏过程中不能对任何人使用暴力、威胁恐吓等违法行为。

5.本条规则将于11月23日零点公布。

罗维："原来是这样！也就是说，只要有人掌握了两个以上的数字，就一定会有人获胜。这样的话，玩家参与游戏的积极性就会大大增加，果然主办方还是想到这一点了……对了，看看群里怎么说。"罗维又拿起手机点开群消息，这时他发现自己被拉进了一个新的群，群名叫"密码游戏玩家组"群里的用户就是参与这次密码游戏的10位玩家。而将罗维拉进群的是群主——林忠寒。

（群）

林忠寒：你们都收到了汇款吗？

格桑紫玲：收到了

A金灿灿房屋咨询顾问梁雨：嗯

四明：我收到了

林忠寒：还有人呢？@Yaran@如果能重来我要选摩杰@麦芽妹@星氧@六明@407299

林忠寒：你们都收到了汇款和数字吗？

四明：(捂脸)估计都还在开心呢，没空理你

Yaran：我也收到了，哈哈

Yaran：我现在都不敢相信

Yaran：怎么跟我妈说这事呀(笑哭)

罗维看着聊天记录思考着，并没有马上回答。

"这个林忠寒，之前在大群经常看他发言，很多见面会都是他发起的，是群里最活跃的几个人之一。他主动开建这个群，看来他一定是选择参加游戏了。10个玩家的选择是根据我们自己主动进入官网的顺序决定的，

所以群里的 10 个人现在一定全部在线。选择沉默的人要么还没反应过来,要么就是已经放弃游戏拿钱走人,要么就是在思考该如何回答……"

"当然,对我来说选择拿钱走人的人越多越好。"这么有意思的游戏,罗维是一定要参加的。

(群)

林忠寒:@所有人　我觉得我们 10 个有必要碰个面谈谈,你们觉得呢?

(5 分钟后)

林忠寒:我知道你们都在线。

四明:明天中午吧,你选个地方。

星氧:同意。

(5 分钟后)

林忠寒:那好,那就我来定吧。

林忠寒:明天中午 1 点,老地方,到朝阳路 109 今羽茶馆会面。

林忠寒:既然你们都不说话,那么明天没来的人,我们默认视作放弃比赛,没问题吧?

Yaran:没问题啊,我肯定会到(真诚)。

(10 分钟后,除了六明和 407299 没有说话,其他人都表示了自己明天会赴约)

罗维:"看起来林忠寒至少跟四明和 Yaran 之前有过交识。可惜这 10 个人除了林忠寒,我一个都不认识;想必他们也不认识我,毕竟我在群里基本上不发言。之后的行动恐怕会比较吃亏。这个游戏规则非常简单,但仔细思考还是能发现很多陷阱,尤其是还有一条未公布的规则,今天晚上得先整理好已知的信息……"突然群里刷新了一条消息,是六明发出来的:

(群)

六明:大家好,我明天还要上班,游戏我就不参与了,我决定现在就退出。

六明:我的密码数字是 5。祝大家玩得开心!

(六明退出了群聊)

看到这条消息,罗维的眼神凝聚了起来……

二、茶会

11 月 22 日(星期一),中午 1 点,今羽茶馆二楼。

包厢很大,灯光很亮,中间有个巨大的古风的圆桌,看起来像个会议室。已经有七个人到了。除罗维外还有 3 男 3 女,每个座位前都摆着编号。室内开着暖气,大家都把外套挂在了靠椅上。

林忠寒:"既然亚然没回我消息,那我们就不等她了。在座的各位都是决定参加游戏的吧。每个人都自我介绍一下呗!"

坐在中间的人是林忠寒,中长发男,个子很高,穿着黑色高领毛衣,看起来三十多岁,留了点胡楂儿。

"顺便说一下,如果有人想退出游戏现在也可以说。"林忠寒环顾了一下,然后说,"那么从第一个到的麦芽妹开始吧。"

三号位眼镜女:"呃……我是麦芽妹,23 岁,还在读研。我是第一次见网友,所以有点紧张,不好意思啊。"

四号位微胖眼镜男:"顺时针吗?OK——大家好!我是四明,你们可以叫我阿呆,我本名叫赵俊,20 岁,现在一边读大二一边搬砖,我的专业是土木工程。"罗维内心:这么多名字谁记得住。

五号位林忠寒:"我是群主林忠寒,35 岁,现在在一个外企做软件工程师。"

六号位肌肉男:"我是如果能重来我要选摩杰,33 岁,是个网络作家。"罗维内心:写网文的怎么练这么多肌肉?

四明:"你 ID 太长了吧。"

摩杰表情很严肃:"你们可以简称摩杰。"

八号位穿着时尚的长发女:"我是格桑紫玲,27 岁,赛车手,很高兴认识大家。"说完格桑紫玲很甜地笑了笑。罗维内心:应该是在座颜值最高的了吧。

四明:"哇!"

九号位面无表情的短发女："我是梁雨，26岁，是房产销售。"罗维内心：这个人的网名才是真的长。

轮到罗维了。

"我……我是……咳咳……嗯，我是星氧……"罗维穿着卫衣，戴着口罩，尽管他根本不是结巴，也没有生病。"咳咳咳……额……我是2……24岁，开网……网店的。"罗维在展示着他的演技。

林忠寒："嗯……你没事吧朋友？"罗维一边咳嗽一边摇手。

林忠寒："那好吧。所有人都介绍完了，那我们回到刚刚的话题……"

"不好意思我来晚啦！"一个非常漂亮的双马尾女生突然提着塑料袋冲进来，大家都看着她。

四明："哇！"

"对不起啊寒叔，还有各位，现在才到，刚刚地铁太堵了！"双马尾说着从袋子里掏出几个小盒的蛋糕。

罗维内心：地铁太堵？

林忠寒："没事没事，来得正好，我们还没开始。"

"哈哈！那就好！"双马尾把蛋糕一个个递给每个人，然后坐到了罗维旁边的二号位上。

已经开始收买人心了，可惜蛋糕太幼稚了——罗维想着。

麦芽妹看着林忠寒和四明："这位是？"

林忠寒对双马尾说："你也自我介绍一下吧。"

二号位双马尾："好！大家好，我是Yaran，张亚然，19岁，现在是一个甜品店老板。今天迟到了真是很对不起，所以我从店里选了几个蛋糕送给大家作为补偿。"

罗维内心早已看穿：你明显是因为准备蛋糕才迟到的，看来是个非常不善于撒谎的选手。

林忠寒："八个人都到了，那就继续那个话题吧。"所有人的表情都严肃起来。

林忠寒："你们昨天试过了吗？"没有人回答，安静持续了一会儿。

张亚然突然转过头看着罗维，罗维一惊。

张亚然小声问罗维:"他说什么? 试过什么了? "

罗维俯身过去,低声回答:"10 号的数字。"说完罗维用大拇指指了下旁边空着的 10 号座位,然后又咳了两声。

张亚然反应过来了。

凌晨的时候群里的六明公开了自己的数字然后退群了。

格桑紫玲:"没有人会试吧,毕竟谁都不知道他说的是不是真的。"

罗维心里说道:的确,根据游戏规则每个人都只有两次试错的机会,而 10 号玩家六明可能并不是真心想退出游戏,公开一个假的数字让其他玩家输入,便可减少别人的试错机会,提高自己的优势。看样子所有人都想到这一点了。

麦芽妹:"如果是假的,那他人品也太差了吧。"

格桑紫玲:"如果给你 1000 万元出卖 9 个不认识的人,你不会心动吗? 况且这就是游戏的规则。"

所有人都沉默了。

林忠寒:"没错,这个游戏如果你想获胜,骗人是免不了的。我不喜欢骗人,但既然我决定参与,我就会遵守游戏规则。"林忠寒严肃地看着麦芽妹:"怎么样,你还决定继续参与游戏吗? "

一脸弱气的麦芽妹眼神下瞄,不知道怎么回答。

林忠寒:"我们每个人都已经拿到 100 万元了, 拿这笔钱去找个好的投资项目,之后也能过上富足的日子。虽然说这话的我也是希望竞争对手越少越好, 但对于不喜欢游戏规则的人来说, 现在退出确实是聪明的选择,你们可以多考虑一下。"罗维内心:这话说得挺明的,看来群主林忠寒是一定会坚持到最后了。

麦芽妹思考了一会儿,抬头对林忠寒说:"我想试试,我决定还是继续参与,可能让你失望了……"

林忠寒笑了笑:"没关系,我也是个喜欢挑战的人!"罗维内心:我欣赏这个群主。

一个服务生走了进来,给每个人都端上了一杯热茶。

林忠寒抿了一口茶:"对了阿呆,有个问题一直想问你。"

一直在吃蛋糕的四明突然抬头："你说。"

林忠寒："10 号的网名叫六明，你的网名叫四明，你们是认识的吗？"

四明扶了扶眼镜："他是我哥啊。"

所有人的目光都看着 4 号位的四明。

四明："但我跟他关系不好，而且很久都没联系了。"

林忠寒："你有他的联系方式吗？"

四明："有啊。"

林忠寒："我们都需要他的联系方式，能给我们吗？"

四明："你没有吗？不是你把他拉进小群的吗？"

林忠寒："并不是，拉我们进小群的是大群的群主【黄油】，他拉我们进来后就把群主给我，然后退群了。我问过黄油，他说根据主办方的规则，不能透露其他玩家的联系方式。"

罗维一开始进的 400 人的群名字叫"密码游戏参赛预选群 2 群,"这样的预选群一共有四个，而 10 位参与游戏的玩家，只有林忠寒、四明、Yaran 和罗维来自同一个群。

四明迟疑了一会儿："这样吧，我问问他，看他愿不愿意吧……"罗维内心：看来四明和六明两人还是有秘密……那个神秘的黄油一定是主办方的人，等游戏结束我一定要好好调查清楚这个主办方的来历。

"呃……那个……"张亚然像学生发言一样举起手来，"10 号的数字我昨天试了，是正确的。"

所有人都看着 Yaran，嘴张得比刚刚大了一倍；罗维一听口罩差点喷掉下来，内心：得赶紧记录一下，这个人是智障。

摩杰："你确定你输入了 5？"

张亚然："是的，第十位数字是 5。"

摩杰一脸疑虑地撑着桌子站了起来："你小小年纪的姑娘家，骗人都不脸红的吗？"

张亚然："我没骗人啊。"

林忠寒按了下摩杰的肩膀让他坐下，然后平和地问 Yaran："既然你试过了,你能告诉我,系统给出的提示是什么吗?"

张亚然:"这我不记得了,反正就是成功了。"

梁雨:"那你为什么要告诉我们?告诉我们对你有什么好处?"

张亚然:"好处?当然是让你们相信我是一个不会骗人的人啊。"罗维内心:不会骗人的智障。

所有人看着张亚然,说不出话。

罗维有个不同于常人的能力——谎言分析,他能在与人当面交流中,通过面部表情、语言组织、语速和肢体行为判断对方有没有说谎,且准确率极高。

罗维虽然一句话都没说,但他已经看出来,张亚然说的全都是真的。也就是说,10号玩家六明说的也是真的,密码的最后一位数字可以确定为5!此时的罗维已经得到了最终密码的2个数字:3********5。

梁雨:"既然如此,那么请你明天把你的电脑带过来当着所有人的面再输入一次,我们来核验一下你说的是不是真的。"

张亚然:"那还是算了,太麻烦了。"

所有人看着张亚然,说不出话。

罗维一直在分析着张亚然:看来大家都不太相信这个女孩,但如果之后其他玩家真的去试了第十位数,那么试过的人就都会坚信 Yaran 是个不会撒谎的天真的智障这个事实。这个妹子如果能被我掌控,那我就可以很轻松地利用别人对她的信任获取其他玩家的信息……

麦芽妹:"等等,梁雨姐,你是说明天我们还要过来吗?"

"我是觉得有这个必要。"梁雨说着,看着林忠寒。

所有人都看着林忠寒。

"这是我今天喊你们来最重要的一个目的,"林忠寒喝了一口茶,对所有人说,"相信你们也看出来了,这个游戏的本质实际上就是交易。每个玩家的目的都是尽可能地获取别人的信息,但我们没办法确保获取到的信息是真实的,总不能仅凭好感和信任吧?所以我提议,建立一个公平交易的平台——接下来的六天,我们每天中午都来这个茶馆会面,会面的时候,所有人都可以公开地要求和某个其他玩家进行信息交易,你们可以交换自己的数字,或者是其他的信息。如果有人的信息是错的,那么所有玩家都会当场知道,而撒谎的玩家的名誉自然会跌入谷底,之后想和其他玩家交换信息便会难上加难,这就是平台的意义。"

四明:"那为什么不今天就开始呢?"

林忠寒:"今天不行。因为还有一条规则没出来。"

四明:"哦……对。"

大家想起来这件事,补充规则的第四条将会在明日的零点公布。在规则并不完善的情况下,所有人都不敢轻易行动。

林忠寒:"我这个提议,你们觉得如何呢?同意的举手示意一下吧。"

所有人都举手同意了。

"也许黄油让忠寒当群主,就是看中了他这强大的组织能力吧。"罗维心中笑道。

林忠寒:"好,那么今天的会就开到这吧。关于交换信息的具体规则我今天晚上会写好打印出来。不耽误大家时间了,希望大家明天能准时赶到。"散会了,所有人都站起来准备收拾东西离开。

林忠寒:"对了,有个方案顺便提一下……"大家都停下来看着林忠寒。

林忠寒:"其实还有这么个方法……我们所有人直接把数字公开,然后让某一个玩家输入正确的密码,让这个人获得游戏胜利,然后再把奖金平分给所有人。"

所有人都沉默了一会儿……

四明:"哈哈哈哈哈!"

摩杰:"哈哈哈哈哈!"

格桑紫玲:"呵呵呵……"

其他人也跟着假惺惺地笑了起来,然后陆续离开了茶馆。

…………

回去的路上,张亚然走到路口等车,这时罗维走了上来。

罗维:"张亚然是吧?"

张亚然:"嗯。你是1号?怎么啦?"

罗维把张亚然之前给他的蛋糕递过去："我生病了,吃不了这个蛋糕,还给你吧。"

张亚然："哈哈,没事啊,留给你朋友吃嘛,我家就是做蛋糕的,就当帮我的店做个宣传呗。"

罗维把蛋糕收起来,走上前对张亚然悄悄说道:"你想不想跟我合作?"

张亚然的语调变得平缓起来:"你果然有这个想法。"说完邪魅地笑了一下。

尽管罗维很清楚,张亚然其实根本不知道自己的想法,只是在装腔作势,但还是配合着她:"既然你已经知道了,不如我们现在就交换一下吧。"

张亚然:"交换一下?交换什么?"

罗维:"当然是数字啊。"

张亚然:"交换数字……可是现在还没到茶会时间啊。"

罗维:"这就是私下交易,不然怎么叫合作?"

张亚然:"咦?你怎么不咳嗽了?"

罗维:"咳咳……外面空气流通一些。"虽然是合作,但是装病的基本战术是不能变的。

张亚然:"那你得告诉我,为什么我要跟你合作,你为什么要选我?"

罗维:"因为你是最能获得大家信任的人。"

张亚然:"我?为什么?"

罗维:"因为你根本不会撒谎。我能看出来,你刚刚在茶会上说的都是真的,通过你的表情就能看出来。"

张亚然半信半疑地看着罗维,但眼神中丝毫没有畏惧,只有好奇。

罗维吸了一口气,严肃地说:"听好,这个游戏的重点是交易信息,即交换情报,谁交易的次数最多,获得的信息最准确,谁就能赢得最终胜利;你能够获得大家的信任,那么就会有更多的人愿意和你交换情报;而我能够判断别人有没有说谎,从而让获得的信息准确真实;因此我们两人合作,就一定能一起获得胜利。简单明了。"

张亚然没有说话,依然是死盯着罗维的眼睛,似乎在思考什么。罗维并没有读心的能力,只能猜测张亚然并没有听懂。

罗维:"那我重复一遍……"

张亚然:"嗯……"

罗维叹了口气,刚准备开口。

张亚然:"行,我知道了!"张亚然笑着说:"我们俩一起获胜,然后平分奖金,如何?"

罗维:"没问题的。但你真的懂了吗?"

张亚然:"懂啦,我接受跟你合作啦!"

罗维:"那你的数字呢?"

张亚然:"嗯……我现在还不能给你,毕竟我还不能完全信任你。"罗维想着,看来这个妹子也不是那么蠢。

张亚然:"除非你把口罩摘下来。"

罗维:"你要干吗?"

张亚然:"连你的长相都不知道,我怎么能信任你?"

"行。"罗维摘下了口罩。

张亚然看着罗维:"其实你还挺帅的嘛。"

罗维:"……"

张亚然:"可惜你太矮了。"

罗维:"那你的数字呢?"

张亚然:"我也没说你把口罩摘下来就告诉你啊。"

罗维:"我就知道。"

这时,一辆高档轿车停在张亚然面前。

张亚然:"啊。我的车到了,我先回去了!回去群里加你好友!"

"好。"罗维和张亚然告别,然后又戴上了口罩,独自一人回去了。

罗维并没有发现,路口拐角处有一个男人偷听了他们全部的对话。

三、规则

罗维回到家后,发现手机有2条新消息:

Yaran 请求添加你为好友。

Viola：你真的被选中当玩家了？

罗维心中一惊：哇，是女神 Viola。

罗维看完，通过了张亚然的好友请求，然后把手机扔到一边，倒头就睡了。

为了防止泄露游戏信息，他早已决定在游戏结束前断绝和外界的来往，尤其是 Viola。

…………

晚上 11 点 40，游戏的第一天即将过去。罗维守在电脑前等待第四条规则的发布。这一天里，罗维思考了很多问题。

这个主办方到底是什么团体，他们组织这场游戏的目的到底是什么？

还有一个玩家——407299，为什么到现在都不现身？也从来没在群里发过任何消息……即便是退出游戏，也应该像 10 号玩家那样知会一声然后退群吧？

如果我真的能拿到这 1000 万奖金，我该怎么办……

罗维并不是没有目标，而是目标太大。

20 岁时，刚刚完成本科学业的罗维和家人闹翻，独自一人出来生活。罗维出门的时候从家里拿走了 150 万元的存折，而四年没有任何收入的罗维也即将用完这笔钱。

罗维的家里很有钱，可向父母索取生活费对他来说是非常羞耻的事，他死也不会做。因此他不仅急于向父母还清当初拿走的这 150 万元，更急于向他们展示自己不依靠他们也能赚钱的能力。区区 100 万元远远不够，500 万元也不算好看，而 1000 万看起来才像个拿得出手的数字。罗维从来就没想过要和任何人平分奖金，他的目标就是独吞 1000 万元。

当前最困扰罗维的，是拿到奖金后，该如何在父母面前炫耀……

无所事事的罗维翻着手机中的聊天记录。

一天的时间里，大群已经炸开锅地讨论着密码游戏的事，很多人都开始了各种不靠谱的分析，各种做作的谣言也开始慢慢传开。

"这是国家公开组织的一次卧底调查，赢的人最后将被作为间谍通缉！"

"赢家早就已经内定了，这是就是一场大血本的商业炒作。"

"其实所有玩家都是内定的。"

罗维又看了看其他社交平台,密码游戏的话题也在不停地升温,看起来影响力已经很大了。这样下去,只怕作为玩家之一的自己也会成为舆论焦点,这可不是罗维想得到的。罗维内心产生了一丝不安,尽管目前还没有人见过"星氧"真正的样子,而且"星氧"也只是罗维的小号之一,但罗维仍然对出名这件事非常排斥。

虽然外界都在关注着这场游戏,但还剩 9 人的玩家群却风平浪静,看来大家都不愿意透露任何自己的信息。一片沉闷和紧张的气氛在所有玩家的心中萦绕着。

0 点了,罗维马上刷新了官网首页:

4.在游戏期间,任何玩家都可以花费 100 万元人民币获得一个最终密码中指定序号的数字,不限次数。购买链接:https://www.*********.com/givemeyourmoney

补充规则的后面加上了这第四条规则。

罗维看完,深吸了口气。

"原来是这样! 看来这个主办方的真正目的果然还是钱。"

"这就是花 100 万元购买一个数字的功能。对于一个玩家来说,如果自己已经掌握了其中一半的密码数字,只要自己的钱足够,完全可以再花几百万元买下剩下的数字。这个功能虽然前期没用,但是到游戏后期,只要有钱,哪怕去借,一定会有很多玩家为了夺冠疯狂砸钱买数字,于是到后期就是比谁买数字的速度更快;这样算下来,最后主办方也是有可能回本的,搞不好还能大赚一笔!"

"不过前提是,我们这些玩家得出的起,100 万元一个数字,对于普通人来说,即使去借,代价也太大了……等一下!"罗维突然意识到了什么,他马上拿起手机,准备向张亚然问清一件事。

同时,罗维的手机也收到了一条消息,是张亚然发来的! 罗维:"不会吧? 难道你也想到了?"

Yaran:嘿! 蛋糕好吃吗?

星氧:……

…………

与此同时,林忠寒家。

林忠寒一个人在黑暗的客厅看着笔记本。

确认了卧室里的妻子和女儿已经熟睡,林忠寒合上笔记本,偷偷走到阳台点了一支烟。他的家人对他参与了密码游戏的事并不知情。

这时,林忠寒的手机收到一条消息,是黄油发来的。

黄油:新的规则看到了吗?

林忠寒:看到了。你们这到底是什么意思?

黄油:我也只是受人委托办事,不要责备我呀(苦笑)。

林忠寒:我是不会花钱的,这是我和她的约定。

黄油:选择权在你,我们尊重每个玩家的玩法。

林忠寒闭着眼睛思考了一会儿,然后打开了玩家群,在输入框中输入了文字:不好意思各位,我因私人原因,决定退出游戏。我的数字是9。

犹豫了一会儿,林忠寒没有按下发送键,将文字全部删掉了。

"还在工作吗?"突然出现在林忠寒身后,妻子穿着睡衣看着他。

林忠寒赶紧关上手机屏幕:"没……没事,你快去回床上吧,别着凉了。"林忠寒把烟掐掉:"我等下就去睡。"

"你别搞太晚了,莫莫都睡了。"妻子打了个哈欠回到了卧室。

林忠寒也回到了客厅,重新打开了笔记本,开始编写文档……

…………

罗维家。

罗维看着手机,面对这个智障女孩,一时有些慌乱。

星氧:我说了我不能吃蛋糕

Yaran:别骗我了

Yaran:你

Yaran:根

Yaran:本

Yaran:没

Yaran:病

Yaran:!

星氧:……

Yaran:哈哈

星氧:别哈了,我有正事要问你

Yaran:你为什么不问我是怎么看出来你没病的?

星氧:你是怎么看出来的

Yaran:因为你在撒谎,我能看出来,你说的都是假的,通过你的表情就能看出来

罗维看着手机,有一股想透过手机敲对方脑袋一下的冲动。

星氧:不要学我讲话

Yaran:好吧好吧,不开玩笑了

Yaran:那你说吧,什么事

星氧:我问你

星氧:你是在开甜品店对吧

Yaran:是呀

星氧:你才19岁,开店的成本是家里给你的吗?

Yaran:是呀

星氧:所以你家其实是很有钱?

Yaran:额

Yaran:还行吧,干吗问这个?

罗维:看来我猜得没错。

星氧:记着,明天的茶会,你看我的提示行动

星氧:我会告诉你去和谁交换数字

Yaran:好的

星氧:嗯,切记,不要买数字

Yaran:买数字? 什么意思?

星氧:……

星氧:你赶紧去看官网的补充规则

之后,两人一起研究了一个小时就各自睡觉了。

....

11 月 23 日(星期二),中午 1 点,今羽茶馆。

暖气依然开得很大。

罗维戴着口罩躺在 1 号座位上,仔细观察着每个人。

麦芽妹和摩杰的表情非常凝重,而林忠寒则一副疲倦的样子,看起来昨晚没睡好。其他人则看不出有什么异样。

张亚然还没来,看样子又迟到了。

林忠寒:"四明,你哥六明有回复你吗?"

四明:"他昨天回我了,他说不行,可能他真的不想参与这个游戏吧。"

"好吧,我知道了。"林忠寒笑了笑,然后对所有人说,"那我们开始吧。"

摩杰:"等一下。"

林忠寒:"怎么了?"

摩杰站起来,鼓动着胸肌,表情非常严肃和愤怒:"开会之前,我有个事情要告诉大家。"摩杰指着麦芽妹大声说道,"我昨天和 3 号玩家交换了数字。"

所有人都认真了起来。罗维也皱起了眉头,他立马观察麦芽妹的表情,发现她死盯着摩杰,脸上充满了气愤和困惑,似乎想要说什么。

摩杰:"但是她给我的数字是错的!"

罗维心里笑了笑:"哈,有意思了。"

"你不要欺人太甚!"麦芽妹也立刻站起来,"明明你给我的数字是错的! 我给你的才是正确的数字!"

格桑紫玲一边摇头一边苦笑。

梁雨依然面无表情。

林忠寒闭着眼睛,看起来很苦恼。

每个人的表情都被罗维记了下来。

四、公约

"他恶人先告状,你们不要听他胡说!"

"数字是我先给你的,你看了后才回复我的,我怎么可能还反过来骗你?要我把聊天记录翻出来吗?"说着摩杰把聊天记录打开,然后展示给众人看。

罗维瞄了一眼,发现这个对话记录是从昨天下午2点半的时候开始的。

"这跟谁先给的有什么关系?你就是看我一个女孩子好骗就故意说假话!"

两个人吵得非常凶。旁边的人看着他们,不知道该如何劝解。

"好啦好啦,先别激动。"四明忍住不站起来劝架,但没有什么效果。

摩杰对大家说:"我可以对天发誓,我没有骗人。"

麦芽妹:"我也可以发誓啊!有什么用?你已经骗人了,还怕什么发誓?"

摩杰:"大家千万不要以为她是女的就轻易相信她。"

林忠寒一巴掌拍在桌子上:"安静!"

两人这时才停止争吵,但还是愤怒地看着对方。

林忠寒缓了缓语气说:"我知道,你们两人中必然有一个说了谎。但是你们得记住一点,我不是法官,这个茶会也不是法庭。我的目的和其他所有玩家一样,都是为了获得游戏胜利才聚集到这里,"说着,林忠寒也站了起来,"所以我们根本没有时间和精力去判断你们谁说了谎,我们也没有义务为被骗的人伸张正义。你们可以私下交易,这没有违反游戏规则,我不阻拦;但既然你们决定进行私人交易,就必须自己承担风险。这就是密码游戏的规则。"

所有人都安静地看着麦芽妹和摩杰。

林忠寒:"听明白的人就坐下。"

两人听进了林忠寒的话,只好憋着怒气坐了下来。四明松了口气,傻笑了一下,也跟着坐下了。

这时,林忠寒从椅子旁的公文包中拿出了一沓文件,放在了茶桌中心。

林忠寒:"这是我昨天整理的茶会规则,你们每个人都看一下。"

其他人都从茶桌中心拿了一张。罗维拿到手后,也大致地看了看。

林忠寒:"茶会的规则是这样的,每个人都在自己的一张卡片上写一个玩家的号码,表示自己今天想要交换情报的对象,然后所有人一起将卡片展示出来。展示了卡片之后,每个玩家轮流结算自己收到的交易邀请,可以同意交易,也可以拒绝。如果同意交易,则两位玩家当着所有玩家的面,以纸质方式交换对方指定某个序号的密码数字。交换完,大家确认两人交易成功,接着轮到下一对玩家进行交易;在交易过程中,如果有人提出对方撒谎,则交易失败——如果出现这种情况,则原告玩家需立即公开展示自己在官网收到的错误提示信息,让所有玩家进行验证;如果原告玩家展示了错误提示,则判定被告玩家撒谎;如果原告玩家无法展示错误提示,则判定原告玩家撒谎。"

林忠寒喝了口茶,继续说道:"被证实在茶会上撒谎的玩家,将被永久地取消参加茶会的资格。"

说完林忠寒又从公文包中拿出一张 A4 纸放在茶桌上:"这是茶会的公约,同意的玩家请在上面签个字。"

每个人都在思考。

林忠寒:"当然,大家有什么疑问也可以提出来。"

"我有个问题,"格桑紫玲,"如果按照这样的规则,可能很多人都会拒绝交易,那交易的机会是不是太少?"

罗维:"不,这样正好。"

所有人都看着第一次主动发言的罗维。

"咳咳……是这样的,"罗维坐起身来,"每个人都只能发出一次交易请求,而请求能否通过完全由被邀请的玩家决定,这样的话,咳咳……不好意思,一说话就咳……"罗维侧身咳了几声,然后继续说:"这样的话,每个人都会更倾向于将邀请发送给名誉好、值得信任的玩家,而名声差的玩家则很难获得跟别人交易的机会;如果……咳咳咳……如果允许交易的次数过多,那么做过坏事的玩家就有更多的机会交易情报,这对守规矩的玩家是不公平的。"说着,罗维拿过圆桌上的公约说:"我同意这个规则。"然后签上了自己的名字。

罗维心道:"幸好我有先见之明,跟张亚然合作了。林忠寒是个性格刚正的人,他制定的规则一定是对守规则的人有利的,如果没有张亚然这张牌,我是不会同意这个公约的。但是那个智障怎么还没来?"

"Hello,大家好呀!"双马尾张亚然气喘吁吁地跑了进来,手里又提着一个塑料袋。

四明:"我说你怎么又迟到了?地铁又堵了?"

"嘻嘻嘻嘻。"张亚然没有回答,然后又开始派发甜品,"这是我们店新出的布丁,大家尝尝!"

摩杰接过张亚然的布丁,突然温柔起来:"谢谢你!"

罗维腹诽道:"你是推销员吗?"

派发完布丁后,张亚然热气腾腾地坐到了2号位上。

林忠寒:"亚然,下次再迟到就不能参加茶会了。"

张亚然:"布丁好吃吗?"

林忠寒:"还不错。"

大家都吃起了布丁,除了麦芽妹。

麦芽妹一直在低着头思考什么,突然抬起头说:"好,那我也签。"

话题又回到了公约上。

麦芽妹签完了字,递给了四明。

四明:"呃……我还没太明白规则啊。"

麦芽妹瞪了四明一眼。

四明吞了口口水:"好,我签。"

公约纸被依次递了过去,摩杰、格桑紫玲和梁雨都签了字。公约被递到张亚然手上。张亚然随意地看了看规则和公约。

"我不同意签字。"张亚然非常严肃地回答。

所有人都看着张亚然。四明慌张地说着远程悄悄话:"你不要搞事啊!"

林忠寒:"没事,你对规则有什么不满意的地方都可以说出来。"

"我对规则没有不满意的地方,但是我不会签字。"张亚然回答。

所有人都困惑地皱紧了眉头。

张亚然:"因为在座的各位玩家中有一个我不信任的人。"

林忠寒:"谁?"

张亚然转向指着旁边的1号:"就是1号玩家星氧!"

罗维低着头一声不吭。

林忠寒:"星氧怎么了?"

"我昨天回去的时候,看到了他摘下口罩的样子,"张亚然抬高了音调:"他是我前男友,是个彻头彻尾的骗子!"

罗维瞪大了眼睛看着她。

所有人:"……"

"所以这个茶会,只要他在,我就不会参加。"张亚然义正词严地对着林忠寒说:"寒叔,你能不能把这个人踢出茶会?"

罗维这时已经浑身冒冷汗了。

林忠寒:"这可不行。这样做对星氧不公平。"

并不是为了公平,林忠寒内心非常清楚,如果这样就把一个玩家踢出茶会,那么整个交易平台的公正性就会受到严重的质疑,自己作为群主的名誉也会受损;然而同时林忠寒也知道,把一个玩家踢出茶会,相当于大大减少了一个竞争者的优势,这对于自己也是有利的,但是踢人必须要一个正当的理由……

"嗯……既然如此。"张亚然想了想说,"那我就自己退出茶会!"

所有人都诧异地看着张亚然。

林忠寒心中一喜:正当的理由来了!

这时,罗维突然站起来,捂住了张亚然的嘴:"不好意思各位,稍等一下。"然后拽着张亚然离开了房间。

…………

罗维和张亚然两人互相拖拽着来到一楼走廊。

罗维:"你是智障吗!?"

张亚然:"这不都是按你昨天的计划做的吗?"

罗维:"你按个屁计划啊!我昨天说的是你留在茶会,把我踢出去啊!你怎么自己出去了?"

张亚然："那寒叔不同意啊,我有什么办法。"

罗维："还有前男友是什么鬼? 昨天说好的明明是说我是黑道的人啊!"

张亚然："啊,我忘了! 不都差不多嘛!"

罗维的内心正在崩塌。

他原本的计划是让张亚然公开他黑道的身份(其实是假的),两人在茶会上发起冲突,之后罗维用暴力威胁张亚然,被林忠寒制止,然后被众人赶出茶会。这样虽然自己"被迫地"离开了茶会,形象也一落千丈,但是反而加深了大家对张亚然单纯天真的印象,好让张亚然在茶会中获得更多优势;同时,演这出戏也可以彻底撇清和张亚然的关系,防止别人猜出两人已经结盟的事。

对于罗维来说,不参加茶会并没有什么影响,茶会的信息完全可以通过张亚然来获取,而自己则可以"理所当然地"积极投入茶会以外的私人交易……可惜这个计划目前进行得并不顺利。

罗维缓了缓情绪:"我现在没时间跟你争了……这样,我待会儿主动和大家请辞,你坐到自己的位子上不要乱动,一句话也不要说,假装生气就行了,懂吗?"

张亚然木讷地点了点头。

两人简短地交流了一会儿细节,又回到了二楼茶会房间……

"咳咳……不好意思,大家见笑了。"罗维对着所有人说,"我接受亚然的要求,退出茶会。"说着,罗维又拿起公约和笔。

林忠寒："你考虑清楚了吗? 星氧。"

张亚然这次很乖地坐着,脸上仍然表现着不满,也不知道是演的还是真的。

"嗯,我已经决定了。"说着,罗维将自己的签名划掉,然后快速转身离开了茶馆。出门的时候,罗维不小心撞了一下服务员。

…………

张亚然在公约上签了名字。

这时,服务员进入了房间,给每个人都倒上了茶水,然后俯身对着林忠寒悄悄说了点话,林忠寒点了点头,服务员离开了房间。

"耽误了很多时间,我们开始吧。"林忠寒对着众人说着,收起了公约和规则文件,然后将卡片派发给了每个人。

林忠寒:"重复一遍,每个人都可以在卡片上写上你想要交易的玩家的序号,然后我们一起翻开,轮流结算。如果暂时没有想交易的对象,留白就行了。"

每个人都在纸上写了一个数字,然后同时公开了:

3号麦芽妹的卡片:5(林忠寒)

4号四明的卡片:2(张亚然)

5号林忠寒的卡片:9(梁雨)

6号摩杰的卡片:2(张亚然)

8号格桑紫玲的卡片:5(林忠寒)

9号梁雨的卡片:2(张亚然)

2号张亚然的卡片:空白

众人看着卡片,面面相觑。

街道上,罗维的手机收到了一条消息:

Yaran:529252

星氧:选4号,四明

茶会上,林忠寒:"那么从票数最多的张亚然开始结算吧。亚然,你选择跟谁交换信息?"

张亚然指着四明:"我选阿呆。"

四明握拳:"Yes!"

林忠寒递给张亚然一张白纸:"写上你想要交换的信息,然后递给四明。"

张亚然写上:你的数字。然后递给了四明。

四明也写上:你的数字。递给了张亚然。

之后,两人在这张白纸上交换了自己的数字。

林忠寒:"你们都用自己的手机登录账号,然后输入对方给你的数字吧。"

两人都在官网密码锁指定的位置上输入了对方提供的数字，没有人指认对方撒谎，交易成功！

之后，四明拿着纸和打火机跑去厕所，将这张纸烧掉了。

罗维的手机收到一条消息：

Yaran：7

星氧：别用手机发！

此时，星氧和张亚然都获得了最终密码的第四位数：7。

而四明也获得了张亚然所持的第二位数字：1。

林忠寒对张亚然说："你还可以选择跟摩杰和梁雨交易。"

张亚然："不用了，我不想暴露太多我的信息。"

张亚然心里清楚，如果一次和很多人交易，那么茶会上的玩家就都会知道，自己掌握了太多的数字，之后大家就不会和优势太大的玩家进行交易了。当然，这些都是罗维教给她的。

林忠寒："可以。那么轮到我了。"

林忠寒看了看麦芽妹和格桑紫玲的表情："我选麦芽妹。"林忠寒也非常清楚，茶会上交易最多一次，超过一次，就会被针对。

林忠寒和麦芽妹两人交易成功。

梁雨则拒绝了林忠寒的交易邀请。

于是，第二天的茶会结束了。

…………

下午4点，摩杰一边在健身房健身，一边思考着茶会上所发生的事情……这时，摩杰收到了一条信息：

Yaran 请求添加你为好友。

摩杰嘴角微微上扬："猎物自己送上门了。"

五、淘汰

时间回到下午2点，茶会结束后。罗维和张亚然两人一起吃中饭。

"3。""1。"罗维和张亚然同时轻声地说道。

罗维:"现在才把数字给我。"

"嘿嘿,这是在考验你。"张亚然笑嘻嘻地说,然后从口袋中翻出手机来,不小心掉出一个棒状的仪器。张亚然马上捡了起来。

罗维:"这是什么东西?"

"防狼电击棒呀。"张亚然拿着仪器显摆着。

罗维:"你这么平,用不到那玩意儿的。"

"我买这个东西就是专门用来电你的。"张亚然用电击棒指着罗维的脑门说着。

"这下糟了,看来跟她摊牌的时候一定要离她远点。"罗维的内心嘀咕着。

张亚然用手机在官网输入了刚刚拿到的数字——所有的数字都通过了。

此时的罗维和张亚然都已经获得了最终密码的 4 位数字:31*7*****5。

张亚然:"对了,刚刚你为什么要我选四明呢?"

罗维:"我可以跟你解释原因,但你得确保你会认真听。"

张亚然:"你说你说,我认真听。"

罗维放下筷子:"首先你告诉我,如果是你,你会选和谁交换数字?"

张亚然:"我应该会选 6 号吧,我感觉他挺好打交道的,给他布丁的时候他还挺温和地谢谢我。"

罗维笑了笑:"我告诉你吧,在茶会上,应该尽量选不好打交道的人交易,把好说话的人留到茶会外去攻克。"

张亚然:"哦哦,原来如此!"

罗维:"我不是告诉过你,你今天来之前发生了什么事吗?"

张亚然:"对,我想起来了,3 号和 6 号吵起来了。"

罗维:"我观察了他们吵架的整个过程,6 号摩杰语速和表情都非常不自然,论据的重点都在于如何证明自己的清白而非攻击对方的漏洞,很明显是他说了谎。"

张亚然:"既然这样,那不是更应该和6号交换数字吗?不然之后找他,他又说谎怎么办?"

罗维:"如果我去和他交涉,他能骗过我吗?"

张亚然:"对哟,说得也是,哈哈。"

罗维喝了口水,说道:"在茶会上争吵的时候,6号摩杰说了一句话:'数字是我先给你的,你看了后才回复我的,我怎么可能还反过来骗你?'我跟你说过,你还记得吗?"

张亚然:"嗯。"

罗维:"如果你是6号,你打算和3号交换数字,而你又不打算告诉3号你真正的数字,那么你只能从剩下的9个数字中挑一个对吧?"

张亚然:"对啊。"

罗维:"6号先把数字给了3号,说明6号在选择这个假数字的时候并不知道3号的数字是多少,万一他选的假数字正好是3号自己的数字,不就穿帮了吗?所以为了避免这种事发生,6号一定会选一个3号绝对不知道的数字,这个数字是多少?"

张亚然:"呃……我猜不到诶。"

罗维:"这个数字很有可能就是你第一天告诉大家的数字,5。"

张亚然:"那也就是说,他昨天试过了5这个数字!?"

罗维:"没错。摩杰昨天下午2点半就主动找了3号麦芽妹,这是茶会刚刚结束的时候发生的事。所以摩杰很有可能在茶会刚刚结束的时候就试了数字5,并且得到了正确的提示。此时他在肯定3号没有试过数字5的情况下跟她私下交易,那么他就一定会选5这个数字作为假数字来骗她。"

张亚然恍然大悟。

罗维:"今天茶会上给你发交易邀请的人是4号四明,6号摩杰和9号梁雨,6号也在其中,更进一步地说明6号昨天试过了数字5,并且相信你是一个非常天真善良的人。他觉得邀请你交易,你最有可能同意。"

张亚然:"这么说,那4号阿呆和9号梁雨也试过了5这个数字?"

罗维:"很有可能。只是他们都没想到,还有这么多人都向你发出了交易邀请。不过这也证明了我之前的判断是对的。"罗维又笑了笑:"你的天真善良确实为你带来了很多人气。"

张亚然:"明明是因为我长得可爱。"

罗维:"所以 6 号玩家摩杰,加上麦芽妹给他的数字和他自己的数字,他现在应该已经有最终密码中的 3 个数字了。再跟他交易的话,他的优势太大了,因此不能选他,况且我已经想好该怎么对付他了。至于选 4 号还是 9 号,我也只是凭感觉。我觉得 4 号看起来没有太多威胁,而 9 号看起来在预谋什么事,最好不要过早地向她暴露我们的数字。"

张亚然:"嗯……我也有这种感觉。"

罗维:"你真的听明白了吗?"

张亚然:"我当然明白啊,这么简单的逻辑,我又不是智障。"

罗维内心一惊:你怎么知道我整天骂你智障?

张亚然:"那接下来我们该怎么办? 找谁要数字?"

罗维又把筷子拿起来,一边撷菜一边说:"目标还不明显吗?"

…………

下午 4 点,健身房。摩杰坐在蝴蝶机上看着手机。

Yaran:嗨,可以交换一下数字吗?(滑稽)

如果能重来我要选摩杰:你为什么选我呢

Yaran:嗯……我也不知道

Yaran:我觉得你这人挺好说话的

Yaran:今天茶会上你对我说了谢谢

Yaran:虽然你长得很凶,但我觉得你是个很绅士的人,你应该不会骗我(酷)

如果能重来我要选摩杰:妹子,你太容易相信别人了

Yaran:除了你我不知道该相信谁啊

Yaran:你不愿意和我交换数字吗

如果能重来我要选摩杰:我考虑一下,晚点回复你

Yaran:好,我等你回复

摩杰内心早已同意,根本不打算考虑,但一定要装着自己很纠结的样

子出来。

（半个小时后）

如果能重来我要选摩杰：好，我答应和你交换

Yaran：太好了！谢谢你！

如果能重来我要选摩杰：你想怎么交换？

Yaran：去咖啡厅吧，当面交换，我把位置发你

如果能重来我要选摩杰：好的

Yaran：五点半到可以吗？

如果能重来我要选摩杰：没问题，一会见

摩杰合上手机，笑了笑：果然女人都好骗。

突然，他又收到了一条消息：

星氧请求添加你为好友。

摩杰内心：是那个1号？他也想跟我交换吗？先看看他的目的吧。

摩杰同意了请求。

星氧：不要和张亚然交易

看到这条消息，摩杰突然有点困惑。

如果能重来我要选摩杰：你怎么知道我在和2号交易？

星氧：我在监视她

星氧：她发的消息我都看得到

摩杰内心又笑了：难怪她要跟你分手。

如果能重来我要选摩杰：为什么不能跟她交易？

星氧：她是骗你的

如果能重来我要选摩杰：我凭什么相信你？

星氧：因为我了解她的为人

星氧：相信我，不要和她交易，和我交易吧

如果能重来我要选摩杰：我考虑一下吧

摩杰根本不打算考虑，他内心非常清楚：星氧被踢出了茶会后就只能通过私人交易的方式获取数字；星氧和Yaran已经是公认的敌对关系了，他俩是不可能交易的，他一定会找像我这样优势不大的玩家交易。

他俩中必然有一个人在说谎,可是目前对于摩杰来说,比起罗维,他肯定更愿意相信那个第一天就诚实地公布 10 号数字的纯真善良的小女孩。

…………

5 点 40,某咖啡厅,摩杰正坐在座位上等待张亚然。

"对不起我来晚了。"张亚然抱着一个平板电脑跑了过来,坐在摩杰的对面。

摩杰:"你好像经常迟到啊?"

张亚然:"哈哈,不好意思啊,下次不会了!"

摩杰:"好吧。你拿个电脑做什么?"

张亚然:"你说这个吗?当然是为了试数字啊,手机屏幕那么小,我怕待会儿手滑输错了就惨了。"

"嗯……"摩杰显得有点慌张,"是这样的,按照规矩,见面只交换数字就可以了,我们各自回去再验证。"

张亚然:"为什么啊?难道你要给我假数字,怕我当场拆穿你?"

摩杰:"不不,我不会骗你……是这样的,因为在外面交换容易被看到,说不定现在就有人在偷窥我们。"摩杰很清楚,他就是不想跟张亚然当场翻脸。

张亚然:"哦哦,原来如此,你想得挺周到的,那好吧!"

摩杰:"对了,你之前没有和其他玩家交易过吧?"

张亚然:"呃……我就刚刚在茶会和 4 号交换过啊。"

摩杰:"哦哦,好的。"

张亚然:"你呢?"

摩杰:"我和 3 号交换了,可惜她给我的是错的,唉。"

张亚然:"唉,你这么老实,肯定会被骗啊。"

摩杰尴尬地笑着,然后拿出了两支笔和两张纸:"我们分别在纸上写好自己的数字,然后一起交给对方,怎么样?"说着把一支笔和一张纸递给张亚然。

张亚然接过纸和笔:"好嘞!"

摩杰内心："看来这个妹子已经非常信任我了。"

突然，摩杰的手机又收到一条消息：

星氧：我在你后面。

趁着张亚然低头写数字，摩杰马上惊恐地回头查看，发现罗维正戴着鸭舌帽、墨镜和口罩坐在后面一排的位子上。

摩杰又收到一条消息。

星氧：放心吧，她没发现我。

如果能重来我要选摩杰：你想做什么？

星氧：我是来告诉你，张亚然在说谎，她不会给你她真正的数字。

星氧：她脸很红，语调非常错乱，很明显在紧张。

摩杰此刻根本听不进这些玄学的东西，他只想快点完成交易以免被张亚然发现当场揭穿。摩杰此刻已经开始有点慌张了。

张亚然："你写好了吗？"

摩杰："嗯，写好了。"

两人将写了数字的纸折叠好，同时慢慢地递给了对方。

摩杰："好，那我们就各自回去验证吧。"

张亚然："对了，你想不想跟我合作？"

"嗯……这个我再考虑一下吧。"说着，摩杰便急匆匆地离开了咖啡厅。临走时，摩杰看了一眼罗维的位置，发现他已经不见了。

（10分钟后）

罗维坐到了摩杰原来的位子上对张亚然说："他给你的数字是什么？"

张亚然嘻嘻地笑了笑，把纸递给了罗维。罗维打开了纸，上面写着数字：0。罗维将纸揉成一团，还给了张亚然。

罗维："记住这个数字，然后把这张纸烧掉。"说着，罗维站起身准备走。

张亚然："你现在去哪啊？"

罗维："我去拿真正的数字。"

…………

晚上7点，摩杰的房间。

"您输入的密码错误。您还剩 1 次尝试机会,请好好把握。"

摩杰的电脑屏幕上弹出了这条信息。

摩杰瞪大眼睛看着屏幕,然后看着手中纸上的数字:3。他仍然不敢相信自己的眼睛。

"那个小丫头居然骗我?"摩杰回忆着张亚然的一切行为和语言,可他仍然找不到任何自己可能遗漏的破绽。世界观崩坏的摩杰愤怒地把纸撕碎了。

摩杰的手机传来新消息的提示音。

星氧:你输入了吗?

摩杰突然想起了罗维的忠告,马上回复了他。

如果能重来我要选摩杰:你说的是对的,她骗了我

星氧:有空吗? 待会碰个面?

如果能重来我要选摩杰:好

此时除了这个给过自己忠告的星氧,摩杰已经不知道该信任谁了。

…………

晚上 9 点,人民公园。罗维站在一条僻静的公园小路的路灯下,戴着鸭舌帽和口罩。

摩杰穿着羽绒服走了过来。

罗维摘下口罩,面无表情地说道:"你还剩最后一次机会,如果这次再输错,你就会被淘汰。"

周围没有路人,只有冷冷的风声,罗维和摩杰都可以肯定,以这种音量说话,没有人可以听到。

摩杰:"我相信你。"

罗维:"那我能相信你吗?"

摩杰:"你不是能够看穿别人有没有说谎吗?明知道这一点,我是不可能骗你的。我的数字是 8,你现在就可以查看。"

对于摩杰来说,今天一定要获得一个新的数字;他心里很清楚,以自己的形象,在茶会上是根本争取不到交易机会的;他和罗维一样,都只能通过茶会之外的私人交易获取数字。今天已经没有任何人比罗维更适合

进行交易了,哪怕暴露自己真实的数字,他也要获得罗维的。

罗维:"我的数字是 1,如果你不相信我,现在就可以查看。"罗维报上了张亚然的数字。

摩杰:"不了。我相信你。按规矩来吧。"摩杰不相信鬼神,但他相信,凡事按规矩来总能避免灾祸。

两人像陌生人一样,朝着相反的方向离去了。

…………

晚上 9 点 20,麦芽妹、四明、林忠寒、格桑紫玲、梁雨、罗维和张亚然的手机同时收到一条短信:

6 号玩家【如果能重来我要选摩杰】因使用完两次尝试机会,已被淘汰出局。——黄油

同时,玩家群的人数减少为 8 人。

麦芽妹内心:不管是谁,谢谢你了。

六、危机

"3107*8***5"张亚然在官网的密码锁上输入了这一串数字,点击了"确认解锁"按钮。网站弹出了提示:

密码正确

这时,罗维的手机收到消息:

Yaran:密码正确!

星氧:哪个数字

Yaran:全部啊

星氧:你输入的这么快?

Yaran:我一起输入的啊

星氧:你不要一起输入啊智障!

星氧:一个一个输入啊

星氧:你一起输入,万一有错的我们都不知道是哪个数字错了

Yaran:哦哦

Yaran:哈哈我太激动了,对不起~

游戏的第二天即将结束,此时,罗维和张亚然已经确认了最终密码的6位数字,胜利已近在咫尺……

准备入睡时,罗维的手机又收到一条消息:

Viola:在吗星氧,我有很重要的事要告诉你,看到的话回复我

罗维立刻删掉了消息框,关上了床柜的灯。

…………

11月24日(星期三),中午1点,今羽茶馆。

暖气依然很大。

"看来目前还没有人花钱买数字呢。"林忠寒说着,又环顾了所有人。

1号罗维已经离开了茶会,10号六明提前退出了游戏,6号摩杰已被淘汰,而7号玩家407299始终没有出现过。茶会上还剩六位玩家。

"奇怪啊。"四明看着空着的6号座位:"6号这也退得太突然了吧?"

格桑紫玲:"我也觉得……他一句抱怨都没有吗?会不会太安静了?"

林忠寒:"嗯……关于这个问题,我可以回答你们。"

所有人看着群主林忠寒。

林忠寒:"我昨天咨询过黄油,我问他如果被淘汰的玩家还继续干扰游戏怎么办,他发了这条消息给我。"说着,林忠寒掏出手机开始念:"当检测到有玩家被淘汰,主办方会告知该玩家,在游戏结束前禁止干预正在游戏的玩家,如果能做到,那么在游戏结束后主办方会补偿被淘汰玩家一定的金额。"

四明:"哇,原来如此!具体多少钱啊?"

林忠寒:"这我就不知道了,可能现在得保密吧。"

麦芽妹:"这主办方巨有钱啊!"

四明:"等一下,那这样我们不就没办法拿到6号的数字了吗?"

林忠寒:"不一定。还在游戏的玩家中应该已经有人知道他的数字了,你得自己去找,如果你真的想知道。"

格桑紫玲带着玩笑的语气对四明说:"你也可以直接买数字啊。"

四明:"那算了,我可没钱。"

服务员进来,给每个玩家都倒上了红茶,然后离开了。

"咦? 亚然今天居然没迟到?"四明突然转向正在沉思的张亚然。

张亚然抬起头,冲他吐了吐舌头,然后继续低头沉思。

麦芽妹:"你在想什么呢?"

张亚然:"我在想一个人……"

麦芽妹:"谁呀?"

张亚然:"就是那个 7 号啊,他一直都没有现身过。我在想他会不会在幕后搞什么花样。"这也是罗维一直在担心的。

所有人都沉默了一会儿,似乎都在思考什么。

这时,罗维发来一条消息给亚然:六个玩家都到了吗?

Yaran:嗯

星氧:好

星氧:今天和 9 号梁雨交换数字吧

Yaran:Ok

林忠寒:"7 号玩家没有参加过茶会,如果他还在游戏中的话,一定已经和我们中的某些人打过招呼,甚至交换过数字了。你们有谁和他接触过吗?"

没有人回答。

林忠寒:"如果有人和他接触了,那我只能建议你千万不要向他暴露我们的信息, 更不要和他交易。一个在暗处的人如果对我们了如指掌的话,那么对我们茶会上所有的玩家都是巨大的威胁。希望你们都能明白这一点。"

所有人都不作声,似乎默认了这个观点。

"那么,开始今天的茶会交易吧。"说着,林忠寒又拿出了卡片发给每个人。

5 分钟后,所有人同时摊开了自己的卡片:

3 号麦芽妹的卡片:8(格桑紫玲)

4 号四明的卡片:8(格桑紫玲)

5 号林忠寒的卡片:4(四明)

8号格桑紫玲的卡片：2（张亚然）

9号梁雨的卡片：2（张亚然）

2号张亚然的卡片：9（梁雨）

罗维的手机收到消息：

Yaran：88422

罗维想了一会儿，回复张亚然：

星氧：不要选8号，还是9号梁雨

罗维不想让大家觉得张亚然获得了太多的数字。

茶会上，林忠寒："紫玲和亚然，你们谁先结算？"

张亚然想了想，先结算的可能会吃亏，于是看着格桑紫玲。

格桑紫玲："行，那我先来吧。"

格桑紫玲看着3号麦芽妹和4号四明，犹豫了一会儿，然后说道："我选4号。"

四明和格桑紫玲交换了彼此的数字，没有人指认对方撒谎，交易成功。

轮到张亚然了。

张亚然："那我选9号吧。"

张亚然内心并不想选9号。9号梁雨今天一句话也没说，脸上没有任何表情。这让张亚然有点害怕。当然，这种细节也没必要告诉罗维。

张亚然和梁雨两人在纸上进行了一番交流。

张亚然写下：你的数字。

梁雨写下：4号的数字。

张亚然内心：看来她更在意阿呆呢，不过对我来说也好，不用暴露我的数字了，罗维应该也会觉得是好事吧。

两人在分别纸上写上了数字交给了对方。

"6。"张亚然收到了这个数字，马上用平板电脑打开了官网，在密码锁第9位密码的输入框中输入了数字6，然后点击"确认解锁"按钮：

"您输入的密码错误。您还剩1次尝试机会，请好好把握。"

看着电脑上的提示，张亚然吓傻了……

"她说谎!"张亚然瞪大眼睛大声说道,然后把平板电脑亮出来给所有人看,"她给我的数字是错的!"这时,张亚然惊恐地发现,梁雨不再是面无表情,她正诡异地微笑着看着自己,无光的瞳孔周围布满了血丝。

所有人看到平板电脑上错误提示的弹窗,都愣住了。

"怎么回事?梁雨?"林忠寒站起来看着梁雨。

梁雨仍然目不转睛地看着张亚然,非常平静的语气说道:"她说得没错,我说谎了。"说着,梁雨披上了外套,对所有人说道:"从今天开始,我退出茶会。"然后快步离开了房间。

所有人都没缓过神来。

张亚然双目无神地瘫坐在座位上,她拿起手机,不知道该怎么跟罗维说……

格桑紫玲:"看来她早已决定要离开茶会了。"

四明和麦芽妹不知道该说什么。

但张亚然心里明白,除了她以外,此刻房间内所有人内心都在暗喜。

林忠寒:"不管怎么样,茶会还是要继续。现在轮到阿呆了。"

四明:"哦哦……你给发的邀请是吧?"

林忠寒:"没错。"

四明:"嗯,行,我同意。"

4号四明和5号林忠寒进行了交易,没有人说谎,交易成功。

茶会结束了,所有人都离开了茶馆。

…………

下午一点半,天空很阴沉,飘着几点雨滴。

张亚然无精打采地走进了昨天的餐厅,罗维早已坐在老地方等她。

罗维:"怎么了?脸色这么难看?吃了屎吗?"

张亚然:"我被骗了。"

罗维:"怎么回事?"

张亚然低着头说:"梁雨给我的数字是假的,她已经退出茶会了。"

罗维看着张亚然,沉默了一会儿。

张亚然:"对不起……"

罗维："是我让你去和梁雨交易的，你又没做错事，干吗跟我说对不起。"

张亚然："可是……我今天在茶会看到梁雨的时候就觉得她不对劲了……但我没有跟你说这件事。"

罗维："可以啊，还学会察言观色了，进步挺大。"

张亚然依然低着头。

罗维："行了别难过了。赶紧吃东西吧。你想吃什么？"

张亚然："我肚子不饿。"

罗维转过头对老板说："老板，来两份皮蛋瘦肉粥。"

张亚然："你怎么知道我喜欢吃这个？"

罗维："你昨天点菜的时候就一直看着这个，最后还是将就我点了炒菜。"

张亚然突然笑了出来："你不要读心了，可怕的男人。"

张亚然："对了，今天梁雨给我的数字是……"

罗维："先不要说。"

张亚然："嗯？"

罗维："先不要说密码游戏的事。"

老板将两碗热粥送到了桌上。

张亚然："怎么了？"

"你被跟人踪了。"罗维一边喝着粥一边说，语调非常的平稳自然，跟聊天没有什么区别。

张亚然愣了一下，警觉起来。

"别紧张，表现得平常一点。"罗维说，"他就坐在门口，穿着米黄色风衣，戴着白色口罩。"

张亚然："他听不到我们说话吧。"

罗维："嗯，应该是听不到的。我们先吃饭，茶会的事晚点再说。待会儿你按我的计划行动。电击棒带了吗？"

张亚然点了点头。

罗维："好。"

（10分钟后）

张亚然起身，跟罗维告别后就径直走出了餐厅。此时，黄衣男摸了一下衣领，然后也起身，跟在了张亚然后面。

看到黄衣男离开了，罗维也跟了过去，开始跟踪黄衣男。

天空下起了小雨，三个人都撑起了伞在熙熙攘攘的街上走着。

张亚然一直朝着甜品店的方向走，她控制着自己的步伐，时刻通过周围的反射物查看黄衣男的位置，避免黄衣男跟丢自己。而罗维也时刻保持着与黄衣男15米的距离跟在后面。

雨越下越大。张亚然经过了几个街口、天桥和地下通道，最后来到了甜品店附近的一条小巷子前，然后走了进去。

黄衣男犹豫了一会儿，也跟着走进了巷子，然而他并没有看到张亚然。巷子空无一人，黄衣男快速地朝巷子深处走去。天空雷声不断，大雨冲刷掉了所有的气味。走到巷子中间时，黄衣男四下观望，没有发现任何人。此刻他意识到，他已经跟丢了张亚然。正当他继续往前走，准备离开巷子的时候，罗维撑着雨伞拦在了他面前。

黄衣男下意识地往后退了一步，突然发现，不知什么时候，张亚然也撑着雨伞、拿着电击棒站在了自己身后。

罗张两人围站黄衣男两边，黄衣男已无路可走。

罗维："你是今羽茶馆的服务员吧。"

黄衣男侧着身低着头，把口罩摘了下来："嗯。"

罗维："也就是说，你是林忠寒的人。"

张亚然："嗯？"

黄衣男没有作声。

罗维："很简单，各种细节都能看出来，林忠寒就是今羽茶馆的老板。"罗维没有告诉她这个信息只是在团购应用上查到的。

张亚然："哦哦，厉害！"

罗维对着黄衣男说："说吧，为什么跟踪亚然？你们有多少人？"

黄衣男："我只是收钱办事，你问的我都不知道。"

罗维有点不耐烦："亚然。"说着,张亚然举起电击棒对着黄衣男闪了两下。

"我真的不知道!"黄衣男语气非常慌乱:"我也是刚来的,林老板什么都没告诉我,他只是要我跟着你们,然后偷拍你们的对话。"说着,黄衣男从衣领折角处取出了一个微型的针孔式摄像头交给了罗维。

罗维心道:"看来林忠寒早就已经知道我和张亚然结盟的事了;这个服务员看起来没有说谎,这也确实像是林忠寒的做事风格。"

黄衣男:"林老板说,只要游戏结束,他就会给我报酬,别的我什么都不知道了。"

"原来是钱啊。"罗维想,既然是为了钱,不如把这个服务员买下来,让他为自己卖力,反过来去监视林忠寒的行动。

罗维:"当过卧底吗?"

黄衣男:"什么意思?"

罗维:"你说你是刚来的, 又是为了钱,想必跟林老板没有什么交情吧。"

黄衣男:"我认识他还不到两天。"

罗维:"那你不如跟我干吧。去今羽茶馆那当卧底,帮我们监视林忠寒的行动。我给你双倍的报酬,如何?"

黄衣男沉默不言。

罗维:"你告诉我吧,他给你多少钱?"罗维心中的理想价位是 5000元。

黄衣男:"四万元。"

两人四目相对,气氛安静了十秒。

罗维:"不好意思啊,我付不起。"

黄衣男:"嗯?"

罗维:"亚然,动手吧。"

张亚然开启了电击棒,对着黄衣男的股沟插了进去。随着雷光一闪,黄衣男惨叫一声,晕倒了过去。

雨声越来越大。两人呆呆地看着倒在巷子中央的黄衣男。

罗维搜了搜黄衣男的身体,没有发现其他有用的东西了。

罗维:"把他交给警察吧,就说尾行然后偷拍智障少女。"说着罗维准备拿出手机。

张亚然突然大叫道:"小心后面!"

罗维瞳孔放大,迅速回身,突然一把匕首从右侧横向朝着他的胸前划过来!

此时罗维已经来不及闪躲,他下意识地往左后方侧身,匕首划过了他的右肩,冰冷的鲜血从他的右肩溅射出来,失去重心的罗维坐倒在地上,他抬头一看,在他面前的是一个面无表情的白发青年男子。

七、忧虑

白发男子看着罗维,右手横举着那把已经染红的匕首,突然露出冷笑的表情,马上又把匕首的方向对准了罗维!

此时,罗维的左手还拿着雨伞,他立刻将黑色的雨伞往白发男子的脸上盖了过去。雨伞挡住了白发男子的视线和俯冲惯性,罗维乘机立刻旋转雨伞,雨伞的支架部分突然弹射了出来,与伞柄分开成两个部分。白发男子虽然被伞支架冲退了两步,但身手迅捷的他立刻将雨伞支架扯开扔到了一边,并横起匕首迅速地往前突进,但是又瞬间停住了——此刻,坐在地上的罗维用左手举着剩下的伞柄,指着白发男子,伞柄的尖头是一把金属利刃……整个伞柄已经变成了一把细长的刀,罗维将刀刃抵在了白发男子的脸前,两人的动作都停了下来。

一瞬间发生的事,张亚然这时才反应过来:"罗维!"她立刻放下雨伞,扶住了罗维不停流血的右臂。

白发男子突然大笑起来:"哈哈!行啊小伙子,连摄影师都被你们放倒了!"

罗维对着白发男怒吼道:"你是什么人!?"

白发男收起匕首:"你不是会读心吗?你猜我是什么人啊。"

罗维迅速平息怒火冷静了下来。他知道,越是这种时候越需要冷静。

罗维："我来之前已经报了警。我不管你的目的是什么,如果你想在这里杀人,警察马上就可以找到你!"

张亚然见状,一手扶着罗维,一手立刻开启了电击棒对着白发男。

"呵,不好意思,我从来不杀人的,"白发男冷笑地说着,然后拿出一卷绷带和药膏扔给张亚然:"拿去好好止血吧。"说完,白发男拿起了倒在地上的黄衣男的雨伞,朝着反方向准备离去。

罗维："等一下!"

白发男没有理会。

罗维："摄影师是什么意思?"罗维知道,如果直接问他的目的,他是肯定不会回答的,必须在他走之前套出更多的信息。

"这我倒是可以告诉你。"白发男停下脚步,冷笑一声,侧着头对罗维说道,"这个穿风衣的是导演组的人。"

罗维："导演组?"

白发男："就是这个游戏的导演组。这么说你应该懂了吧。"说完,白发男继续往远处走着,"不说啦!只要你们今天不影响我的计划就行,反正明天还会再见的。"然后从巷子的另一端离开了。

罗维望着消失在雨中的白发男,心情始终无法平静下来。太多的问题需要分析,太多的危险需要预防……突然,罗维感到眼前一阵昏暗,意识渐渐模糊。他看着流血的右臂,突然意识到白发男的匕首上有毒!

张亚然："你怎么样了罗维?"

罗维突然抓住张亚然的手,用最后的一点意识和力气对张亚然说道:"梁……雨……"

罗维昏倒在了张亚然的怀中。

…………

一段时间过去了,罗维醒了过来。他穿着不认识的厚厚的睡衣,躺在一个宽大的白床上。这是一个陌生的单人卧室,周围没有人,非常安静;整个房间灯光白亮,非常精美豪华的欧式装修;窗外天色全黑,雨虽然停了,但空气却依然潮湿。

"这应该是亚然的家吧……"罗维这么猜着,喊了一声,"亚然?"

也许是毒性还没褪去，罗维的听觉仍然没有完全恢复，一直能听到些许的嗡鸣声。这时，他听到了一阵急促的脚步声慢慢靠近，来到了卧室门口。"是张亚然吗？"罗维又问了一句，但是没有人回应。罗维突然感到不对劲儿——刚刚的脚步声似乎不止一个人的，好像是两个人，或者更多人……一股不安的情绪充斥着罗维的心脏。

虚掩的门被慢慢推开了，罗维紧张地看着门的方向……突然，一只巨大的金毛把门扒开，飞速地冲向罗维的床，然后跳到罗维身上，一边不停地嗅着罗维的脸一边疯狂地甩尾。

"噗！"罗维像被强 X 一样拼命地摆头寻找可以呼吸的姿势。

"阿呆,不准上床！"张亚然穿着睡衣抱着一个毛毛虫布偶从门口走了进来。金毛看到毛毛虫布偶，又立刻跑向了张亚然。

罗维缓过气来，拼命睁着死鱼眼看着张亚然："为什么你的狗也叫阿呆？"

"你终于醒啦！"张亚然把布偶扔到一边,坐到了罗维的床前。金毛马上跑过去接住了布偶。

张亚然："这里是我的房间。"

罗维："我睡了多久了？"

张亚然："嗯……从下午开始到现在晚上 11 点,差不多 8 个小时吧。"

"11 点……"罗维试着集中精神,却发现非常困难,"你没送我去医院吧。"

张亚然："没有啊。我爸是市医院的外科手术医生，他帮你包扎了伤口。"

罗维："原来如此……那我的衣服也是你爸帮我换的吧。"

张亚然："你的衣服是我换的啊。"

罗维："呃……你不介意吗？"

张亚然："噗！当然介意啊,所以才要给你换衣服嘛。你穿得那么脏,我怎么可能让你睡我的床？"

"呃……当我没问。"罗维只好当作是张亚然想故意避开这个话题。

罗维一边缓缓地坐起来，一边问着："你爸人呢？"

张亚然："他早就上急诊班去了。"

罗维："那你妈呢？"

张亚然："他们不住一起。"

罗维："分居了吗？"

张亚然："不是，他们是离婚了。"

罗维："原来如此……那你现在是跟你爸住啰？"

张亚然摇摇头："并不是……我其实很少来这边的，一般都住我妈那儿。只是因为你我才过来找我爸的。"

罗维："冒昧地问一句，你们家庭关系现在如何？你和你爸之间有矛盾吗？"

张亚然："嗯……我爸对我妈很不好，经常打她。我不想和他在一起生活，所以离婚的时候，我哭着闹着留在了妈妈身边。爸爸家里非常有钱，他继承了爷爷的遗产。这栋别墅就是我爷爷留给他的。"

罗维："但他终究是你爸，你的生活仍然很多方面都接受了他的资助，包括你那个甜品店，对吗？"

张亚然："是的。"

罗维："看来我猜得果然没错。"

张亚然："你猜了什么？"

"我们这 10 个玩家根本不是随机选出来的。"罗维摸了摸右肩的伤口，感觉已经好多了。

张亚然："不是根据点击那个链接的顺序选的吗？"

罗维："不完全是……我们 10 个玩家都有个共同的特点，那就是拥有在短期内筹集到巨额资金的能力，且对赚钱这件事又非常渴望，比如你我这样的人。"

罗维喝了口水，继续说道："我父母都是做房地产的，他们都很有钱；我四年前离家出走了；你和我一样，都有一个非常有钱的家庭，但却又因为各种原因不愿去享有这份资源。那个林忠寒我也调查过，他是今羽茶馆的大老板；这个今羽茶馆在全市还有三个连锁店，而且都是在非常繁华的商业地段，他的家产可想而知。但是你应该不知道，他以前是个赌徒。"

张亚然惊讶地听着。

罗维："根据我的调查,他现在仍然欠着一屁股债。所以对他来说,他急需一笔巨款来还债。而他又肯定舍不得卖掉自己好不容易在繁华地段买下的茶馆。因此才会这么执着于参加这个游戏。"

张亚然："原来是这样!"

罗维："还记得第四条规则吗? 每个人都可以花 100 万元买数字。"

张亚然："当然记得啊。你是说,其实我们每个玩家都是有能力买数字的? "

罗维："没错。主办方早就知道这一点,所以才敢出这么高的价格卖数字。目前应该还没有人会买,但到了游戏后期,总会有人忍不住。比如,如果你现在还差 3 个数字就能获得全部的密码,而这 3 个数字又很难通过交易得到,你不会有买数字的冲动吗?这个时候,你只要花 200 万,就能直接得到 1000 万元,这笔交易不要太划算了。"

张亚然："的确是这样。"

罗维："哪怕花 300 万元、400 万元甚至 500 万元,肯定都会有很多人愿意的。"

张亚然："有道理诶。"

罗维顿了顿,看着张亚然说道:"那我现在问你,你愿意吗? "

张亚然："嗯? 什么意思? "

罗维拿起床边已经完全没电的手机, 对着张亚然:"我们现在有几个数字了? "

张亚然吞了口口水:"6 个。"

罗维表情非常严肃:"那么,我们现在只要花 300 万元,奖金就是我们的了。你愿意花这 300 万元吗? "

张亚然看着手机,思考了很久。

张亚然："你愿意吗? "

罗维："我可以告诉你,我不愿意。"对于罗维来说,成本超过五万块就已经失败了。

张亚然笑了笑:"我跟你一样。"

两人看着对方,都微微地笑了。金毛歪着头望着两人,感到气氛非常诡异。

此刻的罗维,已经对这个游戏了解得非常透彻了。

所谓的交换数字,就像是做生意,信誉好的商家可以获得更多的客源,而卖假货的商家则可获取大量既得利益;茶会便是一个市场,所有的人都可以在市场上公开公平地做生意;茶会之外便是黑市,无法在茶会做生意的商家只能在黑市进行交易,而黑市的交易没有法律的保障,被骗了也只能闷声;购买数字,则等于行贿,直接向法律制定者购买特殊的权力,以获取更高的回报。

…………

过了一会儿,罗维感觉头脑清醒了一些,耳鸣声还在。

张亚然:"你现在没事了吗?"

"嗯,没事了,"罗维扭动了一下脖子,认真地说道,"现在开始来处理游戏的事吧。"

张亚然点了点头:"可惜已经浪费一天的时间了。"

罗维:"没关系。你今天有收到什么消息吗?"

"这个。"张亚然拿出了自己的手机给罗维,上面显示着一条短信:

9号玩家【A金灿灿房屋咨询顾问梁雨】因使用完两次尝试机会,已被淘汰出局。——黄油

张亚然:"这是你醒来之前收到的。"

罗维叹了口气:"果然会这样……"

张亚然非常委屈地说:"你晕过去之前对我说了梁雨的名字,但我不知道该做什么……"

"这不怪你。"罗维凝着眉头说,"我本来的计划是今天晚上去找梁雨交换数字的,可惜梁雨已经出局,想要再拿到她的数字就很难了。看来那个白毛早就知道我们想要做什么。"

两人沉默了一会儿。

张亚然:"我有个猜想!可以说吗?"

罗维:"你说。"

张亚然:"我总觉得，这个梁雨的出局和今天袭击我们的那个男人有关。"

罗维:"为什么呢？"

张亚然:"你当时可能没听清，那个男人走之前说了一句话,他说只要我们今天不影响他的计划就行。"

罗维:"他的计划……"

张亚然:"我只是随便猜的咯。"

罗维:"你的猜测是有道理的。"

张亚然脸红了起来。然而罗维并没有注意到。

罗维:"今天晚上到底发生了什么事，只有等明天的茶会才能知道了。"

张亚然:"那个白头发的男人是主办方的人吧？不然他怎么说跟踪我们的人是什么导演组？"

罗维:"那你觉得他为什么要袭击我们？"

张亚然:"因为我们快要获胜了啊,如果我们不花一分钱就获胜,那他们不就亏钱了吗？"

"不,如果他真的是主办方的人。"罗维摸着下巴思考着,"他一定不会告诉我们那个服务员也是主办方的人,不管他说的是不是真的,他都没有理由告诉我们。"

两人又沉默了一会儿。

罗维:"这个人很有可能跟那个服务员一样,是林忠寒的手下……"

张亚然:"寒叔真的会做这种事吗？"

罗维:"林忠寒这个人城府非常深，千万不要凭第一印象去判断他的为人。"

罗维:"如果白发男说的是真的,那个服务员是主办方的人,那么林忠寒就很有可能和主办方有关系……也许他将会是我们最难对付的敌人。"

张亚然低着头。制定了茶会规则、一直都在主持公道的群主林忠寒,却在背地里雇用打手袭击其他玩家,这显然是张亚然无法接受的。

罗维:"……对了,你还记得今天茶会上发生的事吗？"

张亚然："哦对，我后来一直没机会跟你讲。9号骗了我之后就离开茶会了。她给我的数字是6。"

罗维："嗯，也就是说，9号的数字不是6，那就只可能是2、4、9中的一个。"

张亚然："那你知道她为什么要骗我吗？"

罗维："我也只是猜测……她宁愿退出茶会也要消耗掉你的一次尝试机会，那么就说明她很有可能跟我们一样，也已经和茶会上的某个玩家结盟了。"

张亚然："哇，我也这样想的啊。"

罗维："她第一天的茶会邀请对象也是你，很显然……"

张亚然："她是在针对我！"

罗维："没错，如果真的是这样，那这个联盟在第一天就已经成立了，而6这个数字就一定是她盟友的数字。"

张亚然："所以她的盟友肯定不是麦芽妹和四明！"

罗维："对，她的盟友应该就在林忠寒和格桑紫玲之中。"

张亚然："你觉得会是谁？"

罗维："目前来看，更有可能就是林忠寒，因为只有他有可能在第一天就知道我们两个已经结盟的事，所以才开始针对你。"

张亚然："寒叔和梁雨结盟……梁雨的盟友会不会不止一个呢？"

罗维："也有这种可能，但可能性很小。三个人结盟，首先奖金平分就很少了，而且一旦有人想背叛，就等于直接和另外两个人为敌，代价太大了。除非三个人像刘关张桃园结义的关系一样牢靠，那种可能性也基本为零。"

张亚然："那还有7号呢？"

"对，还有7号……"罗维又摸着下巴思考了一会儿，说道，"7号到现在都没有现身，所以我一直都没有把他放到考虑范围之内。如果7号在幕后参与着游戏，并在暗处接触了9号……的确，9号梁雨也有可能会和7号结盟。如果真的是这样。"罗维看着张亚然，"两个结盟的人不能全都游离在茶会之外，7号很有可能明天就会在茶会上出现。"

张亚然:"对了,还有件重要的事忘了告诉你!"

罗维:"什么事?"

张亚然:"梁雨她今天问我要的不是我的数字,而是 4 号阿呆的数字。"

罗维:"……我想想。"

罗维:"亚然,除了我和 4 号以外,你的数字有没有告诉过任何人?"

张亚然:"绝对没有!"

罗维:"也就是说,她有可能在第二天就已经跟 4 号私下交易过,并且得到了你的数字……不对,如果是这样,那她得到的数字应该都是正确的,可她今天却因为两次尝试错误出局了……"

张亚然认真地看着罗维。

"对不起,亚然,目前信息量还是太少了,我分析不出来。"罗维捂着鼻梁,看来毒性仍未完全消退。

张亚然:"你头还晕吗?"

罗维点了点头:"还有点……"

张亚然看着罗维,眼神中流露出难过和担忧。

罗维:"亚然,谢谢你救了我。"

张亚然双手握着罗维的左手,用母亲对孩子说话的语气对罗维说:"你多注意身体吧,实在不行就不要继续了。"

罗维笑了笑,看着张亚然:"你会害怕吗?"

张亚然低着头,没有回答。

"没关系,发生这种事,害怕也是理所当然的,"罗维转头看着窗外,"接下来的游戏会更加危险,如果你觉得不值得,提前放弃也是很好的选择,就像 10 号那样。"

张亚然:"那你呢?"

罗维:"我会继续。"

"嗯。"张亚然突然又像个孩子一样,露出自信的表情,"那我也陪你玩下去!"

罗维仔细观察着张亚然的每个表情和动作,一切都无比的自然……

从见到张亚然的第一天起罗维就在观察她的一举一动，每句话和每个表情，永远都是最自然、最稳定的状态——这个女孩从来没有对自己说过半句假话。

罗维看着张亚然感到非常惊讶，他一辈子都没有见过这种人，哪怕自己的前女友。他甚至对自己的测谎能力感到了怀疑。

两人沉默地对视着。

张亚然慢慢地往罗维的脸上靠过去，在这个才认识不到 3 天的男人的左脸颊上留下一个吻痕。

两人继续沉默地对视着。

罗维心中的忧虑消失了，他用左手反握住了张亚然的双手，语气温和地说道："明天的茶会非常重要，有可能会有危险，你一定要做好准备。"

张亚然乖乖地点了点头。随后两个人和一只狗在这个房间度过了第三天的夜晚。

梁雨的盟友到底是谁？为什么她会选择查看四明的数字？

罗维昏迷的过程中发生了什么事？

白发男究竟是什么人？

7 号玩家是否会现身？

…………

想要弄清楚所有的问题，必须在明天的茶会上找出答案。

…………

11 月 25 日(星期四)，下午 1 点，今羽茶馆。

张亚然的身体像被固定在了座位上一动不动，她瞪大双眼，惊恐地看着眼前的这个男人。

"大家好，自我介绍一下，我是 7 号玩家郭少非，今天才来参加茶会真是不好意思，哈哈！"白发男子笑嘻嘻地站在 7 号的位子对着所有玩家说道。

八、剧本

时间回到 11 月 25 日的凌晨 4 点。

睡不着觉的罗维一个人来到后花园,一边散步一边思考着。他突然想起什么,拿出手机打开蜂窝网络,看到了一条消息:

Viola:小心白发

罗维惊讶地看着这条消息,而最让他震惊的,是这条消息的发送时间:11月24日下午2点05分,那是罗维正在跟踪服务员的时候。那个时候,罗维为了不暴露自己的行踪,把手机静音了。

星氧:你在吗?

罗维现在才发觉,Viola的身份并不简单:她到底是什么人?她参与了游戏吗?我从来没有见过她,她会不会利用这点以别的身份偷偷接近我?比如假扮成某个玩家……

短短的一条信息,让罗维脑补出了十几种可能性。Viola这个女人的出现,无疑是在罗维脑中原本就错综复杂的关系网上又遮上了一层谜团。罗维急需向Viola问个明白,至少得先确认她是朋友还是敌人。

Viola:在

罗维思忖:"这么晚居然还在!她很有可能在做什么事,必要在晚上才能做的事。"

星氧:方便接电话吗?

Viola:不方便

Viola:你遇到白发了吗

星氧:我被他刺伤了

Viola:不要紧吧

星氧:我没事

Viola:没事就好

星氧:你是不是在跟踪我们?

Viola:噗

星氧:你回答我的问题

Viola:没有

星氧:那你怎么会知道白发男的事?

Viola:你别管

Viola 发消息一直都很简短,总让人觉得很高冷。但罗维知道,她只是单纯地内向和害羞。

看来 Viola 并不打算回答罗维。不过好在她不是敌人,至少暂时看不出敌意。

星氧:可以告诉我你是什么人吗? 你和密码游戏到底有什么关系?

Viola:你别管

因为之前一直没回 Viola 的消息,罗维能感觉到,她有点生气了。罗维现在根本不关心 Viola 是否生气,他只在乎 Viola 的真实身份。

星氧:好,我不管。但你必须回答我一个问题,你到底是不是玩家?

Viola:哼

星氧:……

Viola:我只能告诉你有一件事,就是我会暗中保护你的安全

星氧:……

Viola:拜拜

之后星氧继续发消息都没有得到任何回复。

神秘的女人。

…………

下午 1 点,茶馆。

郭少非说完就一直挂着歉意的表情傻笑着, 看起来像个不懂事的弱智。

四明笑着对张亚然说:"你看,有个比你更喜欢迟到的人出现了。"

张亚然仍然一脸惊恐地看着郭少非。

格桑紫玲好奇地问:"为什么你现在才加入游戏呢? 之前没看到消息吗? "

郭少非红着脸回答:"呃……我其实早就看到了,但我个人出了点事,受伤了,所以耽误了几天,真的不好意思! "他一边说着,一边揉着右手臂上的绷带。

"我也是今天早上才收到他的消息。"林忠寒拧着眉心说道,"虽然迟到了这么久,但毕竟他也是 10 位玩家中的一员,所以我个人认为他有资

格参加茶会……你们觉得呢？"

大家都沉默了一会儿。

对于在游戏中的玩家来说，平白无故多了一个竞争对手是件非常让人生气的事。但如果能先于其他玩家抢到这个多出来的数字，对于分数落后的玩家也是一个机遇，而且这个人刚刚加入游戏，应该没有和任何人交易过，因此目前的他应该是全场最劣势的玩家，对自己也没有太多威胁……所有人都在思考着利弊，除了张亚然，她很清楚，这个人绝对不是一个普通的玩家，他的存在可能将直接导致游戏提前结束。

张亚然推了推胸前的蝴蝶结，试着把蝴蝶结中间的针孔摄像头对准坐在对面的郭少非，然后拿起手机给罗维发送消息：现在怎么办？

茶馆不远处的一座公寓楼顶，罗维盘腿坐着，一边死盯着平板上的直播画面，一边拿着手机回复张亚然：

星氧：先不要回答他

星氧：他如果想继续玩下去，一定不会在茶会上暴露自己

Yaran：好

茶会上。

麦芽妹："你的手臂为什么会受伤啊？"说着，所有人都看着郭少非打着石膏缠着绷带的右手手臂。

"啊。"郭少非略显慌张地小声说，"说出来你可能不信……这个是被1号星氧刺伤的。"

所有人又惊又疑。

郭少非看了看大家："就是第一天啊，我们得到数字的那天早上，我刚出门，就被那个1号找上门来逼问我数字，我没给他，然后他就拿刀刺了我一刀，我用右手挡住，他就跑掉了……还好没什么大事，哈哈哈！"

四明："所以你这么久不参加游戏原来是养伤去了啊。"

郭少非一脸委屈："我怕我一参加游戏，又碰到那个1号，我是吓得不敢出门了。"

四明："那你怎么今天又来了呢？"

郭少非："是群主跟我说，那个1号已经不在茶会了，我才敢来的啊。"

说完郭少非瞄了一眼张亚然。

此时的张亚然听到这，怒火已经注入了她的每个细胞，她再也忍不住，正准备站起来向大家说明真相，突然罗维又发了一条消息过来：

星氧：不要冲动

星氧：保持冷静，千万不要让别人发现你的情绪

星氧：如果你这个时候和他为敌，那么所有人都会知道你跟我结盟的事

张亚然闭上眼睛，克制住了自己。然而刚刚愤怒瞬间的表情依然被格桑紫玲捕捉到了。

"咳咳……的确是我让他来的。"林忠寒脸色稍微有些尴尬，"不好意思，没有提前跟大家说。但是他到底能不能临时加入茶会，还是得听大家的意见。"

四明："我倒没什么问题诶。"

麦芽妹："我觉得可以啊。"

格桑紫玲和张亚然都没有说话。

林忠寒："亚然，你觉得呢？"

张亚然立刻调整情绪，右手托着脑袋，一副很无所谓的表情说："嗯……也行吧。我挺相信他的。星氧也确实是会干出那种事的人啊。"

林忠寒："格桑紫玲你怎么说？"

格桑紫玲看了看张亚然："既然亚然都觉得没问题，那我也同意啰。"

"谢谢大家！"郭少非马上鞠躬道谢，他仿佛听到掌声。

这时，罗维又给张亚然发了消息：

星氧：放心吧，我会想办法对付他的

张亚然又闭上眼睛。"放心吧，我会想办法对付他的"，张亚然内心重复着这句话，让自己镇定了许多。

罗维从来没有让张亚然失望过，她相信这次也一样。只要罗维说出这句话，他就一定能做到。

郭少非在公约上签了自己的名字。

林忠寒："那么现在开始今天的茶会吧。"所有人都按照规矩在卡片上

写下了一个序号。

…………

2号张亚然的卡片:8(格桑紫玲)

3号麦芽妹的卡片:7(郭少非)

4号四明的卡片:7(郭少非)

5号林忠寒的卡片:7(郭少非)

7号407299的卡片:4(四明)

8号格桑紫玲的卡片:3(麦芽妹)

罗维收到消息:

Yaran:77743

星氧:了解

茶会上。

四明:"哇!这么多选7号!"

林忠寒:"还是老规矩,票数最多的7号先选择交易对象。"

郭少非:"啊?就到我选了吗?这……那我还是选4号吧,毕竟我的卡片上写的也是他。"

四明:"哇!这是什么操作?"

郭少非笑了笑:"哈哈,因为你是第一个同意我加入茶会的啊。"

四明和郭少非愉快地在白纸上写上了双方想要交换的信息。不久,两人同时在手机上完成了验证。

罗维在视频直播中关注着两人的表情,突然发现,在两人都声明交易成功的瞬间,四明的脸上显现出一股惊诧的情绪看着郭少非。罗维思考着什么……

麦芽妹同意了格桑紫玲的交易邀请,双方交易成功。

而格桑紫玲则拒绝了张亚然的交易邀请。

罗维内心:果然如此……看来她已经猜到了。

第四天的茶会结束了。所有人起身离开,张亚然仍坐在位子上一动不动。郭少非走在队伍的最后。

当所有人都离开房间时,郭少非在张亚然身边停下了脚步,悄悄地说了一声:"晚上 8 点,叫罗维来人民公园。"说完,充满恶意地冲着张亚然笑了笑,然后走了。

　　⋯⋯⋯⋯⋯

　　下午 3 点,罗维来到了张亚然的甜品店。

　　"这位客人,来尝尝本店今天的主打甜品:芝士双皮奶!"张亚然端着两杯双皮奶坐到了罗维的前面。

　　罗维:"你这情绪变化也太快了吧。"

　　张亚然抿着嘴笑着:"哼哼,看到你我就开心了呀! 怎么样,第一次来我们店,感觉如何?"

　　"嗯,挺不错的。"罗维脸色有些阴沉。

　　张亚然依然傻笑着。

　　两人一言不发地喝着双皮奶。

　　"张亚然。"确定这次没有人跟踪,罗维开口打破了寂静,"你还是退出游戏吧。"

　　张亚然:"为什么又这么说?"

　　罗维:"我总有种不好的预感,这个游戏对你来说太危险了。"

　　张亚然:"那你也退出呗。"

　　罗维:"我不会的。"

　　张亚然:"那我也不。"

　　罗维看着张亚然单纯的眼神,不再继续重复的对话了。

　　张亚然:"你晚上会去人民公园吗?"

　　罗维:"当然要去。"

　　张亚然:"你不怕他再对你动手吗?"

　　罗维笑了笑:"他不会的。他的目的只是获得我的数字。"

　　看着张亚然仍然一脸担忧的表情,罗维继续解释:"郭少非在茶会上说的那个谎一定是很早之前就准备好的,他有一个很大的计划,要弄清他的计划,我必须当面和他对峙。另外,我确定他这次不会攻击我。上一次他攻击我,是因为我们电倒了那个摄影师,也就是给我们录像的人。"

　　张亚然:"他不是林忠寒派来的吗?"

罗维:"准确地说,是林忠寒为了替主办方拍摄游戏过程派来的。"

张亚然:"拍摄游戏过程?"

罗维:"是的。从昨天起我就一直在琢磨郭少非说的'摄影师'和'节目组'是什么意思,直到今天早上我看了那个摄像头中的视频内容我才想通。"

罗维喝了口奶,说道:"那个视频,里面记录了你每天从茶馆离开后到家里的全部过程,他不仅记录了我和你的见面,还记录了你在户外去过的每一个地方,买的每一件东西,拍的每一张自拍。"

张亚然惊慌地说:"啊!? 这么可怕? 那我家里呢?"

"家里并没有被拍到。如果仅仅是为了偷听竞争对手的情报,拍这些东西根本就是多余的。"

张亚然:"的确。他都已经偷拍到我们的对话了,为什么还要再拍我们私人生活的画面呢?"

罗维:"所以我猜测,这个游戏的本质其实是一个真人秀节目,而我们现在玩的游戏,正是他们的剧本。这些多余的画面,是游戏的主办方是为了塑造我们每个玩家的人物形象拍摄的。这才是这个主办方真正的目的。"

张亚然惊诧地看着罗维。

罗维:"而林忠寒必然也是受节目组的委托才派人跟拍我们的。想必这样的摄影师应该还有很多。"

张亚然:"那我们不是每天都生活在监控中?"

罗维:"之前确实是这样。但自从我们昨天发现了那个服务员之后,我就开始留心周围的人,并没有发现有人跟踪了。"

张亚然:"他们知道自己被发现了,肯定不会再派人来跟踪我们了。"

罗维:"没错。"

张亚然:"那既然这样……那这个节目组说的 1000 万元奖金会不会也只是个噱头?"

罗维:"肯定不会。现在这个密码游戏已经火了,全国都知道这是他们承办的活动;以密码游戏的人气拍摄一部真人秀的电影,哪怕是 2000 万元的成本都是值得的……因此,这个游戏一定还是要继续玩下去的。"

张亚然:"所以我们也要配合节目组,把这部戏演完。"

罗维又喝了口奶:"你现在知道郭少非那天为什么会攻击我们了吗?"

张亚然:"呃……我还是不知道。"

罗维:"很明显,郭少非一直在跟着我们,他在寻找机会把我放倒让我出局;但是同时他也知道,有个摄影师也在偷拍我们;如果他直接出手,势必会被摄影师拍到,那么就违背了游戏规则的第三条:不准使用暴力,他就会被节目组赶出局。"

张亚然:"原来如此!所以我们刚刚把那个服务员电晕,他就出来动手了!"

罗维:"但是今天不同,他已经知道我们有防备了,这个时候再动手无疑会暴露他自己。"

张亚然:"对,我就一直用摄像机拍他,如果他今天再动手,我们就把他的视频传到群里,不对,要传到网上!"

罗维:"你别想了,他只要我去,又没要你去。"

张亚然张大嘴巴,一脸惊慌地看着罗维。

罗维:"好吧好吧,带你去。"

张亚然并未察觉到,此时的自己对于罗维来说,已经没有什么利用价值了。

罗维心中一直在计算着张亚然这张牌的价值,麦芽妹和四明的数字都早已拿到,郭少非、林忠寒、格桑紫玲都不是简单的人物,如今的张亚然已经没有多少人可以骗了。

突然罗维的手机收到两条消息:

Viola:快来市医院!

Viola:四明被送进 ICU 抢救了!

罗维和张亚然惊恐地互相看了一眼。

九、代价

罗维和张亚然两人坐在开往医院的计程车上。

张亚然低头默念着:"阿呆……"

罗维沉默着看着窗外,不知道该如何说话。给 Viola 发了好几条消息,并未得到任何回复。

…………

下午 4 点,市医院。

罗维和张亚然赶到了抢救室门口, 一个穿着西装的青年男子急躁地正来回走着。

张亚然:"你是阿呆的亲人吗?"

西装男:"嗯。你们是?"

张亚然:"我是阿呆的朋友,我叫张亚然,这个是罗维。"

罗维的目光正在四处寻找一个女人的身影。

西装男:"啊……你们好。"

张亚然:"阿呆他怎么样了?"

西装男焦虑地回答:"我看到他进去的时候,浑身是血,已经没有意识了。"

张亚然:"你知道他为什么会这样吗?"

西装男:"据说是在街上被一个巨型广告牌砸倒了。"

张亚然:"据说? 是谁说……"

罗维走上前,抢过张亚然的话:"你好, 请问你是怎么知道四明出事的? 是有人告诉你的吗?"

西装男:"是一个陌生人打电话告诉我的。"

罗维:"陌生人?"

西装男:"是的,是个女人。"

罗维:"可以给我看看她的电话号码吗?"

西装男翻出通话记录,罗维也拿出手机对照了一下。

"是那个女人……"罗维发现, 西装男所指的来电显示的号码就是

Viola 的手机号码。

西装男和张亚然疑惑地看着罗维。

"等一下。"罗维突然意识到什么,"你说你是四明的亲人,而且 Viola 她有你的手机号……你叫什么名字?"

西装男:"哦,我叫赵伯明,是赵宇杭的哥哥。"

张亚然:"赵宇杭?就是阿呆?"

西装男:"没错。"

罗维:"你就是六明吧。"

西装男眼神凝聚起来:"难道你们是……玩家?"

罗维:"重新介绍一下,我是 1 号星氧,这位是 2 号,Yaran。"

…………

傍晚的某街道,郭少非正蹲在路边在拿着手机打游戏。突然郭少非的手机进来了电话。

郭少非:"喂?"

熟悉的男人声音:"是你干的吗?"

郭少非笑道:"嗤,当然是我啊,不然还有谁呢?"

男人叹了口气:"没出人命吧。"

郭少非:"放心吧大哥,我不是没有分寸的人。跟你混了这么多年,难道你还不了解我吗?"

男人:"嗯,知道了。"男人挂断了电话。

郭少非继续打游戏。

…………

晚上 7 点,市医院,抢救室门口。

医护人员从抢救室走了出来,三人凑上前去。

赵伯明:"我弟弟怎么样了?"

医生:"病人的生命已经没有危险了,但因为脑部受到重创,意识依然没恢复,接下来的三个月都要留院观察。"

赵伯明:"我可以进去看他吗?"

医生:"暂时还不行,你们先等等吧。"

赵伯明瘫软地坐下来，罗维和张亚然都看到，赵伯明背上白色的衬衫已经被汗水染黄了。

张亚然："阿呆太可怜了……"

罗维："没想到4号会以这种方式出局。"

张亚然："我们怎么办？"

"有些事需要确认一下，"罗维坐到赵伯明的对面望着他，"赵先生，我有几个关于密码游戏的问题想问你，你看现在方便吗？"

张亚然小声："罗维……"

赵伯明："你就在这问吧。"

罗维盯着赵伯明的双眼："你说你已经放弃了密码游戏，是真心的吗？"

赵伯明："是的。我是个没有追求的人，这种游戏也不适合我。"

罗维："四明之前在游戏中说他和你有嫌隙，是指的什么？"

赵伯明："原来他跟你们说了啊。我跟他是同父异母，父亲离异后就一直带着宇杭，但父亲经常打骂他，他经常向我求助，但我都没有时间去管他；加之父亲经常在经济上支持我，反而对他的关心很少……久而久之，他把对父亲的怨恨归结到了我身上。"

罗维："你们的父亲，应该是一位富豪吧？"

赵伯明："差不多吧，但是我们和他关系都不好，我也已经很久没联系他了。"

罗维："最后一个问题。"

赵伯明："你说。"

罗维："你觉得，四明的事故是意外吗？"

三个人都沉默着。

"有样东西给你看一下，"赵伯明说着，从口袋中掏出了一个钱包，然后从钱包中拿出一张银行卡："这个钱包是我今天从四明的身上拿出来的，这个银行卡，是我爸专门用来汇款的银行卡。"

罗维："也就是说，他今天找过你爸？"

赵伯明："四明他很少出门，而事故发生的地方离他家很远，附近正好有这个银行的营业厅。"

罗维："他是来转账的。"

赵伯明："看来我们俩想的一样。"

罗维终于明白："看来我们想得都没错,他是来买数字的。"

赵伯明："只有这种可能了。"

罗维："也就是说……你怀疑他是被别的玩家故意伤害的？"

赵伯明："四明去买数字,说明他已经获得了大部分的数字……对于其他玩家来说,如果不阻止他买数字,那么他很有可能马上就可以获胜了。"

罗维："他在茶会上交易的次数太多了,大家都能看到。"

赵伯明思考着："你能想到袭击他的这个人吗？从那群玩家中间。"

罗维笑了笑,看着张亚然。

张亚然："能做这种事的人,也就只有他了吧。"

罗维："时间不多了,我们走吧。"

罗维张亚然和赵伯明交换了联系方式,然后离开了。

…………

医院门口,罗维放慢了脚步。

张亚然："怎么了？"

罗维一脸阴沉地看着张亚然："你真的要去吗？"

张亚然："当然啊,你在说什么呢？"

罗维："你还没发现这个游戏有多危险吗？"

张亚然："什么啊？"

罗维："那个郭少非,他每得到一个人的数字,就会用各种方法让他出局,而且不择手段。"

张亚然："……"

罗维："先是梁雨,然后是四明……如果你再不退出游戏,下一个就是你了。"

张亚然虽然是突然意识到这点,但她马上收敛住了害怕的表情："我知道的。所以我才要跟你一起去对付他。"

罗维:"你真是个小孩。"

张亚然:"别说了,马上 8 点了,快走吧。"

张亚然拉着罗维的手快步离开了医院。

…………

晚上 8:20,人民公园。

僻静的角落周围没有行人,白发的郭少非双手插着口袋,嘴里嚼着口香糖,站在路灯下看着慢慢走过来的罗维和张亚然。

郭少非:"我说了吧,我们今天会见面的,罗星氧。"

罗维懒得回答他。

郭少非:"我说怎么你也会迟到,原来是带了个女的当保镖。"

罗维:"对付你一个人,有张亚然就够了。"

张亚然左手拿着开着摄像头的手机对着郭少非,右手拿着电击棒,表情非常紧张。

郭少非:"我一个人?你狗眼瞎了吗?"说完,从旁边没有路灯的地方,一个高大的人影慢慢走了过来,嘴角带着烟头的火星……

张亚然惊诧地看着那个人。

从阴影中走出来的人就是群主林忠寒。

罗维:"果然是你。"其实罗维并未预料到林忠寒今天会来,但还是装作已经知道。

林忠寒把烟吐到地上踩灭:"不要摆出一副被骗了的样子好吗,我从来都没骗过你。"然后又点起了一支新烟,"跟你们一样,我和 7 号从第一天起就结盟了。"

张亚然:"那阿呆的事也是你指示白毛干的吗?"

郭少非:"阿呆?"

林忠寒:"就是 4 号四明。"

郭少非:"哦,他怎么了?"

"没什么。"罗维看了一眼张亚然,轻声说,"别问这些没用的,他们不会承认的。"

张亚然咬着牙盯着林忠寒。此刻,林忠寒的形象在张亚然心中已经完全覆灭了。

林忠寒："不说废话了,快点交易吧,你们那边应该也拿到挺多数字了吧?"

罗维默不作声。目前罗维和张亚然已经获得的数字仍然是 6 个:3107*8***5。对于他们来说,只要再获得 3 个数字就能获胜。可这 3 个数字却比之前任何一个数字都更难获取。郭少非和林忠寒中任何一个人所持的数字,对罗维来说都非常重要。

张亚然："你想怎么交易?"语气充满敌意。

郭少非："用我的数字,换罗星氧的数字,怎么样?"

罗维："没问题。"罗维没有理由拒绝。

张亚然自信地说:"先提醒你们一句,你们今天就别想要赖了,在罗维面前你们谁都说不了谎话的。"

郭少非："你可别这么说,我们这边可是诚心诚意的。"说完看了看林忠寒。

林忠寒没有回答,吐了一口大烟,然后从口袋中掏出了两副扑克牌,分别扔给了罗维和郭少非:"你们把自己的数字选出来交给对方吧,1 选 A,0 选 Q。"

两人很快选好了牌。

"3,2,1!"两人同时将纸牌飞向对方,半秒后,两人都迅速地接住了对方的纸牌。

罗维手上拿到的是一张 A。而郭少非手上拿到的是一张 Q。

"走了,祝你玩得开心。"郭少非将纸牌洗入自己的牌堆中,和林忠寒一起离开了。

罗维仍然站在原地看着他们。

张亚然："你没有问题要问他们吗?"

"他们什么都不会说的。"罗维摇了摇头,把纸牌给了张亚然,"你拿回去试吧,我要先回去有点事。"

张亚然："你还有什么事?"

罗维："没什么……明天中午再见吧,老地方。"说完罗维头也不回地转身离开了。

"你注意安全。"张亚然看着罗维的身影消失在黑暗中。看着那让人信任的背影,张亚然完全没有感到一丝不安。

…………

晚上9点,罗维、麦芽妹、林忠寒、郭少非和格桑紫玲的手机同时收到一条短信:

2号玩家【Yaran】因使用完两次尝试机会,已被淘汰出局。——黄油

玩家群还剩五人。

…………

11月26日(星期五),下午1点,今羽茶馆,晴

"哟,好久不见各位!"摘下了口罩的罗维又重新坐在了1号的座位上,微笑地看着所有人。

十、天敌

茶会的圆桌周围坐着五个人:格桑紫玲、郭少非、林忠寒、麦芽妹和罗维。

郭少非疑惑又诧异地看着林忠寒:"这是怎么回事!?"

郭少非心里非常清楚,罗维出现在茶会上,就相当于在和他宣战了。

麦芽妹和格桑紫玲看着罗维,不知道发生了什么。

林忠寒没有回答,语气依然很平淡地问罗维:"星氧,公约上已经没有你的名字了。你私自来茶会,也不提前知会我们一声,这样做事可是不可取的。"

罗维:"不好意思,下次不会了。"

"你哪来的下次啊,"郭少非带着脾气,转过身对林忠寒说:"群主,千万不能让这个人留在茶会啊!我的手现在都还绑着绷带,说不定他哪天不愉快了给我们每个人捅一刀……"

"7号!"罗维大吼了一声,郭少非立刻转身看向他,只见罗维突然站

了起来,拿起桌上的茶杯朝郭少非泼洒了过去,反应迅速的郭少非立刻用右手挡在了前面,然而他并没有感到滚烫的茶水扑向自己……他慢慢放下防御的姿势看着对面的罗维,才发现罗维手上的茶杯是空的。

"你右手要是真的受伤了,干吗还用右手挡呢?"罗维冷笑了一声,又慢慢放下茶杯坐下,然后拿起茶壶倒上了热茶。

郭少非突然意识到了罗维的恶意,他咬着牙看着罗维,忍住了怒火。麦芽妹和格桑紫玲都看在了眼里。

林忠寒:"你们两人在茶会外有什么过节我不管,我只管茶会的事。星氧,你如果想重新进入茶会,就必须通过大部分玩家的同意,这点你清楚吗?"

罗维一边吹着热茶,一边说:"郭少非一句话就能让你主动邀请他加入茶会,想必背后他也卖了不少情报给你吧?"

麦芽妹和格桑紫玲都疑惑地看着林忠寒。

林忠寒:"你是个刚愎自用的人,请不要在这带节奏了。"

"行。我知道了。"罗维放下茶杯说道,"可茶会现在只有五个人了,除了我之外还剩四个,如果出现平票的情况怎么办?"

林忠寒:"我说了,是大部分玩家同意;所以如果平票,你就不能参加。"

罗维环视了在场所有人一眼。

这时,麦芽妹突然说道:"等一下,在投票之前,我想先问一下大家。"

所有人看着麦芽妹。

"你们今天早上都收到黄油的消息了吗?有谁知道 4 号发生了什么事吗?"麦芽妹语气显得有些焦虑。

所有人都想起了早上收到的黄油发送的消息:

4 号玩家【四明】因无法继续游戏,已被淘汰出局。——黄油

麦芽妹:"亚然应该是被谁骗了出局的,但是四明这个出局的原因却没说,你们有谁知道发生了什么吗?他会不会已经……"

没有人回答她,只有罗维冷冷地接了一句:"被人暗算了。"

麦芽妹惊恐地看着罗维:"你知道什么吗?"

罗维:"4号在茶会上交换到几个数字了,你还记得吗？"

麦芽妹回忆着,格桑紫玲回答了他:"第一次他和张亚然交换,第二次他和我还有林忠寒都交换了,第三次他和郭少非交换了,如果他还有过私人交易,加上他自己的数字,他应该已经有6个以上的数字了。如果我是他,我昨天就会花钱去买剩下的数字,这样就直接获胜了。"

林忠寒:"所以有人为了阻止他获胜,对他动手了,你想说的是这个意思吧？"

所有人都意识到,现在这个时候,任何玩家敢公开自己的优势,无疑是在寻死。

格桑紫玲:"很明显,是我们玩家之中的人干的。"说着,她的目光移到了郭少非身上。

郭少非看着罗维:"能做出这种事的,想也想得到是谁了。"

罗维右肩的伤隐隐作痛,并不想展示它。

林忠寒:"好了,先投票吧,决定星氧能不能留下来。"

所有人都看着罗维。

林中寒:"我数到1,同意的人就举手吧。"

罗维内心早已对每个人进行了分析:

3号麦芽妹,三天的茶会交易下来,她一共和5号林忠寒和8号格桑紫玲两个人交换过数字;麦芽妹第一天就被摩杰骗走了一次尝试机会,对自己的能力没有自信的她大概率是不敢在茶会外和别人私自交易的,毕竟再被骗一次就gameover了;因此她目前已知的数字,加上她自己的,应该是3到4个,处于非常劣势的状态。

8号格桑紫玲,茶会上记录的交易一共也只有两条,一次和4号四明,一次和3号麦芽妹;她自己已经说了,如果她像四明那样拿到了六个数字,一定会愿意花钱买剩下的数字;所以她目前所拥有的数字也应该不超过五个,也是劣势。

还有一种可能:3号和8号结盟,即使是这样,她们两所拥有的数字总和也一定不会超过五个。刚刚我暗示了林忠寒和郭少非结盟的事,想必这两个女生都已意识到自己的劣势,必然急需和我交换数字,因此她们两个大概率都会同意我加入茶会。

7号这个畜生一定不会同意。

剩下的就是5号群主林忠寒了。为什么还会对林忠寒抱有期待,是因为昨天晚上的交易。

首先,可以肯定的是,在第一次的茶会上,所有人的信息量都很少,5号林忠寒和3号麦芽妹交换的一定是双方自己的数字,不可能是其他玩家的数字,因此林忠寒手上一定有3号的数字:0;所以我昨天投石问路,故意选择了3号的数字0给郭少非看他的反应,然而通过他的表情可以知道,他并没有感到奇怪……那么有两种可能性,一种是7号和5号虽然结盟,但他们之间并未完全交换已知的情报;另一种,就是7号想测试5号告诉他的情报是不是正确的;无论哪种可能,都说明57的这个结盟并不稳固,林忠寒和郭少非不一定会同心同德。

相信昨天给他们的数字已经让他们明白,通过私人交易想从我这拿到数字是不可能的。张亚然已经出局了,那么我目前持有的自己的数字,和6号摩杰的数字,一定是所有其他在游的玩家都没有的,因此现在的林忠寒如果想要得到我或者6号的数字,就必须从我这拿,并且只能以茶会交易的方式。

此刻对于罗维来说,能不能重新加入茶会,关键就看林忠寒了。

"3,2,1——"

除了郭少非,其他人都举手同意了。

罗维嘴角轻撇了一下,又端起了杯茶小抿了口。郭少非露出了惊异的表情看着林忠寒,并未作声。

林忠寒:"恭喜你了,星氧。"

罗维重新在公约上写上了自己的名字:"那就别废话了,赶快开始吧。"

…………

所有人都在卡片上写上了数字:

1号罗维的卡片:8(格桑紫玲)

3号麦芽妹的卡片:1(罗维)

5 号林忠寒的卡片：1（罗维）

7 号 407299 的卡片：8（格桑紫玲）

8 号格桑紫玲的卡片：1（罗维）

自从得知郭少非加入茶会后，罗维就已经在心底里为自己制定了赢得这场游戏的基本战略规划：

剩下的未知数字——2,4,6,9 一共四个，被 5 号林忠寒、7 号郭少非、8 号格桑紫玲和 9 号梁雨所持有，有两次尝试机会，所以只要知道其中的 2 个数字，剩下的 2 个数字就都可以知道；

想要让郭少非自己把数字交出来已经不可能了；5 号和 7 号的数字最好从梁雨身上入手，"梁雨的盟友到底是不是 7 号？梁雨出局的那天发生了什么事？"是一直没有解决的问题，如果能解决这两个问题，那就能知道 6 这个数字是谁的。

只要得到了 8 号的数字，再搞清楚梁雨的盟友是谁……只要不是 8 号，那么罗维就能获胜。

所以罗维今天的目标就是 8 号格桑紫玲，这也是他今天想方设法重新加入茶会的目的。

摆在罗维面前有三个选择：3 号麦芽妹、5 号林忠寒、8 号格桑紫玲，这让罗维的内心又犹豫了一下：

3 号麦芽妹和格桑紫玲交易过，但是是在第三天的茶会上交易的，并不能确保他们交换的是本人的数字，也就是说现在的 3 号不一定会知道 8 号的数字……选择向 3 号去要 8 号的数字，风险太大了。

5 号林忠寒，他是目前优势最大的玩家，在这种优势面前，即使退出茶会他也能获胜，因此他有可能直接在茶会上骗人，而我又不能暴露我的测谎能力，现在选他也很危险。

还是直接和 8 号交换数字最稳妥。

林忠寒："你选择和谁交易，星氧？"

"我选 8 号。"罗维看了格桑紫玲一眼，发现格桑紫玲笑着看着自己，没有说话。

格桑紫玲接过白纸。罗维始终在观察着格桑紫玲，希望能从这个之前和自己没有什么交流的女人身上看出一些值得提防的属性，然而什么都没找到，这让罗维放心了一秒，然后又开始担心：这个女人的表现太自然了。

格桑紫玲写了一句话递给罗维。罗维拿过来看，意识到问题不简单。

"我不想在茶会上交换数字，请配合我假装交易成功，我们私下再交易。"格桑紫玲写道。

罗维望了一眼格桑紫玲，她的表情和姿势都没有任何破绽。

必须和这个女人搞好关系，这是战略规划的第一步。

没有办法。罗维在纸上写下了一个"好"，将纸递回给格桑紫玲。然后两人在其他人面前假装交易了一番，没有多余的动作，就各自坐下了。

林忠寒："格桑紫玲，你还可以跟 7 号交换，怎么说？"

格桑紫玲："不用了。"

"啧。"郭少非眯着眼瞥视着罗维。

于是，第五天的茶会结束了。

临走时，罗维偷偷递给了麦芽妹一张字条。

…………

下午两点，咖啡厅。格桑紫玲和罗维面对面坐着。

格桑紫玲微笑着抱歉："刚刚不好意思啊，让你紧张了。"

罗维："能告诉我为什么不在茶会上交易吗？"

格桑紫玲："很简单，因为我怕林忠寒在房间里装监控。"罗维早就仔细确认过整个房间，并没有摄像头，林忠寒也肯定不敢跟节目组对着干。

罗维仔细观察着这个女人，咖啡色长发、高挑的身材、完美的脸形、红色宽松毛呢、长筒平底靴……每个元素都是罗维最喜欢的类型。这反倒让罗维有些紧张。

罗维："所以你才邀请我来这个咖啡厅交易？"

格桑紫玲："嗯。我非常需要你的数字，请相信我的诚意。"

这个女人的一切行为都在告诉罗维她没有骗人，简直和张亚然一模一样。

罗维："可以。我想要的也是你的数字。"

格桑紫玲顿了顿，说："是这样的……我不太想把我的数字给你，你看你有别的想要的数字吗？"

罗维不知道说什么。

罗维："你有谁的数字？"

格桑紫玲："你要谁的数字？"

罗维："你得先告诉我你有谁的数字？"

格桑紫玲："那你得先告诉我你要谁的数字？"

两人呆呆地看着对方，都不肯做出让步。

根据罗维掌握的信息，很难推测格桑紫玲有没有他需要的数字，除了她自己的。但为了和这个女人搞好关系，罗维还是选择让一步。

罗维："那我想要 5 号林忠寒的数字。"

格桑紫玲："不好意思，我没有。"

罗维："那 9 号的数字？"

格桑紫玲："我也没有呢。"

罗维突然意识到自己被耍了。

罗维："你是故意在套我话吧。"

格桑紫玲甜甜地笑了笑："啊，我突然又想起 5 号的数字了！"

罗维心想："她刚刚脸上完全就是一副骗人的表情，可我还是不小心上了她的当；这下她就知道了，我没有 5 号和 9 号的数字，透露了不该说的情报……不过还好影响不大，以后一定要注意这个女人！"

格桑紫玲拿出了纸笔，笑着说："那么开始交易吧。"她的笑容让罗维感到一瞬间的不安，但马上又忘记了。

罗维内心非常清楚：虽然担心装监控也是她不愿在茶会上交易的原因之一，但最主要的一定不是这个；不在茶会上交易的目的很简单，一定是为了在私下交易的时候使诈；她并不知道我能看穿谎言这件事，所以她一定会给我假的数字……不好意思，等下可能要直接揭穿你。

罗维心中甚至已经想好了揭穿并说服格桑紫玲的话术。

两人在纸上写下了数字。

罗维看着格桑紫玲，突然感到了震惊：他从头至尾一直仔细观察着格桑紫玲的一举一动,她的表情、语言和动作……罗维找不到任何不自然的地方!

罗维心中有些慌乱:难道她给我的是真的数字?难道她真的只是因为担心监控才规避茶会的?她是怎么获得林忠寒的数字的?

格桑紫玲写完后,又对着罗维微笑。

以罗维十多年的谎言分析经验判断,可以肯定,这种笑容是装不出来的;罗维坚信着自己的判断:虽然暂时不清楚背后有什么隐情,但这个数字一定是真的。

罗维很快做出了决定:既然她没有骗我,那我也不能骗她了;她目前的分数并不高,给她真正的数字也没有太大影响,如果和她关系闹僵以后就不好调查郭少非和梁雨的事了。

罗维写下了数字3。

两人将写好数字的纸折叠好,同时交给了对方。

罗维拿到纸后就起身转向,格桑紫玲说道:"对了。"

罗维转过身来看着格桑紫玲。

格桑紫玲:"你刚刚给了麦芽妹什么?"

"你眼神很厉害。"罗维道,"我只是告诫她,不要和林忠寒和郭少非交易。"

格桑紫玲笑着说:"你确定她会听你的?"

罗维:"麦芽妹这个人,虽然看起来很软弱,但她并不傻。林忠寒是目前茶会上分数最高的玩家,现在和他交易无疑是把赢家拱手让给他。3号不会做这种蠢事的。"

格桑紫玲:"看来你对他们两个都很了解呢。"

罗维:"只要能限制住林忠寒,我们都还是有机会赢的。当然这句话也是对你说的。"说完罗维离开了咖啡厅。

目前罗维最担心的事就是林忠寒和麦芽妹交易;如果她和林忠寒交易,很可能直接导致游戏结束;和麦芽妹说明了利害关系,也是为自己争取了一些时间。

…………

再次确认没有人跟踪,罗维回到了家,打开了电脑,在密码锁 5 号的位置上输入了纸上的数字:2,网站弹出了一条消息:

"您输入的密码错误。您还剩一次尝试机会,请好好把握。"

罗维静静地看着屏幕沉默了。

三分钟后,罗维轻松地躺在床上,又哈哈大笑起来。

"这个人终于出现了!"罗维内心呐喊着。

自从罗维拥有了谎言分析的能力后,罗维就一直幻想着,自己未来某天也许会遇到一个人,他无惧自己的测谎能力,是罗维命中注定的克星……罗维没有想到,今天居然真的出现了。

这时,罗维收到一条消息:

格桑紫玲请求添加你为好友

罗维通过好友申请后,立刻收到了格桑紫玲的消息:

格桑紫玲:今晚能来我家一趟吗? 有要事。

十一、真相

晚上 7 点半,格桑紫玲家。

罗维站在门口按下了门铃。没有人回应。

罗维:"在吗?"

"进来吧!"格桑紫玲的声音从门后传来,门居然没有上锁,罗维轻轻推开了格桑紫玲的家门。

这是一栋高档公寓,虽然才 7 点,但除了格桑紫玲这户,整栋楼没有几家的灯是亮的。

罗维进屋后关上了门,没有见到格桑紫玲,只听到浴室蓬头的水流声,看来她还在洗澡。

罗维小心地走到客厅,仔细搜寻着任何有关格桑紫玲的信息。屋间内灯光稍显昏暗,室内的家具很少,但打扫得很干净,隐隐能闻到花香。罗维看到了电视机柜旁的奖杯柜,里面摆放着几个赛车比赛的奖杯。

"难道她真的是个赛车手?"在罗维眼中,没有人会在茶会上公布自己的真实职业,除了张亚然那个智障。

罗维仔细阅读着奖杯上的文字:叶文美获房云杯国际超跑锦标赛冠军……格桑紫玲的真名叫叶文美。

这时,叶文美裹着浴巾从浴室走了出来:"你先坐一会儿吧,我去换个衣服。"虽然裹着浴巾,罗维仍然看得出她出色的身材。

半个小时后,叶文美穿着睡衣,披着刚吹好的头发回到客厅,然后端着两杯咖啡放到了罗维面前。

叶文美在罗维旁边坐下:"你试过我给你的数字了吗?"

罗维:"试过了,没问题。"

叶文美微微地笑了一下:"你别骗人了。"

"骗人的是你吧。"罗维讲话略显紧张,他从来不怕任何场合任何对手,却单单害怕眼前的这位美女。

叶文美:"谁叫你呀,和女生去咖啡厅,连账都不结就走了。"

罗维:"……"

罗维:"你喊我来到底有什么事?"

叶文美:"没什么,我想听听你和张亚然的事。"

罗维思忖:"她果然还是看出来我和张亚然结盟的事了,其实从她之前对张亚然的话语和态度就能知道;与其这样遮遮掩掩,不如直接告诉她……"

叶文美伸了个懒腰,说道:"嗯,说吧,你们是怎么分手的?"

罗维:"……"看来她根本没看出来。

叶文美:"那个女孩在茶会上说是你给她戴了绿帽,但我觉得不会。"

罗维:"为什么?"

叶文美自信地笑着:"我可是过来人,看得很清楚的,你不是那种人,那个小丫头骗不过我的。"

罗维思忖:"不好意思,你已经被那个小丫头骗成一个弱智了。"

叶文美:"怎么了,不好意思说?"

罗维:"没什么。"得赶紧想个故事出来。

罗维:"其实都是误会。当时她以为我出轨了,然后就主动提出分手。"

叶文美:"既然是误会,说清楚不就好了吗?"

罗维摇了摇头:"亚然的脾气太倔了,根本说不清楚。"

叶文美一脸怀疑,凑过来看着罗维的双眼:"你这么强的语言组织能力,难道还搞不定那个小丫头?"

罗维下意识地往后倾斜:"呃……我其实不擅长对付女人的。"

叶文美继续靠近:"难道不是你已经对她没感觉了,根本不打算挽留她?"

罗维:"没……没有啊……"

叶文美:"那我问你,如果张亚然现在跟你提出复合,你会同意吗?"

罗维继续往后倾斜:"会吧。"

叶文美:"那说明你还在乎她嘛。"

罗维:"……"

"你是男生,要主动一点儿,赶紧去找她,知道吗?"叶文美的鼻尖已经快贴到罗维的脸上。

罗维:"嗯……好,我知道了,我会去找她的……"

罗维心想:"你不要一边鼓励我和前女友复合一边靠我这么近好吗?"

叶文美坐回到了自己的位置。

罗维慢慢地坐直:"所以你今天喊我来就为了这个吗?"

叶文美喝了一口咖啡:"对啊,难道你还有别的事吗?"

罗维表情认真起来:"你害我损失了一次尝试机会,难道一点儿都不想补偿我吗?"

叶文美笑了笑:"那你想要什么补偿呢?"

罗维:"你的数字。"罗维知道她不会说。

叶文美:"无可奉告哟。"

罗维:"那……告诉我关于一个人的事。"

叶文美:"谁?"

罗维:"7号,郭少非。你对他应该了解不少吧?"

今天的茶会上,大家在揣测袭击四明的犯人的时候,罗维注意到叶文美的目光一直在郭少非身上,罗维猜测叶文美一定程度上掌握了郭少非的情报。

罗维心道："特意喊我晚上来她家，不可能就是为了听我的八卦……她如果有正事要找我，八成就是关于郭少非的事了。"

"你真的很聪明。"叶文美也认真起来，"我也不是那么绝情的人。我今天喊你来，就是为了告诉你7号的事，作为骗你的补偿。"

如果猜不到她的目的，罗维也就不会来了。

叶文美拿出手机打开相册交给罗维："你看看这个。"

罗维看了看，上面全都是叶文美偷拍郭少非的照片，拍摄日期是11月25日下午2点半左右。

罗维："你在跟踪他？"

叶文美："嗯，第一眼见到他，我就觉得他有问题。昨天离开茶会我就跟着他。"

罗维："你是Viola吗？"

叶文美："嗯？什么？"

罗维："没什么……你发现了什么？"

叶文美摇了摇头："我什么都没发现，反倒是被他发现了。"

罗维心道："那小子的反侦察能力非常强，想跟踪他确实不容易。"

叶文美："我跟到新马高架，一辆公交车经过，他突然就消失了，很明显是为了把我甩开。"

罗维："他认出你了吗？"

叶文美："我当时乔装成男人，他肯定认不出我。"

"新马高架……"罗维马上打开了地图，"从茶馆往新马高架走，是四明他家的方向。"

叶文美："没错。我们每次从茶馆离开，四明都会往那个方向走。所以我怀疑，袭击四明的人就是郭少非。"

罗维："这个推测合情合理，但这些照片并不能成为指认他的证据……你还知道别的关于7号的情报吗？"

叶文美："还有一点，是在昨天的茶会发现的。你昨天还没来，应该不知道。"

罗维:"什么事情?"

叶文美:"昨天在茶会上,4号和7号交换了数字。但是在他们都确认交易成功的时候,4号的表情明显不对。"

罗维:"四明的表情怎么了?"

叶文美:"他很惊讶,一直看着7号,然后又低头思考着什么。"

罗维思忖:"确实,我昨天也通过亚然的摄像头发现了这一点,看来她没有说谎。"

叶文美:"你觉得什么情况会让4号在那个时候做出这种表情呢?"

罗维:"想来想去……也就只有一种可能了。"

叶文美:"哪种可能?"

罗维看得出来,叶文美在考验自己。

罗维:"4号已经打算去买数字了,说明他知道自己马上要赢了,这种情况下,他根本没有必要继续留在茶会,也就根本没有必要给郭少非一个真实的数字,增加不必要的风险。"

叶文美:"继续。"

罗维:"所以4号给出的一定是一个假的数字。"

叶文美:"没错!"

罗维:"而他之所以做出惊讶的表情,是因为他意识到7号并当场没有揭穿他。"

叶文美:"没错,但7号为什么不揭穿他呢?"

罗维:"7号既然主动找4号交易,说明他一定是想要那个数字的……那么他很有可能是为了验证,验证林忠寒给他的情报是不是对的。"

叶文美摇了摇头:"给你看一个东西。"叶文美拿回手机,打开了聊天程序,然后交给罗维:"这是游戏开始的第一天凌晨,我的聊天记录。"

罗维仔细查看着:

11月22日,1:25

系统:407299通过了您的好友申请。

格桑紫玲:Hi,你也是玩家吗?

407299:你好

格桑紫玲：为什么不在群里说话呢？

407299：暂时有点忙，稍等一下

格桑紫玲：好

11月22日，1：40

格桑紫玲：对了，你收到汇款了吗？

系统：您已被对方删除。

罗维："你当时主动加了他的好友。"

叶文美："嗯。我看他一直不说话，所以就想问问他。"

罗维摸着下巴思考着："这到底是怎么回事？为什么他又突然把你删掉了？"

叶文美："你发现什么了吗？"

罗维："总感觉有点怪……'暂时有点忙，稍等一下'……这语言组织，根本不像是郭少非会说的话。"

叶文美："在他删掉我之前，我翻看了他个人主页的全部内容，其中有一个毕业照，是他大学的毕业照片。"

罗维："你有截图吗？"

叶文美："很遗憾，并没有。但是我仔细看了那个毕业照，那上面所有人的脸我都记得。"

罗维一惊："你也太厉害了。"

叶文美非常的认真："我可以肯定地告诉你，这张毕业照上面根本没有郭少非的脸。"

罗维："你确定不是通过发色判断的吗？"

叶文美："不是发色，也不是发型，就是脸。这张毕业照上的男生全是歪瓜裂枣，根本没有郭少非那么标致的脸。"

罗维："你这么说好像又有点合理。"罗维虽然不想承认，但郭少非的颜值的确还过得去；对男人的颜值都特别敏感的女人确实有可能区分出郭少非和毕业照上的人。

罗维："难怪你第一眼见到郭少非就觉得他奇怪了……所以你想说，郭少非其实根本不是真正的7号？"

叶文美："嗯。很有可能,在我查看7号个人主页的时候,郭少非就把7号的账号盗取,然后把我删掉了。"

罗维："这可是个大新闻……"

叶文美："所以我觉得,郭少非昨天没有当场揭穿4号,更有可能的一个原因,是他从头至尾根本就没办法验证数字。"

罗维："的确。"

叶文美："郭少非盗取的是聊天软件的账号,而非密码游戏官网的账号;虽然可以通过授权进入游戏官网,但是真正的7号很可能在发现账号被盗了之后立刻通过别的方式取消了他的账号对游戏官网的授权。"

罗维："我觉得他更有可能会直接打电话给密码游戏的主办方,让他们禁用407299这个账号。"

叶文美："但如果是这样的话,主办方就会发现这件事,可事到如今我们没看到他们做出任何反应。"

罗维笑了笑："如果你是主办方,发现了账号被盗这件事你会怎么做?"

叶文美思考着。

罗维："密码游戏的布置和准备花了3个月的时间。他们不可能因为一个玩家的账号被盗,而浪费精心准备了这么久的计划。如果我是主办方,我就会想方设法地隐瞒这件事,让密码游戏能如期顺利地进行下去。"

叶文美："他们会默认让郭少非成为玩家,把真正的7号踢出局。"

罗维："如果是这样,那么郭少非不必等到第四天才露脸,所以主办方并没有选择这个方法。"

叶文美："那你觉得他们是怎么处理的?"

罗维："目前最合理的解释,是主办方接到了7号的电话,并且禁用了7号的账号,同时他们也开始调查盗取7号账号的人。他们在第三天找到了郭少非的真实身份,所以郭少非才会第四天出现在茶会上,他料定主办方绝对不会阻拦,因为他和主办方都不希望7号账号被盗的事情被暴露。"

叶文美："那真正的7号呢?他肯定知道茶会的事,可他为什么从来不来茶会？”

罗维：“以郭少非的做事风格，真正的7号恐怕现在已经无法露面了吧。”

叶文美严肃地问："你的意思是……”

罗维："绑架、监禁，甚至被杀了都有可能……但可以肯定的是，郭少非一定已经从7号口中逼问出了真正的数字，不然他也不会来参加密码游戏。"

叶文美："可是他不能输入数字，那他参加这个游戏有什么意义？”

罗维："结盟。”

叶文美："结盟？你是说他和林忠寒结盟了吗？"

罗维："没错。他们早已达成协议。郭少非的目的就是和林忠寒平分奖金，所以密码交给林忠寒来输入就行了。"

叶文美："你是怎么知道他们俩结盟的？"

罗维把昨晚自己和林郭两人在人民公园交易的事全都告诉了叶文美，除了张亚然在场的部分。

叶文美："哦？看来你也已经得到很多数字了？"

罗维："我跟你的分数应该差不多。"

叶文美："不考虑买数字吗？"

罗维："我是不会买数字的，你呢？"

叶文美看了看奖杯柜。

罗维："这些奖杯都是真的吧。随便卖掉一个都可以直接把剩下的数字买下来吧。"

叶文美只是摇了摇头："我可不想像四明那样被郭少非盯上。"

罗维看得出来，每个奖杯的价值对叶文美来说都远不止一千万元，看来她是真心喜爱赛车手这个职业。

叶文美："话说回来，绑架杀人的事已经不是我们能处理的了，应该报警吧。"

罗维："嗯……"此刻罗维心中突然想到一个人。

突然，罗维的手机收到一条消息：

六明:想要7号的数字吗?

罗维扑哧一下笑出声,内心大喜:真是想什么就来什么!

叶文美:"你怎么了?"

罗维看着手机:"啊,没什么……"立刻将手机放回口袋,站起身来:"今天多谢你了,给我提供了这么重要的情报。"

叶文美:"你不生气了?"

"我从来不生美女的气。"罗维笑了笑,朝门口走去准备离开,"那我先走了,明天茶会再见吧,如果你还想来的话。"说完罗维带上门就快步离开了。

罗维突然的离开,让房间瞬间变得安静。叶文美看着茶几上一口都没喝的咖啡:"真是个无趣的男人……"

罗维离开公寓后,马上拿起手机回复了赵伯明。

星氧:现在有空吗? 碰个头吧

…………

晚上八点,林忠寒的别墅门口。

一辆计程车停了下来,林忠寒的妻子从车上下来,脸色非常阴沉和疲惫。她提着饭盒和水,走向家门。

"辛苦你了,嫂子。"林忠寒的妻子突然看向声音传来的方向,郭少非站在路边靠着墙,一边滑着手机一边对她说。

林忠寒妻子:"你到底想要做什么?"

郭少非没有回答。

林忠寒妻子:"他已经退出了,他现在只想做个普通人,为什么你还要把他拉进来?"

郭少非认真地说:"他这么做都是为了你和莫莫。我知道你现在还不明白,所以不理解他。到时候你就会懂的。"

林忠寒妻子:"那你又是为了什么?"

郭少非:"我什么都不想要,我只是想报答茂良哥的恩情而已。"

郭少非把手机放回了口袋:"相信我,再坚持一天。一天之后我就会去自首,你和茂良哥就拿着钱,离开这个国家吧。"说完,郭少非头也不回地走了。

林忠寒的妻子站在原地，无奈地看着他的背影……

…………

晚上9点半，某小区门口。赵伯明坐在街边的长椅上等着罗维。

罗维走了过来，哈着气坐在了他旁边。

罗维："麻烦你了，这么晚还出来，赵警官。"加了赵伯明的好友后罗维就从他的个人主页得知，赵伯明是一个警察。

赵伯明："我可不是什么警官，就是一个打杂的探手。"

罗维："行，说正事吧，调查的怎么样？四明的案子。"罗维知道赵伯明绝对不会袖手旁观，他作为四明的亲哥，作为一名警察，必定会出手找出袭击弟弟的犯人。

赵伯明："已经可以确认了，犯人就是7号玩家郭少非。"

罗维："那为什么还不抓他？"

赵伯明摇了摇头，点了一支烟，说道："还不行。他还牵扯到一桩绑架案，我必须先找到人质。"

罗维："绑架？"

赵伯明："对。如果他还有同伙，现在抓他的话人质就会有危险。所以暂时还不能打草惊蛇。"

罗维："考虑得挺周到的，不愧是警官。这么说你还没找到人质的具体位置。"

赵伯明："没错。"

罗维："那你今天给我发的消息……"

赵伯明："这就是我找你的目的。你明天会去茶会吧？"

罗维："会。"

赵伯明："我希望你明天能帮我一个忙。"

罗维："什么忙？"

赵伯明："我希望你明天见到郭少非的时候，帮我从他口中套出人质的位置。"

罗维："这可不是简单的事……"

赵伯明："你不需要让他直接说出地址，你只需要让他说出一个人。"

罗维："谁？"

赵伯明："他绑架了人质，必定会每天给人质送饭。我调查过他这几天去过的地方，人质并不在这些地方或者附近，因此一定有另一个人去给人质送饭，而那个人一定是郭少非他信得过的人。"

罗维："也就是说，你需要我帮你问出这个人？"

赵伯明："是的。只要知道这个人是谁，我就能找出人质的位置。"

罗维："那我能得到什么？"罗维最关心的还是7号的数字。

赵伯明："想必那个被绑架的人质就是真正的7号吧。"

"原来你连这件事都知道了。"罗维再一次从心底里佩服赵伯明的调查能力。

赵伯明："只要我们把人质找出来，你不就可以直接问他本人7号的数字了吗？"赵伯明说出了罗维的计划。

罗维："可是想从郭少非的口中套出这个人的信息可不简单，况且我跟他的关系不是太好（极差）……"

"那不如让我来吧。"叶文美的声音从两人背后传来。

罗维一惊，身体一弹地站起来看着后面，叶文美穿着睡衣和平底靴，双臂交叉抱在腰前，慢慢走了过来。

罗维："啧，你这人怎么老是喜欢跟踪别人？"

赵伯明掐灭了烟，看着罗维问道："这位是？"

叶文美走到了长椅旁："你好赵警官，我是8号玩家，我叫叶文美，套话的这个任务……或许我可以试试。"

罗维思忖："看来她也是想得到7号的数字，真是个麻烦的女人……不过这个任务确实让她来做比较合适，郭少非知道我能看穿他的谎言，他肯定一个字都不会跟我说。"

赵伯明望着两个人："既然你们两个都想得到7号的数字，我也需要你们的力量，一起合作吧。"

罗维和叶文美互相看了一眼，异口同声道："可以。"

"7号的数字绝对不能让 ta 抢到！"两人的内心也一起说道。

赵伯明:"那么现在来商量一下明天的作战计划吧。"

十二、反击

11月27日(星期六),中午1点,今羽茶馆。离游戏结束还剩不到36个小时。

所有人翻开了号码卡片:

1号罗维的卡片:3(麦芽妹)

3号麦芽妹的卡片:1(罗维)

5号林忠寒的卡片:空白

7号郭少非的卡片:3(麦芽妹)

8号叶文美的卡片:空白

郭少非站起来对着麦芽妹喊道:"千万不要跟星氧交易!"

罗维也站起来大声对着麦芽妹喊道:"千万不要跟郭少非交易!我告诉你,张亚然、梁雨和摩杰都是被郭少非骗出局的!他早就已经有这三个人的数字了!"

郭少非:"你不要乱讲!你怎么可能知道他们三个的事!?"

罗维:"3号你相信我,我跟你说实话,其实我早就和张亚然结盟了,这些都是张亚然告诉我的。"

郭少非:"你不要听他乱说!他们两个早就闹翻了,怎么可能结盟?"

罗维指着郭少非:"哈哈!说漏嘴了吧!你第四天才来茶会,你怎么会知道我和张亚然闹翻的事?难道不是林忠寒告诉你的吗?你肯定是和林忠寒结盟了!"

两个人的分贝越来越高,吵得不可开交。麦芽妹搭着眼镜看着他们,不知道该说什么。

罗维:"3号你看,他有了2、6、9的数字,如果你再跟他交易,他肯定会把你给他的数字告诉林忠寒,那样林忠寒肯定就获胜了,千万不能跟他交易!"

郭少非:"放你的屁!林忠寒是告诉了我这些事,但这也只是他好心提醒我,我跟他根本没有结盟。3号我告诉你,4号是被罗维袭击的,他就是这种没素质的人,你跟他交易肯定会被骗!"

罗维心道:"终于说到4号了。"

罗维:"你以为我是你吗?我怎么可能在茶会上骗人?"

郭少非笑着说:"你不要把3号当傻子了,游戏都快结束了,茶会交易这种事已经没人信了,谁都可以骗人的!"

罗维:"3号,4号的事不是我干的,绝对是7号干的!我有证据!"说着,罗维将一沓洗好的照片扔在茶桌上:"看,这就是证据!"

茶桌上的照片都是前天叶文美在茶会后跟踪郭少非拍到的。

郭少非:"原来跟踪我的人是你!?"

罗维对着麦芽妹说:"我这些照片都是四明遇袭出局的那天拍的。郭少非那天离开茶会就往新马高架的方向走,而那边正是四明每次回家必须经过的地方!"

麦芽妹惊讶地看着照片。

林忠寒闭着眼,一言不发地坐着。

郭少非:"去你的,我先不追究你不怀好意地跟踪我,就这些照片能说明什么?我家正好就住那边,我只是按我自己的路线回家而已。"

罗维:"真的是这样吗?"

郭少非:"不然呢?如果这就能说明我袭击了4号,那么跟踪我的你当时不是也在往这个方向走吗?看来你才是真正袭击4号的人,特地拍我的照片就是为了诬陷我!"

罗维:"哦?既然你说你家住那边,不如你说一下你家的地址,我们在地图上核对一下如何?"

郭少非突然愣住了。

罗维:"看来你家根本不住那边嘛,说吧,你那天去新马高架是干什么?"

郭少非:"只是去见我朋友。我骗你们是因为这是我的隐私。"

罗维、叶文美内心同时喊道:就是这个人!

这时,叶文美也站起来问道:"朋友?"

郭少非:"怎么了?"

叶文美:"不好意思,两位,当时我也在跟踪罗维,不巧正好你们两个我都看到了。"

郭少非:"你们这是什么套路?我怎么看不懂?"

"既然这样,为了搞清你们两个到底谁在说谎,谁是真正袭击4号的人,我觉得我有必要再核实一下。"叶文美对着郭少非说:"郭少非,你告诉我,你那天见的人是男的还是女的?"

郭少非:"……"

叶文美:"劝你不要再骗人了,这次我可是亲眼看到了,再说错的话你可就洗不白了。"

郭少非:"女的。"

罗维盯着郭少非的脸,并没有发现不自然的地方,马上发了一条消息给赵伯明:

星氧:女

叶文美:"她多大?穿着什么衣服?"

郭少非只好老实交代:"三十多岁,紫色派克服。"

这时罗维注意到,一直不说话的林忠寒表情突然有些凝重,似乎意识到了什么。罗维马上又发消息给赵伯明:

星氧:三十多岁

星氧:紫色派克服

星氧:和林忠寒认识

六明:林忠寒的妻子

六明:收工

星氧连着咳嗽了四声。

叶文美:"看来你说得没错……既然后面是你的隐私,又是个女人,那我就不多问了。"说着坐了下来。

叶文美:"你们继续吧。"

罗维看了一眼郭少非,面无表情地说:"原来你喜欢这种类型的。"说完也坐了下来。

郭少非一脸不知道发生了什么事的表情。

林忠寒："吵完了吗?吵完了就继续茶会交易吧。3号,你来决定,到底跟谁交易。"

麦芽妹一脸茫然,闭着眼睛想了一会儿,说道:"算了,我不交换数字了。"

郭少非咬着牙死盯着罗维。

没有任何人交易,第六天的茶会结束了。

"我警告你们,你们不要再跟踪我了。"郭少非说完,一个快步离开了茶馆。

罗维和叶文美也假装分头离开了。

…………

下午2点半,街边。

赵伯明的白色私家轿车停在路边。

"已经查到了,在市郊的福园镇,林忠寒的妻子谢云每天晚上七点都会一个人坐出租车去那里。"赵伯明坐在驾驶座上对着车窗外的罗维和叶文美说,然后拿出一份文档递给他们,"这是我临时写的案件报告,你们可以看一下。"

叶文美飞快地抢了过来,然后打开后座的车门坐了上来。罗维也跟着坐了上来。

赵伯明睁大眼睛转头:"嗯? 你们上来干吗? "

罗维:"当然是去福园镇啊。"

叶文美仔细阅读着案件报告。

赵伯明:"救人质是警察的事,你们这些普通百姓瞎凑什么热闹? "

罗维:"你在说什么呢,赵警官?昨天不是说好了带我们见人质的吗? "

赵伯明:"带你们去见人质是在我救出人质之后。"

罗维:"等下,你的意思是就你一个人去救人吗? "

赵伯明:"周越平被绑架后一直没人报警,所以公安局还没立案。"

叶文美跟着档案纸念着:"被劫持人周越平,25岁,男,未婚,影视编剧……没有照片吗? "

赵伯明："我一个探子没权利调身份系统,能查到这些已经很多了。"

罗维、叶文美互相望着。

罗维："这样,我们跟着你去,但我们就坐在车上,你如果遇到什么问题需要人手可以随时叫我们。"

叶文美："没错,你一个人也不见得应付得过来。"

赵伯明沉默了一会儿。

赵伯明："行,我可以带你们去,但是你们得听我的命令。"

罗维："那肯定,但是福园镇那么大,你怎么找?"

赵伯明："得花点时间了。必须赶在7点之前找出来,不然谢云来了之后就会发现我们。"

叶文美："那不是正好一网打尽吗?"

赵伯明："那样郭少非就会逃走。"

两人也没再多问了。对于罗维和叶文美来说,最重要的就是找到真正的7号,并询问他的数字,抓犯人的事他们根本不关心。

"别磨叽了,出发吧。"说完,赵伯明一脚油门踩到了底。

·············

下午4点,三个人来到了福园镇上。

赵伯明："关于案件的细节我不能透露给你们这样的一般百姓,你们两个在车上等着吧,找了人质我会通知你们的。"说完,赵伯明一个人下车了。留下罗维和叶文美两人尴尬地坐在后座。

两人一直沉默着。

10分钟后。

罗维："我去上个厕所。"

"等一下。"叶文美拉着罗维的衣服说道,"我跟你去。"

罗维："我上厕所你一个女的跟着我去干吗?"

叶文美："我也要上厕所,不如我们一起呗?"

叶文美心里都非常清楚,罗维必然是想趁机溜走一个人去找7号。这个时候如果谁能先找到7号,不仅可以先问到数字,而且还可以威胁他让他保密,不让别的玩家得到数字。

罗维:"我是真的要上厕所。"

叶文美:"我也是真的啊,坐了一个半小时车我早就憋不住了。"

罗维:"行,那我们一起去。"

叶文美:"走。"

两人一起下车了。

罗维在小镇的街上走着寻找厕所,然后走进了一家网吧,叶文美也跟着罗维进去了。

2分钟后,罗维一个人走了出来。

罗维笑了笑:"呵呵,一个女的跟我比解手速度?"然后快步走向了赵伯明刚刚离开的方向。

6分钟后,叶文美也走了出来,掏出了从赵伯明那儿拿走的案件报告:"什么资料都没有就去找人?你还是太年轻了。"然后往另一个方向走了。

…………

三个小时后,天色已经全黑。罗维通过向路人打听出租车和女乘客的情报,穿过了一条僻静的山路,来到一个荒废很久的水塔,在水塔旁找到了一个被塑胶绳捆绑在水管上的男人。男人浑身脏乱,昏迷不醒。

罗维将手机灯光照向那个男人,然后马上俯身过去将其摇醒:"喂!你怎么样了?"

男人迷糊地看着罗维,没有说话的力气。罗维马上拿出在镇上买的矿泉水给他喝。喝了水之后,男人咳嗽了几声,稍显精神了一些。

罗维小心翼翼地问:"你是周越平吗?"

男人点了点头:"你是?"

罗维:"别怕,我是来救你的。"罗维语气有点急,现在已经7点了,林忠寒的妻子谢云随时都有可能会过来,必须尽快带他离开。

罗维掏出早已准备好的剪刀将塑胶绳剪开,男人虚弱地跪在地上。

罗维抓着男人的双臂问道:"你是7号玩家,对吗?"

男人点了点头。面对这种虚弱状态的人,罗维的测谎能力完全没用,但也用不上了。

罗维："你先告诉我,你的数字是多少?"

男人勉强地抬头看着罗维："咳咳……你……你也是玩家吗?"

罗维："嗯。"

男人低着头不愿意开口。

罗维抓紧了他的双臂："你现在这个状态,能活着回到城市就行了,不要再想游戏的事了!"

男人依然低着头。

罗维："告诉我吧,你的数字是多少?"

男人沉默了一会儿,然后抬头看着罗维："好,我告诉你吧,我的数字是……"

话没说完,"啊哈!"一声巨吼从旁边传过来,穿着平底长靴的叶文美突然冲了过来,一脚把男人踢飞了 3 米远,男人惨叫了一声,重重地摔在了草地上。

罗维转头瞪大眼睛看着叶文美:"你是来救人还是来杀人的啊!?"

叶文美这时才察觉自己下手太重了,但这么做也是逼不得已。叶文美深知自己的分数没有罗维高,即使他们两个同时得到 7 号的数字,自己也是吃亏的,所以对她来说,与其两个人都知道,不如两个人都不知道。

叶文美:"好了不要说了,赶紧救人吧!"

罗维:"你还好意思说这句话!?"

两人马上跑到摔倒的男人旁边将他扶了起来。

叶文美:"怎么样?还有意识吗?"

罗维:"你最好离远点儿,别又把他吓到了。"

男人:"啊……啊……"

罗维凑近耳朵:"什么?你说什么?"叶文美也跟着凑近了耳朵。

男人:"啊……2!"

两个人终于还是同时听到了这个数字。

叶文美:"原来真的是 2……"她捂着嘴思考着什么,突然看到罗维正托着男人的身体移动:"你在干什么?"

罗维没有回答,他把半昏迷的男人又拖到了水管上,将刚刚剪断的塑胶绳又重新打上结,然后用塑胶绳将男人重新绑在了水管上。

叶文美惊讶地看着罗维:"你这是做什么!?"

罗维拍了拍身上的灰:"赵警官不是要我们待在车上吗?走吧快回去吧,反正赵警官等会儿也会找到这来的。"

叶文美:"呵,我总算看清你是什么人了,难怪张亚然要跟你分手。"

罗维:"你真的有脸说我?不是你刚刚那一脚周越平会变成这样?"

叶文美:"……"

罗维:"……"

两人都沉默着。总有一种说不清的感觉在两人心中游荡。

罗维站在原地思考着:这个男人每天都会吃饭,按理说应该不至于这么虚弱;况且只用一根塑胶绳绑人也太草率了……

突然,叶文美夺走罗维手中的矿泉水,一甩手向男人泼洒了过去。

罗维:"嗯?"

"喂,你醒醒!"叶文美又摇醒了男人。

满脸湿透的男人意识突然清醒起来:"你又要干吗?"

叶文美抓着男人的双臂,严肃地问:"回答我的问题,你叫什么名字。"

男人不知所措地看着叶文美,又看了看罗维。

叶文美:"快说!"

男人:"我叫……周越平。"

叶文美:"你今年多大?做什么的?"

男人:"25岁。我是做影视编剧的……"

叶文美:"你父母都叫什么名字?"

男人:"啊……我父亲叫周国强,母亲叫汪慧……"

叶文美:"你告诉我,大学的毕业照,你站在第几排第几列?"

罗维一惊。

男人突然瞪大着双眼,一时不知道怎么回答。

叶文美:"快回答!"

男人:"我……我想一想……是第2排……"

叶文美笑了笑,站了起来:"不好意思,答错了,第二排可没有你这张脸。"

男人绝望地望着叶文美。

罗维看到这已经惊呆了。

十三、阴谋

此刻,久违的既视感从罗维的脑中涌现出来,罗维封闭的思路突然开明起来,他没有说话,呆呆地站在原地思考着。

"这个人不是真正的 7 号!"说着,叶文美将被捆住的男人的手按在了自己的脚下,"告诉我,真正的 7 号在哪里?"

男人:"我不会告诉你们的。"

叶文美:"你不说我就踩下去了。"叶文美的高靴慢慢地压下。

男人:"你踩吧。"

叶文美:"我真的踩了!"

男人:"像油门一样踩我吧!"

突然,两个人身后传来一个靠近的脚步声。两人回身一看,白色头发的郭少非拿着匕首,站在昏暗的月光下,笑着看着这边。

"原来就是这种既视感。"罗维心里默念道。

郭少非:"今天可没有下雨啊,罗星氧。"

叶文美惊恐地看着郭少非,立刻对罗维喊道:"快跑!"

说完,郭少非举起了匕首,朝着没有任何防备的罗维冲了过去。

罗维看着冲过来的郭少非,这一幕他太熟悉了。

这一次,他没有任何表情,没有丝毫反应,就这样站着,像是个等待送死的人。

看着木讷发呆的罗维,意识到危机的叶文美立刻跑向他,企图将罗维推开;但距离实在太远,叶文美的身位根本赶不到。

罗维深知,这么近的距离,没有任何防御,以郭少非的速度,自己是无论如何都躲不过这把利刃的——看来这次郭少非是真的打算要了罗维的命。

当郭少非的刀刃即将刺向罗维的心脏时，罗维却突然冷笑了起来……

砰———一声枪响，一颗子弹从郭少非的左腿穿过射出来，郭少非还没意识到，身体瞬间失去了平衡，罗维趁机将他手上的匕首抢了过来。郭少非朝右侧垮倒在了罗维面前的草地上，鲜血也毫无美感地印在了草堆和土壤上。

不远处，赵伯明正双手托着冒烟的手枪瞄着郭少非。站在赵伯明身边的，是一个穿紫色派克服的女人——谢云，她捂着嘴惊恐地看着这一幕，不敢发出半点儿声音。

罗维轻轻地笑着，蹲下来看着倒在地上的郭少非："同样的错误我是不会犯两次的。"然后站起来，把匕首收回到后腰。

无法动弹的郭少非忍着剧痛趴在地上绝望地看着罗维。

叶文美也停了下来，惊讶地望着所有人。

赵伯明和谢云也慢慢走了过来。

罗维："你就不能早点儿开枪吗？刚刚万一没打中我可就挂了。"

"我更擅长移动靶。"赵伯明收起手枪，走到了两人面前，"啧，看来7号并不在这里啊……不过既然控制住郭少非本人了就没问题。"

叶文美："这到底是怎么回事？"

罗维对着叶文美说："忘了跟你解释了。为了以防万一，赵警官其实一直都跟在我身后。"

叶文美眯着眼看着他们两人："原来你们早就计划好了。"

赵伯明和罗维早已私自商量好了。为了防止被郭少非留在福园镇的耳目发现，赵伯明从车上下来后并没有去找7号，而是坐在路边的奶茶店等待罗维下车然后跟着他。

赵伯明："看来郭少非其实一直都在这里。"

叶文美："你的意思是他一直都在福园镇？"

赵伯明："准确地说，他一直都在这个水塔附近。今天中午的茶会一结束，他就飞奔过来埋伏我们了。"赵伯明低头看了看郭少非，"我说得对吗？"

叶文美："所以你们早就知道，我一直跟着罗维来到水塔？"

罗维："你这么喜欢跟踪别人,我当然要防备你啊。不过也辛苦你了,陪我绕了那么多圈子,其实这个水塔并不远,找到这来根本不需要三个小时。"

叶文美:"那你为什么还要找这么久?"

罗维瞄了一眼站在旁边不说话的谢云:"因为她喽。"

谢云看着倒在地上的郭少非,眼神中除了呆滞就是难受。

叶文美:"她就是谢云?"

赵伯明:"没错。她七点就准时来了。"说着赵伯明看了看郭少非和水管旁的男人,说道,"这样一来,郭少非的同僚就全都聚齐了。"

郭少非突然笑了笑,喘着气艰难地对赵伯明说:"呵,你们抓她有什么用,她只不过是被我威胁的。"

赵伯明:"判断她有没有罪,不是我的事。你们只要跟我一起去局里就行了。"

面对如此巨大的信息量,叶文美感到依然很迷茫:"罗维,你告诉我,为什么你知道郭少非今天会来这里?"

"其实我根本不知道郭少非今天会来,一开始我和你一样,也中了郭少非的计。"罗维认真地说道,"今天在茶会上,我们俩为了从郭少非口中套出送饭人的信息演的那出戏,其实他早就知道了,而他并没有当场揭穿我们的原因,是他早就计划好让我们来福园镇找人了。被绑在水管上的男人就是他放在这里等我们上钩的诱饵。"

罗维心里非常清楚,郭少非设下的这个圈套,就是专门为自己设计的:早就知道我能够看破谎言的他为了能够骗到我,故意将送饭人的信息暴露出来。而我没有察觉这个局,是因为他从头至尾并没有说过任何一句假话——送饭人的性别、年龄和衣着,全部都是真实的,甚至连林忠寒那瞬间的反应也是真实的。恐怕他从一开始就预料到了我们会发现他是假的7号,预料到了我们会从送饭人入手去找真正的7号,也预料到了我们会去套他的话……什么都预料到了,唯独这最后一步被我们识破了。

现在回想起来,真是令人后怕。

赵伯明看着水管旁的男人:"为了配合郭少非的计划,那个男人恐怕几天前就被绑在这了。而谢云每次过来送饭其实都是给这个男人的。"

叶文美恍然大悟:"原来是这样……也就是说,这个白毛故意放一个假人质在这里,骗我们7号的数字是2,目的就是为了让我们输入错误的密码,消耗我们的尝试次数。"

罗维:"没错。越到游戏的最后,就越有可能直接淘汰一个玩家,哪怕只输错一个数字。"如果罗维没有识破这个局,恐怕自己此时已经出局了。

罗维:"而郭少非为了确保自己精心准备的计划能顺利实施,特意跑过来埋伏在水塔附近;只是没想到这个计划却被叶文美你给识破了,他恼羞成怒,所以决定干脆直接把我们干掉。"罗维一边看着郭少非一边向叶文美解释。

郭少非依然低着头痛苦地喘着气,一句话也说不出来。

叶文美:"所以你来之前并不知道郭少非就在附近。"

罗维:"我也是在意识到这个男人是假人质之后才察觉的,幸好提前让赵警官跟在了后面。"

叶文美把手插进口袋:"哈,你们两偷偷商量了这个计划,怎么也不告诉我? 信不过我?"

赵伯明笑了笑:"我本来就没打算带你来啊。"

罗维:"赵警官担心你的安危才把你留在车里的,你自己非要跑出来还怪我们?"罗维早已向赵伯明证明了自己有识破谎言的才能,赵伯明为了能准确地获取镇民提供的情报,才同意让罗维代替自己去打听;而不想将这个能力暴露给叶文美的罗维自然也不会把这个计划告诉叶文美。

赵伯明:"行了,郭少非已经抓到了,你们有什么要问的赶快问吧,救护车等下就来了。顺便罗维把你那把匕首给我。"

罗维:"什么匕首?"

叶文美看着郭少非:"说吧,7号的数字到底是多少?"

郭少非趴在地上看着叶文美,并没有回答。

罗维:"你问他没用的,他什么都不会说的。"

郭少非笑着说:"别费劲了,你们已经输了。"

叶文美:"什么意思?"

突然,叶文美的手机收到一条消息:

麦芽妹:我去找林忠寒了,再见。"

叶文美和罗维看到了消息,表情突然惊诧。

麦芽妹要和林忠寒交易——最让罗维担心的事情发生了。

郭少非突然放声大笑:"哈哈哈哈!你们已经晚了!"

叶文美没有理会郭少非,立刻回复麦芽妹:

格桑紫玲:不要去

系统:您已被对方删除。

罗维惊诧地看着叶文美:"难道你和麦芽妹结盟了!?"

叶文美也恐慌地看着罗维,点了点头。

郭少非:"林忠寒和 3 号早就约定好了。他们今天晚上 8 点就会碰面。"

罗维抓着郭少非的衣领:"快说!他们在哪里碰面?"

罗维心里非常清楚,自己的数字已经暴露给了叶文美,如果叶文美和麦芽妹结盟,那么麦芽妹很可能现在也已经知道自己的数字了;这个时候如果麦芽妹再和林忠寒交易,林忠寒一定会向她询问自己的数字……

"拥有最多分数的林忠寒到现在都不买数字,说明他对数字价值的权衡已经接近临界点了,只要他随便再获得任何一个数字,他就会直接花钱买下剩余的数字而直接获胜,或者他现在已经获得了 8 个数字……如果麦芽妹真的被林忠寒蛊惑,把我的数字告诉他,那游戏就结束了!"罗维思考着,"一定要阻止他们碰面!"

"快说!"罗维对着郭少非怒吼着,然而郭少非的笑声却越来越响亮。

叶文美紧张地打电话给麦芽妹,却无论如何都打不通。她无奈地看着罗维和郭少非,然后又抬头看了看赵伯明。

这时,一直站在一旁低着头的谢云突然胆怯地小声说着什么:"码头……"

叶文美、罗维和赵伯明都看着谢云。

叶文美:"你说什么?"

谢云突然抬起头:"东江码头 76 号。他们 8 点会在那里碰面。"

叶文美看了看罗维，罗维正死盯着谢云的脸。

谢云说完，突然在三人面前跪了下来："拜托你们去阻止他吧！我不知道他会做出什么事……"

罗维、赵伯明和叶文美三个人互相望着。

赵伯明："罗维，她说的是真的吗？"

罗维："是真的。麦芽妹现在可能有危险。"

叶文美："你的意思是……林忠寒会对麦芽妹动手!?"

罗维："很有可能……你们能联系到麦芽妹吗？"

两人都摇了摇头。

郭少非："就算你们知道地址也没用了！你们根本赶不到！哈哈！"

叶文美思考了一下，看着赵伯明："可以借你的车用吗？"

赵伯明："可以是可以，但我们可是花了将近九十分钟才开到这个镇子。现在已经7点多了，你赶得回去吗？"

叶文美："从北边出发，走绕城高速可以直接到江东码头。我开得比较快，让我来开吧。"

"对，她是赛车手！"罗维突然想起来。

赵伯明看了看两人。

"好。"说着，赵伯明把车钥匙交给叶文美，"我必须留在这里看着这些人，不能跟你们过去。你们记住，到了码头后，直接找麦芽妹，阻止她去76号！"

叶文美和罗维两人飞速地往停车的方向跑了。

…………

赵伯明转过身，看了看跪在地上哭泣的谢云，倒在草堆上的郭少非，和不远处被捆在水管上的男人，感叹道："受这么多苦，就为了这一千万……"

"你有几个数字了？"一个少女的声音从旁边传来。

赵伯明："我早就不记得了。"

一个衣着清凉、披着散乱长发的少女双手插在口袋里，从一旁的树林中慢慢走出来："你现在优势很大呢，我来帮你算算。"

赵伯明没有回应她。

少女:"四明所有的数字你都知道了,1号和8号这么信任你,加上你自己的,如果你重新加入游戏的话,说不定能获胜哦。别忘了,你还没有被淘汰。"

"哈哈哈,行了吧黄油,你怂恿我的目的,不就是为了加强节目效果吗?"赵伯明笑着,看着天空说道:"我说了我是不会参加这个游戏的。何况现在这个剧情也已经够精彩了吧。"

黄油:"好吧,看来你真的是个无欲无求的人呢,怪我当时选错人了吧。"

赵伯明:"不过今天真是多谢你了,要不是你那个电话,我恐怕都来不及赶过来救罗维了。"

黄油笑了笑:"毕竟我答应过星氧要保护他的。"

十四、决胜

赵伯明的车以一百二十码的速度在高速上飞驰着。

罗维坐在副驾驶座,紧张地看着叶文美:"你真的没问题吗?"

叶文美:"虽然不是 F1 的赛车,但以这个车的性能,速度完全能够驾驭。"

罗维:"我说的不是车,我是说你啊!"

叶文美:"你闭嘴就没问题!"

罗维突然想到什么,马上掏出手机对叶文美说:"3号的手机号码是多少?"

叶文美:"你想做什么?"

罗维:"电话打不通,短信总能收到吧,我想办法阻止她!"

叶文美:"你有什么办法?"

罗维:"她去和林忠寒交易,必然是冲着谁的数字去的。告诉我,3号想要的数字是谁的?"

叶文美:"我怎么会知道她想要哪个数字?"

罗维:"你们不是结盟了吗?你们的信息应该是共享的吧!你仔细想

想,你们现在最想得到的数字是谁的？"

叶文美："可我为什么要告诉你？"

罗维："我会告诉她的。如果我有那个人的数字,我就直接发短信告诉她,这样她就不用去找林忠寒了！"

叶文美死死地抓着方向盘,咬着牙,陷入了抉择。

罗维："快来不及了！"

叶文美："9 号！"

罗维："梁雨？"

叶文美："是的。你有她的数字吗？"

罗维顿了顿。

叶文美："有的话就快告诉她！"

"我是 1 号,我有 9 号的数字,不要和林忠寒交易！"罗维写好了短信,点击了发送。

罗维："只能听天由命了……"

…………

晚上 8 点 15 分,东江码头。

叶文美瞬间刹住了车,停在了 76 号码头,两人立刻从车上下来。

码头上一片漆黑,唯一的路灯下,两人看到戴着眼镜的麦芽妹独自一人看着手机。

叶文美和罗维跑向麦芽妹。

"杨晴！"在叶文美喊出她名字的瞬间,麦芽妹将食指竖在了嘴前,比了一个"嘘"的手势,然后把手机屏幕展示给了两人看：

"您输入的密码错误。很遗憾,因使用完两次尝试机会,您已被淘汰出局。下次继续努力吧！"——密码游戏的官网上显示着这样的提示语。

同时,罗维和叶文美的手机都收到了短信：

3 号玩家【麦芽妹】因使用完两次尝试机会,已被淘汰出局。——黄油

罗维："我们还是来晚了……看来她还是选择了相信林忠寒。"

麦芽妹收回了手机,在两人的目光下,独自一人离开了码头,一句话

111

也没说。

叶文美:"不过还好,林忠寒没有伤害她……"

罗维:"但是林忠寒拿到了我的数字。他已经赢了。"

两人沉默着。

叶文美笑着说:"不会的,杨晴一定不会把你的数字告诉林忠寒的。"

罗维:"你怎么能确定?"

叶文美:"3 号很聪明的,她才没有你想象的那么傻。"

罗维:"你这么了解她,看来你们俩很早就已经结盟了。"

"好了,我不能再说了。"叶文美将手机放回口袋,走回到了车上,"星氧,游戏还没结束,明天茶馆见吧!"说完便开着车回去了。

"那是伯明的车吧?"罗维独自一人站在码头的路灯下听着海浪声,陷入了沉思。

…………

晚上 9 点。

罗维躺在床上,打开了在密码游戏的官网,在密码锁第 7 位和第 9 位的位置分别的输入了数字 6 和 2:

密码正确

罗维笑了笑。

"拿到这两个数字可真是不容易。"

"先是 9 号梁雨的数字。郭少非精心设计的陷阱是为了让我以为 7 号的数字是 2,因此 7 号的数字就绝对不是 2;郭少非故意让 8 号叶文美也进入这个陷阱,说明他也肯定地知道叶文美的数字也不是 2,当然通过叶文美今天的反应也能看出来;之前叶文美骗我林忠寒的数字是 2,已经被我验证过了,5 号的数字也不是 2。因此,2 这个数字就只有可能是 9 号梁雨的。"

"而 7 号周越平的数字则是根据 9 号梁雨的盟友判断出来的。叶文美和麦芽妹很早就结为了盟友,她们的情报是共享的,麦芽妹今天去找林忠寒要的是梁雨的数字,说明麦芽妹和叶文美都没有梁雨的数字,那么梁雨的盟友就一定不是叶文美;林忠寒在第二天茶会上就向梁雨发出了交易邀请,然而被梁雨拒绝了,如果他们两人结盟,那么这种邀请就是为了作秀,那么梁雨就没必要拒绝,所以梁雨的盟友也一定不是林忠寒;因此,梁雨的盟友就只能是郭少非了,那么她当时给张亚然的数字 6 就一定是 7 号的数字。"

"想必郭少非和梁雨结盟也只是为了利用她而骗她,他真正的盟友始终都是林忠寒。这两人利用完了梁雨后,再一人给她一个假数字,就可以直接把她骗出局了,这就是为什么梁雨会在一天的时间内连续丢掉两次尝试机会。呵呵,似曾相识的剧情。"

现在,罗维的密码锁上,已经填满了 8 个数字:3107*86*25。

最后的两个数字 4 和 9,就在林忠寒和叶文美手上。距离最终的胜利,只差最后一步了……

…………

11 月 28 日(星期天),密码游戏的最后一天,中午 1 点,今羽茶馆。

圆桌周围只剩下三个人:

1 号罗维;

5 号林忠寒;

8 号叶文美。

看来麦芽妹果然没有把罗维的数字给林忠寒。

叶文美喝着茶说道:"这个茶会还有必要吗?"

所有人都知道,越到游戏的后期,茶会的意义就越小。如今这个茶会已经成了一种仪式。

罗维:"还是要有仪式感,对吧,林忠寒?"

林忠寒:"不是仪式感,这是公约,是公约就要遵守。"

罗维:"有必要装正派吗?你干的那些坏事我们早就知道了。"

林忠寒:"不好意思,请问我做了什么坏事?"

罗维:"先是绑架真正的 7 号,然后袭击我,砸伤四明,最后还想杀了我们两人……这些其实都是你的主意吧。"

林忠寒平静地回答罗维:"你说的这些都是郭少非干的事,跟我没有任何关系。"

罗维："你敢说你一点儿罪责都没有吗？你难道对这些事全然不知吗？"

林忠寒："今天早上谢云已经被警方送回来了，我和她都是被郭少非威胁的受害者。"

罗维："把这些罪责全部甩给盟友的你也敢自诩公正吗？郭少非他不遗余力地帮你获胜，你内心难道一点儿都不愧疚吗？"

林忠寒："……"

叶文美："难道郭少非他……"

罗维："其实一直都很明显的。郭少非宁肯进监狱也不说出7号的数字，你以为是为了什么？"罗维站起来，双手撑着桌子愤怒地看着林忠寒，"他费尽心机参加这个游戏的目的是什么？"

林忠寒沉默着。

罗维："郭少非的目的根本就不是钱，他只是想让你赢而已。我不知道你们两人之间有过什么样的经历。郭少非已经被抓了，我猜他是无论如何都不会出卖你的。"

两人继续沉默着。

罗维："拿到奖金之后你打算怎么办？和老婆孩子一起离开这座城市，不用担心别人来追债，过着完美的生活？而他为你背负了所有的罪名，你一辈子都亏欠着这个人，你要这样的人生吗？"

林忠寒："你想要我怎么做？"

罗维："很简单，现在就退出游戏，去向警察自首，告诉他们这些事都是你计划的。这样郭少非的定罪也会少一些。"

"不行！"叶文美突然慌了。她很清楚，如果林忠寒退出游戏，罗维是不可能会把数字给她的，她的分数比罗维低，罗维只要保持沉默到游戏结束，他就能获胜。

林忠寒突然大笑："哈哈哈——"

罗维和叶文美都诧异地看着林忠寒。

"这就是你最后的计策吗？星氧？"林忠寒顺手点了一支烟，"看来你也已经黔驴技穷了。"

罗维仇视的目光死盯着林忠寒。

叶文美严肃地说："罗维，你跟我说实话，林忠寒到底有多少分了？"

罗维说："虽然我不想打击你的信心，但恐怕他现在除了我和6号的数字，其他的数字应该都早就拿到了。"

罗维心想："林忠寒从一开始就在监视所有人，而且郭少非知道的所有数字都会告诉他。2号张亚然的数字已经暴露给了梁雨，梁雨自然会告诉郭少非，也就相当于告诉了林忠寒。3号麦芽妹第二天就和林忠寒在茶会上交换过数字了。如果郭少非不知道4号的数字，他也就不可能会去袭击4号。同理，郭少非也一定知道8号的数字，不然他不可能让假冒成人质的7号说自己的数字是2。9号梁雨和郭少非结盟的时候就已经把自己的数字暴露给他们了。林忠寒偷听了我和亚然第一天在街边的对话，所以他也可以肯定10号的数字就是5。"

叶文美："那罗维你呢？这几天我和郭少非都暴露了很多信息给你，你应该也能推测出不少数字吧？"

罗维："你知道也没用的，我们已经很难获胜了。"

叶文美："为什么？"

林忠寒又自信地笑了笑："想知道为什么吗？"

罗维和叶文美两人看着林忠寒。

林忠寒："我早在游戏的第4天就已经集齐了8位数字了，目前我们三个中间，我是优势最大的玩家。我根本不用管你们两人已经多少分了，只要你们还没赢，哪怕你们都是8分，也没办法赢我。"

罗维："的确。根据游戏规则，如果到了游戏最后还没有玩家输入完整的密码，那么就会由分数最高的玩家获胜；如果最高分的玩家有多个，那么最先获得这个分数的玩家就会获胜……"

叶文美："所以说，只要我们三个都不进行任何交易，游戏一结束，获胜的就是你。"

"没错。"林忠寒吐着烟圈说道，"我本人只要保持沉默就行了。至于你们，我就问一个问题——你们两个敢交换数字吗？"

罗维和叶文美互相看了一眼，没有作声。

林忠寒："游戏已经进行到这一步了，你们谁会把真正的数字告诉对方呢？这个游戏可没有两个赢家，如果你们真的打算交易，谁会蠢到把真正的数字说出来让对方赢呢？"

叶文美心里也非常清楚，就算她现在真的和罗维交易，不管罗维想要谁的数字，她都没有任何理由给他一个真实的数字……想必罗维也一定是这么想的。

两个人交换数字的方法已经行不通了……然而此时的叶文美，脑中仍然还剩两个方法让自己有机会获胜。

罗维："也就是说，你现在也只剩下一次尝试机会了？"

林忠寒："嗯。"

罗维："是跟梁雨有关吧？"

林忠寒："是的。第三天的茶会，梁雨原本应该把张亚然的数字给郭少非，但她给的却是四明的数字。那一天我损失了一次尝试机会。"

罗维终于明白了，当时梁雨和张亚然在茶会上交易的时候，梁雨选择要 4 号数字的原因。恐怕那个时候她已经开始怀疑郭少非了——郭少非原来的计划是让她获取张亚然的数字，并且承诺会给她 4 号的数字，而她则为了验证郭少非会不会骗她，私自选择了要 4 号四明的数字。

叶文美突然站了起来。

罗维："你去哪？"

叶文美："反正已经输了，留在这个茶馆有什么用？"

罗维："你已经放弃了吗？"

叶文美："怎么？难道你还想跟我交换数字吗？"

罗维："不试试怎么知道呢？"

叶文美："不好意思，我从来就没有信任过你。"说完，叶文美拎起包，朝门口走去。

林忠寒："想去买数字吗？"

叶文美停下了脚步。

林忠寒拿起了手机，把屏幕亮给了叶文美看："我都已经安排好了，只要我一条消息发过去，我的管家随时都会帮我充值到密码游戏的网站。"

叶文美:"你什么意思?"

林忠寒:"今天只要你们俩中的任何一个人踏出这个茶馆一步,我就会立刻让他买下我要的数字。"

叶文美和罗维都沉默着。

林忠寒平和地说道:"两位都坐下吧。这几天辛苦你们了,认识这么久也没有好好招待过两位,今羽茶馆的饭菜不错的,今天两位就在本店好好休息一天吧,就当是我林某表达对你们的感谢。"

叶文美回到了自己的座位,和罗维同时坐了下来。

林忠寒:"星氧。"

罗维:"怎么?"

林忠寒把手机放回了口袋:"跟你说实话吧,这几天我和郭少非为了对付你,真的没少花心思。"

罗维:"……"

林忠寒:"郭少非以前是我的跟班,我跟他也认识很久了,这小子虽然看起来大大咧咧,其实内心是个非常缜密的人,他能精细地规划好每一件事,能够预判所有人的行动……他真的是我见过最聪明的人,也是我最得力的助手。可惜,他还是败在了你的手里。"

罗维:"你想说什么?"

林忠寒:"现在郭少非已经不能再帮助我了,我身边缺少一个能帮我出谋划策的人,我除了这个茶馆,还有很多其他的生意……"

罗维:"你是想让我跟你干?"

林忠寒:"非常希望。"

罗维没有说话,他看得出来,林忠寒说的都是真心的话,他也不敢在自己面前说假话。

林忠寒:"知道了你的能力后,我和郭少非都很畏惧你,所以基本上不会在你面前说话,我们都生怕自己一不小心说漏嘴。"

叶文美:"罗维的能力?"

林忠寒笑了笑:"你还不知道吗?这小子一眼就能够看穿别人的谎话,为了能找到对付他的方法,我和郭少非可是想破了十几个脑袋。"

叶文美："是吗？"叶文美的表情和语气都充满了嘲讽。

罗维："那你赢了钱想干什么？"

听到这句话,林忠寒的表情又严肃了起来。

"我并不想隐瞒你们。"他掐灭了烟头,认真地对着两人说道,"但我内心知道,我是 10 位玩家中最需要这笔钱的人。"

罗维和叶文美没有作声。

林忠寒："我三年前在境外欠下了赌债,为了躲债,我带着妻子和女儿跑到了这座城市,我们一家人平稳地度过了近三年;可直到四个月前,他们也追到了这里。那些追债的人已经找到了我的父母,我的母亲已经被他们袭击住进了医院……我知道,我的住址不久也会被他们发现。"

罗维："所以你才急需这笔钱还债,对吗？"

林忠寒："是的。"

罗维："那你还剩多少钱要还？"

林忠寒："正好 1000 万元。"

罗维："……"

叶文美："……"

林忠寒："我不知道我还能撑多久。我必须在他们下一次对我的家人动手前把钱还给他们……现在你们知道为什么我会这么执着于这个游戏了吗？"

罗维和叶文美依然没有说话。

林忠寒："我答应过我的妻子,绝对不会再赌钱……这就是为什么我到现在都没有买数字的原因。"

烟雾环绕着整个房间,压抑的气氛反倒让林忠寒感到了一丝慰藉。

三个人都沉默着。

…………

罗维："你真的以为我已经放弃游戏了吗？"说着,罗维突然转头看着叶文美,"8 号,我们结盟吧！"

这同样也是叶文美的最后一个方法了。

林忠寒："……"

"看来也没有其他办法了，"叶文美认真地对罗维说，"我来输入数字，获胜之后，我们平分奖金！"

这时，三个人都同时又站起来，快速地拿出了手机！

林忠寒："你们还要白费力气吗？"

罗维也严肃地说："与其看着让你赢，还不如自己……"

"别跟他废话了！"叶文美喊住罗维，说道，"快把你知道的数字都发给我！"

林忠寒："如果你们非要这么做，我也不会再顾忌你们的情面了！"说着，林忠寒也打开了手机准备输入消息。

罗维这时愣了一下，看着林忠寒……"万一他真的买数字怎么办？"

"星氧，你不要管他！"叶文美对着罗维吼道："他汇款还需要时间！我们必须赶在他买到数字之前输入正确的密码！"

没错，只要在林忠寒看到官网给他的数字之前输入最终的密码，他就不会获胜！

"3""1""0""7"……罗维飞快地在屏幕上敲打着数字。

林忠寒看到这个场景，也紧张起来，他犹豫地看着在手中颤抖的手机屏幕，拇指悬在半空迟迟不肯放下。

……"6""*""2""5"！

罗维输入了他知道的所有数字。

"发送成功！"罗维和林忠寒两人同时按下了发送键。

"哈哈哈哈！"叶文美放声大笑，"对不起啦星氧！奖金我全部拿走了！"

罗维痴痴地看着叶文美，一句话也说不出来——刚刚紧张的气氛麻痹了他的判断力，他突然意识到，方才的他忘记了一件最严重的事情：自己的谎言分析对叶文美是没有用的！

叶文美自信地笑着，然后在官网上输入了全部的密码，已经没有任何人可以阻止她了……

10 秒钟后……

三个人的手机同时收到一条短信：

密码游戏最终结果揭晓！恭喜 1 号玩家【星氧】正确输入了最终密码

的全部数字,获得本次密码游戏的胜利!——黄油

林忠寒和叶文美张大了嘴看着罗维。

罗维摆了摆手机的屏幕给两人看:

恭喜您,星氧,您获得了本次密码游戏的胜利!——密码游戏官网。

"不好意思,我赢了。"罗维面无表情地对着两人说道。

十五、冬阳

时间回到早上9点。警察局门口。

谢云疲倦地从警察局走了出来。当她正准备拿出手机打给林忠寒时,一个男人走到了他的面前——罗维。

谢云慢慢放下了手机:"你是……昨天那位?"

罗维:"方便借一步说话吗?"

谢云:"你有什么想问的,就在这里说吧。"

罗维:"你知道林忠寒参加了密码游戏的事吧?"

谢云点了点头:"虽然他没有直接跟我说过,但我也注意到了。"

罗维:"你还想让他继续这个游戏吗?"

谢云低着头,没有说话。

罗维:"看看郭少非吧,你希望你丈夫变成他那样吗?"

谢云颤抖着问罗维:"你告诉我,从游戏开始到现在,他有没有做过伤害别人的事?"

罗维:"虽然他没有亲自动手,但所有的事都是有预谋的……我想他脱不了干系吧。"

谢云:"……"

罗维:"如果你不想让他越陷越深,就阻止他吧。"

谢云:"可我又能做什么? 他现在根本不会听我的话。"

罗维:"只要让游戏结束就行了。"

谢云:"让游戏结束……怎么做?"

罗维凑近了过来,轻声地问:"很简单,把林忠寒的数字告诉我,我来

结束这场游戏。"

谢云:"这……"

这时,谢云的手机响了,她又拿起手机,上面显示着林忠寒的来电。

罗维:"你这也是在救他。"

手机不停地震动着。

谢云:"可我并不知道什么数字啊……"

罗维:"你是最亲近他的人,你再仔细想想,你有在什么地方见过跟密码或数字有关的东西吗?"

谢云:"……"

谢云想起来,那天夜晚,林忠寒在阳台上一边抽烟一边看手机,虽然是无意识的,但她清晰地看见了林忠寒在输入框中输入的内容:

不好意思各位,我因私人原因,决定退出游戏。我的数字是 9。

谢云抬起头,认真地看着罗维:"9。"

确认了谢云的表情,罗维笑了笑,淡淡地扔下了一句"谢谢",然后离开了……

茶会上……

罗维手机上的密码锁上暗淡地排列着 10 个数字:3107986425。

林忠寒瘫软地坐在了座位上。叶文美依然张着嘴瞪着眼睛看罗维。

叶文美:"那你今天还来茶会干吗?"

"我不是早就说了吗?要有仪式感嘛。"罗维笑着说,站起身来,"那么有缘再见了,两位。"

离开了茶馆,罗维大吸了一口气,清爽的空气充满了他的全身,如释重负的罗维回头看了一眼"今羽茶馆"的门牌,突然觉得特别有艺术感。

一个月后……

上午,晴天,罗维一个人,一边走在城市的街道上,一边戴着耳机听广播。

"密码游戏主办方 Roundtable 公司发布新闻招待会,申明密码游戏相关真人秀节目的播出时间待定,总导演表示因审核问题将会继续跳票……"

罗维:"本以为密码游戏的热度早就降了下来,结果又上了话题榜,真是麻烦。"罗维最想看到的是这个活动立刻终止并烂尾。

即便是打了马赛克，他也不希望自己的脸出现在全国的电视屏幕上——毕竟自己已经是身家千万的富豪了。

据说游戏结束后，林忠寒一直待在警察局里配合调查郭少非的事情。

叶文美拿着一百万元开始了环球旅行。

赵伯明倒是跟罗维成了朋友，为了感谢赵伯明的救命之恩，罗维已经请他吃了好几顿饭了。

罗维还从赵伯明口中得知，密码游戏官网的负责人黄油被查出来收了林忠寒的贿赂，已经被主办方解雇了；而那些被淘汰的玩家也没有得到黄油之前承诺的所谓的封口费，毕竟这种承诺都是黄油的个人行为，又不是主办方说的……至于这解雇的戏码是不是黄油和主办方为了骗那些玩家早已设计好的，罗维就不清楚了；当然，罗维也不感兴趣。

这时，罗维突然收到了赵伯明发来的消息。

六明：宇杭已经出院了。

罗维轻微地笑了笑。四明的身体康复得比想象中要快得多，也不知道是他身体体质太好，还是郭少非当时下手真的拿捏过轻重。

冬日的暖阳照映着喧闹的街道，罗维并不太喜欢这样的气氛。手中拿到的一千一百万元至今没有动过一分钱，罗维这一个月都在想该如何用这笔钱……

这时，罗维走到了一家熟悉的餐厅面前，他停下了脚步，想起了皮蛋瘦肉粥的味道。

突然，罗维感到一阵紧张的气息从身后传来——那种恐怖又熟悉的气息正在快速向自己靠近！

罗维转身一看，行人中一只巨大的金毛钻了出来，扑向了自己……

机器人修炼手册

文/题决

一

昨天晚上把自己高兴坏了,到现在都没修好。

我看着老杨在我的胸口装电池,然后把螺丝拧上去固定,一边干活一边骂我:"叫你不要笑那么大声,非要笑,就知道给我添麻烦。"

我依旧是笑嘻嘻的:"街上老太婆笑,到你这儿修机器人的大叔笑,电视剧里的演员笑,看电视时候的你也笑,凭什么就我不能笑?"

他丢掉扳手,拿来一个放大镜在地上找螺丝,假装听不见我说话。

这是我出生在这个世界的第三天。我睁开眼,就在老杨修机器人的小店里。他对外说我是他兄弟的孙女,其实我是他亲手造出来的机器人。

老杨快七十岁了,打了一辈子光棍。他四十岁在这开了个铺子修机器人,修了快三十年,这附近两条街的人都跟他熟,可就是找不来一个跟他过日子的老婆。

其实找不来老婆倒也不算什么,现在人多的是社交恐惧的。自从五十年前机器人被大批量研制出来后,到现在已经完全融入人类生活了。从家政型机器人到陪伴型机器人,程序一代比一代设置得完美,能做家务,还

123

能陪聊,打游戏能跟主人一起骂菜鸟,最妙的是他们的仿生皮,被设置成三十七摄氏度,晚上能暖被窝,是主人最贴心的小棉袄。只要有钱,甚至能找到设计师要求私人订制,性能与市面上的云泥之别。只是老杨穷罢了。

"用的时间长了,其实也就那么回事。"昨天来店里的老张说。他儿子在外地上班,给他订了一个家政机器人,带了一个陪聊功能,结果买菜从楼梯上摔下来,把胳膊甩掉了,各种配件七零八落摊了一地。"那场面简直血腥,就那还跟我讲段子呢,吓人。"

我记得那个机器人,外边看起来跟一个普通的二十多岁年轻人没区别,除了额头左侧有一串条形码。

"浙江产的。"老张说,把机器人后脑勺掰过来让我看,果然耳朵后面刻着一个不起眼的商标。"同一批大概两千个,不算特别大众,反正到现在走街上还没撞过机器人。"

"想什么呢? 又笑?"老杨把我修得差不多了,抬头跟我说话。

"我想昨天那个机器人,他跟我不太一样。"

"当然不一样,他们是工厂批量产出,你是我自己造的。"

"为什么我没有条形码呢?"我坐在工作台上,看着老杨收拾那些工具。"怎么不给我贴个条形码?"

"你不用贴。"他粗暴地回答,之后便不再和我说话。

被修好之后的我比从前稳固了些,不至于再因为笑而散架。我满意地从工作台上跳下来,对老杨的坏脾气毫不在意。

二

老杨穷,他修机器人三十年,从来没买过一个属于自己的机器人,可是不代表他不希望有人陪着。他低价收购废旧的机器人,从上面拆取还能用的部分,慢慢攒着,直到足够自己做出一个来。

我记得我刚出生的时候,也就是三天前。为了不被别人发现,他在自己的卧室里把我制造出来。我睁开眼的时候,他正在旁边的电脑前为我编程。

外面的工作室突然有人急促地敲门,老杨手一抖,不小心点了确认。

"操。"老杨骂了一声,认命般地出去了。

我听见他在外面和别人说话,只是距离让我听不清楚。身体还没有被激活,我只能坐在桌子上,眼前是有限的视野,乱糟糟的,一点儿也不吸引人。

老杨回来了,他看着我,我和他对视着,也许应该交流点儿什么。

"操。"我说。

"谁让你学说这个了?"

"操。"

"你是女孩子,不能说这个。"

"女孩子。操。不能。"

"闭嘴。"

"闭嘴。"

老杨无奈地叹气,刚才编程的失误使我没有被输入语言功能。他费了好大力气才算补救回来。这让我也松了一口气,因为摆脱了被扔到垃圾站的命运。

老杨似乎在那时就已经发现了我的不同之处,我的学习能力与其他机器人的区别在于我的学习与记忆功能较差,灵活性却更高,换句话说,相比于机器人,我更像一个披着铁皮的人类。普通机器人只能按照既定程序活动,而我的程序是残缺的,所以我有一半是按照自己的意愿模仿人类进行活动。

"这叫瞎猫碰上死耗子,赶巧了。"老杨那时候还很高兴,晚上喝了酒,傻呵呵地笑到半夜才睡。梦里打呼噜都夹带着两句:"巧了,巧了。"

第二天开始老杨就发现不对,我已经学会了名叫"高兴"的情绪。从早晨他起床吃饭开始,我就对着他笑,他吃面条呛着了,骂骂咧咧找卫生纸,我在旁边笑得前仰后合。让他败了好大的兴。

之后有人上门找他修机器人,修完了两个人围着小桌下象棋,我在旁边看着,也不说话,始终是笑嘻嘻的。

那人被我盯得有些不自在,便问老杨:"这是谁家姑娘?"老杨回他:"是我兄弟的孙女,来我这住一段时间。"

"小姑娘多大了?"

"二……二十。"

"啧,年轻啊。"

两人不再理我,继续专心地下棋。

人走了之后老杨回来教训我,以后切不可再对着人傻笑,被人发现我是私自造的机器人,是会被市政回收的,我这属于非法制造,又是残次品,肯定会被销毁的。

结果那天晚上我就把自己笑散架了,还没等市政来回收,我就因为网上一个冷笑话,把胸口外壳震掉了,里面零件稀里哗啦落了一地。

幸好当时已经没有别人了。老杨一个头两个大,唉声叹气地给我修理,想骂脏话又怕被我学了去,心里着实憋屈。

我是昨天早上被修好的,通宵没睡的老杨熬出了两个大黑眼圈,看见我就叹气。

"傻里傻气,到底是比不上外面买的。"

三

我在老杨身边待了快小半年。我出生那时是夏天,现在已经是寒冬了。老杨和来他店里的那些人都穿着厚实的棉袄,聊天时胳膊揣进袖筒子里,时不时伸出手揞揞鼻涕。

"老杨,冷是什么感觉?"

"像你偷喝水那次一样,身体里生了锈,整个人都变笨,更惨的是还要打哆嗦。"

"那肯定难受死了。"

"把我给你买的那件羽绒服穿上,别让别人觉得你奇怪。"

我乖乖地穿上羽绒服,尽管我并没有感受温度变化的能力。老杨给我起了个名字,对别人说我是他兄弟的孙女,时间长了,好像他自己也这么

126

觉得了。和他在一起这半年，他越来越像个爷爷。我跟着他，学习人类常识，学修机器人，学喜怒哀乐，除了不允许我说脏话——现在我知道哪些词汇是脏话了——其他的他都会教我。

"阿琪，倒杯热水过来！"老杨在外面喊我。

我端着水杯出去，老杨正和老张在一起下象棋，旁边围了三四个人，你一言我一语，谈论棋局形势，打赌老张的下一步棋准备落在哪里。

老杨的棋好，便捧了我递过去的水杯小口得意地喝。我站在他旁边看了一会儿，等他喝完水，把水杯带回屋去。

"最近不见你孙女笑了，怎么啦？在这里住腻了？"回屋的时候，我听见身后有人问老杨。

"没有的事。哪能天天笑呢，那不成傻子了吗。将军！"老杨赢了棋，顿时神清气爽。老张啧啧叹气，一边收拾棋盘一边赶人："散了散了，天快黑了，都回家该做饭做饭该抱孩子抱孩子去！"自己临走前又撂下一句："等我明天再来赢你！"

我听见老杨走进来，忙把自己手里的东西藏好，抬头看他。他笑呵呵的，给自己泡了一碗面，坐到床边的椅子上。

"刚才藏什么呢？拿出来让我瞧瞧。"

"不告诉你。"

"你还有小秘密了？"老杨笑着摇头，"有时候真不知道你还是不是机器人了，简直像个小孩子一样。刚造出来你那会儿没少给我惹事，现在好不容易学聪明一点儿，就开始鬼鬼祟祟了。"

"机器人能变成人吗？"

"你敢吃我这碗泡面吗？"

"怕是吃完你又得修我三天三夜，还得跟别人说我是串亲戚走了。"

"那你就变不成人。"老杨嘿嘿地笑，"人的脾气你可以学，可是学得再像也变不成真的。机器还是机器。"

我坐在旁边看着老杨吃面，他把一次性筷子从中间掰开，发出"咔"的一声脆响，然后双手捧起碗来，先喝两大口热汤，咂咂嘴，再用一只手端着碗，右手握着筷子，挑起一大堆面条往嘴里吸，再喝两口汤，眼睛往周围瞭瞭着,四处寻找什么。

"给。"我把刚刚剥好的蒜瓣递给他,他接过去,往嘴里一扔,再吸一大口面,咔嚓咔嚓地嚼着。

"不过我待你,倒像是亲孙女一样。"老杨边吃边说,"虽然你是机器的,可是能陪在我身边,到底是比我从前一个人的时候强多了。要是真的孙女,恐怕现在也不会在我身边。你说呢?"

"我不知道。不过我会一直陪着你。"

"也不知道你是真懂假懂。"老杨把碗里的汤喝得干干净净,仰头打了个饱嗝儿。他太老了,吃完饭没过多久就开始打盹儿。

"睡觉睡觉,不知道电热毯烧热了没。"他爬到床上,几分钟后就响起了鼾声。

我依然坐在刚才的位置,等他睡熟。我不需要睡眠,确定他真的睡着之后,我把刚才藏起来的东西又拿了出来,带着它去了外面的工作间。

我不知道什么真懂假懂,老杨把我造出来,是希望我能陪他。而我被造出来,也希望能永远陪他。老杨说不能喝水也不能吃泡面的不算是真正的人,我不知道。

我希望我能成为真正的人。

四

十二月八日,老杨的七十岁生日。人类称这种生日为"大寿"。只是老杨孤家寡人,没谁来给他祝寿。这一天的老杨显得格外寂寞。

我的秘密今日成熟。

上午老杨嘱我出去买回一只烧鸡来,中午他从床底扒拉出一瓶酒,自斟自饮。我看时机已到,便从卧室里拿出一样东西。

"这是什么?"老杨抱着盒子,"家里什么时候有这个的?"

"你打开。"

盒子上系着一个大得有些夸张的蝴蝶结,老杨哆哆嗦嗦地解开,双手打开盒子,从里面拿出一个二十厘米高的机械小人,身后有一根发条,拧紧它再放到桌子上去,小人就会自己吱吱悠悠地来回转圈。

"是礼物。我自己做的。祝你生日快乐。"

"什么乱七八糟的……"老杨声音有些颤抖起来,"长得倒是有点像我。"

"我照着你的样子做的。"

"你什么时候……"

我不回答,只是咧着嘴向他笑着。老杨脸一抖,眼眶里掉出两颗泪来。"你要是真的人就好了。你要是我孙女该多好啊。"

"我还是不能成为真正的人吗?"

"那你会哭吗?你眼睛里可以像我一样流出泪吗?"

"不会。"

"那你就还不是真正的人。"老杨看见我撇了嘴,自己又笑了起来。"不过现在这样也够了,真变成人也没什么好的。"

老杨很快把自己喝得酩酊大醉。我出去在门口挂上了"暂停营业"的牌子,回来继续坐着陪他。他趴在桌子上脸色通红,嘴里还在念叨:"你现在这样足够了,真的,不用变成人,这样挺好的,咱爷儿俩做着伴,将来你能送我走就成。真的,你现在这样足够了。"

我把老杨手里的杯子拿到一边,把他抬到床上去,给他的鞋脱掉,再盖上被子。他嘴里唠唠叨叨的,已经变成梦中呓语,听不清是什么了。

我回到他刚才坐的位置,闻了闻烧鸡的味道,又学着他的样子,把酒杯凑到鼻子下面,嘴唇沾了一沾,没什么滋味。

我知道烧鸡是香的,酒是辣的,泡面分很多种口味,我能区分它们,只是无法感受。人类有时候会哭,会流泪,我做不到。我想,既然老杨说我现在这样足够了,那一定有他的道理。我应该听他的。

只是,我还是忍不住想去模仿他,我学着老杨的动作,假装撕下一口鸡肉放在嘴里,嚼,再抿一口酒,"哈"的一声叹口气,再摸摸下巴。老杨看电视学养生,说饭在嘴里要嚼二十口再咽,好消化,对肠胃好。我就老老实实嚼二十下,咽一口空气。

我到老杨旁边拿了他的大棉袄裹在身上,闭上眼睛假装睡觉。我试过

129

打鼾,只是发出的声音太奇怪,我怕吵醒他,就没有继续。

我变得更像人类了吗?

五

过完老杨的生日之后,天气越来越冷,老杨开始每天晚上喝一杯酒御寒。邻居们不再出门聊天了,老张也不再来陪他下棋。没有生意的日子,老杨店里冷冷清清。

那天老杨正在看电视,守着他喜欢的频道,连三十分钟广告都看得津津有味。到了中午,我给他热了两个馒头,把从外面买的小菜打开,叫他吃饭。

我记得很清楚,他先是应了一声,然后用遥控器关掉电视,双手撑住椅子扶手准备起身。和往常一样的动作,只是那天,他失败了。

"阿琪?阿琪?"老杨声音里都透着慌乱,双手胡乱用力,只是站不起来。我跑过去拉他起身,他两条腿软绵绵的,用不上一丝力气。

很快,他的鼻子和整个下半张脸开始往一边歪去,他开始说不清楚话,口水顺着嘴角流了出来。我把他搀到床边,让他斜靠着床头,拨通了120。

急救车很快带着我们到了最近的一家医院。我出门时带了他的身份证和一些钱,给他办了紧急住院手续。

在上急救车之前,经过一次紧急抢救,他的脸慢慢恢复正常。等躺到病床上时,他已经从昏迷中苏醒了。

"你的脸刚才像一根麻花。"我告诉他。

老杨虚弱地笑笑,问我:"住院花多少钱?"

"不知道。刚才来得太急,我没注意。"我撒谎。

他并没有太在意,已经有新的事情吸引了他的注意力。"我的腿呢?我感觉不到我的腿!"他近乎哀求地看向我,似乎要我告诉他腿在哪里。

"是一次中风,你要住院观察几天,做些检查,也许就会好了。"

"哕,我不住院。"他从开始的慌乱中镇定下来,立刻开始反驳我。

"我没那么多钱,住不起,回家。"老杨说着,就要掀开被子下床。

我没有办法拒绝他。因为我知道他的确是没有钱的。也许我应该像真正的家人一样告诉他必须住院,剩下的我来想办法,但是我只是一个机器人,我没有任何办法。

我租了一辆轮椅,带着老杨回家。

"今后我们该怎么办呢?"我问他。

"我还有一点儿存款,熬过一天算一天。老人家的寿命,都是按天算的,正常。"他说。

我接替了他的铺子,在工作间里修机器人。日子还是老日子,只是两个人换了身份。我买了一辆轮椅,老杨在上面坐着,有时候出来看看我,大部分时间都是坐在轮椅上睡觉。

"吃饭了。"我熬了一碗米粥给他端过去,叫醒他。

"你是谁呀?"

"我是你孙女。"

他嘿嘿地笑,我就用勺子一口一口喂他喝粥。

他的记性越来越差,有时候对着我叫:"阿琪!阿琪!"有时候又茫然地望着我,问我这是哪里。

有时候他会莫名其妙地发脾气,叫骂一通之后就睡着了;有时候他会望着我笑,说我是他的好孙女。

他清醒的时候越来越少,人越来越糊涂了。有时候老张提着点礼品来看他,他冲着人家嘿嘿笑,趁人不注意的时候把鼻涕抹在人家衣服上。

老杨变得不像老杨了。他越来越像个婴儿,睡觉的时间也像婴儿一样长。

大概是他身体里的什么零件坏掉了吧。我想。

六

我站在一栋大厦底下,抬头向上看,楼上大字写着:"美缘智能开发责任有限公司"。这是这座城市最大的机器人制造公司。

走进大厅,前台坐着两个女人,外表是三十岁的样子,穿着整齐的制服,对来往的每个人微笑着,她们长得一模一样,额头上也都刻着条形码。

我走过去,问她们:"你们这里的最高负责人是谁?"

"请问您是?"

"总部的,今天下午这里临时有个商业活动,叫他出来跟我说话,快一点儿,要来不及了。"

其中一个赶快拿起了电话。

十分钟后,我坐到了总经理的办公室。一个四十岁左右的中年人坐在我对面。

"你为什么要对她们撒谎?"

"不然怎么来见你呢?"

"我可以立刻把你赶出去。你不应该通过撒谎来见我。"

"这可不能怪我,你应该教给她们分辨谎言的能力。"

他盯着我看了好久,笑了:"我第一次见到会撒谎的机器人。你是谁改造的?"

"说出来你也不会认识的,我们只是小人物罢了。"

"机器人可算不上人。"

"我是现代机器人中最接近人类的,你对我难道不好奇吗?"

他沉默良久,说:"你想要什么?"

"要钱,要最好的养老医院,我要那个人平平安安活到一百岁。"

"作为条件,你要在我为他安排好之后立刻到我公司来报到。"

"成交。"

老杨一觉醒来,好奇地看到身边围了三四个西装革履的陌生人。我告诉老杨,他们是好心人,要带他去一个好玩的地方。

"阿琪一起。"

"在那里你不用害怕生病,我也不怕你再中风了。护士们会照顾好你。"

"阿琪一起。"

"阿琪不去了。你自己在那里好好的,不要给别人捣乱。"

"阿琪呢？她还没回来吗？"

送走老杨，天已经黑透了。我回到家里，把卧室打扫了一下。以前老杨在这里的时候总是不让我打扫，说嫌麻烦，我这次扫地，把床缝里积的灰尘都扫出来了。

我又往工作室门口贴了一张白纸，写上"暂时歇业"四个字。我想着，万一哪天老杨治好了，回来还能干他的老本行。

都打理好了，我躺到老杨的床上，等天亮。明天大概就会有真正的本部派来的业务经理和研究人员了吧，他们一定打算好好研究我一下。说不定明年市场上就会有一批能够学习感情的机器人出现了。人总是希望造出的机器人更像自己，说不定再过几年，除了他们头上的条形码之外，机器人和人类会毫无区别了。

不过老杨曾经说，现在这样就足够了。所以我永远不能成为人类。机器人就是机器人，变成人类也不见得就是好事。我要是人类，还怎么救老杨呢？

天快要亮了，我躺在床上最后回忆了一遍我的机器人生。等到了公司之后，我就不再是我了，以后街上走着的机器人能算是我的后代吗？

我突然想起我来到这个世上时，老杨教会我说的第一句话。

"操。"我说。

奔跑的狗

文/二月

1943年12月中旬某夜,南京夫子庙。

前半夜里飘了一阵小雨,太平路的石板路上泛着水光,有车路过,惊动了地面,两旁的昏黄的灯影在那一凹黑水凼里便开始微微颤动,碎成了一锅蛋花汤。

狗子拉着自己的黄包车准备回大车库困觉,他想今天的工作可以提前结束了,因为他的布鞋开了,鞋帮子和鞋底脱离,漏出一个大缝。起先他没留意,后来他拉着客人跑着跑着,鞋就偷偷摸摸溜到了他的脚脖子上挂着了。

今晚他赤着脚做了三次工,他跑在冰凉的路上,发现比以往穿着鞋跑得还要快一点儿,只是跑久了,脚底就开始疼,路也变得僵硬起来。

12月的南京还是冷的。

回仓库去拿阿仁的针线把鞋子缝上。狗子是这样想的,阿仁这个铁公鸡肯定还没回来,自己偷偷用,他肯定不会发觉的。

他拉着自己的车,慢悠悠地走在路上,湿漉漉的路给他脚底留下黏糊糊的感觉。

"嘿,小哥过来吃碗馄饨呀。"

巷口有个卖夜宵的师傅用铁勺敲了敲热气腾腾的锅,热情地推销着:"那么冷的天,吃点东西饱腹又暖和。"

锅里白花花的热气直汩汩地往上冒,狗子顺着热气抬头往上看,一滴姗姗来迟,却又大又凉的雨水莫名其妙掉进了他眼睛里,"×他妈的。"他揉着眼睛,往馄饨担子那里走过去。

他把黄包车停在隔壁已经闭门的粮铺屋檐下,把自己那双破烂的布鞋扔在车座上,赤着脚大摇大摆地往馄饨担子摆放的小凳子上一坐:"来三两馄饨,多放点辣子。"

"好咧。"

有了生意,师傅轻车熟路地系上了白围腰,把包好的馄饨"咕咚咕咚"扔进沸腾的锅里,然后往一个大碗里放盐,放蒜,放辣椒油……

在等待馄饨熟的时候,狗子开口问道:"老板,有没有抹布,借来用一下。"

"我哪是什么老板呀,"卖馄饨的师傅听了笑呵呵,从担子里取出一块洗过很多次的白布交到狗子手里,"卖个馄饨而已。"

这是狗子的职业病,见谁都叫老板。

在码头接那些下船的人,火车站里出来的人,还是在酒楼妓院门里出来的,他通通叫老板。因为拉黄包车的大家伙都这样叫。

狗子刚拉黄包车的时候怯生生的,见到那些陌生人都不敢叫,生怕别人瞪着眼睛骂他碍事儿。非要等别人走过来问,"栖霞寺去吗?"他才连忙点头,将黄包车放低,拉着一个活物心惊胆战地跑着。

刚开始拉车的时候,他不好意思吆喝,客人全被同行抢走了,一个人守着自己那辆车在码头等一天,白白看着一天的海水和邮轮,啥也没挣着,晚上回营在一旁看着人家躲在床铺上吐着唾沫数钱,他才明白自己虚度了一天。

后来,跟着众人一混,他也油头滑脑,机灵了起来,见人就喊老板,声音洪亮,面带笑容,十一分的热情百分百的诠释。生意当然随之好了不少。狗子拉着那些客人,慢慢地,甚至学会了和客人闲扯,装出一副老油条的模样,卖弄自己粗浅的见闻。那些关于南京城的大事儿小事儿都是听车行里那些闲人说的,他并不识字。

狗子接过粗糙的抹布用力地擦自己的脖子,直到擦得通红,擦得产生痛感他才停下来,不过他仍然闻到了一股酒精混合呕吐物的味道在他脖子上悠然飘起,挥之不去。

这是刚才最后一位客人留下来的东西。

酒楼是绝佳的候客之地,很多酒足饭饱的客人剔着牙打着嗝儿出来,浑身舒坦,自然不愿意多走几步路,坐黄包车的欲望比以往更大。

狗子在酒楼门口那棵梧桐树下等了很久,寒风吹得他直吸鼻涕,梧桐叶掉了一地之后他才等到第一位客人。

他是由别人扶着才出来的。这客人穿着一身正装像是来赴宴的,长的是肥头大耳的富贵相,他红光满面一身酒气眯着眼睛摇摇晃晃连路都走不稳。

看到有人出来,狗子条件反射地迎了上去,两人合力把胖子放进黄包车里,扶着胖子的那人说了一个地名,"你把他给我送到那里,知道吗?"转身回酒楼里去了。

狗子低头哈腰说好的好的。然后一个人面对瘫软在黄包车里像一头猪的客人。

那人可真沉,果真和猪一样重,跑完那一程,狗子赶紧放下车把子活动手臂和肩膀。

等狗子活动完回头看,那人还躺在黄包车里像是要睡着了。他过去想拍拍他的肥脸,叫他下车但又不敢,狗子看他穿着一副有钱有势的模样。

而且狗子发现他们是停在了一间装修精致的大楼前,楼前是一片大院子,黝黑的铁门把它锁在里面,里面传来狼狗凶狠的狂吠,想必这人肯定不是普通平民百姓。

狗子只好压着声调温柔地在他耳边喊几声:"老板到家了。"

喊了一会儿,那人才睁开眼,迷迷糊糊看看四周,吐出浓重的酒气说:"扶我一下。"

狗子弯下腰低头伸手去扶他,那人的大手刚搭在狗子肩膀,他身体突然一颤,发出剧烈又连绵不绝的呕吐之声,同时狗子的脖子也感受到一股滚烫的热流从自己脖子缓缓流下,流到背脊,像一条在爬动的巨型毛虫,然后一滴滴落在地上,滴答声在夜晚里十分清晰,一股呕吐物特有的气味发散在空中,蹿进鼻腔后,像一条钩子一样钩住狗子的胃,似乎想让他也跟着呕吐。

那人吐完后站起了身子,从上衣口袋掏出了一张手帕擦了擦嘴,就准备离开,推开铁门走进院子里去。

"钱。"狗子不顾背后的污秽物哗哗往下掉直起身子来喊道:"您还没给钱哪。"

那人跟没听见似的,自顾自往前走,狗子心想不能白忙和一趟,连忙走过去拍拍他的肩膀,想提醒他一下。

"你干吗?"那人转过身突然面目凶狠地怒喝一下,脸上的肥肉如波涛一样抖动,口齿不清地骂道,"你这猪猡,别他妈对我动手动脚,手脚不干净的下贱玩意儿。"

他过激的反应把狗子吓了一跳,狗子低声下气地说:"您还没给钱哪。"

"什么?"那人听了之后有点傲慢地看着狗子,"三英子没给你钱?"

"没有。"狗子和颜悦色地说:"他只说了让我送你到这儿,没给我钱。"

"这狗东西。"那人骂骂咧咧,从腰包里掏出一个黑色的钱包,用两根手指从里面夹了一张纸币出来,又放了回去,"你不是骗我的吧?我知道你们这些车夫,欺负我喝醉了,得了钱还装作没有得,就想拿两份。"

"我怎么敢呢,我是真的没有得钱。"狗子耐心解释道,其实心里已经有点愠怒。

那人眯着醉眼打量了一下狗子,眼神里充满了轻蔑:"哼,行吧。"

他终于打开钱包,夹出一张法币,狗子连忙接过来,口里说着:"谢谢老板,谢谢老板。"同时他又闻到了自己身后的呕吐物的味道。

不知道这些大老爷在酒楼吃的是什么东西,怎么会那么臭,比粪坑里的屎还强上几分。

狗子已经接过钱后,看着那个肥胖的男人一摇一摆地走进院子里,一条眼睛冒绿光的黑色大狼狗摇着尾巴去舔男人的手,舔着舔着,又看到狗子,便开始对着他狂吠几声,又作势欲追。

狗子被吓到了,提起自己的黄包车就赶紧离开。

狗子其实不怎么饿,中午才把上星期在东街杂铺趁便宜抢购的两斤发糕吃完。不过现在要他吃三两馄饨还是轻轻松松的,他五大三粗,身高体壮,每天用的劲又多,自然胃口也大。

但要是三年前的狗子,宁愿挨饿也不愿意花钱来吃什么夜宵。

他觉得他享受不起。

狗子想,阿妈要是看见他花钱如此大手大脚肯定会脱下鞋来揍他,姐姐也不会给自己什么好脸色看,皱起眉头就翻白眼,跟要上吊似的。哼,不过让她吃,她肯定会吃,而且是狼吞虎咽,因为她是被饥荒饿急过的人,她吃过毛虫和耗子,连树皮泥巴都啃过。狗子不喜欢和他姐姐说话,因为她嘴里总有一股泥土的腥味,和树汁绿色的苦涩味。姐姐荒年过后变得愁眉苦脸,总是自怨自艾,说什么自己是贱命一条,抱怨在荒年的时候,父母重男轻女把吃的都给了狗子,自己啃树皮活下来是破灭了父母企图谋杀自己的想法。

这些话,每年狗子从城里回农村的时候,头发枯黄如乱草的姐姐都在他耳边要重复上好几遍,仿佛是她牺牲了自己,才换来狗子"美好"的现在。

可就是这样絮絮叨叨,略显神经的姐姐居然就要结婚了,对象是同村的李田壮,是种庄稼的,小时候在田里被牛用牛角顶破了大腿,治好了皮外伤,但还是有影响,走路一瘸一拐的,都快三十岁了还没有成家。如今终于耐不住才托媒婆找的。

他挑了两担大米来说亲。阿妈知道他家境不富裕,但也不想姐姐太过随便就嫁出去了,就准备再提点要求,剥削一下农民阶层。但是在一旁的姐姐,二话没说就同意了。她插嘴道:"两担米就足够了,荒年里要是能有这米我早就跟你走了,现在估计娃都有两个了。"

阿妈听了很恼怒,不是因为觉得姐姐的话十分没有教养,而是看出了姐姐没有把她放在眼里。阿妈伸手就想抄起门后的抵门棍给姐姐的屁股重重打两下，姐姐翻着死鱼眼一脸无畏，阿妈叹了口气只得作罢。

狗子至今还记得为了筹姐姐的嫁妆，阿妈和姐姐把自己辛苦做工两个月的工钱软磨硬泡拿了去，他为此闷闷不乐，不肯上桌吃饭，阿妈伸出坚硬的手指点在他额头上骂道："都那么大的人了，还不懂事，你是家里唯一的男人。"

父亲和同乡灾民在饥荒年去抢隔壁庄大户的粮仓，被人请的守庄大汉打死了。那么多人都去抢，死的偏偏是自己的爹，那仅仅是用来恐吓的棍棒偏偏打在了父亲的头上。被敲中了那一下，父亲当时就闭上了眼睛，血像油漆一样泼在脸上。起初根本没人发觉父亲已经死了，灾民挤作一团蜂拥至大户的粮仓，把父亲的尸体也给夹带进去，却没有带出来。

后来还是大户自己发现不小心打死了人，为了息事宁人，总要先下手为强占据话语权。他自觉地派了两个下人提了一袋白米和一包玉蜀黍粉，还有父亲的尸体到院子门口，放下便走了。

"他抢东西被打死是死有余辜的。"他们留下一句。

父亲其实到死也没抢到什么东西，只是跟着人群走，空荡荡地去空荡荡地回，只是命丢了。

阿妈什么话也没说，拿起了地上的两袋粮食。狗子看见阿妈松了一口气，望着父亲僵硬的尸体自言自语说，日子还是能过下去的。

阿妈没说错，他们果然在饥荒中活了下来。

结婚那天姐姐是很高兴的，脸上挂着灿烂的笑容，后来笑容就消失了，再也见不到了，像被丢进了深渊里。

听说李田壮是个畜生，喜欢打老婆，常把姐姐打得死去活来，脸上总是留着青紫色。狗子听闻后刚开始还窃喜，有一种出了恶气的感觉，不过到后来也替姐姐悲哀，最后却什么感觉也没有了，似乎男人爱打老婆也不是什么新鲜事了。

狗子摸着自己的黑乎乎的脚板心，他摸到了脚上冰冷的泥和厚厚的茧，而他的脚却没有任何知觉。

那双破鞋子还乖乖待在车篓里。

那双鞋子不知道补了多少次，都是狗子自己补的。里面针眼密密麻麻不知道重复穿了多少次,本来紧实的鞋帮子被他扎得稀松,怪不得那么容易就烂了。要是让阿妈来补就不一样了。去年中秋他回家去,阿妈把他的那条麻布裤子的破裤裆缝得严严实实整整齐齐,穿到现在都没坏。阿妈确实是干针线活的好手。

今年初春,阿妈开始在刘老爷家里打长工。刘老爷是个老秀才,狗子是见过的。狗子以前去看阿妈,过了饭点没吃饭,在刘老爷家后院小屋里安静吃着阿妈从厨房端来的剩饭。刘老爷戴着一副老花镜,拄着黄漆拐杖从门外走进来,他一看见埋头吃饭的狗子,伫立在屋子中央并不说话,一双眼睛就迷离起来,射出寒光,隔着镜片的那眼神像是要把他绑在村口大树上用鞭子笞打一顿。

他的样子让狗子吞咽的动作迟缓起来,狗子想起他吃的是别人家的饭,喉咙里的饭好像认主似的,怎么也吞不下去,要往外面跑。

"啊,老爷,您怎么来我们下人住的地方呀?有什么吩咐吗?"阿妈一看见刘老爷,立刻惊道。

她见刘老爷正看着狗子,便赶紧重重拍了拍狗子的背,嗔道:"别吃了,就知道吃,还不快见过刘老爷。"

狗子站起身来,看着眼前这干瘦的小老头儿,谦卑地弯腰说了声:"刘老爷好。"

刘老爷于是就不再紧盯着他,开始盯着桌上的饭菜。

阿妈解释道:"他刚从城里回来,我就把今天中午本来打算倒掉的剩菜热了给他吃,反正都倒了……"

刘老爷的白胡须动了动,藏在胡须里的那张嘴像鲇鱼嘴一样开合,这个老头凶狠地问:"你见过我儿子吗?"

他恶狠狠地瞪着狗子,像个逼供的人。狗子不明白这刘老爷想问什么,他也没见过他儿子。那个刘老爷见他什么都不说,直接一巴掌扇在狗子脸上,然后气冲冲地转身就走了。狗子只觉得脸上被一把树枝刮过去。他不知道为什么这个刘老爷要打他。

后来听老妈说,刘老爷的儿子是在南京中央大学读书的,是满腹经纶的书生,是文化人。前几年,刘老爷在家里给他安排了一个童养媳,挺漂亮的,可他不知道为什么觉得很丢人,他就跑了,躲在城里不回来,后来打仗了,他也没回来,听说日本鬼子在南京城里到处杀人,大少爷可能已经死了,我是说可能。老爷每天烧香拜佛,精神都有点不正常了,一见到城里来的人都要问,见过他儿子没有。

狗子明白了,他摸着自己的脸觉得自己被打好像挺正常的。

自己被打无所谓,他怕妈被欺负。但妈说,这里包吃包住,每天就干点缝缝补补、洗衣做饭和其他杂事,很轻松还有钱拿,根本没有被欺负。

他不知道妈是怎么进刘老爷府上的。阿妈说,是别人把她推荐给刘老爷的。问是谁。阿妈有点不想说,但还是说了,是那个王林东。狗子并不认识王林东,阿妈说是他爸爸的叔叔的伯伯的儿子,去年过年还来家里拜过年。狗子听迷糊了,他不记得有这个人。后来他明白了,应该是不认识的。

那个王林东就在刘老爷的府上当管家。他长得白胖胖的,嘴唇上有一圈青色的胡楂子,说话很亲切。狗子被刘老爷打了一耳光后,他还专门过来安慰狗子说,不要和这老不死的一般见识。

他居然说刘老爷是老不死的。这让狗子觉得出了气却又感到害怕。

狗子后来走了,离开刘老爷的大宅院时王林东还来送他。阿妈在狗子的行囊里悄悄地塞了两枚煮鸡蛋。

然后他不想让妈送,于是他和阿妈说,你回去吧,我自己认得路。阿妈说好,便转身走了,进了大宅门。

狗子走了两步,回头看,他不幸地看见阿妈和那王林东并肩走在一起,说说笑笑,那个王林东还把右手放在了妈的腰上,像树藤自然而然缠在了枯老的树干上。妈也没有拒绝的样子。

那只右手在狗子走了很久以后还出现在狗子的脑海里,像一团燃烧的煤块,像灼热的太阳。他突然觉得王林东面目可憎,是阴险小人。他觉得管家是全世界最遭人厌恶的职业。他们看起来好像两口子啊,可父亲已经死了。妈是一个叛徒。狗子想了很多东西,突然觉得自己胸口有点闷,坐在回南京的船上,他把阿妈给的两个鸡蛋愤怒地扔了一个到水里,他本还想扔第二个,但是饥荒带给他的感觉又回来了,他变得无比饥饿,他颤抖着双手把另外一个鸡蛋剥开来,虽然还有一点儿壳沾在上面,他把鸡蛋一口吞了进去,拼命地咀嚼着,当他听见鸡蛋壳在嘴里咂咂响时,他的莫名其妙的怒火莫名其妙地消失了。

妈和管家是两口子,姐姐和那个种地的也是两口子。自己是一个单身汉。自己和洋车是两口子。

"来喽,慢用。"

戴着白袖套的师傅端着热气腾腾的馄饨放在狗子的面前,他闻到了葱花香,他食指大动,他从筷筒抽了一双筷子,正准备吃。他看见,从街巷子里走来一个女人,她穿着皱巴巴的青色旗袍,外面披着黑色外套。旗袍似乎很久没洗了,脏兮兮的。

她歪歪扭扭地走来,头发凌乱,没有梳理。她左手抓着小钱包,右手夹着一支烟。她脸上浮着一层醉态,她坐在狗子旁边的一张桌子旁,她喉咙嘶哑得像个男人:"来一两馄饨。"

狗子一边吃馄饨,一边用余光看着她。她抽着烟,潇洒地吐着烟圈。狗子觉得这个女人不漂亮。她抽烟,身上散着酒气。

狗子在心里骂道,臭婊子,臭婊女,中国的妓女最他妈丑。

中国的妓女最丑。这不是狗子的专利,不是他最先说的。这是他拾人牙慧。这是从黑门嘴里说出来的。

黑门原名叫什么狗子已经不知道了,他只知道跟着大家这样叫。黑门这个名字怎么来的,车库闲聊的时候,黑门自己曾经对大家说过这是一个洋人给他取的外国名字。

那个洋大人有两层楼一样高,又壮得像头牛,身上的毛也和牛一样多,眼睛蓝瓦瓦的,像神仙又像妖怪。黑门说。

他为什么给你取名字?这名字有什么意思?是不是在骂你呀?大家凑热闹地问。

黑门炫耀着说,这名字是祝福的意思,他取名字是因为他喜欢我,我给他拉车,他都比别人给的钱要多。

后来又有人再问,黑门就懒得回答了。大家都猜测这是假的这是他编的,一个洋大人怎么会给你这种人取名字,顶多是外号。不过黑门这名字大家还是认了。

狗子认为,黑门是个见识丰富的人,和这种人待在一起很有意思,他话很多。黑门本不是在南京拉车的,他是从上海拉车然后跑到南京来的。

　　狗子经常会问他上海和南京的区别,上海什么最多?

　　黑门立马说,上海的洋人最多,然后又说上海的妓女也最多。

　　狗子听到妓女便想入非非。黑门继续说道,我当年在上海拉车的时候,最喜欢去候客的地方就是码头。上海码头多,船也多。我喜欢看船,那里停着各式各样的船,有邮轮,有帆船,也有木筏。军舰也是经常见的,上面有很多黑洞洞的炮筒,炮筒可以钻进一个人,船上还飘着很多国旗,什么英国国旗我都认识。当停着军舰或越洋邮轮时我最高兴,那些洋人水手水兵就会特别高兴地从船上下来,坐着我们的黄包车去各种酒馆夜总会还有妓院,他们无非去的就是这些地方。那时候我们的生意最好,这些洋大人是很舍得花钱的,因为他们在船上是花不了钱的。

　　然后第二天一早,当有船鸣笛时,在码头你就可以看见那些水兵水手各自挽着一个女人回来了,这都是他们的姘头。这些女的有的是日本人、朝鲜人、美国人,也有毛子女的,当然少不了中国的。

　　中国的妓女最丑。黑门愤愤地说。好像这是一件可耻的事。在码头上,女人给那些水兵水手送行,她们看着这些人上了船,挥手告别。日本妓女、朝鲜妓女都穿着鼓鼓囊囊的汉服,美国妓女的短裙可以露出很长一截大白腿,毛子女人才最适合穿旗袍了,她们胸脯大大的,又翘又挺比中国女人的好看,中国妓女又干又瘦又黑,挽着洋人的手像一只壁虎在傍着一面墙。

　　黑门说了之后,他就问狗子,南京城里哪里有明妓哪里有暗娼哪里买肉最便宜?狗子不说话。他不是不知道。他在南京城里拉着洋车在城里各处都跑过,夜晚他看见很多大老爷们搭着一些花枝招展的女人肩膀在城中游荡,手粗暴地揉搓着女人的屁股。狗子碰到这种场面,总是忍不住想看,但也不想让人发现他在看。他还偷偷在报摊买《良友》画报,偷偷在晚上一个人看,《良友画报》上有女明星,有她们打的广告,她们穿得很暴露,看完之后压在枕头下面。他面色通红,在梦中迎来自己的第一次。

　　黑门很聪明,他看出狗子沉默中藏着的秘密,他知道狗子走在一条他走过的小路上。小路上野草茂盛。他笑着说，你还是个童子鸡，我下次带你开荤。

狗子还记得那天下着绵绵细雨，雨打湿了黑色的巨石，蚂蚁都躲在巢穴里不出来，城中冷冷清清没有一个人。大家都没出工，窝在阴暗的车库里，他们围着火炉打牌、赌钱。狗子不会玩牌，他躺在床上睡觉，睡得迷迷糊糊之中，有双手在拍打他的脸。他醒来看见是黑门，他一双细小的眼睛戏谑地看着狗子，嘴角勾起来说："走吧。"

狗子好像听懂了他的意思，他知道会发生什么。他从床上跳下来，跟着黑门出去。当细雨飘在他脸上时，点点冰冷像曲鳝钻泥巴一样钻进他的肉里，他清醒了点儿，他看着前面黑门黑色的身影，他知道他要花钱了。狗子说，他不去了。黑门听了转身过来，他像一扇老旧的门吱呀吱呀地响，把狗子拉进了门内，他说你那么大了还怕什么，不会出事的，很有意思的。

他们在曲折老巷子上的青苔绿光映照下，走进了一间黑暗的屋子里。狗子听见黑门和一个女人在里屋说了一会儿的话。出来了一个穿着灰白长裙的女人，她拉着狗子的手，笑吟吟地对狗子说，跟我来。黑门在一旁说，什么也别管，你是来享受的。

狗子被拉进了一间小屋，屋子正中央有一个火炉。屋里有一张大木床，床上笼着白纱蚊帐。女人让狗子坐在床上，狗子闻到床上被子杂乱的味道。她从外面端了一木盆混浊的水来，把盆子放在桌上，然后把门关了。

整个房间如黑夜一般神秘起来，火炉啪啦啦响，像是人群的欢呼。

把裤子脱了。女人说。

狗子慌乱地望着四周，他感觉到房间的墙壁在缩拢，不让他呼吸，要把他慢慢挤成一团肉泥，他想逃离这个地方。

你怕什么，我不吃人的。女人笑了笑，她蹲下身子，把狗子的裤子扒下来，拿了一块布蘸了盆里的水后简单地擦拭狗子的胯下。

狗子像块木头一样愣在那里，女人温柔无比地抚摸着他。他浑身战栗着，很想哭，他知道他和那些晚上揽着女人腰的老爷一样了，他知道他和姐姐的丈夫李田壮一样了，他和管家王林东一样了。

女人把他一推，他顺势倒在床上，枕头在他头下哀号着，他呆滞地望着上方，上方一片黑暗。女人脱了他的衣服，也脱了自己的衣服。她的肋骨在贫穷的胸脯下一览无遗，她的皮肤森白，散着寒意，她骑在狗子身上，呻吟了一声。一切开始了。狗子被脱光衣服，虽然屋里有火炉，但他觉得很冷。连绵不绝阴冷细雨带来的寒意从门缝里，从窗枢里渗透进来。破屋子进了水，水淹没了狗子。

狗子在颤抖着，在大口喘气，他的牙齿在上下哆嗦敲打。

你怕冷？女人在呻吟卖弄之余，她看见了面色惨白的狗子。她把被子全部扔在了狗子身上，狗子像蝗虫抱着稻穗一样紧紧抱着厚厚的被子，他看见女人的头在被子后面起伏。他觉得自己被分成了两节，上面那节温暖贫穷，下面那节快乐寒冷，他躲在贫穷的身后窥视快乐。

当女人的头像颗炸弹一样埋在狗子的胸口时，一切都结束了。

回去的路上，狗子在奔跑，他没有理会黑门的呼唤，黑门在后面追了一会儿，然后不追了，他在哈哈大笑。这笑声像鞭子抽打在狗子屁股上，狗子跑得更快了。

第二天，黑门说，你说你又没少一两肉，你至于那么生气吗？下次我再带你去。

狗子咽了咽嘴里的发糕说："滚！"

黑门笑，你这臭小子，还懂不女人的好处呢。说着故意往狗子那里摸摸，你别假正经了。

狗子一口口吃着碗里的馄饨，馄饨皮很厚，肉很少，只有肉星子。碗里放了很多辣椒，狗子吃得满头大汗，脸通红。狗子吃了一大半，当碗里漂着葱花和辣椒片时，他听到街角有一阵喧闹，转头一看，有一大群学生从大道上浪潮似的拥来，如水银一般汇集起来，然后又倾泻到太平路两边的大烟馆里，他们蜂拥到大烟馆里，过了一会儿他们抱着烟枪油灯还有一大盒烟膏出来，大烟馆的老板追出来反而被学生们一顿臭骂，有些大烟馆里面请了打手他们手里拿着刀和棍棒，学生们和这群人打了起来，不一会儿就有人满头是血倒在地上不省人事。一时间，夜色下的太平路反而因为学生吵吵嚷嚷热闹起来。

"这群学生娃又吃饱了没事做。"卖馄饨的师傅看着远处的打闹，居高临下一脸不屑地说:"自讨苦吃,把命丢了活该。"

狗子看了眼那么多学生娃,像是从蜂窝里倾巢出动的马蜂,四处蜇人。白日里他们经常游行示威,喊口号、贴传单,晚上也不肯罢休,还要去大烟馆抢东西,说是为了救国为了抗日。

白天他们在街上游行的时候,狗子拉着客人只得等他们过了才能走。日本卫兵拿着上刺刀的枪守着路边,他们生怕出现暴动,那黑压压的示威洪流,渺小的子弹就像石子落进了海里。

最开始他们悄悄散发着五颜六色花花绿绿的传单,传单上写着抗日救国,还有一些思想一些主义。后来有些人被日本人抓住了,他们就不敢撒了,他们就在半夜里提着糨糊出来,偷偷地张贴着这些传单。第二天一条街上每户商家开门营业的时候,都会发现门面上被贴了传单,他们赶紧撕下来,骂骂咧咧地把它撕成碎片。

这些学生还来过大车库发动狗子他们这群洋车车夫加入罢工游行。那群学生永远是那么热情充沛,一双眼睛燃烧着火焰,他们拿着进步书籍,义愤填膺地挥舞拳头,喊着"救亡图存""天下兴亡,匹夫有责"……

狗子觉得这群学生有点疯狂。车库里的其他人躺在自己的那床上慵懒地看着学生们呼唤,不为所动;有人觉得很吵,他就把脑袋放进被子里。

黑门不一样,他瞥了这群学生一眼,说,你们都不用吃饭,但我们是要吃饭的。

学生说,国家都没有了,当个亡国奴苟活着还有什么意思?

吃饭有意思,人生来就是要吃饭的。黑门笑了,你们要抗日就去前线啊,在这里喊口号有什么用,哼,百无一用是书生。

我们这是宣传爱国思想,也是为了救国。学生说,你们真是鲁迅先生笔下的看客,麻木不仁!

黑门听了走过去一拳头打在那学生脸上,那个学生倒在地上,鼻子冒出血来,眼镜也被打得破碎。黑门举着他硕大的拳头转身对着我们炫耀着,我看是你的思想厉害,还是我的拳头厉害。

大家看着那个学生捂着全是血的脸,狼狈地捡起自己的眼镜灰溜溜地离开了。

那个娃子好像哭了。有人说。

就他这样还救国？有人说。

黑门你下手也太狠了吧。有人说。

…………

狗子吞咽完了所有的馄饨，把汤也喝得一干二净，他的肚子鼓鼓的，像一面厚实的大鼓。他把钱给了卖馄饨的师傅，准备起身回车库休息，那个妓女还在吃她的那碗馄饨，她两指间的烟燃到了尽头。

当狗子刚拉起车时，有两个学生从人潮脱离，开始朝他走来，其中一个叫住了他说："师傅你好，我们想借你的洋车一用，用来装点东西。"

另一个戴着黑框眼镜的学生说，我们不会白用的，我们会给你钱的。

这两个学生彬彬有礼，很有气质，很像当大官的人，很像大户人家的少爷。狗子看着他们说："老板，你们想去哪儿，我拉你去呗。"

戴眼镜的笑了，他说："我们不是老板，也不坐车，就借你的车来用，这是钱。"

说着递给了狗子几个铜板。几个铜板就想借我的车，万一跑了怎么办，这可是我吃饭的家伙。狗子捏紧了手里的车杠，闭口不答应。

"好吧，师傅你们帮我拉，钱给你。"他们说。

狗子跟在他们身后，拉着自己的车，像是牵着一头牛拉着犁耕田。

让一让，车来了。他们喊道。

学生人潮让开了一道缝隙，狗子看见地上堆着一大堆烟枪烟灯和一盒盒鸦片膏。学生们抱着这些东西全部扔在狗子的车篓里，骂道："就是这东西最害人，把它们全拿去烧掉。"

狗子跟着他们走，他们每到一间大烟馆，奋不顾身就冲进去，他们分工明确。有些人去和烟馆伙计掌柜说理，叫他们不要卖鸦片；有些人直接唾骂那些吸食鸦片的瘾君子，有些人更是直接去后房把那些鸦片膏和烟具搬出来拿走。

那些瘾君子是最讨厌这群学生的，他们面色发青骨瘦如柴，可嘴里说出的话却是最恶毒，最不堪入耳的。

狗子站在烟馆门外，等着学生们出来，一些学生在外面跟着狗子一起等着,他们给身边的车夫说吸食鸦片的危害。和狗子一样被唤来拉鸦片烟具的车夫有很多。

以前南京国民政府执政的时候,颁布的《禁毒令》是不允许吸食大烟的,更不准有大烟馆。买卖鸦片都是在背地里,都是在黑帮交易中才有的。后来日本人打来了,国民政府迁到了重庆,日本人扶持的汪伪政府成立后,大烟馆在南京城密密麻麻修了起来,鸦片开始了倾销,吸食鸦片的人也越来越多。

鸦片是日本鬼子用来瓦解国民意志,摧残国民身体的工具。站在狗子旁的学生捏紧了拳头说道:"这毒不除,势必亡国。"

可黑门说:"福寿膏是个好东西。吸一口,精神奕奕;吸两口,骨肉舒畅;吸三口,欲仙欲死。"

狗子不知道黑门是什么时候染上鸦片的。有人说他在上海的时候就染上了。他偷别人东西卖钱吸鸦片,被巡捕房抓了,关了很久才放出来,他在上海混不下去了,才跑到南京来。他本来在被关在巡捕房的那段时间里把鸦片戒了,回到南京又犯了。鸦片可真是要命的玩意儿,我跟黑门去澡堂洗澡,看见他胸口全是被手抓得稀巴烂的疤痕,他说这是鸦片瘾犯了自己抓的。

黑门来到南京后,没拉多久的车,就开始频繁往大烟馆逛。他吸了会儿鸦片才去拉客,他脑壳迷迷糊糊的,几次听错了客人说的地方,南辕北辙,拉到另外一个地方去了,有次还差点把客人从桥上摔进河里。他可没少挨打。不过他挣得钱越来越少,鸦片却吸得越来越多。最后他偷偷把车卖了,不拉车就只吸大烟。

狗子最后一次看到活的黑门时,他正在偷东西。那次狗子出工半路忘了拿汗巾,折返回车库,空空荡荡的车库里,他看见了消失很久的黑门。他吸着鼻涕,眼睛通红地翻着别人的床、被子、枕头、床垫、木板、箱子、破鞋子。

狗子知道他不可能翻出钱来,因为大家都把钱揣在身上,每个车夫的衣服上缝着明的暗的很多的口袋,他们像草原上的老鼠在衣服里打下了密密麻麻的藏身之处。

"狗子,给我点钱,我过几天还你。"黑门看见了狗子,立马快步过来说道。他拍着狗子的肩膀慌张地微笑着,像老朋友又像陌生人。狗子发现,那个见多识广高大粗壮的黑门变得羸弱了,是融化了一半的雪人。

"别愣着了,快点! 你忘了是我带你去破身的吗?"黑门怒气冲天地大吼道,"把钱拿出来,我又不是不还你! "

可狗子不怕他大吼大叫。狗子问:"你怎么不拉车了? "

黑门吸了一口鼻涕,开始自己伸手在狗子身上乱摸,嘴里哀求说着:"兄弟,借我点钱,我求你了,我好难受……"

狗子看着黑门红眼里流着黑色的眼泪,头发凝结成一团油球,身上散发着一股汗水的酸臭,他的嘴里说着哀求的话。他知道黑门已经不是黑门了。他从怀里拿出了一小沓钱,黑门一看,就伸手夺去,反应快得像只狗。他从车库跑了出去,嘴里喊着谢谢兄弟。

狗子没有去追,只是在原地看着他。

狗子在几个月后给黑门收尸了。烟馆的伙计说,黑门躺在那个角落,一直都没有动过。他吸了一口烟就躺在那里睡一下午,醒来再花钱吸一口,再睡。后来他睡了几天都没有叫人加烟,伙计准备把他从炕上赶走,还没走近,就闻到一股恶臭,恶臭如黑色的火焰燃烧,灼烧得让人不敢接近。

原来他早就死了,他的衣服已经和炕上的草席黏在了一起。烟馆里不缺少瘾君子吸鸦片死了的前科,这种废人扔了就是,没人会关心他们的死活。黑门死了还给别人造成了一个不小的麻烦,没人愿意搬他的尸体。

伙计随手在外面招黄包车车夫,可没人愿意来搬他。最后狗子来了,他收下了两枚银圆的报酬。这比黑门从他那里拿走的钱要多得多。这也算是黑门连本带利地还给他了。

狗子用草席卷起黑门,像上流人士卷烟纸一样卷成一捆。他抱着草席,他感觉黑门很轻,像一堆柴火,他把黑门放在一辆板车上,他拉着黑门到郊外,给他挖了一个大坑,把黑门扔了进去,然后又把他给埋了。黑门这个人消失了。狗子想,我死了,以后会不会有人来埋我呢?

得知黑门死了,车库的众人都无动于衷,反而有人拍手叫好,死得好哇,死得好哇……狗子觉得很难受,当初黑门给他们讲上海的故事的时候,他们脸上可是期待又激动的。

"走吧。"学生们说。

狗子拉起了车,他觉得车很沉,他回头一看,烟枪堆满了车篓子。烟枪上还有上个瘾君子残留的口水,还蔓延着油灯跳动的温度,还散发着鸦片燃烧时馥郁的香气。

狗子顺着学生们的水流前进着,学生们紧紧团结在一起,有人开始唱歌。歌声在夜色中展翅高飞,歌声先是一只麻雀,后变成了喜鹊,又变成了白鹤,然后是凤凰,最后变成了大鹏鸟。大鹏鸟在空中飞翔,它的翅膀遮天蔽日。

同学们,大家起来,

担负起天下的兴亡!

听吧,满耳是大众的嗟伤,

看吧,一年年国土的沦丧!

同学们,大家起来……

所有学生不约而同唱起了这首歌,歌声在太平路上如大鹏鸟飞翔,掀起了波浪,掀起了风暴。狗子在风暴中,觉得世界变得安静起来,平滑起来。

最后他们停留在了国府路国会大楼的广场前,学生们把烟枪倾倒在一起,堆成了小山般大小的鸟巢。一把火点燃了它们。

熊熊烈火冲天燃烧,热浪一股一股荡开来,燃烧产生的温度,把地上未干的水迹蒸干,空气充斥着窒息的水汽,这些数以千计的学生围着火堆跳舞,有人不停地往里面扔东西,有人把一面膏药旗扔进火里,火龙巨口一张吞噬了它。大家发出了欢呼声。

狗子车上的那堆烟枪全部也被扔进火里。狗子回头一看,自己的那双破鞋子不见了,应该是被学生一股脑儿扔了进去。

他的脚趾缝里渗出黑泥,他赤裸着双脚踩在广场坚硬冰冷的石板上。他看着学生们跳舞庆祝,唱歌鼓舞,大喊中国必胜。狗子不知道他该做出什么动作表情去迎合这场面,他想他可以走了,他转身拉着自己的车从人群里离开。

还没走出人群，他听到尖锐的哨子声，日本宪兵队和巡捕房的人来了，足足来了两卡车的人，学生们看见了四处逃窜，只要不被抓到，他们就无可奈何。

　　狗子是暗流涌动下的石头，学生流水冲刷着他碰撞着他，他拉起自己的车奔跑起来，奔跑在日本宪兵队的枪声中，奔跑在巡房手里的棍棒下，他奔跑在石头城坚硬的石头上，奔跑在这个冰冷的世界里。

　　狗子从混乱中跑了出来，脱身而出，当他停下的一瞬间，他回顾四周，一片漆黑，空中既无繁星，也无皓月，天上布满了乌云，冰凉的雨点又开始落下。

　　狗子的肚子开始翻腾，他"哇"的一声吐出了他吃的所有馄饨，把过去的人生一口气吐了出来。

男朋友的手机爱上我

文/鸫悦狐

大概,它成了世界上最称职的备胎。

—

双十一的那天,姚欣是和男友一起吃的火锅。

吃饭的时候,男友的手机每响一次,他都会下意识地看一下。

姚欣假装在捞肥牛,瞥了男友几眼,想到往日两人一起吃饭的时候,除了工作消息,他没有频繁看手机的习惯。

姚欣拿起手机,在对话框内输入了一段:"金刚狼,他在看什么?"

对话框很快就亮了起来,姚欣看了一眼,简单的一句话:"他在浏览淘宝界面,查看已发货订单的物流。根据用户的使用习惯,应该是在确定双十一购买的物品是否已经发货。"

姚欣对着抬起头疑惑地看着她的男友微笑一下。

二

这是姚欣公司新开发的智能 AI 软件"MOUTHPIECE(传声筒)",植入使用人手机,通过观察者手机上的 APP,就会实时掌控汇报使用人手机任何时刻的数据,在后期运用中,根据使用习惯和使用概率,可以分析使用人的消费习惯、兴趣爱好。

当然,这些都只是保守估计。姚欣很清楚,大数据时代,谁能掌握最全面的数据,谁才是这个时代的领先者。从一定程度上来说,MOUTHPIECE的开发,就是在打法律的擦边球,一旦真的实行,将会导致公民个人信息泄露安全的绝对危机。

MOUTHPIECE 的项目也只是开发到初期,只能简单地收集使用者的数据信息,只是这一点,便已经让上层欣喜若狂。为了测试,整个项目有八千个被观察者,除了自己公司的员工外,还有其余两家科技公司的员工。通过后台或者手机可以查询这八千个被观察者的手机数据信息。整个观察组有五个人,每个人都和项目组签订了保密协议,不私自使用 MOUTH-PIECE,身份信息互相保密。每个人都有一个独立的办公室,他们的工作就是日常与 MOUTHPIECE 对话,分析 MOUTHPIECE 的运行过程和数据抓取情况。

姚欣就是其中的一人,男友恰好就是这八千个被观察者中的一个。

不同于其他的 MOUTHPIECE 只有数字编号作为名字,姚欣在设定界面将男友的 MOUTHPIECE 名字设定为金刚狼。因为男友最喜欢的漫威人物就是金刚狼。

"金刚狼,他为什么没有回我的微信?"

"他正在接听王总的来电。"

"金刚狼,他回家了吗?"

"他已经完成了滴滴出行回家订单的评价,正在刷今日头条的幽默一刻,根据他的浏览习惯,此时应该是在床上休息。"

"金刚狼,他今天都和谁聊过天?"

"根据他使用频率最高的三大通信工具,今日他使用手机通讯录三次,分别是给黄总、邱经理、第三方朱经理拨打电话。使用微信十三次,对象分别为妈妈、余晓霖、王钰、张伟、李邢、二舅、李超、孙经理、顾永辉、曹丰、陈董、徐馨、鹊。使用 QQ 零次。如需要查询相关电话录音、微信聊天记录,回复相关人名。"

姚欣定时完成一天的观察记录,伸了个懒腰,忽然想到,拿出手机,输入了一行字。

"金刚狼,他还喜欢我吗?"

输入这个问题,完全是姚欣的恶趣味。在测试过程中,为了最大限度地了解到 MOUTHPIECE 收集数据的能力,姚欣基本上问的问题都是关于被测试手机的使用情况。

对话框果不其然地灰了。姚欣敲了一行字"对于无法回答的问题,没有设置回复"。

突然对话框亮了起来。

"什么叫喜欢?"

软件的回复,是姚欣完全没有想到的。她原来以为初始软件对于超过数据库设定的问题,会直接回答"对不起,不能理解你的问题"之类的。

姚欣的好奇心一下子被点燃了,她回复道:"金刚狼,喜欢就是,翻来覆去都会想着你,见不到的时候会难过,看见的时候就会开心。"

对话框又一次灰了下去。

看样子,对于复杂的句子还是无法理解,姚欣摇摇头,记录了下来。

三

姚欣没有把这段记录在档案里。而姚欣查阅了三个月来这八千个对象的数据信息,没有出现过这样的情况。

相反,这些普通样本的运行过程中,出现了运行错误、分析错误、数据抓取错误等各种情况,甚至出现了 MOUTHPIECE 正常运行却被山寨机删除的情况。

姚欣有一种预感,金刚狼的运行,可能会给整个项目的推进带来意外的突破。

金刚狼还是作为一个尽职的 MOUTHPIECE,每天将男友手机内的信息传递给姚欣。但是不同于普通的 MOUTHPIECE,他对于姚欣各种古怪的问题也会应答。

"金刚狼,他是否有拍摄的爱好?"

"从整个存储的情况而言,照片占 9.63%,共 3423 项,其中相机为 778 项,占比 22.73%。"

"金刚狼,他是否有听音乐的爱好?"

"从 APP 适用情况而言,设备内有 QQ 音乐和网易云音乐两款音乐 APP,近三个月的数据分析,使用频率最高的是 QQ 音乐,平均每天使用一个半小时,主要时间段分布在早上 8 点至 8 点 30,晚上 10 点至 11 点。"

"金刚狼,你分析的是数据,你没有判断他是否有这个爱好。"

对话框又暗了下去,一会儿又亮了起来:"爱好是什么?"

第二次!姚欣抓着手机,思索了下,回复道:"金刚狼,爱好就是,无怨无悔地把时间付给它。把时间花在爱好上的时候,会觉得开心幸福。"

对话框又一次暗了下去。姚欣等了一会儿,没有反应,于是站起身来,准备给男友打个晚安电话。

对话框却又亮了起来:"搜索中……本机自出厂到现在共三个月,通话时间合计最长的对象为鹊,拨打次数为 97 次,通话时间为 934 分 23 秒。微信对话次数最多的对象为鹊,共发送 3167 条消息,语音通话 38 次,时间共为 76 分,视频通话 7 次,时间共为 161 分。"

姚欣笑出声,她在男友的手机里的备注就是鹊,因为之前男友追求自己的时候,总是厚颜无耻地赖在自己的家里。姚欣嘲笑他是鸠占鹊巢,男友干脆把她的备注名改成了鹊。

到底还只是一个系统,是自己多心了,姚欣笑着摇摇头,人工智能毕竟只是人工,是无法体会到人的感情的。这种对话恐怕只是一个小 bug。

对话框等了一会儿,又一次亮了起来:"金刚狼 24 小时为您服务。"

定时自动回复关闭对话窗口,这是一个不错的点,姚欣记了下来。

四

"为什么?"

男人左手握着手机,右手拿着一把菜刀,背对着门。

房间内的光隐晦不明,床上的女人脸上的恐惧也被昏暗的灯光拉扯破碎。她的牙齿在咯咯发抖,通过牙缝勉强地挤出破碎的几个词:"不,不是,我,我,不是这样的。"

"为什么?"

男人慢慢地走到床边,直接扯掉了被子。

虽然无法说话,但是基于羞耻心,女人还是紧紧地拽住被角,试图从对面强大的力量手中夺回一点点的尊严,话已经无法经过大脑,最终变成了尖锐而苍白的惨叫:"不是这样的,是他勾引我的。"

应该只是为了安慰自己,也许还是伟大的求生欲,整理了谎言的逻辑后,女人终于理直气壮地喊了出来:"我不想对不起你的,都是他勾引我的,对不起对不起,求求你,孩子他爸,原谅我吧,我再也不敢了,我真的再也不敢了。"

"来不及了。"

在最后一瞬间,女人从一闪而过的刀的倒影上看见自己,不完全,只有一双惊恐闪着泪花的眼睛。明明是不完全的倒影,却已经是完全的生命了。

血慢慢地濡湿被子,慢条斯理地把这份纯白染成妖艳的红色,恰如这段不纯洁的爱情,最终在这如火一般的色彩中,消失殆尽。

五

MOUTHPIECE 项目被紧急叫停了。

姚欣上班的时候,就发现整栋大楼的人面色都很凝重,上午十点多,楼下来了几辆警车,姚欣看见 MOUTHPIECE 项目的老总、秘书神色匆匆地接待了几个人上了楼。

午休的时候,八卦已经完全传开来了。

项目内的某位观察者擅自将 MOUTHPIECE 植入自己的老婆手机内,证实了老婆背着自己和别人好上的事实,然后把自己的老婆杀了。

MOUTHPIECE 立刻被国家信息安全管理部门盯上了,高层也紧急叫停整个项目的运行。虽然项目组的支持者唐教授据理力争,坚定地认为MOUTHPIECE 只是一种数据统计新型工具,工具无法害人,害人的始终是人,而 MOUTHPIECE 的发展不是错误。

但最终还是被高层的一句话堵了回来——"我们现在做的,和窃取个人信息的病毒软件有什么区别?"

姚欣一边听着一边慢慢吃着午饭。

把餐盘放回餐具回收处的时候,姚欣瞥见楼梯间独自坐在台阶上吸烟的唐教授。

有的时候的确无法理解这种技术人员对于研究的狂热。姚欣摇摇头,是时候最后一次运行金刚狼了。

六

"金刚狼,他最近一个礼拜购物车内添加了什么东西还没有清空的?"

"日本进口原装吉川炼炒锅、varmilo 阿米洛 VA87MVA108M 熊猫机械键盘樱桃茶轴红轴静音红轴、进口官网正品 YONEX 尤克尼斯羽毛球拍单拍 NR750 速度进攻型、NIKE KD11 杜兰特 11 代黑金全掌气垫缓震实战篮球鞋 Ao2605-901。"

既然项目被叫停了,如果不出意外的话,MOUTHPIECE 即将被停用。就当是最后发挥一次它的有利作用吧,姚欣想最后给男朋友买一份称心的生日礼物,男朋友是一个工作狂摩羯座,希望可以挑一份让他开心的礼物。

这样想着,姚欣又敲下一行字:"金刚狼,你说他会喜我送他的机械键盘吗?"

姚欣以为 MOUTHPIECE 会如之前一样回答"什么叫喜欢""为什么会喜欢"之类的问题。

几乎是立刻,对话框跳出来一个字:"会。"

姚欣没有感觉到不对劲,只是觉得好玩,又回复了一句:"金刚狼,你为什么觉得他会喜欢？"

"搜索一个月内的数据，根据淘宝浏览记录分析，浏览键盘的次数为十七次，占总浏览数 37%，花费时间 137 分钟，占总浏览淘宝时间 46%。根据使用键盘的可能性分析，平时工作时间为早晨 9:03—8:47，占一天48.75%，使用键盘的时间为 6 个小时，占整个工作时间的 52.31%。所以可以分析为喜欢。"

姚欣愣住了，根据之前的分析，她可以认定 MOUTHPIECE 运行过程中已经接受了"喜欢"这个概念，并且把喜欢推等于花费最多的时间，但是问题是，MOUTHPIECE 是怎么知道使用者的工作时间的？

"金刚狼，你怎么知道他的工作时间的？"

"根据行程分析，他大致使用三种方式前往工作场所：第一是打的或乘坐公交车前往，根据支付记录，可以分析其到达工作场所的时间为 08:37—08:42；第二是驾驶共享车前往，根据行程分析，可以估计其到达工作场所的时间为 08:13—08:20；第三是乘坐班车，根据微信聊天记录及通话记录分析，可以估计乘坐班车经常与名字为鹊的聊天对象相约，出发时间为 08:30—08:35。通过历史步行数据，可以确定到达乘坐班车位置为 08:45—08:50。通过交通情况分析以及车速确定，分析到达目的地为 09:03—09:10。根据三个月的数据分析，可以确定上班时间为 08:52—09:04。返回居住地，根据聊天记录可以确定，他有回到家和鹊确定行程的习惯，对话时间分布为 20:00—22:00；对时间段进行分析，分布频率最高的为 20:23—20:47。确定他工作时间为 09:03—20:47。"

姚欣握着手机，一时不知道如何回复。如果按照项目一开始所说的，MOUTHPIECE 对于数据有收集的能力，但是分析的话，只能适应"a→A"模式，也就是，只能对于同一数据源的数据进行整合，得到 1+1=2 的结论。但是现在看来，仅仅是三个月，MOUTHPIECE 就能分析到这种地步吗？

想到每次和男友的通话都会被 MOUTHPIECE 获取，甚至于每一次私密的对话。姚欣突然觉得有点害怕。

对话框突然亮了一下，姚欣差点把手机扔了出去，定下神一看，简单的对话框里只有一句："金刚狼 24 小时为您服务。"

与此同时,她的企业微信闪了下。打开一看,是全体消息。

"@ 所有人,经过慎重考虑,非常抱歉,现解散 MOUTHPIECE 项目组。今晚 22:00 将由后台暂停所有 MOUTHPIECE 运行,此前收集的数据将予以销毁。该暂停过程,对于手机的使用没有任何的影响。望周知。"

姚欣看着手机,不知为何,如释重负。

七

让姚欣没有想到的是,几天后,唐教授会找到她。

MOUTHPIECE 项目组解散后,姚欣拿到了一笔不菲的封口费,足够让她读完研究生。当初她的导师把她介绍给唐教授,不仅因为她是自己的得意门生,更是因为项目的薪水也不低,足以帮助她解决资金上的危机。

也正是因为这个原因,在得知被研究对象里有自己的男友,即使姚欣知道这个情况已经违反了保密协议,但她还是隐瞒了。

唐教授是自己导师的好友,被师兄师姐们戏称为钻石王老五。科研能力强,三十多岁已经是高端科技公司特聘专家,生活有品位,没有三十多岁的男人的油腻和啤酒肚,文质彬彬,相貌也可以打个 80 分。据说他非常追求数据,对于自身各项指标的要求都是高于一般人。也是这种过于理性的追求,导致他一直没有谈恋爱,三十多岁一直都是单身,就连私生活都干净得让人没有八卦的余地,是一众师姐眼中的男神。

虽然加入了唐教授的 MOUTHPIECE 项目,但是两个人的交流并不多。所以,唐教授会亲自上门来找自己,的确是姚欣意料之外的。

招呼唐教授坐下后,姚欣有点抱歉地倒了两杯水:"我一个人住惯了,没有什么可以招待的。"

唐教授温和地笑笑,开口道:"小姚应该不是一个人吧。"

一时没有理解唐教授的意思,姚欣啊了一声,却见唐教授抿了一口水,慢悠悠说道:"MOUTHPIECE 的研究对象里不就有你的男朋友吗?"

姚欣心一沉,一时不知道说什么,见唐教授温和地看着自己,她有点窘迫地开口:"教授你知道了? 其实,我不是故意的,只是……只是我也很好奇 MOUTHPIECE 项目，所以我……"

唐教授摆摆手，似乎是对于这件事情并没有太大的在意："我相信小姚你的人品和能力，何况也并非是什么大事。"

姚欣松了一口气，坐了下来，但对于唐教授上门的原因存有疑虑，犹犹豫豫地开口问道："那教授今天找我……是有什么事情吗？"

"我不是来计较你隐瞒你男友的手机也是研究对象这件事情的。"唐教授把杯子放在桌上，脸上还是温和的笑容，"只是，你为什么要隐瞒金刚狼这个事情？"

只是一瞬间，但是又似乎被放慢了许久，姚欣可以清晰地看见唐教授脸上的温和慢慢地变成狰狞，他站起身，拿起杯子狠狠地砸在了姚欣的头上，水的温和触及自己的皮肤一瞬间化为刺痛。发生得太快，姚欣来不及反应，只是感觉有温热的液体流下，但有着温水没有的腥热。她摇摇晃晃地准备站起来，最终还是哐当一声地重重砸下。

八

姚欣醒过来的时候，整个人被捆在椅子上，脑袋上的痛感真实地存在，她能闻到空气里腥腥的血味，脸上还有黏黏的感觉，应该是自己的血。

唐教授正背对着自己，电脑屏幕上密密麻麻的数据一闪一闪，他在快速敲打着键盘。

电脑的一边是自己的手机。

姚欣动了下，椅子发出了"咯吱"的声音，一下子打破了屋子内的寂静。

唐教授转了过来，那是一种让人形容不上的表情。

姚欣有点眩晕，似乎是因为失血，嘴里觉得很干，只能涩涩地哑着声音开口："教授……"

"我一直致力于人工智能数据分析，我相信，人类所无法完成的高强度的数据分析，总会有一种技术做到。"唐教授突然开口，他拖动椅子，坐在姚欣的对面，"只有数据才是最真诚的，它没有欺骗，没有虚伪，它真实地摆在所有人的面前,那是我最喜欢数据的地方。"

唐教授靠在椅子上,表情突然变得迷茫:"我可以统计到女性的偏好,可以统计到追求女性最合适的方法,可以统计到她的习惯,可是为什么她最后还是选择了别人。即使那个人的身体素质数据偏于平均值以下,财富值低于平均值,学历水平并非是最优的。即使他的所有数据不如我,她还是选择了他。数据分析到的她这种类型的女生偏向于的男性特征,他都不满足,可是她还是选择了他。"

姚欣感觉自己有点儿头晕,有点分不清唐教授嘴里的她和他到底是哪个偏旁的 TA,只能大致推算出这是一个自以为自己很优秀的理工科屌丝直男追求女神未果因爱生恨的惨案。

"于是,我决定,我一定要研究出一种能够理解人类思维的数据分析软件,那就是 MOUTHPIECE。我原来以为 MOUTHPIECE 项目的叫停,将是我一生的失败,可是!"唐教授的表情突然明朗了起来,"你发现了金刚狼。我本来以为我会失去一切,还好还好。"

这他娘的就是个神经病,师姐说得对,男人过了 30 没有对象,也没有定期解决生理需求的,不是性冷淡,就是变态。姚欣的脑袋疼得厉害,但是下意识还是在心里暗暗骂了起来。

"这群傻×,以为 MOUTHPIECE 只是简单的数据收集,哈哈哈。"唐教授站起来,眉飞色舞,"小姚你真的是个人才!"

……那还是第一次看见人才被绑的跟个粽子一样了。

"所以,你一定要成为我的见证人,见证我如何成功创造 MOUTH-PIECE。"唐教授重新坐下,移到电脑桌前,愉快地将手抚上键盘,轻呼一口气,敲下 enter 键。

电脑屏幕上的字母快速地跳动,离得有点远,姚欣看不清屏幕上的信息,只能看见黑色屏幕上一行一行英文字母在跳动。突然整个屏幕黑了。

"怎么回事?"唐教授喊出声。

怕不是宕机了,要不下电重启一下吧。姚欣有点幸灾乐祸。不过她现在被绑成一团,她可没这个胆子在这个时候说话,要是这个变态钻石王老五拿电脑砸自己,自己不就当场歇菜了?

突然屏幕一亮，只剩下几个字："金刚狼 24 小时为您服务。"

"什么意思！你对 MOUTHPIECE 做了什么！"唐教授恶狠狠地转过来看着姚欣。

卧槽，真的是冤枉啊，你自己设计的 MOUTHPIECE 运行卡 bug 了，怪我？

还没来得及反驳，门却被狠狠地踹开，伴随着一声："别动，警察！"蜂拥而入的警察突然闯了进来，几乎在一瞬间制服了唐教授。

姚欣看见警察后面是握着手机紧张的男友。被警察护送着出门，她扭头看见被摁在地上骂骂咧咧的唐教授，再回头看向电脑，电脑屏幕已经黑了，似乎没有亮起来过。

九

后来，男友说自己是收到了一条求救短信，打不通姚欣的电话才报了警。但是警方查了男友的手机，却完全没有查到这条短信，但是在姚欣的手机上看到一条发送的短信，内容是"救救我"，于是判断是姚欣察觉到有危险发了短信给男友，男友收到后因为紧张误删了短信。

而另外一边唐教授涉嫌绑架罪和故意伤害罪，警方询问的时候精神似乎有点儿失常，一直在念叨漫威人物金刚狼，初步判断是项目解散后精神压力过大导致的失常。

但是姚欣知道这一切并不是那么简单。

男友出了警局后委屈地开口："我真的收到一条短信，但是不是你发的，是金刚狼，他告诉我你被绑架了，就在家里。我回打过去，却说是空号。可我一开始这样说，警察说我有病。"

姚欣摸摸男友的狗头，心里很明白他说的是真的。

就如她看见的"金刚狼 24 小时为您服务"一样。

她也想重新用 MOUTHPIECE，可是在制服唐教授的时候，混乱的人群把自己的手机撞到地上，还踩烂了。公司因为害怕被唐教授牵扯，清空了所有的数据。

结果最后,她始终没有机会再次用这个对话框,问一下金刚狼,那句"金刚狼 24 小时为您服务"是什么意思了。

十

——"什么叫喜欢?"

——"金刚狼,喜欢就是,翻来覆去都会想着你,见不到的时候会难过,看见的时候就会开心。"

喜欢=开心,get√

——"爱好是什么?"

——"金刚狼,爱好就是,无怨无悔地把时间付给它。把时间花在爱好上的时候,会觉得开心幸福。"

开心=爱好=把时间付给 Ta,get√

——"金刚狼 24 小时为您服务。"

地狱管培生

文/予你栖迟

楔子

我叫周墨,是一名地狱管培生。

受传统神话故事的影响,我一直以为人死后会到一个幽暗的地方,跨过一座名为奈何的桥,喝下一碗孟婆汤,忘却一切,走向来生。没想到,当死亡真正降临时,我却坐在了一个宽敞明亮的办公室里。

西装革履的男人坐在我对面,笑容慈祥地望着我,说:"周同学你好,欢迎你来参加地狱管培生的面试。请先做个自我介绍吧。"

我有点儿转不过弯:"人死了还得先面试?"

西装男乐呵呵道:"一般来说,人死之后是要走流程过桥转生的。你运气好,刚巧碰上我们春招。"

"那为什么是我?"

西装男拿着张 A4 纸念叨:"你不是重点大学的应届生嘛,文化水平高;况且你在校期间参加过多项比赛,为人上进,热情开朗,奖项丰富,我觉得你挺适合这个岗位。"

我一时间有些受宠若惊,没想到我凉了之后还能有份工作,继续发光发热。

"周同学,现在能开始自我介绍了吗?"西装男礼貌地问。

我清了清嗓子,严肃道:"您好,我叫周墨,来自××大学……"

"——恭喜你通过面试!"西装男左手一挥,热烈打断我的话,"出门左拐人力资源部,找那个长着牛头的同事带你办理入职手续。"

我:"……"

努力忍住翻白眼的冲动,我小心问道:"贵司的面试流程这么的,呃,简略,您老板能同意吗?"我暗自腹诽,地狱的老总应该是阎王爷?

西装男咧嘴一笑,露出一口白灿灿的牙:"没问题呀,因为我就是老板。"

就这样,在阎总极不负责任的面试后,我成了一名地狱管培生。牛头HR一脸冷漠地端起单反相机,说要给我拍张白底证件照,顺便清空档案。

那时的我还不知道档案是什么意思——直到他按下快门,炫目的闪光灯彻底清空了我生前的所有记忆。

一

阎总说,管培生入职后需要轮岗培训,还要定期考核。我接触的第一个岗位,叫作"引渡专员",白无常先生是我的带教人。

《地狱入职手册》上写着:客户进入死亡流程后,灵魂不能直接进入地狱;引魂人员需通过变换形象,满足客户生前最大的遗憾,引导其主动离开人间,方能将客户引渡转生。

通俗易懂地讲,我这个岗位的工作内容就是 cosplay 和友情诈骗的结合。在我入职的前三个月里,我扮演过许多奇奇怪怪的角色——

在洁白的病房里,我变成耄耋老人,给心脏衰竭的老奶奶递上一枝玫瑰花;

在血肉横飞的车祸现场,我化作幼儿园的小豆丁,跌跌撞撞冲向一个男人的怀抱;

在雷雨交加的深夜,我被迫穿着女装,答应了一个焦黑灵魂的告白……

为了工作,我这个年仅二十二岁的阳光男孩实在牺牲太多。

上周的调休时间,带教找到我,说自己要去西方开什么经验交流会,接下来三周的工作由我独立承担。没想到,在带教离开的第一天,我就遭遇了职场生涯的滑铁卢……

那是一个很奇怪的灵魂。

在她跳下高楼五秒后,我赶到现场,把手轻轻放上她的额头。正常情况下,我会看到死者生前最大的遗憾;可这一次,我只看到了一道耀眼的白光。缺乏工作经验的我一时愣在原地,不知该如何是好。

就在我努力回想《入职手册》的时候,一只细白的手忽然抓住了我。

我清楚地听见自己的脑袋里响起一个声音:哦嚯,完蛋。

那个灵魂拽着我的手,挣扎着站了起来,一双眼睛警惕地盯着我。"您是哪位?"她不太友好地问。

严格来说,我也算一个灵魂,但我仍能感受到她掌心的微凉。"我说我是白无常的助理,你信吗?"

她愣一下,继而松开了我的手,扭开视线,低低地"哦"了一声。

"我真的死了啊。"林小霁望着自己躺在地上的身体,眼神有些呆。我忍不住跟着望过去,年华正好的女孩子,从高楼上跳下,摔得不成样子,何必呢。

"林小霁同学,你有什么未完成的遗憾吗?"我小心翼翼地问她。如果不能满足灵魂生前最大的遗憾,她就永远无法被引渡转世。

"我的遗憾实在太多了,不知道该怎么说。"

"总有最大的一个遗憾吧?你最想完成,却没做到的事情是什么?"

"……被爱。"我听见她这样说道。

二

站在高楼边缘,我给我的带教人打了个视频电话。楼顶的风吹得我眼泪汪汪。视频那头好像在开联谊会，喧闹的背景音里夹杂着欢呼和口哨，淹没了他的声音。在我大概说明了情况之后，带教对着话筒大声吼道："你！自己！解决吧！加油！"

职场果然现实而残酷，到头来还是得靠我自己。

林小霁坐在高楼边缘，仰起头来，眼睛里带着如洗的明亮："人死了之后，都会去地狱吗？"

我微微一愣："是呀，不过和你想象中的可能不太一样。而且，灵魂不会在地狱停留太久，正常情况下，灵魂们会很快转生，去到下一世。"

"哦，是这样。"她的声音听起来似乎有些失望。"那你怎么没把我带走呢？"

我有点儿心虚地挠了挠头："这个嘛，因为我还没完成你最大的遗憾，按规定，你没办法转生……"见她不说话，我又随口问道："你这么年轻就自杀了，不觉得可惜吗？"

话刚出口我就后悔了，怎么能问这么愚蠢的问题呢，也太失礼了。

没想到，她倒是很诙谐地接了下去："可惜啊，我还没有谈过恋爱呢。"

听到她的话，我突然感到一丝惊慌。她最大的遗憾是没有被好好爱过，又为没谈恋爱感到惋惜……难道我要给一个灵魂找到对象，才能完成这个月的KPI？我甚至开始怀疑，这是阎总给我暗中安排的轮岗；可我冷静思考后，又觉得让我在月老岗实习好像不太对劲。

距离林小霁死亡，已经过去了三个小时。天空完全暗了下来，月色皎洁如霜，照着两个透明的身影。

林小霁望着月亮，忽然拽了拽我的衣角："助理先生……"

"不用这么客气，叫我周墨就行。"第一次被灵魂这么隆重地称呼，总觉得有些别扭。

"周墨，其实……我有一个很想见的人，你能帮我找到他吗？"

"你早说啊……"我喜出望外，"叫什么名字？家住哪里？长什么样？有对象没有？"

林小霁摇摇头，苍白的指尖在身旁的水泥地轻轻敲着，月光落在她垂下去的眼睫上。"我不知道他叫什么名字，也不知道他是什么样子了。"

我的笑容逐渐凝固在脸上，鼻尖忽然一凉，豆大的雨点兜头砸下。

三

淅淅沥沥的雨浸透了城市的夜晚，苍白的灯光像是薄薄一层霜，冰凉凉的，沁进骨子里。

林小霁丢了十五块钱，不敢回家，毕竟衣架落在身上比雨点要疼。放学的时候，她攥着皱巴巴的两张钱，穿过小巷往书店走，去买老师布置的练习册。几个高年级的男孩子挡住她的去路，轻佻地嘲弄："小哑巴，你手里抓着什么？"

她往后退了两步，把手背到身后，抿紧了唇不说话。

下一秒，膝盖摔蹭在水泥石板上，沁出猩红的血迹。手里的东西被抢走的时候，她没哭也没喊，只是呆愣愣地坐在地上。她想起弟弟只要抱着妈妈的手撒娇，就能拿到几十块零花钱，而她什么都没有。

在离家不远的地方，有个小小的公园。雨点落在长椅上，砸出一个个小水花，融进她校服的布料里。被冻得快没知觉时，她头顶的雨却骤然停了。

"小同学，你这样淋雨会感冒的噢。"

她猛地抬起头，瞧见一个圆脸的男孩站在跟前，右手撑着一把很大的伞，左手提着一袋橘子，看起来有些吃力。

林小霁下意识地缩回了目光，慌乱地别过头去。

"你怎么不回家呢？"他从口袋里掏出了纸巾递过来，示意她擦擦脸上的雨水。林小霁接过纸巾，犹豫着说道："我……我丢了钱，不敢回家，怕被父亲打。"

男孩夸张地瞪大眼睛，很吃惊的样子："天哪，你丢了多少？"

"十五块。"

男孩更吃惊了："你开什么玩笑呢？"

林小霁的头垂得更低，手指死死抠着长椅的木板。耳边的雨声越来越大，哗啦啦的，一如她心里倾倒的自卑和难堪。

五分钟过去,身旁忽然有一袋橘子被重重地放了下来,一个橘子滚啊滚,一直滚到她的手边。她头顶的那把伞,一直没离开。

　　林小霁鼻头一酸,忍了一晚上的眼泪终于掉了下来。对着这个陌生的男孩,她第一次有了勇气,把不安和委屈和盘托出。这样的事情告诉妈妈,她只会劈头盖脸地骂,说她懦弱胆小,还没事招惹高年级的男生。而他只是安静地听着,没有嘲笑,也没有闪躲。

　　一个圆滚滚的东西被塞进她手里,她听见男孩暖洋洋的声音说:"我很想帮你,可惜我没带零花钱,只能送你一个橘子。"他的目光真诚而柔软:"雨很快就要停了,你也快回家吧。他们抢走你的钱,是因为他们坏心眼,不是因为你好欺负。不要把别人的错误当作自己的问题,知道吗?好好和你妈妈解释,她一定不会怪你的。"

　　林小霁抬起头,嗅着橘子芳香的气息,鼻尖越来越酸。怎么可能呢,除了他,哪曾有人对她报以这样的温柔想法。

　　"对了,你叫什么名字啊?"他歪着脑袋问。

　　"林小霁。"

　　"是纪念的'纪'吗?"

　　"……是雨字头那个。"

　　"哇。"男孩子由衷地赞叹,"云销雨霁,彩彻区明,你的名字真好。"

　　她从来没有被人这样夸奖过,耳朵甚至有些发烫。"我不知道是什么意思。"她只知道,这不过是父亲从字典里随意抓来的一个字,并不美好,也没有深意。

　　"哦,你肯定没背过《滕王阁序》。你的名字就是……就是雨过天晴的意思。"他抓抓自己的脑袋。

　　这个词充满了希望,温暖又明亮。

　　那天,林小霁最终鼓起勇气回了家。直到踏进家门的那一刻,她才想起自己连他的名字都没来得及知道。

　　她丢了钱,又晚归家,父亲暴跳如雷。衣架落在背上,她咬紧了唇,在心里一遍又一遍地念着:雨过天晴,雨过天晴,雨过天晴。

　　晚上睡觉的时候,背后带着灼烫的辣意。她把那只小橘子偷偷揣进怀里,竟睡得一夜安稳。

那一年,林小霁十一岁。

四

在林小霁期待的目光下,我硬着头皮给阎总打了一个电话。

电话很快被接通,熟悉的慈祥声线传来:"小周啊,什么事?"

我紧张地搓手:"阎总,咱们公司的系统不是能查出人的生平履历嘛,能不能帮我找个人?"

"什么样的人?"

我听到那头噼里啪啦的键盘声,试探着说道:"在十年前的某个雨天,买了一袋橘子的男孩。"

"不行哟。"阎总回答地迅速而和蔼,"找买了一袋橘子的男人倒是没问题。"

"为啥?"

"因为他儿子写过一篇散文,叫《背影》。"

"……"

我哭丧着一张脸,比林小霁还要失落。"很抱歉,只有这些线索的话,是查不出你那位橘子小哥哥的。"

林小霁轻轻扯了扯嘴角:"没关系,这样找人是太难了。人和人的命运轨迹本就是不同的,碰见一面就是幸运,也许一辈子走到头也没办法再相见。"

我心头有些闷。实习以来,我接触很多不一样的客户。最单纯的是婴儿的灵魂,只要轻轻抱起,它们就会停止哭闹;最麻烦的是死刑犯的灵魂,有时我甚至需要变成性感美女递上一支毒品,才能让他们乖乖跟我离开。

而林小霁是最特别的那一个。我看不见她最大的遗憾,她的生命仿佛由遗憾组成;她想要被爱,却已经和人间彻底分别。

即便找到那个提着橘子的男孩,或许也不能完成 KPI,但我的心里翻滚着强烈的念头:一定要帮她找到那个人。

我牵着林小霁,回到她成长的地方。可曾经的小公园早已被拆除,取而代之的是繁华热闹的购物广场。

穿过熙攘的人群,途经一所高中,她忽然停住脚步。

"我想起来,读高中的时候,我碰到过一个人。他很像送我橘子的小哥哥。"

我随口问了句:"你认得他的样子?"

"我没有见到他,我只听见过他的声音。"林小霁望着校门,语气开始变得温柔。

五

她不知道他的名字,多大年纪,不知道他住在哪里。她只有一个被逐渐风干的,失去气味的橘子。但那是林小霁人生里得到的,为数不多的暖意。

她惦念着那句"云销雨霁,彩彻区明",也惦念着那个撑着大伞的身影。她甚至冒着被训斥的风险,放学后偷偷拐去小公园等了好几次。只是好几年时间过去,她再也没能碰见一个圆脸的男孩。

那个陌生的男孩,一定拥有和她不同的人生。就算知道了他的名字,又能怎么样呢?林小霁这样对自己说。

高三的时候,她寄宿在学校,埋在层层堆垒的书本间,拼了命地努力学习。她想,只要考上大学,就能尽量离这里远一点儿。每个周五,她都得回家给弟弟辅导功课,尽管他并不愿意听,还总是逼迫她替自己写作业。

一个寻常的周五,她收好书包,正要离开教室,却听到广播里传来一道清朗的声线——"欢迎收听'书单推荐'栏目,我是你们的新朋友 Ramon,今天为大家分享的是珍妮特·文特森的小说,《橘子不是唯一的水果》……"

林小霁的脚被钉住,再也挪不开。

这个 Ramon 的声音明朗清亮,却让她一下子回想起那个在雨夜里,声调软糯的小男孩。

"墙是庇护，也是限制。墙的本质决定了墙终将倾颓。吹响自己的号角，你会看到四壁倒塌……内含灵魂的身躯才是真正唯一的神。"广播里的声音还在继续，"珍妮特想告诉我们，童年于有些人而言，是一座孤独破败的花园；他人加之于身的标签那么多，但如何选择仍取决于自己。"

那个傍晚，她一直听到校园广播结束才离开。回家后，她第一次对妈妈撒了谎，说老师让她帮忙批改小测，才耽误了时间。

从此以后的每个周五，她都会坐在教室里听完 Ramon 的荐书栏目。他讲话的语气，读稿的语调，仿佛和童年的记忆不谋而合；她甚至有强烈的直觉，Ramon 就是当年送她橘子的小男孩。

一整个学期里，每周五的下午都是她最快乐的时光。学期末的时候，她鼓起勇气给广播站投了一封写给 Ramon 的信。信里写了她童年遇见的圆脸小男孩，是如何让她感知温暖；也写了 Ramon 的广播栏目，给予了她信念和希望。那封信的署名是"云销雨霁"，这样即便是认错了人，也不会太难为情。

寒假前的最后一个周五，校园广播忽然换成了一个陌生的女声。林小霁匆匆忙忙地跑向广播室，却被告知 Ramon 已经离开了校园广播台。一个扎着双马尾的女孩告诉她，Ramon 学长不打算参加高考——他跟着父母出国了。

林小霁的心仿佛空掉了一块，漏着风，从心里凉到指尖。她没能等到 Ramon 念听众来信的那天，也没能等到雨过天晴。父母扔掉了她偷偷攒钱买的书，强硬地改掉她的志愿，彻底摧毁了她远走高飞的梦想。

临近大学毕业时，妈妈给她打了一个电话。电话里，妈妈说亲戚想给她介绍一个男朋友，刚满三十五岁，家中做的木材生意，愿意给出五十万元彩礼。

林小霁沉默了好久，第一次认真地问妈妈，我能不能拥有自己的人生呢？

妈妈在电话里的笑带着惊讶，继而又说道："女孩子总是要嫁人的。再过几年，你弟弟也要结婚，买房子要花好大一笔钱。小霁呀……爸爸妈妈养你这么大，你要懂得感恩。"

妈妈很少这样温声细语地对她说话，那一声"小霁呀"，是这辈子听见的最后一句。她挂下电话，眺望远处。

磅礴夕阳染红天际，和那个周五的傍晚一样绚烂。

六

说来奇怪，这个世界对绝望的人无比苛刻。

人们似乎总是在谴责自杀的人，说他们软弱、悲观、不负责任、逃避现实。来看热闹的人群摇摇头，感叹几句"就这也值得自杀""心理素质太差了""我们村那个谁更惨呢，人家结了婚一点事没有"……然后又分头散去。

作为一个引渡专员，我知道那些人在遗憾什么，挣扎什么。他们被困在看不见的高墙里，闻不见风，触不到光，只有高墙随时倾塌的噩梦。

我们尊重每一个灵魂，尽量弥补他们被现实世界撕开的创口——这便是这份工作的意义。

接下来的三个月里，除去正常工作的时间，我一直在帮林小霁寻找Ramon。当我工作的时候，林小霁就站在不远处，看我变成小孩和少女，变成胡子拉碴的中年人，变成风靡全国的巨星。

身为灵魂的林小霁说，她从来没有觉得这么自由过，连看我工作都觉得特别有趣。我故作伤心地威胁她，再嘲笑我的话就不帮她找Ramon；她马上捂着嘴转过身去。

只有我自己知道，我的威胁是假的，难过是真的。她的身子已经比三个月前淡了很多，她并不能永远做一个自由的灵魂。阎总说，无法被引渡的灵魂，终将消散，没有来生。

我尽了自己最大的努力，替她找到了许多Ramon：来自德国的、唱摇滚的、当老师的、做电台主持的……我把橘子的故事写在卡片上，偷偷寄到他们家里，可没有一个是当年的圆脸小男孩。

今天，这座城市下了场雨，哗哗的雨声甚至掩盖住了林小霁说话的声音。她需要扯着嗓子大吼，我才能听见微弱的只言片语。看着她越来越淡的灵魂，我忽然察觉，也许明天日出时，林小霁就会永远消失了。

在这个世上，要找到一个不知姓名与模样的人，有多大的概率呢？

抱着最后的渺茫希望，我翻了一晚上的死亡记录。很遗憾，这个叫Ramon 的男孩似乎没有英年早逝。

眼眶有些发酸，我揉着揉着，差点把眼泪揉下来。我眼前一片蒙眬，却看见碎纸机下有张掉落的废纸。

我刚想把它丢进碎纸机，却忽然顿住了动作——这是一份我从未见过的名单，上面详细登记了每个人的姓名、年龄、国籍，甚至还有家庭住址。而我清楚地看见，"Ramon"这个名字被排在最后一位。

我揪起昏昏欲睡的林小霁，循着名单上的地址，找到了 Ramon 的家。

两个没有礼貌的灵魂撬开了窗，顺利进入这间屋子。奇怪的是，这户人家似乎已经搬走了，所有的家具都被盖上了白色的遮尘布。

我们绕着房子走了一圈，什么也没找到，只在客厅里发现一架没被布遮着的钢琴。

"这位 Ramon 先生可能是个钢琴家吧……"林小霁微弱的声音落在我耳边，带着失望的语气。

"周墨，你会弹钢琴吗？"

"我哪会啊，在地狱工作之后我就没碰过钢琴。"我随口应道。

"那在地狱工作之前呢，你以前是做什么的？"

我朝她笑了笑："不记得了，我的记忆只从在地狱当管培生开始。"

林小霁很吃力地掀开了钢琴盖，指尖落在一个黑键上。"小时候在电视上看过别人弹钢琴，特别羡慕，但那是有钱人家的孩子才能学得起的乐器……更何况，妈妈也不会把那么多钱浪费在我身上。"

我看见林小霁的眼睫微微颤动，像只虚弱的蝴蝶。不知哪来的冲动，我张口说了句："要不我弹一首给你听吧，反正这也没人。不过你别嫌曲子简单。"我想起从前引渡灵魂时，见过客户家的小孩子笨拙地弹练习曲。

林小霁的眼里好像一下子亮起星光，迫不及待地冲我点点头。

我心虚地坐下，把双手搭上黑白的琴键。

音符一个一个蹦出来，节奏单调，重复两遍，是最简单那首小星星。弹完记忆里最后一个音符时,不知为什么,我的双手没有停下——仿佛不受控制一般,我只能听见陌生的音阶像溪流一样流畅地倾泻,只能看见自己手指翩然在黑白琴键之间,再也无法思考其他。

一曲终了,我抬起头来,眼前的林小霁呆滞地张着嘴巴。

"你弹的好像是……莫扎特的变奏曲。好、好厉害。"她磕磕绊绊地说道。

两个茫然的灵魂面面相觑,谁也说不出话来。

七

入职以来,我一直遵守公司规定,和同事和谐相处,共同进步。

但是这一次,我不仅撬开了别人的办公室,还偷走了一台电脑。牛头HR 的电脑密码很简单,wznb666,就写在他工作记录本的第一页。

我点进今年四月份的春招文件夹,想找到和我有关的信息,却意外翻到了所有新员工的备份档案——原来那张废纸,不仅是职工列表,也是一份特别的乘客名单。

晨光熹微时,我关上电脑,把它放回了原位。地狱员工私自恢复自己生前的档案,会受到严厉的处罚,但我并不畏惧。

回到"Ramon"的家里,林小霁还坐在钢琴凳上等我,清晨的第一缕阳光穿过她透明的身体,一寸一寸挪到我面前。

"林小霁同学,我要给你看一样东西。"

我带着她径直走进卧室,在床头柜底摸出一把钥匙,打开第二个抽屉。抽屉里有一个相框和一封被拆开的信。

相框里是一家三口的照片,站在中间的男孩笑容灿烂,面容万分熟悉。

我终于知道,为什么入职前要拍白底的证件照;也终于知道,为什么林小霁最大的遗憾是一道耀眼的白光———如相机快门按下的刹那。

"在成为地狱管培生之前,我刚刚毕业。在回国的飞机上我还在想着,能不能通过校友联系上那个叫作林小霁的女孩。"我紧紧抓着她的手,仿佛这样就能阻止她的灵魂消散。"当初家中生变,随父母出国时走得很匆忙;我托广播室的朋友帮我念一封回信,但现在看来,她好像没有做到。"

林小霁定定地看着我,连眼睛也没眨一下。

"第一次做广播节目的时候,我选了珍妮特的小说,是因为我想起了小时候碰见的一个小女孩。我很想告诉她,橘子不是唯一的水果,你的人生还有其他的可能,你要勇敢一点儿,坚定一点儿,不要被别人的态度所捆绑。很抱歉,没能早点告诉你我的名字。很抱歉,回来时我乘坐的飞机出了点问题,再次睁眼我就变成了地狱的管培生……很抱歉,如果我早一点儿来到你身边,也许你会有不一样的选择。"

从来没有人告诉我,灵魂的眼泪也会有重量,但我真实地感受到冰凉的液体砸在我的手背上。我把痛哭失声的林小霁抱进怀里,贴着她的耳朵告诉她:"我想告诉你的是,林小霁同学,你不是没有人爱,是你觉得自己不值得被爱。"

窗外下了一夜的雨终于停止,天空放晴,阳光朗煦。我能感觉到怀里的灵魂没有消散,反而变得鲜明起来。数月的实习经历告诉我,她终于可以离开这一世,去拥有崭新的人生。

"我现在说的话,你也许不会再记得,但我希望来生的你,能够做一个快乐、勇敢的人。至少,别再主动放弃你的人生,好吗?"

她紧紧地抱住我,声音不再虚弱和怯懦。

"我答应你,周墨。"

尾声

我叫周墨,也叫 Ramon。

受传统神话故事的影响,我一直以为人死后会到一个幽暗的地方,跨过一座名为奈何的桥,喝下一碗孟婆汤,忘却一切,走向来生。没想到,当死亡真正降临时,我却成了地狱的管培生。

今天是我转正的第一天,可当我走进办公室的时候,所有人都围在一个陌生的工位上。我拦住路过的牛头 HR:"怎么回事? 大家围在那干什么,难道不是应该来祝贺我转正吗?"

HR冷漠地瞥了我一眼:"你脸呢?"

我茫然地摸了摸脸:"这呢,还跟以前一样帅。"

我看见那个牛头无奈地翻了个白眼:"那是我们公司新来的实习生,长得挺可爱,秋招进来的。"他斜眼睨看着我,顺手把一本《入职手册》拍在了我胸上:"去,带一下新人。"

我一手拿着手册,一手拨开挡在面前的同事。"这位新同学你好,我跟你自我介绍一下,我是我们公司最帅的……"

新来的实习生转过头,眉眼熟悉,笑容甜美,一如雨后散尽云翳的天空,明亮耀眼。

吉吉卡索尔的春天

文/黄白橙

一

讲故事的人

作者:吉吉卡索尔

1

她从来没有想过,新闻中看到的性侵会降临到自己身上。她不想细说那些不堪回忆的镜头,只想静静地倾诉自己苦痛的命运。

小的时候,父母就因为家庭窘迫的经济条件相互埋怨,终日吵骂,离异告终。

跟随着母亲生活的她居住在一个破败的小屋里,每天都会闻到窗外脏水沟道的熏天臭气。

在她十四岁那年,正值青春,她不算美丽的容颜竟勾起了一个陌生男人的恶意。她所在的街道本就混乱不堪、各色人等在此聚集。

再加上母亲终日酒醉,无力管辖她的生活,很快她就成了那个男人的目标。他必然是城市的毒瘤,以龌龊勾当营生,打听到这无人治理的地区,以及她没有任何保护的信息,于是在那个让人窒息的下午,他拖着她走进了一个昏暗的屋子里,让她承受了地狱般的折磨。

自从那以后,那个男人再没有来过,而她却终日陷入无可自拔的抑郁。她想惩戒凶手,但凭自己的条件无能为力。

她想获得安慰,然而却难以开口将自己的不幸告诉任何人。

最终,她想到自杀。然而,在自杀之前,她似乎又摸到一线希望,或许会有人替她主持公道,或许会有人将她的心灵从黑暗拉出,引向光明。

毕竟她感到自己似乎对生命还存有眷恋。于是,她静静地诉说,静静地等待,而如果这无果的等待会让她残存的尊严和情感逐渐毁灭掉,她将毫不吝惜地从顶楼跳下,告别这破碎的世界。

2

老师翻看着这篇随笔,不禁心头一寒。他恍然发觉,这篇随笔写的不单纯是一个有着凄惨命运的女生的故事,更是作者本身的遭遇。

自从任教初中以来,为了提高学生的写作水平,老师一直都让学生练习写随笔,把自己生活的感想或是想叙说的故事吐露出来。

这样,学生不仅能练笔,还能顺带着舒缓心情。可他万万没有想到,她交上来的,竟是一封求助信。

他知道她的家庭处境——单亲家庭、经济贫困。

可这些不幸叠加起来,都比不上她在随笔中描述的那次不堪的经历。他向同学打听到,最近她偶尔会有自残的行为。

只不过她的自残都没有危及生命,同学也就当是一种疯狂的发泄。

这样的状况更印证了她的故事的真实性。

出于良心,老师想帮助她。

然而却没有任何的途径。

老师也不是来自富裕家庭,自家有一个初生小孩,母亲病弱,妻子无职居家,他除了在学校里安分守己不犯错误,周末多给学生上补习班赚赚外快勉强补贴家用,根本没有剩余的精力去帮一个学生维护她的权益。

至于感情上的关怀,如果找她来开导,恐怕也只会加重自己良心上的不安,诱他往一条不安定的路走去。

于是,他选择了把女学生的随笔当成纯粹的故事,写了几句敷衍的评语当作自己不知情,就再也没有理会。

毕竟他作为一名语文老师,本分已至,不愿多事添乱。

没过多久,老师发现这位女学生转学了,便也不多过问。

多年过去,老师不知道她的心理有何改观,是否走出了阴影,只是在偶然一次和最要好的朋友喝酒的时候,吐露出自己的心扉。

自从那名学生转走,每每回想起她的作文,他就会对自己产生良心上的谴责。有着阅读新闻习惯的他,日渐了解到越来越多年轻人因为缺乏感情的关怀和正确的心理引导,走向了自残自杀的道路。

其中有一则新闻提到,贫民窟一位少女跳楼自杀,被送往医院,救回了性命,却丢掉一条腿。

新闻上的照片照着全身伤痕累累的少女,容貌难辨,却和当年自己那位女学生有一丝相像。

所以他后悔自责,认为如果照片里的女孩果真是她,他也得负上重大的责任。他从来不愿意和任何人提起这件事情,因为他还是想保留那个善良、有担当的老师的形象。

这个长期郁结于心的故事让老师终日失眠,怀疑生活。

老师当初似是逃避责任的选择肯定受到许多客观因素的影响。指责他并无意义。只不过,倘若一个人遭遇困境后,缺失了朋友亲人的关怀,她的生命就非常容易陨落。

3

这篇多年以前刊登在某本普通杂志上的文章,讲述了一个心怀愧疚的老师的故事,乍看并没有什么特别之处。

作者当时没有名气,为了在读者心中树立自己充满社会正能量的形象,他写过上百篇类似这种呼吁人们保持善良和爱心、对身边人的心理健康多加关怀的文章。

和他今日在文坛的大红大紫比起来,昔日讲述那个小女孩被性侵、老师无动于衷的故事时文字功力尚浅。不过他倒也像个记者一样,原原本本地反映现实,很少虚构,在报纸杂志上撰写了大量类似的真实的故事。

当然,讲真实故事是有代价的。当年的他没办法再从头脑里构想些什么鲜活的故事来。

为了成名,他邀请最好的朋友喝酒,让朋友讲一些他不曾经历过的故事。

他和那位朋友曾经称兄道弟、互相解慰,每逢困难之时,总是互帮互助、共渡难关。

他们中一个当老师,一个当作家,职业上没竞争,生活也更易坦诚相待。

只不过,他们曾约定,两人之间的秘密不能告知其他任何人。

然而生活的压力逼迫作家不得不出卖友情,用朋友的秘密书写隐藏于人性的故事,以此换得人气。

终于有一天,他的朋友发现了,便跑过来向他质疑。

他总支吾开来,不愿深究,这明显是对他们约定的亵渎。

于是,他们的友谊破裂。

作家的仕途一路走顺,之后写的作品更受欢迎,昔日的文章被读者渐渐遗忘。

然而,在那些过往的文章里,那些靠着背叛换取的秘密,恰好又指引了这些年城市发展的道路上出现的诸多弊病。

如果仔细翻看作家过往的文章,就能看见在那个法制不健全的年代里,许多人遭受的恶行并没有被妥善的治理。

是否该仔细寻找当年的诸多细碎报道,重拾起犯罪线索的碎片,把一些边缘化的案件给彻底清理,还受害人以正义? 这是值得仔细探讨的话题。

4

这是一段在警察局月度会议上某位警察发表的演说词。

道出了许多的故事,也彰显了那名警察意欲在仕途上大展身手,一路攀升的雄心。

几周以来,他努力地从报纸杂志等旧刊物中寻找可能的案件,并且希望在帮助长久无法申冤的弱势群体挽回利益的过程中树立自己的权威,证明自己的实干。

于是,他夜以继日地整理资料,并且在那次月度会议上,向大家提出了自己"将历史法制化"的宏伟计划。

他说尽管目前国家治理得当,犯罪率接近于零,但是并不代表警察局无事可做。他回顾历史,提到三十年前,这个国家的政权刚刚建立,一心发展经济,忽视了城市的治安管理,导致许多区域犯罪不受控,法治精神没有得到贯彻。

现在经济稳定了,理应将过去的漏洞补回来。

实际上,要寻回多年以前未被揭发的案件,无异于海底捞针。

三十年过去,受害者的情况难以追踪,因此案件的关键线索无从探寻。

更何况,往日的凶手也以各种各样的身份藏匿在社会当中。他们必然早有防备、改头换面,要揪出他们难上加难。

尽管警察对这一切现实早有所知,但为了在案件稀少的日子里为自己增添功勋荣耀,他把难以完成的任务作为自己敬职敬业的有力明证,从那个写实作家的文章开始,研究历史,废寝忘食地寻找着可能作为案件的事件的蛛丝马迹。

奇迹发生了,他找到了一个案件。

他从文章当中读到一个女孩在贫民区遭遇性侵,并迅速地和前些年他经手的少女自杀未遂的事件联系起来,醒悟出少女自杀的真实原因,并决定不惜一切代价调查资料,寻找当年性侵少女的凶手,让自己从这起维护正义的史诗案件中扬名百世。

而他似乎已然寻找到了案件的突破口,正准备搜集关键证据,将那个他认为的凶手绳之以法。

5

总统抽着烟,跷着二郎腿,优哉游哉地把这个漫长的,关于自己麾下某位警察的故事向他的心腹娓娓道来。

那名心腹从总统还是个普通的低级官员开始就跟随着他在政坛打拼，但一直都扮演着一个幕后助手的角色，秘密地执行总统的指令，从未被搬到台前，因此没有人知道他。

总统说的故事很长，但他真正想说什么，他早已清楚。他正盘算着，该联系谁才能把那名不知天高地厚的警察给暗杀，该派哪个侦探去将那名老师揪出来进行人间蒸发，该找哪家媒体去引导那位作家被处理掉之后引起的种种舆论。

是的，总统提到的故事中的人物都得死。尽管这其中的逻辑未被道明，尽管未被道明的逻辑早被那位心腹了然于胸，总统当日心情正好，便笑嘻嘻地把那个阳光明媚的下午他拖着一个十四岁的少女到屋子里实施暴行的经历和那名心腹分享起来。

这段经历早在那个下午过后的第二天他便听总统提起，只是当时他们都没料到会引发起这样的后续，也没料到他们会登上高位轻而易举地摆平这种事情。

接着，总统让心腹向教育部门联系，要把这一切的故事改写进历史书里。当然，改写过后的故事自然要变成老师秉持着正义感向自己的作家朋友反映了社会的问题，警察以替民除恶的绝对意志捕获了凶手，凶手正被关进监狱里等待酷刑的惩罚。

这样一来，故事完美，主旨健康。

一个全心为民、治理有力的政府形象跃然纸上。

由总统管理的年轻国家政通人和、百废俱兴，历史的问题都得到良好解决，社会朝着正面发展。

接着，总统遣走心腹，思忖着下一个欺骗民众、巩固权力的政治行动。

6

民主斗士说着说着，便觉得口干舌燥。

拿起桌上的玻璃杯，喝了口水。这个早被推翻的总统的故事他曾和许多人讲过。

目前他正在接受全国最大媒体的独家采访，再次将他记忆当中那些细节向主持人娓娓道来。

房子周围都挂着他的照片，因为当年他在推翻腐败政府的运动当中做出了不可磨灭的贡献。

那段时期，许多人对总统早就失去信任，但不敢起身反抗。

但在听到某个反对党窃听到的录音里总统亲口讲述自己强暴少女的恶劣行径之后，几乎所有人都升起了怒气，加入了反对党的阵营，合力将过去的政府推翻，建立共和国。

而民主斗士本人之所以伟大，是因为他在这场运动中从不求名求利，默默地向反对党提供他们需要的一切帮助。

等到总统被枪决以后，他才被反对党推到台前，让人们记住他的功勋，记住他的名字。

每年，现任共和国的主席总会拜访这位开国功勋，表彰他的贡献、向他求教治理国家的建议。

而他年过七十，早已回归故里，拿着丰厚回报，享受着被人尊敬的养老生活。偶尔接受采访，叙说那个他非常了解的黑暗时代的许多故事。

多年以来，他都以为自己是故事的最终叙述者，没有人会比他知道得更多，没有人会比他知道得更清楚。

这些年人们一直都在听故事、讲故事，同时在这过程中替自己求得好处，无意探讨故事的真实性，更不关心故事里真正受伤的人群。

故事开头那个希望自己得到平反的小女孩，无论她的内心经受着多大的痛苦，无论她多么希望得到倾听，最终也不过成为让故事变得鲜活的工具。

讲故事从来都是容易的，现实永远比故事来得残酷。

民主斗士在那喝水的间隙，听着主持人给他讲述着这些道理，显然变得有些恐慌。此刻的他恍然醒悟，自己并非是故事的最终叙述者。

他不知道，多年以来，那个他故事中的少女变得坚强和凶狠，凭着复仇的决心，打听出了一切。

她不为死去的老师难过，不为死去的作家难过，只是那个曾一度想要替她找回凶手的警察居然也遭受了毒手，而且安排杀戮的人作为总统的帮凶，到现在不仅没有得到惩罚，还过得非常好。

她要亲自审判他。

她不怕被捕，因为她已经死过一回了。

靠着智慧和毅力，她进入了全国最大的媒体，安排了一场专门针对他的采访。

七十多岁，行动不便的他没有保镖、没有防护，颤抖着双腿，坐在她面前，听她讲故事。

好了，这杯水你已经喝完了，我要讲的故事也就是这些。你该上路了。

二

"嘿，你读了《手艺人》最新一期的小说吗？"宗泽摇晃着手中那本全新的杂志向着朝旭跑过去。

"早就读完了，上半年我就开始订阅这款杂志了。有时候我恨不得它们一周出版一次，因为里面的小说实在是太精彩了，我根本看不够！"朝旭带着一丝抱怨，赞赏着这本杂志。

"我有同感！我感觉这份杂志是目前市面上最优秀的小说杂志了，里面的签约作者都特别棒！他们的小说不管从题材还是写作手法来说，都非常有创意啊！你知道它们为什么要给杂志起名字为《手艺人》吗？"宗泽有些得意地问道。

"这……我倒是没有研究过。"朝旭惭愧地低下了头。

"就是因为他们有一种特殊的信念：写作就是一门手艺。这款手艺是不可复制的。

"每一个手艺人都有着一份特有的执着，那就是写一篇小说要像创造一份艺术品那样对待。

"手艺品和千篇一律、用模子印出的工业制造品的区别，在于它的不可复制。它融入了作者的情感和灵魂，因此显得独一无二。"

"你这么解释起来倒非常有道理。我也发现杂志里的小说故事都非常有创意。

"里面传达的主题、人物的情感、情节的震撼，都让我沉浸其中，无法自拔，以至于有时候梦里都是故事的片段。

"特别是那个叫作'吉吉卡索尔'的作者，他的悬疑小说总给人一种说不出的奇妙感觉。通过他的情节设计，我在阅读的时候总会保持着继续读下去的欲望。"

"你说'吉吉卡索尔'啊！我太喜欢这个作家了。这次《手艺人》刊登了他最新的小说《讲故事的人》。篇幅不长，四千余字，但是每个环节层层嵌套，后一个人讲述上一个人的故事，直到最后一节回到第一个故事讲述者来叙述，这样的构思我之前从来都没有读过呢！"宗泽感慨道。

"哈哈，你倒没有我了解他。他是一位高产的作家，一开始默默无闻，写的小说读者寥寥，在小说业界根本比不上粉丝众多的明星作者。但后来《手艺人》相中了他的才华，把他收纳进了签约作者的大本营里，从此他在这个平台上大显身手。现在他的作品给人带来的震撼程度已经无人可比了。基本上每篇都会出现数不清的情节反转，不到最后一刻，读者都不可能知道结局。"

朝旭一聊到自己钦慕的作者，就开始情不自禁地大谈特谈。

"这么优秀的作者，应该很受媒体的追捧吧。我发现自己也挺喜欢这个作者的，你能跟我分享一下他的相关报道吗？比如……他的生活是怎样的？"

"不巧，这个作者相当低调。可能是沉浸在小说的世界里吧，他基本拒绝了所有的采访，大家都不知道他长什么样、说话的声音如何。不过作为一个高产的作家，如果成天接受媒体的吹捧，又怎么能写出好的作品？"宗泽开始揣测吉吉卡索尔不愿抛头露面的意图。

"那《手艺人》里其他的作者都是些什么样的人？我觉得他们是整个世界上最有想象力的一群人了。如果没有他们创作的故事，生活都要暗淡许多呢！"

"你想知道其他作者都是些什么人吗？看我就知道啦！因为我以后要写出非常优秀的作品，让读者产生强烈的共鸣来！我长大要加入《手艺人》,成为他们的特邀作家!"

"我也要成为一名作家!而且是一名小说家!我们以后多练笔,一起加油吧!"

三

十二岁的时候,阿黄的妈妈带他去理发店剪头发。那个时候,妈妈就已经意识到形象对于一个人发展的重要性。只不过,那时候影响阿黄形象最关键的还不是发型。

妈妈说:"仔啊,你能不能多打点儿篮球啊。你看你这么矮,以后哪有女孩子要你啊。"

很遗憾,年轻的阿黄已经领悟到了爱情的真谛,他说:"如果一个人真的喜欢我,那一定是喜欢我的灵魂,而不是我的外貌。"

于是妈妈又站在一个更高的角度说:"那你去找工作,你长得高一点儿也好哇。等你长到高个子往那里一站,别人看了就感觉舒服。"

然而,当年的阿黄还是非常有志气的,他字句清晰地说道:"我找工作靠的是实力,而不是身高。"

理发师停下剃刀,响起了热烈的掌声。从此二十年,阿黄一直没有找到女朋友,也一直没有实力。

阿黄身体也不算是特别健康,偶尔会有鼻炎,偶尔会犯感冒。但是好歹也是一个年轻人,所以从来也不会担心出什么大病。

初中三年来,矮是矮了点,但还是非常帅气的。

等到了高三,阿黄开始拼命学习。那个年头,聪明人都是早睡早起合理作息。

然而阿黄比较蠢,天天喝茶喝咖啡,不仅没有提高效率,反而让自己越学越累。

由于同学们太厉害了,阿黄感觉压力非常大,就不顾自己的身体,喝非常浓的咖啡,熬非常深的夜。

这样持续了很长的时间,连阿黄都冥冥中感觉似乎有一点儿不妥。但是阿黄每天还是过得好好的,没有生病,感觉良好。

直到有一天,阿黄感觉胃疼得不行,去了一趟医院。看医生之前,阿黄非常紧张。

但医生说只是小意思,甚至不用吃药,注意一下作息,调理一下就可以了。

阿黄听后松了口气,发现不过是自己太多虑了,人哪这么容易死。于是就开开心心地回学校喝咖啡了。

四

时隔多年,终于做到了。

当我读小学的时候,我就希望能在一个大礼堂里举办属于自己的讲座,让别人为我的成就喝彩。

多亏《手艺人》,让我获得了这样的机会。

我拿着麦克风,站在讲台上,有些紧张。

"大家好,我是吉吉卡索尔。当然了,这是我的笔名,我喜欢你们以我的笔名来称呼我。很高兴,最近我发表的几篇作品都夺得各种各样的小说奖项。最为突出的是我的作品——《讲故事的人》,荣获了"故事追逐家原创小说大赛"特等奖。这篇小说以多个故事叙述者的视角,以'嵌套'的写作思路,连缀着讲述出了一个受害小女孩替自己复仇的故事,受到读者一致好评。

"今天很荣幸受到汾水大学的邀请,来给大家进行小说写作经验的分享。"

台下响起了一片热烈的掌声。可以看出,除了本校的学生以外,还有一些粉丝远道而来,就为了见我一面。想到这里,不禁有些激动。

"我比较擅长的是悬疑类型的小说。很多人问我灵感从哪里来,其实每个看上去难以想象的灵感都是有生活当中的小事拼凑的。比如说《讲故事的人》这篇文章,就是许许多多素材的集合。新闻里报道过外国一些被性侵犯的女孩没得到法律保护,凶手逍遥法外的新闻,于是我就萌生出了一个'女孩亲自复仇'的故事主题。有一天我联想到了小学一个给自己批改作文,但没有帮我解决过我的作文里提及的任何实际问题的语文老师。于是,我就创造出了'老师'这个角色。构思文章的那几天我恰巧在阅读乔治奥威尔的反乌托邦小说,于是就融入了一些类似反乌托邦元素,讽刺了'总统'和'民主斗士'。最后,我参考了东野圭吾的写作手法,将整件事情的重心再度转移回被读者忽视掉的人物——'小女孩'的身上,让结局意想不到,读罢回味无穷。"

台下一片哗然。突然有一个人鼓掌,接着全场响起一片热烈的掌声。我微笑着,把全身都沐浴在这个我多年以来梦想着的美好情景当中。

当掌声渐渐停息,我继续自己的演讲:"就如刚才所言,我的很多灵感都是来自生活里貌似不起眼的素材。我总会有意无意地把这些素材记录在笔记本上,等到我要写小说的时候就翻开笔记本,把之前记录的素材都拼凑在一起。

"当然,这些素材本身是不关联的。于是这就需要我们作家采用很关键的一个步骤——圆谎。意思是说,我们要把看似不合理的逻辑进行情节补充,想办法让素材之间产生联系。当我们想用一条故事线贯穿零碎的素材的时候,自然会存在着许多漏洞。这时,我们可以安插一些人物、安插一些情节、安插一些对白、安插一些文字叙述来解释。填充得越多,故事看起来就会越合理。当再次阅读的时候,就能基本形成一个内容丰富、逻辑连贯的好故事了。

"当然,有了好故事之后,我们就要开始进行模式上的创新。我们要在写作的手法、叙述的顺序上做出调整,将原本平铺直叙的故事变得悬念迭生。比方说,我们原本的故事里有一个凶手,在故事线的前端就行凶了。这时候,我们为了情节更吸引人,不妨把凶手的身份和行凶的具体过程放在故事的最后。故事内容没有改变,但是读者的阅读顺序变了,自然会产生不一样的心理震撼。因此……"

没等我说完,台下已经响起了热烈的掌声。我朝观众笑着,让他们尽情鼓掌。毕竟,第一次听到这些理论的时候,我的内心也是非常震撼的。

"因此",等掌声慢慢停顿下来,我继续自己的讲述,"想要成为一名出色的小说家,首先要不断积累素材,其次要想办法把素材有机融合,最后要对叙述方式进行创新。只要做到以上三点,你也可以像我一样,写出受读者喜爱的作品来!"我总结了今天的演讲。

在万众瞩目当中,我推了推自己的领带,踏着锃亮的皮鞋,昂首走下了讲台。被一群想要采访的记者簇拥着,我的经纪人好不容易替我开出一条路来,把我送进了接我的黑色车子。

"喂,老板打电话来,说你今天表现得不错。"司机头也不回,叼着烟和我说道。

"多谢老板夸奖了。"我低下头,弯着腰,习惯性地鞠了躬。

五

上了大学之后,阿黄剃了个军训头,阿黄坐在宾馆的沙发上,对着镜子照了张照片,发了条朋友圈。

很多人点了赞,阿黄特别开心。初中的时候,阿黄有一个女生同桌告诉他,一个男生长得帅不帅,要看他短发时候的样子。

那个女生很喜欢 Eminem,阿黄联想到了他喜欢的女生喜欢的李准基在韩国军训之前剪掉头发的照片,和自己对比起来,那些人也不过尔尔。但是,他又想起了初中另外一个漂亮的女生,她那时候喜欢张根硕。

阿黄那时候和她的关系还很好,于是也在他平板电脑上面找了很多张根硕的视频。

一开始阿黄感觉张根硕是一个阳光幽默、充满活力的男孩,他的 MV 里面就洋溢着年轻人蓬勃的气息。

然而突然阿黄查到了一段别具一格的采访,里面深刻地记录了张根硕在出道过程中生病打吊针、喉咙疼痛也要喷药开演唱会,还要在偷偷哭泣之前笑着和粉丝说自己没事的辛酸。

于是阿黄突然发觉,当个明星也真不容易呀。接着又切换到了一段他的演唱会的视频。视频间隙是主持人和他的小谈话。

那时候张根硕像是要诉说一个秘密似的,撩起了自己的头发,说:"偷偷告诉你们噢,其实我的发际线特别高。"

于是台下的粉丝一片哗然。这个时候阿黄心想,这都是一群傻子吧,怎么会因为头发就搞得这么激动。

那是阿黄第一次接触发际线的概念,他利用自己的聪明才智,举一反三地想起了小时候看港剧古装剧的时候,有的人会把自己的头发拨到后面,那样子看上去还挺帅的。

很快,阿黄进入了大一,突然之间阿黄意识到自己遭报应了。

高三的时候喝了太多的咖啡,导致大一的时候精神萎靡不振。这果然是一个因果的世界,很多种下的祸根当时并没有显露出来,但注定会在一生的某个时刻让人猝不及防地遭受打击。

于是,喜爱模仿别人的阿黄在学习的时候开始模仿了两个新的动作。第一个动作用左手捏自己的下巴,做出一副若有所思的样子。虽然阿黄什么也没有学进去,但是路过的人看见阿黄皱着眉头,都会走过去,说,哇!你学得好勤奋!

另外一个动作就是抓头发。如果要学的东西越困难,阿黄就会把头发抓得越疯狂。每次,阿黄都会看见自己的高数书本上布满了自己的头发。即使阿黄什么也没有学懂,但就是有一种莫名的成就感。

六

当电视视频中,那个男人推着领带,踏着锃亮的皮鞋,迈着优雅的步子,昂首走下了讲台时,黄老板放下手中的雪茄,带头鼓起掌来。

会议室其余二三十人也都跟着鼓掌,脸上洋溢着微笑。

"我们《手艺人》打造的第一个明星作者,终于抛头露面了。"年过七旬的黄老板声音沙哑,但无比振奋地说道。

"我们一开始就相信您的判断,知道您这样的运转方式肯定能大获成功。"情节部的部长带头祝贺道。

黄老板把电视调转到 ppt 的界面,又将多年修改制定的公司内部组织框架图投影出来。

"咳咳……看来,我们这个模式是能够持续下去的。过往我还担心,由一个团队创作的小说会不会遭到怀疑。现在看来,团队的力量果然是不同凡响啊!在一开始,我们只有几个基础的部门,分别是灵感素材部、情节组合部、模式创新部,每个部门只有五六名部员。但就从这小小的三个部门,我们《手艺人》不断扩张,成为今天小说杂志里面当之无愧的王者啊!公司一开始的运转模式非常简单,灵感素材部专门集合小说的灵感。这些灵感可以是梦中的某一个片段、工作时突然在头脑里闪过的一幅画面、生活中偶然看到的一个情景、记忆里某个感触很深的碎片……每个星期整理出来的灵感多达数千条,即使有不少相似的,但内容涉猎之广泛令人难以想象。之后,一条条的灵感被送交情节组合部门整理。这个部门把一些能凑成故事的灵感想办法组合在一起。针对一些有挑战性的情节组合进行讨论,得出最符合逻辑的情节。从数千条的灵感中,便可整合出几十个足以让读者称奇的故事。最后,这些故事被送给模式创新部,模式创新部门想尽所有的叙述方式,利用直叙、倒序、插叙等方法,再融合明讽、暗喻等各种写作方式,一篇足够有新意的文章就能够被炮制出来。这篇文章被冠以随便某个笔名,读者就会认为是一个有着丰富想象力的作家写的。这时候,明星效应就能被利用起来。于是,《手艺人》就开始了它辉煌的小说制作道路。"

与会者们响起了热烈的掌声。

"渐渐地,我们的资金充裕了,部门也有了相应的拓展。我们的基础部门的部员人数每个季度以倍数增长,还在原有的基础上拓展了人物塑造部、主题挖掘部、文风设定部、情感注入部、动作填充部……这些部门顾名思义——人物塑造部想办法让作品中的人物个性更加符合其故事设定;主题挖掘部的功能是想办法让小说的内涵得到升华;文风设定部的功能是让一部作品的整体风格与内容达到最佳的契合度;情感注入部是为了在可以煽情的地方融入感情,尽可能引起读者共鸣;动作补充部是给故事中的人物补充动作相关的细节描写,让画面感更强……在我们《手艺人》创作团队的默契配合之下,我们发表的作品质量越来越高,每一篇都是创新之作,同时每一篇都是无可挑剔的专业之作!"

黄老板虽然年岁已高,但当他谈起自己多年来凭着自己深邃的写作思想而打造出来的公司，话语中无不显露出一个年轻人的热情。

"之后，我们将会引入技术支持部。这个部门为所有部门服务。譬如说，它可以替灵感素材部开发 APP，搜集网友们大量的灵感；它可以引进当下的语音文字转换技术，让所有部门在构建文章的时候单凭口述就能在电脑打出文字；它可以利用当下的人工智能技术，直接在一篇文章中识别出潜在的错别字和病句，提高审稿人的效率……更重要的是，如果我们将《手艺人》的整个工作模式运用到人工智能上，或许不久的将来，只要给它输入一些素材、情节逻辑、写作模式，它就能自动生成出一篇优秀的小说！"

台下的人都默默地笑了。这种机器人的到来就意味着他们中许多人要失业，但黄老板独创的团队写作模式需要太多人为的调整因素，深谙整个流程的部长们都预计这个技术不会来临得太早。

"当然，这些技术都是后话。重要的是，我们眼下的目标是塑造出尽可能多的、不同风格的作家。我们在上述部门的另外一个层面上，开辟出了许多新的部门。有悬疑部、言情部、武侠部、穿越部、历史部、青春校园部……这些部门涵盖了目前市面上所有的小说类型。这些部门和创作部门密切合作，力图使每个类型的小说里都塑造出一个能够独当一面的'作家'来。今天悬疑部经营多年的'吉吉卡索尔'，看来已经成型了。靠着他的名气，我们创作出的其他悬疑作品会有更多的读者，之后带来的利润是数不清的。我知道其他部门都找到自己的明星了——我不管他叫吉吉卡索尔，还是什么塔塔卡利亚这些奇怪的笔名，只要那个作者听我们的话、热慕虚荣、没有主见、在媒体面前不乱说话、上了台面能演戏，不管他写作能力好不好，就是我们要的人！像吉吉卡索尔这个人，写作没点料，平时给我斟茶倒水倒是蛮积极的。我当时果真没看走眼，他就是合适的'明星'人选。我们要利用的人，越叛越好！"

这时座位里出现了窃笑。毕竟有谁会想到，读者们崇拜的作者只是个被《手艺人》指挥的傀儡呢？充其量，他就是个影子罢了。

当然，给的工资不薄、收获的名利匪浅，没有谁不愿意充当影子写手的角色。如果哪个作者傻乎乎地向记者告了密，又有谁会相信？再加上黄老板向来高瞻远瞩,通过办杂志在传媒行业立住脚跟。如果有什么媒体要散播些"谣言",恐怕三两下就会被掩盖掉吧。

想到这里,黄老板坐下来,抽了口烟,眯起眼来,笑得很甜。

七

阿黄在学高数的过程中会看不下书,阿黄特别喜欢在这种时候刷朋友圈。

阿黄翻着翻着,翻到了自己考上了华工建筑学院的高中同学。考上华工建筑学院的高中同学有两个,一个是初中时候的红颜,一个是初中时候的舍友。

学建筑很不容易,要经常熬夜。阿黄的那个同学学得特别好,可惜他的头发掉了很多。阿黄始终很崇拜去学建筑的同学,于是心想,如果自己努力掉头发都掉了很多,岂不是证明自己离崇拜的人越来越近了?

于是阿黄抓头发抓得更疯狂了。终于有一天,被妈妈发现了。妈妈对阿黄说,老是抓头发对头发不好。阿黄不想做伤害身体的事情,于是开始停止抓头发。

妈妈也说过,烫头发对头发不好。但是有一天,阿黄发现身边很多人都烫了个头。于是阿黄也去尝试了一下。虽然没有太大的变化,但这对头发无疑是一次大伤害。

不过没有关系,经过多年岁月的洗涤,阿黄已经逐渐变成了一个通情达理的人,再也不会为了什么东西牺牲自己的健康。然而,阿黄的学校非常变态,突然之间给他加了很多任务。

虽然这些任务不足以让他死,但如果做不完阿黄就会凉。阿黄心情紧张,在巨大的压力之下,想到跟挂科比起来,掉几根头发也不过是微不足道的小事情。于是在复习周两天学一科的压力之下,阿黄又开始了抓头发。

这个时候,一个女生提醒阿黄,抓头发会脱发,脱发是一个不可逆的过程。阿黄听到"不可逆"之后,突然就感到害怕了。不可逆意味着消失了不可以重来。

世界上有很多鸡肋的事情，一旦加上了不可逆的特性，也会让人觉得很珍惜。于是阿黄开始努力改变自己日渐养成的抓头发的习惯，因为阿黄知道，即使这头发再不重要，它一旦走了就不会再来，这样的东西就应该珍惜。

然而阿黄是一个爱运动的男生，每次跑步出汗总是不得不伸手摸一摸额头，这个时候迫不得已就会顺带着扯上边际的头发，每每会让阿黄感觉非常痛心。

这时候，阿黄联想到了其他运动的男生。比如在那个晚上他串进一个宿舍看 NBA 直播，阿黄发现杜兰特其实也挺秃的。

不懂球的阿黄开始嘲笑杜兰特和自己秃得彼此彼此，而宿舍里的其他人说，秃头是阿杜成为全联盟第二所要付出的代价。

不过有可能是故意剪成这么秃的，目的就是让自己头皮的阻力更小一点儿，在足球界不少人为了顶好头球也不得不做这样的头型设计。阿黄继续跑步，其实垂下来的头发能把发际线给遮住，然而如果汗出得太多，就会让头发变成一绺一绺，形成空隙，露出比头发边际高出一截的发际线，让身旁的跑步者望而生畏。

其实发际线也不是完全不可再生，之前阿黄听人说，用对了洗发水就可以再生。然而就像是那些破碎了关系的人再次复合，那种感情就已经不再纯天然，而是夹杂着很多变质的交易，被洗发水恢复的头发也是如此。

阿黄很庆幸他听到头发可再生的消息出自一个他喜欢的人的口中，但是其实那个女生的头前也有一点儿秃，但这也成了辨别她的标志。

时过多年，很久都不与她联系，等到再次看见了她的照片，阿黄已经没有喜欢的感觉了。

于是阿黄最后头发全秃，和寺庙里的和尚一坐，就可以敲钟念经了。

八

"最后一期的《手艺人》杂志，你读了吗？"宗泽在下课的时候，无不感慨地向朝旭问道。

"哎，我读了。这么好的杂志就这么停办了，实在是太可惜了。"朝旭的眼神里也充满了惋惜。

"听说是这个杂志的创办者年事已高，得了肺癌住进医院，没有办法管理公司了。他在住院期间心跳停止，抢救无果，就这么离开了。"

"可这根本不合理呀！一家大杂志，管理层应该组织很严密吧，即使是最高的管理者离开，应该还是能照常运作呀！"朝旭质疑道。

"我听说那个创办者是杂志的核心人物，他的离开让杂志的人员都非常难过，没有办法振作起来工作。没有他的驱动，签约作者也难以创造出更优秀的作品来。"宗泽以他自己的想法解释道。

"可这也不对呀！毕竟杂志社不像一般公司，他们不是在创造产品，而是努力发掘优秀作者的作品而已！"朝旭还是不太理解。

"你知道《手艺人》的理念吗？他们是宁缺毋滥。可能之前的好作品多亏了那个创始人敏锐的眼光吧。他离去后，审稿的编辑们的判断力不足导致刊登的作品质量下滑，所以他们宁愿让最美好的杂志留在我们的回忆里，也不愿意通过良莠不齐的作品让《手艺人》杂志延续下去吧……"

"哦……"朝旭还是想不明白。

"噢，对了，你读了吉吉卡索尔最近的作品《阿黄和他的发际线》吗？"

"你说那篇写'阿黄'从十二岁到最后头发全秃的小说吗？读了。感觉那不像是他的风格的小说。"

"但是读起来也充满趣味呀！可能是他想尝试新的写作风格吧！"

"是的，离开了签约的杂志社，我听说他会出版自己的小说，还挺期待的呢！"

"呀，你说得对！即使《手艺人》杂志停办了，但至少之后我们还能看见那些作者的作品。《手艺人》替我们发掘了这些有潜力的作家，这倒是很幸运的事情呢。"

说着，两个人忘记了一开始的苦恼，转而笑了起来。

学校不远处的书店排满了长龙，人们为了买到一本吉吉卡索尔现场签名的作品，挤得互不相让。

九

著名作家吉吉卡索尔的最新作品《阿黄与他的发际线》目前在微博被广泛地传播。

这篇作品描绘了一个大学生从小时候天真烂漫到最后头发全秃的历程。里面用诙谐幽默的笔调和日常的小故事，把一个被生活压力压迫着的人的心理真实地展露出来。里面虽然没有太多的故事情节，但却非常接地气，以至于看过的读者都表示非常喜欢。

众所周知，吉吉卡索尔过去是一名悬疑作家。

但是这次他没有写长篇的推理小说，而是以第三人称的方式描写了一个小人物作为切入点，无疑是一次新的尝试。

我们的小说界缺少的就是吉吉卡索尔这类敢于突破自我的作家！吉吉卡索尔曾经以一篇《讲故事的人》荣获知名的"故事追逐家原创小说大赛"特等奖，其写作功力可见一斑。

而这次他的创新之作《阿黄与他的发际线》又将取得什么样的成绩呢？让我们拭目以待。

本台记者，吴依婷报道。

十

原本我也只是个不知名的三流小说家。多亏了《手艺人》，把我塑造成了一个小说明星。

当杂志社突然停办之后，我不知道该怎么继续经营自己的写作生涯，我本以为就此结束了。可当我抱着要被小说界淘汰掉的心态把自己入行前随手写的一篇《阿黄与他的发际线》发布出去后，想不到居然有这么多的人追捧。

流量真可怕，它会改变人的判断，以至于催生一些不知是真是假的"感动"和"喜悦"。

当我在自己的微博里看见人们对我那篇肤浅的小说的评论时，我根本不知道是什么让他们爱上我的小说的。连我自己对那篇作品的质量也不敢苟同。甚至它称不称得上小说，我都感到怀疑。

他们说看了我那篇小说会开心上一整天，说看了我那篇小说会让他们想到自己的许多经历，说看了我的那篇小说会产生无比强烈的共鸣。我的小说真的有这样的奇效吗？

如果果真如此，为什么我进入杂志社之前作品发布出来后，没有任何人点赞和回应？

想想也真是可笑。人们生活中有百分之五十的感情都是产生于别人认为他们应该产生的感情罢了。

与其说他们欣赏的是我的作品，不如说他们是在追随别人的判断中，得到一种安全感。

当我得知自己的《阿黄与他的发际线》得奖的时候，我更加认定了自己的想法。没想到评奖的人也是一样的心态。

得奖后的现在，我坐在书店里，看着一排排读者在我眼前，等着我的签售小说。

靠着这个名气，我能够幸福后半辈子了。"吉吉卡索尔"的春天就在眼前。

十一

"下面，公布最佳剧情奖。"

美女主持人挤眉弄眼地朝着摄像头笑着，力图将悬念保持到最后一刻。"获得第二十三届金桉叶电影节最佳剧情奖的电影是——著名导演邵强编剧、导演的《吉吉卡索尔的春天》！有请代表团队上台！"

邵导穿着一身绚丽的礼服，搀扶着自己的夫人，一边朝着观众们招手，一边大踏步迈向颁奖台。

"邵导，您的这部电影真是回环曲折啊！总感觉您想通过这部作品表达些什么，您能发表一下获奖感言吗？"

"这篇作品大概想表达两个想法吧。"邵导习惯性地顿了顿,"第一,现在市面上看上去有灵魂的小说创作,其实都是可以通过一个流水线批量制造出来的。就像是故事里黄老板开发出来的写作模式一样,通过团队的分工,按照一定的工序和原则,可以拼凑出一个非常完整、有深度、有创意的故事。这就给我们带来一种思考:连小说这样传达思想的东西都能像制造商品一样制造出来,那人们的灵魂又有什么深度可言呢?所有看上去深沉的感情与思想,在那帮拼装小说的人的眼里也只不过是能够贩卖的商品罢了。第二个主题,就是我非常憎恶的一种现象。现在社会里有很多没什么实力的流量明星,被公司包装出来之后,就能够收获千千万万的粉丝。而真正用心创作的人却被人们遗忘掉了。人们的价值取向为什么总要追随别人的步伐?为什么人们逐渐都失去了自己的判断力?《吉吉卡索尔的春天》就是讽刺着那些靠着明星效应聚敛关注度的社会现象。我希望的是明星多用心培养自己的能力,同时观众不要盲目跟风。"

美女主持人诚恳地点了点头:"邵导的概述可谓非常精辟呀!这部电影的确映射出了一些社会现象。我看过电影,里面的吉吉卡索尔其实是个对公司的安排言听计从、唯唯诺诺的人,靠着别人给他打造的名气,成了一个广受追捧的小说家,我说得没错吧?"

"是的,所以才给它起名为'吉吉卡索尔的春天'——不用靠自己的努力,就能获得了巨大的成功。"

"可是电影里有一个情节我不是太明白,为什么黄老板死了之后公司就此解散,没有办法继续运行下去了呢?"

"你提的这个问题非常好。因为《手艺人》是一个炮制作品的公司,之所以过去的作品一直保持着很高的水准,是因为有黄老板作为总指挥,时刻监视着合成作品的走向。黄老板有两个关键作用:第一,他可以保证出品的小说看上去是同一个人写的,不会出现太大的纰漏;第二,他会指挥部门之间的合作,创造出更多完美的作品。团队合作出品小说的模式是他创建起来的,只有他才知道该怎么保持其正常运作。如果没有黄老板,公司还要强行运作起来,万一被人发现作品是这么被那样造出来的,他们岂不是要背负巨大的压力?而且,即使没有被发现,他们也不知道怎么规划公司的发展轨迹，到头来只会变成一个鸡肋的杂志，露馅是迟早的事情。"

"噢，是这样啊。也就是说，除了黄老板一个人以外，别的人都不懂得怎么经营'多个部门分工拼凑一个创意故事'的创作模式咯。"女主持若有所思地说道。

"是的，您可以这么理解。"

"那请问这么多年来，您带领着您的电影剧本创作团队，用这样的方法制作出了若干电影剧本，最后冠以您的名字，这又是怎么做到的呢？"美女主持人话锋一转，笑着望向邵导演的眼睛。

邵导演张大嘴巴，推了推眼镜："你……你在说什么？我的电影都是我自己的原创剧本啊。对，我的确有一个创作团队，但他们只是给我提一些意见罢了。"

颁奖台下的观众开始瞪大眼睛，专注地听着。

主持人盯着他的眼睛，说道："当年我的爸爸还是非常信任你的，却被你言听计从的外表蒙骗，住院的时候他给我们列了看护人的名单，每人看护他一段时间，名单里列出了你。"

"你……你……你究竟是……是……"邵导的脸被摄像头来了个特写，几滴汗珠慢慢从额头滑落下来。

"一开始我也以为爸爸是突然猝死，不治身亡，可后来才想到调出录像。当时他的心脏停止跳动后，你一直坐在旁边看着他。当你把手放在他的鼻子，确保他死亡后，才大喊大叫地让护士进来抢救，装作非常紧张。"

"你在说什么！"邵导开始咆哮道。

"之后，你凭借着潜伏在公司里了解到的剧本创造模式，带着爸爸公司的骨干，逐渐打造你自己的电影公司。电影里的吉吉卡索尔是一个没有能力的三流作家，而现实中的你其实才华横溢，只不过为了获得自己想要的，隐藏实力，扮演了一个三流编剧，引导我父亲利用你罢了。当我看过你的电影后，我突然就理清了所有的关系，医院的录像我已经交给媒体了，今天的全球直播想必也不太好看吧。如果法律无法制裁像你，就让舆论惩罚你吧。吉吉卡索尔，我要讲的故事也就是这些。你的春天，也该结束了。"

塞翁失马

文/杏三岁

一、倾家荡产

乐高美的酒美歌甜,这种世道,但凡有点小钱的,都愿意来这里耍乐一番。

徐二少窝在皮沙发里,嘴里叼着根雪茄,手上端着杯红酒,眼神迷离地看向舞台。

台子上边站着周玉玲,她周围的灯光有点暗,连个伴舞都没有,她唱的本来是首情歌,可怎么听,怎么像丧曲。

能不丧嘛,徐二少没滋没味呷了口酒,跟着旋律晃起了脑袋。

周玉玲是什么人,市里有名的角儿,年纪虽小,已经唱红了半边天,本来还有更大的天地等着她,可惜了,后台说倒就倒。都说落了架的凤凰不如鸡,她还没成凤凰,最后连鸡都不如。

新上任的市长自己带来了人,当然不会正眼瞧一瞧周玉玲,不瞧就算了,还要踩着她,捧新人。

她没人捧,脾气又傲,结果被班主转手一卖,从名角变成了乐高美的歌女。

虽说乐高美里也有人捧她，可都是些小人物，她又瞧不上眼，一来二去活得越来越惨。

徐二少被朋友介绍来乐高美的时候，正是周玉玲第一天登台，虽说她有副好嗓子，可调调却不大对。

客人听了会儿，就不耐烦地起哄，还有人向台上扔果皮，要把她往台下赶。小妮子吓得脸色发白，鞋跟一歪，就摔在了台子上。

这时候总得有人英雄救美不是，徐二少自小就不认为自己是个英雄，却在这时充当了一回。他醉醺醺的，正五迷三道地分不清东南西北，被人一把推上了台子。

灯光亮得让他睁不开眼睛，他伸手去挡，也一并挡住了块飞来的瓜皮。瓜肉砸在了手上，汁水顺着指缝流进了袖口，他甩了两把手，眼睛一眯骂了句："×。"径直扑向了那个扔瓜皮的男人。

他借着酒劲乱打一通，也没觉得疼，只有股热血上头的感觉。他被打肿了眼睛瘫倒在地，脸上挂着的笑又蠢又傻，完全没注意到哭的梨花带雨的周玉玲。

次日，他在乐高美的储物间里醒了过来，周玉玲窝在他旁边抽抽搭搭睡得不深。

如今想起这出，徐二少只觉得可笑，他那行为叫什么，画虎不成反类犬，除了周玉玲觉得他是个英雄，所有人都觉得他是狗熊。

周玉玲唱了一首歌，其实她也只能唱一首，还是在最不好的时间里。

她卸了妆来找徐二少，后者嘴里的雪茄都烧了半截，也不见有其他动作，依旧呆呆傻傻地盯着台上。

周玉玲在他眼前晃了晃手，小心翼翼取掉了他嘴里的雪茄，说道："徐二少，我唱完了，走吗？"

徐二少当然没有全傻，听到声音后抬起了头，仔细看了看周玉玲。他喝干净了杯子里的酒，放下酒杯站起身，突然笑了起来，说道："走。"

周玉玲见他笑，自己也开心，挎着他的胳膊一道往外面走。

他们走到大门口才发现下起了雨，周玉玲蹙起眉头噘着嘴，手边连把伞都没有，她真是可惜了自己这件衣裳。

徐二少没说二话,脱下西装外套递给她,又让她稍等,冒雨出去拦了辆车,贴心地撑着西装替她挡雨。

周玉玲上了车,却发现对方压根就没打算上来。

徐二少一把推上了车门,对着车窗玻璃做了个再会的手势,调头往反方向走去。没走出去多远,他取出怀表看了看时间,觉得还能赶上趟,家里的东西没这么快被搬完。

斯特林大街的徐家大宅,是这条街上出了名的豪宅,这阵敞开着大门,几个黑短褂打扮的劳力,正进进出出扛着东西,东西当然是往外扛,一趟接着一趟。

齐甫盛撑着把黑伞,小口小口地吸着烟,他打伞的姿势不对,只顾着后边,顾不到前边,西服前襟都被打湿了,他才意识到烟也灭了。

对面大宅子只有一层亮着灯,虽说有围墙挡着,他也能看得见点光亮。

他从小就梦想着自己也能有这么个宅子,进进出出,在脑子里把能看到的地方都描绘了个遍,想着得不到,将来照模照样建一个也成。

徐家的衰败他看在眼里,没觉得可惜,都是必然的事,盛极而衰,哪个人不懂这个道理。徐家有三个儿子,先死了老大,又死了老三,就数老二命硬,死皮赖脸活到了今天。

徐家的大家长,是个经历过风雨的人,老年丧子也没打击到他,却因为手上的公司破产,便一蹶不振。

齐甫盛那时候才知道,徐老爷是个不通人情、只讲钱理的人。

徐老爷拆了东墙补西墙,抵押了徐家大宅,换钱来补亏空,可惜空还没补上,钱就被抢了,人还被捅到了心脏,死在了大街上。

人财两空的买卖,让徐家瞬间崩盘,徐二少天天不见人影,徐家大宅转眼就成了光华典当行的东西,姨太太们出走,以前攀高枝的亲戚也都没了人影。

虎落平阳被犬欺,也不过如此。

徐家大宅里的东西搬得差不多了,管事一路小跑过来找齐甫盛,他抹了把脸上的雨水,笑嘻嘻地说:"齐经理,差不多成了,那边徐二少回来了。"

齐甫盛扔了烟,把伞往前一支,洒了管事一身的水。他瞥了一眼,镇定自若地往徐家大宅门口走去。

徐二少被浇成了落汤鸡,肩上搭着西装外套,见到齐甫盛就乐呵呵笑道:"齐经理,搬完了?"

"徐二少。"齐甫盛看他这样,不由自主皱了下眉,"您总算回来了。"

"早回来不是怕耽误你们的正事嘛。"

"地契徐老爷是抵给光华了,您明日就得搬出去。"

"齐经理什么也没给我留?"徐二少眯着眼睛凑了过去,借了半边伞笑看着齐甫盛。

"徐怀布,你别太过分了!"齐甫盛眼睛一瞪就往后退,却被徐二少死死拉住了胳膊动弹不得。

"到底是我过分,还是你齐经理过分,好歹是十几年的朋友,你连宽限的日子都不给我留,像话吗?"

"我给二少您留了半个月,您在外面都晃完了,现在来找我要宽限?"

徐二少抿着嘴半天说不出话,临了翻了个白眼,把肩头搭着的西装外套一股脑儿塞给了齐甫盛,侧身绕过对方,一步不停地进了大门。他径直上了楼,把几间房子转了个遍,最后在最边上那间发现了张床。

他一脚蹬掉了鞋,整个人瘫在了上面,觉得齐甫盛还算有点良心。

徐家大宅外边,管事一脸为难地看着齐甫盛,犹犹豫豫叫了声:"齐经理。"

"再给他半个月,回去我来说。"

二、投机取巧

齐甫盛坐在办公桌后,拿着支钢笔敲桌子,刚开始力道还小,之后力气越用越大,直接把钢笔敲飞了出去。他虚握着手,气得咬牙切齿。

他给徐二少留了半个月,想的是对方能踏踏实实做些事,结果徐二少又像人间蒸发了一样,等再被人找到的时候,已经发了笔小财,正坐在法国馆子里吃大餐。

齐甫盛顺着消息找了过去,徐二少也醉得差不多了。

徐二少看着齐甫盛坐下,指着他的鼻子道:"齐经理,我不比大哥、三弟差,我能从你手里把宅子赎回来,你信不信。剩下的东西我都不要,全留给你,我买新的!"

齐甫盛把他的手打去一边,懒得和醉鬼一般见识,扫了眼桌上的菜,都是价格不菲,问道:"哪来的钱?"

"我赚的,你管得着吗! 老子有钱了,没占一点儿家里的便宜。"

齐甫盛把能快速来钱的行当都想了一遍,一拍桌子道:"徐怀布,你去卖血了! "

徐二少嗤笑一声,学着齐甫盛也把眼睛瞪得老大:"卖血多疼啊,老子不会去干那个赚钱。"

"到底是什么! "

"一边去,本少爷没工夫陪你说话,你要是识趣呢,吃了我的东西就乖乖闭嘴;不识趣,我也不留你,赶紧走人。"徐二少喝了口酒,再不理齐甫盛了。

齐甫盛到底没走,他把肉一点点往嘴里塞,吃得十分憋屈。

徐二少吃完东西一抹嘴,掏出一把银圆扔在了桌上,大步流星往外面走。

齐甫盛在脑子算了大概的价钱,把多余的银圆揣进了兜,一道追了出去。

徐二少走得慢,就是在等齐甫盛,等对方走到跟前,他就冷笑了起来:"齐甫盛,这么多年了,你还是像条狗。"

说完话,徐二少就走了,齐甫盛在原地站了会儿,又跟了上去。

他像条狗,这话最早是他爹告诉他的:"你是徐家的一条狗。"之后,是徐家大少爷告诉他的:"你是我最得力的助手,要像狗一样忠诚。"

他爹早死了,之后大少爷也死了,再后来,就没人敢这么说他。他离开了徐家,自己讨生活,最终讨到了光华典当行的经理职位,也算混成了一个风光体面的人。

他不觉得他爹和大少爷是在贬低他,毕竟没几个家仆能得到像狗一样的信任。

那时候的徐二少成天骂他窝囊、不争气,他也反过来嘲讽一句:"就你争气,就你不窝囊,徐家哪片江山是你打下来的!"

为这事,他和徐二少没少打架,打了好,好了接着打,十几年没打散,却因为他执意离开徐家,两人的关系彻底掰了。

他意气风发,徐二少游手好闲,两人之间没什么可比性,毕竟徐二少身后,还有一个徐家。

他和徐家再有联络,就是徐家公司破产的时候。他偷偷给徐老爷塞过钱,可惜杯水车薪,徐老爷又是硬骨头,死活不要,他也是无能为力。

一来二去,徐家散尽家财,徐二少继续游手好闲,更是让他怒火中烧。

他本以为如今可以扳回一局,帮了徐二少,就能从对方那挣回来面子,结果还是被那位大少爷比作狗。

这可真是在骂他,可他没多生气,毕竟徐二少再有如何的不是,都是因为一张没有遮拦的嘴,他习惯了,也就懒得置气。

齐甫盛一路跟着徐二少到了乐高美,在外面等了个把钟头,等出了徐二少带着周玉玲。那两人出了乐高美,直接就回了家,他什么也没发现,只好打道回府。

徐二少的消息时有时无,半个月后齐甫盛没等来赎宅子的人,倒等来了一条让他更为恼火的消息。

他总算知道徐二少为何会大发横财,人家正做着烟土的买卖呢。

这生意的确好做,需求量大,挣得也多,齐甫盛认识的几位老板,也有私下里倒腾这东西的。

大家都不敢明面上弄,毕竟还有禁烟土的法令摆在那儿。可明面上禁了,私底下却越来越猖獗,人人都知道这东西不好,一旦沾上,就不容易戒掉。

有钱人好说,毕竟有钱,买来还能当药用,听说不少人抽它延年益寿;可这玩意儿一半落入了穷人的口中,败光了家底不说,也害死了不少人。

齐甫盛一直觉得烟土是个祸害,徐二少倒腾,他气,气了又怕,怕对方也染上了瘾。

他摔烂了钢笔后,反而镇定了不少,他没法来硬的,在徐二少那儿,吃亏的都是他。

他仔仔细细谋划了一番，打算先从徐家大宅入手。

他当机立断招来了管事，让他立刻带人封了徐宅。紧接着，他又给几位熟识的大老板打了电话，相约去了百乐舞厅。

高低贵贱，穿着打扮上能看出来，口袋里掏出来的钱也能看出来。

百乐舞厅算是私人会所，比乐高美奢华得多，档次也高了好几倍，起着舞厅的名字，里面的营生却没有一件和舞沾边。所谓吃喝嫖赌抽，这里能一条龙服务到位。

齐甫盛时不时要和达官显贵拉拉关系，只能硬着头皮跟在后面赔笑脸。

话是从赌桌上套出来的，他理所应当输了不少，送大老板们去了下一站，他便离开了百乐舞厅，反正多得是人伺候，也不差他一个。

齐甫盛套了话，大老板也答应帮他看住徐二少。

他一路往家走，突然觉得徐二少是受管制太久，埋没了一身才华。

说起徐二少倒腾烟土，也不是什么大宗的买卖，只是小本经营，谨小慎微。

他靠着自己的名头，拉来了不少钱，虽说徐家完了，但原有的关系还在，多少人不卖他面子，也会卖故去的徐老爷面子。

烟土货，他是从码头买来的，他不懂这些，却也听说过谁家船上的东西好，贱买贵卖，说的就是他这种。

他买来了烟土，去乐高美里兜售，有点钱的人，就喜欢玩新鲜刺激的，乐高美里原来没这东西，他们想找新鲜都没地方找，如今徐二少带来了，他们自然是蜂拥而至。

如此一来，徐二少有了批固定客源，只要码头还有人拉货回来，他的财路就不会断。

齐甫盛在脑子里回忆了一番刚才所听到的东西，一不留神已经走到了家门口。

房子是他前两年置办的，最普通的二层小楼，就他一个人住。

他看着屋里通明的灯火，冷哼了一声。他还不知道，这么栋破房子，还能招来客人。

<h2 style="text-align:center">三、登堂入室</h2>

徐二少今天难得没去乐高美,而是去拜访了一位故人,说是他的故人,不如说是他大哥的故人。

他也不是非要低三下四地向齐甫盛要那几天的宽限,毕竟大哥的祭日近在眼前,年年都是在徐家大宅里过的,要是突然换了地方,他怕大哥不认路。

他没指望齐甫盛能记得,毕竟这么些年来,对方从没回来祭拜过一次。

说起大哥的死,徐二少多少觉得是齐甫盛没尽到责任。如他所说,齐甫盛是条狗,打都打不走的那种,可是大哥遇害的那天晚上,齐甫盛却活了下来,他没有挡住穿膛的子弹,也没有及时把大哥送去医院。

大哥到底是一命呜呼还是死在了半路,谁都不晓得,反正是丢了条命,谁还在乎过程。

徐二少一直耿耿于怀,对于他而言,大哥才像父亲,他能学到的,都是大哥教的,等他终于能出师了,大哥却没了。

徐家大宅里开了追悼会,外面艳阳高照,里面只有徐二少哭得死去活来。有人惋惜,却没有人可怜,因为这个世道,有钱都不一定能保命,人都要死,早晚而已。

一屋子的人,最后走的是齐甫盛,他打了个布包袱,和徐二少一起坐在地上抽了三根烟,留了句:"保重。"就走得无影无踪。

徐二少那时候是真恨,恨齐甫盛没良心,本来大哥的得力助手可以继续跟着他,再做一番事业,结果对方一走,本来就不待见他的徐老爷,更把他当成了空气。徐二少自此人财两空,在醉里烟花中寻找到了新的快乐。

他灵光乍现想到了倒卖烟土,他身边的酒肉朋友也有沾上的,钱是大把大把地往外抛,让他看得满眼放光。

他没什么人脉,最后搭上了这位故人,得以有了资本。

他两手空空去了韶弄巷的徐家公馆,找里面住着的庄夫人。

这位庄夫人,算是徐大哥的未亡人,新婚宴尔,新郎死得干干净净。庄夫人不肯搬回本家,独自生活在这个小公馆里,一过就是多年。

庄家上溯几代都是大官,到了新政府里,依旧有头有脸,女儿被宠坏了不肯回家,他们也不好强求,尽量把最好的都送过去,不让女儿吃亏。

一来二去,庄夫人摇身一变成了商界的名誉会长,派头可比徐家大少奶奶风光多了。

庄夫人是个美人坯子,人又没架子,自从当上了名誉会长,献殷勤的只增不减。她也应酬,却从不越界,让不少男人看得见吃不着,心里痒痒得厉害。

徐二少对庄夫人尊敬,就像对他大哥一样,怎么说他都该提点东西,可徐公馆里什么都不缺,他提了不值钱的,倒让别人说闲话。

每年他只来拜访庄夫人一次,今年是碰到特殊情况,来了两回。

庄夫人待他很好,嘘寒问暖了一大堆,格外关心他钱够不够,吃穿用度够不够。

徐二少笑意盈盈回答了一切,两人吃了顿午饭,他便告辞离去。

他们有说有笑是他们的,自始至终没有提到徐大哥,毕竟都是心里的结,提了两人都难受。

徐二少在回去的路上买了两只酱蹄髈,正好他和大哥一人一只。

走到门口才发现不对,铁门上贴了封条,光华典当行把房子收回去了。

他接连在大门上踹了几脚,隔着皮鞋他没觉得脚疼,可是头却疼得厉害。

齐甫盛给他留了张床,他就觉得是对方良心发现,没想到落井下石的事,全在后面等着呢。

徐二少脑筋一转,转身就走,在街上的杂货铺里买了两瓶烧酒,提着就往齐甫盛家去。他当然知道齐经理日理万机不会在家,可他偏要登堂入室等对方回来。

他也做了回下九流,翻着院墙进了齐公馆,为了保住手里的两瓶酒,还把脚扭了。

他拖着条瘸腿满院子溜达，齐甫盛是个谨慎的人，没让他寻到半点进门的空当。

他心里一发狠，抄起酒瓶砸在了玻璃窗上，扭脚保住的酒没了，窗户却一点儿没破。

他翻了记白眼，又开始满院子找石头，只要能搬得动的，就往玻璃窗上招呼。还真是功夫不负有心人，玻璃窗让他硬生生敲碎了。

他进了屋子，可谓狼狈非常，衣服裤子都被玻璃碴划得稀烂，可他心里痛快。

他在厨房里捣鼓了半天，把酱蹄髈切了，烧酒也倒了满杯，回到客厅就开始大快朵颐。吃喝都爽利了，油手往身上一抹，身子一瘫腿一跷，真是要多美有多美。

齐甫盛进屋的时候，他都没醒过来，被当脸扇了两个巴掌，疼得他撇了下嘴，眼睛一睁头还有点晕，正好看到黑着脸的齐甫盛。

徐二少咧嘴一乐道："齐经理，回来了。"

齐甫盛憋回口气，沉声问他："你在我家做什么？"

徐二少懒懒支起身子，打了个饱嗝，满嘴的酒臭，他咂了咂嘴，酝酿好情绪，开了口："齐甫盛，你把我家封了，我没地去。"

"我早就说了，地契徐老爷已经抵押给光华了，那不是你家，是光华暂借给你的。"

"我也早说了，你还是像条狗，徐家养不了你了，你就去给外人当狗。"

齐甫盛一把扯起徐二少的衣领，粗喘着气瞪着对方。

"有本事打我啊，齐经理。"

"徐怀布，你别欺人太甚！"齐甫盛的指骨骨节"咯咯"作响，可还没等他动手，徐二少就抢先一步掐住了他的脖子。

徐二少死死掐着他，眼睛里也是赤红一片，身子猛然向前一顶，就压着对方往地上倒。

齐甫盛一头撞在了茶几上，脑袋顿时有点发蒙，可徐二少一点儿都不留情,一个劲儿在他脸上招呼着拳头。直到把齐甫盛打得满脸鲜血,徐二少才从他身上翻了下来。

徐二少也累得半死,他打齐甫盛,自己的拳头也疼,疼了又有点委屈,委屈之后恨得更厉害了。他瘫在地上气喘吁吁,在齐甫盛腿上踹了一脚,问:"死了没?"

"还没。"齐甫盛猛地咳嗽了一阵,血唾沫喷得满脸都是。

"你干吗不还手?觉得我打不死你是吧。"

"二少,别倒腾烟土了。"齐甫盛没头没尾转了话锋,停了一阵又说:"徐家大宅没了,你就住这,吃穿我都给你买,这是我欠大少爷的。"

四、重蹈覆辙

齐甫盛上气不接下气地给徐二少讲了个故事,故事的开头和结尾,都和徐家大少爷遇害有关。

当年,茂盛公司和昌平公司为了抢一块盖厂房用的地皮,发生了争执,大少爷脾气好,不和对方吵,可齐甫盛坐不住,见自家势力弱,不由分说冲去了最前面,结果双方越吵越凶,吵不过就直接动起了手。

齐甫盛下手太狠,直接打爆了蔡家三公子的眼球,可后来大事化小,小事化了,由徐家大少爷出面,把地皮送给了蔡家,摆平这件事。

虽说送了礼又送了钱,可对方看的是徐家的面子,齐甫盛就是个家仆,死活都得他们说了算。

齐甫盛算是得罪了权贵,可他始终跟着大少爷,蔡家一直没能找到下手的机会。

转眼由秋入冬,蔡家的人死活咽不下这口气,就想出了买凶杀人这招,结果杀手的一枪没把齐甫盛打死,而是打死了徐家大少爷。

不怪杀手枪法不准,而是大少爷替齐甫盛挡了一枪。齐甫盛抄起车后面装着的铁锹,把杀手拍得脑浆迸裂,转头再回来,大少爷已经没气了。

那地方齐甫盛至今不敢去,大少爷死在韶弄巷,就徐公馆门前,那把铁锹是用来栽梅树的,结果被他用来打死了人。

最后,事情不了了之,蔡家理亏,现场又没有证人,杀手和大少爷都成了死无对证,唯一还有个齐甫盛,也被无罪释放了。要问为什么,只能说他因祸得福,杀的是个警察局通缉的要犯。

齐甫盛讲到这就没再往下说,前因后果怎么算也都能算清楚了。

两人在地上躺了一夜,次日醒来,徐二少的脚踝肿得老高,齐甫盛除了一脸的青紫,没什么大碍。

他俩都明白,不管过去还是现在,打得再凶都没下过死手,心里到底还是想着对方是朋友。

齐甫盛送徐二少去了医院,自己随便抹了点药膏就去上班了。

徐二少躺在病床上胡思乱想,一会儿想到大哥偷了山楂糖给他吃,一会儿又想到他和齐甫盛打架被提溜去跪祠堂。

他眼前涌现出不少张脸,有哭有笑,有怨有怨。

大哥是笑着的,他娘是哭着的,他爹是怒着的,齐甫盛却是一脸的幽怨,幽怨着说:"二少,别倒腾烟土了。徐家大宅没了,你就住这,吃穿我都给你买,这是我欠大少爷的。"

这话从齐甫盛嘴里说出来后,就刻死在了徐二少的脑子里,一点儿不落,他记得清清楚楚。

说实话,要不是走投无路,他才不会去碰烟土,大哥带他去过贫民窟,那里有不少抽烟泡抽死的。他明白大哥的意思,为了不让他碰烟土,想尽了办法吓唬他。

他是真被吓到了,不然早就大张旗鼓地干一番事业了。

想到后来,他想到了周玉玲,他对这小妮子有几分感情,却又不深,他在乐高美里卖烟土,就是周玉玲给他打的掩护,他不干了,怎么都得和对方说一声。

挂完了一瓶水,他觉得自己也没什么大碍,一瘸一拐出了医院。

徐二少没去周玉玲家,而是直奔乐高美,他突然有点想干正经事的心思,也许是被齐甫盛教育清醒了,可他本来就不是浪子,更没有什么千金不换的道理。

他在乐高美存了不少酒,打算一趟提出来全送给齐甫盛。

虽说他脚不利索，却不妨碍他走得意气风发。他爹常年骂他没出息，大哥死后他就把没出息的架势做足了，可他心里还是觉得自己有点能耐，只要有机会，就一定能做成事，只不过这个机会，他一直没等到过。

他越走越快，脚又崴了几下，齐甫盛大概是在大哥死的那天变了个人，而他徐怀布，就要在今天重新活。

他正走得兴高采烈，眼前突然一黑，被人架了起来。他觉得自己头重脚轻，往回跑了点，又拐了几个弯，彻底迷失了方向。

他被扔在个小胡同里，头上套着布袋子，打手一看就挺专业，专挑脏器多的地方揍，还没揣上几脚，他就吐了血。

可他吐不吐血不关打手的事，他们照样一个劲儿地猛踹。

他有点庆幸这帮人没用家伙什，不然他肚子就要被捅烂了。

他像块破布被捏来揉去，等对方打够了，他才知道人家压根没打算要他的命。

打手在最后一刻掀开了布袋子，徐二少额头上的汗都淌进了眼睛，他根本看不清眼前这些人的长相。

一个打手蹲在他旁边，拍了拍他的脸道："小子，别让大爷再在乐高美里见到你，要是你再敢来卖那些破烂玩意儿，大爷就连你那个相好周玉玲，一块剁了！"

打手说完就走了，徐二少觉得自己有种苟延残喘的感觉。

他整个人都疼得发抖，可嘴上笑得还挺灿烂，毕竟因果报应，他卖了害人的东西，最后肯定有人来找他赔，赔钱，或者赔命。

他不知道他爹被抢的时候，是什么样一个情形，他之后死乞白赖求庄夫人查明真相，查出来的结果是仇家报复。

和徐家结了仇的，也就蔡家一户，他们失手杀了大哥，他爹转眼就让蔡家的昌平公司破了产，再之后，茂盛也破产了，他爹被抢又被捅了刀子。

天道轮回，总算是个头了。

徐二少一觉睡了两天，醒来时第一觉得口干舌燥，第二觉得疼。

床边庄夫人坐着，齐甫盛站着，周玉玲支棱着头盯着徐二少。他一睁眼，对方的泪珠就砸进了他眼睛里，顿时让他难受得叫唤了起来。

齐甫盛出门叫来了医生,皱着眉头问徐二少:"谁干的,看清楚了吗?"

徐二少闭着眼睛答话:"这一身的伤要养多久?"

"你在乐高美里得罪了什么人?"

"玉玲,你还唱歌吗,我可不能拄着拐去看你,多丢人啊。"

"徐怀布!"

"齐经理,你当我是遭了报应成吗?"

庄夫人叹了口气,柔声道:"老二这么个脾气,齐经理你应该最清楚,他不想说,你怎么逼都没用。还好伤得不重,养养就好了。"

齐甫盛一口气憋得说不出来话,甩手就出了病房,医院里不让抽烟,他只能快步向楼下走去。

庄夫人说得都对,可就是因为徐二少这样的脾气,他俩每次都得靠打架解决问题,要不是对方伤着,他恨不得当场把人揪起来再揍两拳。

"嫂子,是齐甫盛去韶弄巷找的你? 也难为他了。"

"你跑没了他急得半死,走投无路才来找的我,你也真是的,老大不小了,净惹事。"

徐二少转过头,一脸讨好地笑着:"嫂子,我改,我再不惹事了。您能帮我谋份差事吗,伤好了我就去上班。"

五、焕然一新

都说伤筋动骨一百天,徐二少只在医院里住了两个月后,这最后一个月,他打死也不住了。

缘由何在,周玉玲像个小媳妇样天天围着他转,开始他还觉得新鲜,等转得久了,他也心生了厌烦。

但不论他怎么耍性子,周玉玲就是不气不恼,这让他很是无可奈何。比方说,他早上刚赶走了周玉玲,人家下午就提着新鲜的杨梅回来了,洗得水灵灵,还用糖腌着,爽口得不得了。

她越这样,徐二少越觉得浑身不对劲,赶着乐高美星期五全员彩排,招呼没打就溜出了医院。

医院有周玉玲，齐甫盛也就不常去了，他仔细布置出一间卧室，又从百货商店买来不少衣服。

他嘴上不说，心里却有些雀跃，这么多年他都是一个人住，把孤独当成了习惯，这却不代表他不想有人陪，哪怕是那个三天两头和他打架的徐二少。

他突然来了兴致，在院子里种起了花草，光是浇水施肥，就让他觉得乐趣无穷。

光华的人都说他变了，可具体变成了什么样，又都说不清楚。他边除草边哼着曲子，也觉得自己变了不少。

铁门在这时被拍得"嘭嘭"响，听着那敲门的节奏，就知道门外面站着徐二少，齐甫盛一皱眉，扔下锄头去开铁门。

门外的徐二少只是想碰碰运气，他压根没想到齐甫盛会在家，他把劲儿全用在了敲门上，累得自己一塌糊涂。

他正呼呼喘气，门就开了，他立马仰起脸，又笑得灿烂如花："齐经理，你这段时间都没去看我。"

伸手不打笑脸人，这口气齐甫盛又硬生生憋了回去，让对方进了门。徐二少摇身一变成了巡查家院的大老爷，双手一背走得摇头晃脑，时不时对着院子里刚露了个头的花苗评论一番。

齐甫盛气极反笑，跟着徐二少一路晃进了屋子，他从厨房端来橘子汁给徐二少，结果对方瞪圆了眼睛道："齐经理，生活够优越呀。"

"出院手续办了吗？"

"我那点钱都在银行存着呢，不如齐经理帮我结了，我之后还你。"

"钱，庄夫人早结了，医院找不到你就会给她打电话，你看着办吧。"

"别，我借你家电话用用，给嫂子报告一下行程。"徐二少说着话，就要往电话机那边走。

"慢着。"齐甫盛横跨一步挡住了徐二少，眯起眼睛看他，"躲人呢吧，我看周小姐对你挺好。"

"好不好是我的事，你管不着。"徐二少被他一句话臊得脸皮有点泛红，揉了他一把，自己溜边去打电话。

电话直接被转去了商会，徐二少免不了被庄夫人絮叨一番，那是关心他，他也都虚心接受，转过头又问起了工作的事。

　　庄夫人开门见山，说是给他在《民青报》物色了份记者的工作，说他还能在报纸上发点新派诗、小故事什么的。他一个单身汉，糊口不成问题，要是娶媳妇，钱还得再攒两年。

　　徐二少听得一愣一愣，觉得今天齐甫盛和庄夫人都有心拿他开涮，匆忙答应下周去上班，转而就挂了电话。

　　他在大学里读的是语言学，可他爹总说学这个没饭吃，他还没学够半年，就辍了学。他打心眼里感激庄夫人，他喜欢写诗写故事，家里也只有大哥知道，现在，庄夫人替他记着，他感动得就有点想哭。

　　等齐甫盛从二楼拿下来几套新西装让他试，他鼻子一酸眼睛里就蹦出了眼泪，结果泛滥成灾，一发不可收拾。

　　齐甫盛看着他哭，也是手足无措，且不说徐二少被打被骂不哭，就连断胳膊断腿都不怎么吭声，接了通电话不知道是受了什么刺激，哭得凶猛异常。

　　徐二少一直哭到吃过晚饭，开始他是真感动，之后眼泪是不受控制地往下落，他擦不完，就随它去了，他穿着新西装又哭又笑，简直不能再好看。

　　徐二少在家又歇了两天，周玉玲跑来找他，他都是避而不见，他可不想让这小妮子缠着自己，毕竟花花世界里还有大把的美人。

　　齐甫盛对他这种处事态度不做任何评价，他平常也忙，徐二少要做什么，他也不能全管。

　　日子过得飞快，徐二少还真凭他那点才情在《民青报》上混出了点名堂，记者工作做得四平八稳，不想写了十几首新派诗后，就有不少读者开始给报社寄信，有约他吃饭、跳舞的，还有人大胆示爱要和他处男女朋友。

　　徐二少日子过得有滋有味，成天拿着信对齐甫盛显摆。齐甫盛开始还听，听完之后有模有样地帮他评价信里的内容，可好话也禁不起一遍一遍地念叨，听到后来他耳朵都听出了茧，任由徐二少啰啰唆唆，他都是雷打不动地做自己的事。

　　时近元旦，典当行的生意更忙了，齐甫盛不光要管光华的生意，还得陪老板们吃喝玩乐,什么地方都去过了,唯独乐高美是头一次进。

他知道周玉玲是这里的歌女,可是坐了一晚上,都没见到人。

老板们喝够了酒,吵着要换下一个地方,几个人刚走到门口,正见到周玉玲裹着大衣往里走。

齐甫盛停下脚步,正好挡住了周玉玲,对方抬头看了他一眼,又急忙低了头,绕道离开。

"齐老弟,认识?"

齐甫盛摇了摇头,不做回应。

另一个人插话道:"以前是卖唱的,现在改陪酒了,听说犟得很,看她那样,估计是被打的。"

剩余几个人对周玉玲兴趣缺乏,嚷嚷着要走,一行人便闹哄哄地离开了乐高美。

他们转站的地方叫香楠馆,说白了就是个高档窑子,招呼了几个老板进去,齐甫盛趁着空当给家里打了个电话。

徐二少赶巧在沙发上睡着了,没费多少工夫接到了电话,迷迷糊糊咕哝了一声,就听那头的齐甫盛大吼道:"徐怀布,你是不是个男人!"

徐二少被他彻底吼醒了,冷哼一声道:"齐甫盛,你发什么疯!"

"你被揍了,就不敢去乐高美了是不是,你知不知道周玉玲现在陪酒!"

徐二少心头一跳,咬牙切齿道:"关我屁事!"

"她对你不错,你以前也算她的金主。怎么,现在有大把的小姑娘扑你,你就忘了旧人是吧。"

"齐甫盛,你能耐你去赎她啊!"

"她要是我女人,我早就把她带出来了!"

六、英雄救美

徐二少一把扔了电话,站在原地抓耳挠腮,他没有盼着周玉玲不好,可齐甫盛说得挺对,她不好,有他的责任。

他一边骂娘一边套衣服,临了把存折全揣在了身上,手里还提了根铁棍,出了门就往乐高美走。

天气太冷,车夫都提早收了工,他进了乐高美,里面也没什么人了。

他心里惦记着周玉玲成了陪酒女,一个座位一个座位往里找,在灯光幽暗处果然被他发现了一对,他刚骂了句:"×。"身后就响起了周玉玲的声音。

"二少?"

这一声吓得徐二少直接扔了手里的铁棍,眼看着面前的男女仓皇而逃,徐二少脸上红一阵白一阵地转过了身。

"你怎么来了?"周玉玲刚咧嘴一笑,就急忙抬手捂住了脸,结果衣袖又滑了下来,露出一胳膊的青青紫紫。

徐二少形容不上心里的滋味,就觉得又难受又憋屈,走过去拉下她的手,问道:"疼不疼?"

周玉玲赶紧摇头,突然愣住又点了头,她心里有点期待,要是自己说疼,徐二少会怎么办。

徐二少伸手摸了摸她的脸蛋,一转手就捏住了她的鼻子,恶狠狠地说:"撒谎精。"

"我没有。"

"不许狡辩,你们王老板的办公室在哪呢,带我过去。"

周玉玲盯着他看了半天,最后还是把人带了过去。

王老板走得也挺晚,正在穿大衣,门"嘭"的一声就被徐二少踹开了。

上次他找人打了徐二少,紧接着庄夫人就派人来找了他的麻烦,大有让他关门大吉的架势。光华典当行也说他的抵押资产有问题,让他前去清算,这下他才知道自己得罪了个小阎王。这会儿,他赔着万分的小心道:"这不是徐二少嘛,什么风把您吹来了?"

"王老板,我也不想跟你废话,当初永发的班主把周玉玲卖来你这,要了三百银圆,现在你来算算,一个歌女成了酒女,又被打得一身伤,还值多少钱?"

王老板毫不犹豫就说:"一百,一百就成。"

徐二少从裤兜里掏出一个存折扔在了地上："里面有六百,以后周玉玲不在你这干了!"他说完话就拉着周玉玲大步流星地往外走,走到正门口换成了跑,直到周玉玲扭到脚喊了声疼,他才停了下来。

"没事吧。"徐二少虽说装了回英雄,但内里是虚的,他本来都做好了打斗一场的准备,谁知道乐高美里没有给他预备鸿门宴。

徐二少弓着身子喘气,周玉玲笑着摸了摸他的头发。

"别闹。"徐二少一脸严肃,被她一笑,忽然觉得自己的担心过头了。

可周玉玲不听他的,就只顾着笑,徐二少拉着她一路跑,她连大衣都没来得及穿,虽说冻得瑟瑟发抖,可她心里是暖烘烘的一片亮堂。

徐二少顶着一头的乱发来乐高美赎她,王老板说她只值一百银圆,可徐二少却给了对方六百。虽说人的价值不能用钱来衡量,可怎么样都是她赚到了。

"冷是吧,看我吓得,连外套都忘帮你拿了。"徐二少脱下西装披在她肩上,握着她的手帮她取暖。

"二少,您为什么要帮我赎身啊?"

"闲得慌呗。"徐二少没好气地翻了记白眼,发现周玉玲的眼神有点黯然,急忙打起了圆场,"逗你的,你怎么这么不禁逗啊。"

周玉玲心里的那些感动转眼成了泡影,一撇嘴就是要哭的架势。

"玉玲啊,你别哭,只要你不哭,怎么样都成。"徐二少举起一只手告饶,另一只手依旧握着周玉玲的手。

周玉玲吸了吸鼻子道:"我脚扭了,你背我。"

"成。"徐二少说着话就把周玉玲背了起来,"然后干什么?"

"回家吧,去你家成吗?"

"成。"徐二少迈开腿就往齐公馆走。

"二少,你把钱都给王老板了,以后怎么过活啊?"

"你当我和你一样傻吗?"

"我不傻……"

"不傻你被人打成这样,你不会来找我啊!"

"找了,你不见我。"

"那……那你不会先答应着,再想办法跑吗,被打了不疼是不是!"

"不能答应。"

"那是真傻!"

周玉玲把头埋在徐二少的肩膀上,瓮声瓮气地说:"答应了,你就不要我了。"

徐二少脸上表情一僵,到了嘴边的话又憋了回去,他感觉到有泪珠打在了衬衣上,烧呼呼的还挺烫人。

一路回来周玉玲都没再说一句话,徐二少背着她有点腰酸,看到齐甫盛提了盏煤油灯站在门外,紧赶了几步过去,给对方使着眼色,小声问道:"醒着还是睡了?"

齐甫盛提起煤油灯在徐二少面前晃了一圈,见周玉玲微微睁开眼睛,退了一步道:"醒着呢。"

徐二少瞪了眼齐甫盛,他知道对方是故意的,稍微侧了下头,轻声对周玉玲说:"到家了,进去洗个澡,然后再睡。"

齐甫盛听了这话就笑了起来,替他们开了门。

徐二少摔了他的电话,他就立马赶回了家,没见到人心也放下来了。徐二少人不坏,就是没胆识,总得有人推他一把,他才肯做事,齐甫盛明白这个理,自然想办法拿话激他。

进了屋,齐甫盛站在客厅里点了支烟,徐二少安排好了周玉玲,也歪七扭八地走回了客厅。

他瘫在沙发上看着齐甫盛,一翻白眼说:"齐甫盛,故意的是吧。"

"在徐二少面前,还不敢故意。"

"那你养周玉玲吧,我钱都花光了。"

齐甫盛眯起眼睛盯着徐二少的裤兜看了看:"您不是还有份存折没送出去嘛。"

"齐甫盛,你真是个混账!"徐二少一骨碌爬起来,急忙把兜里的存折往里塞,塞了半天也没塞出个结果,一把抽出来拍在了茶几上,"看看看,本少爷让你看个够。"

齐甫盛一耸肩,一副无可奈何的样子:"不看了,根本没几个钱。"

徐二少扯起存折,几步冲到齐甫盛面前,摊开存折,使劲儿往他眼前推:"老子的钱再养一个你也不差! "

"那就多谢二少了。"

徐二少这才发觉齐甫盛在耍他,收起存折也咧嘴笑了起来:"齐经理不用谢我,毕竟都是一家人嘛。"

齐甫盛见势头不对,咳嗽了一声转移了话题:"周小姐打算常住? "

"我都把她带回来了,就麻烦齐经理谋份差事吧。"

这句说完两人都没了音,皮笑肉不笑地僵持了一会儿,道了声晚安,就各自回屋睡觉去了。

七、机不可失

周玉玲在齐公馆一住就是小半年,不是齐甫盛好客,而是徐二少执意让她留下。他也是说到做到,担负起了养活一家三口的重任。

齐甫盛安排周玉玲当了自己的助理,借着徐二少的妙笔生花,写出了一篇《名伶隐世》的大好文章。虽说是隐世,却不是安于现状做大户人家的姨太太,而是自食其力打拼天地。

文章里毫不避讳地提到了光华典当行,之后就有不少人趋之若鹜,赶来一睹名伶风采,光华的生意自然也是越做越红火。

刚入夏,人心却比天气还热,事出有因,市里一年一度的"花国大选"正式开始了。

说起这选美,就像前朝考科举,状元、榜眼都要分得清楚明了,只是科举考笔力,选美考容颜。但凡你样貌出众、气质绝佳的,就能得个时髦的头衔——花国总统。

如果你觉得这头衔能与如今的大总统相提并论,那可就是大错特错。前者是真枪实弹打江山,后者是搔首弄姿求财源。

徐二少以前只是在画册上见过美人头,却没有当"选民"认真参与过一次。可今不比昔,他现在成了《民青报》的副主编,不再是"选民",而是幕后的策划人。

今年这场"花国大选"可谓盛况空前，由市里的商行出资，几家大报社联名发起，中外大佬请了一堆，意在宣扬国美。

美不美徐二少不知道，不过他倒是借着策划者的名头，畅游了一番烟花柳巷。

一时间，传单满天，香气弥漫，各路花魁使尽此生绝学拉"选票"。有金主的，自然还有更高的手段——登报发广告，如此一来，市里的报刊头条都改成了美人像，出钱越多，版面越大。

徐二少是出了名的滥用私权，他带着齐甫盛明察暗访了好些天，后者最终以工作为由，推辞掉了徐二少的盛情邀请，对方就说他是榆木脑袋不懂风流。

徐二少名声在外，花魁们都想借他的才华赞颂自己一番，请得越多，徐二少醉得越多，直到后来三杯酒下肚，已经被灌了无数迷魂汤。

可他徐二少是何人，怎么会平白无故给自己揽麻烦，迷魂汤灌下去他就装疯卖傻打起了马虎眼。

他这种吃干抹净不留后路的架势，招人恨，却还是有不少人抻直了脖子等着他来宰。

周玉玲做好饭，碗筷摆了出来，就去叫齐甫盛。后者之前接了通电话，说是全国都在打仗，他要的东西送不来。其实齐甫盛要的也不是什么值钱玩意儿，只是在战乱时期最是紧缺。

大老板要找盘尼西林，可再有钱也是白搭，哪里都找不到药，最后找来了典当行，拿着金条碰运气。

齐甫盛给大老板回了通电话，也是万般无奈，对方又给了他两天时间，可他执意不要，他自己心里清楚，就是再给半个月，东西他也弄不到。

大老板不再强求，客套了几句就挂了电话。

齐甫盛在书房里抽了四支烟，把自己呛得咳嗽连天，才知道打开窗户通气，暖乎乎的风迎面吹来，真是好天气呀。

周玉玲见他满面愁容，自作主张把饭菜端上了楼。

"齐经理，可以吃饭了。"

齐甫盛看了眼桌上的饭菜，视线停在了周玉玲脸上，他叹了口气，问：

"玉玲,你有想过将来吗?"

"将来啊,我想让二少娶我。"

齐甫盛低头轻笑了一声:"嗯,想法不错。"

"齐经理呢?"

"我呀,走一步看一步,没什么具体打算。"齐甫盛走去桌边坐下,刚扒了几口饭,楼下的电话铃声又响了起来。

周玉玲急忙跑下了楼,齐甫盛囫囵吃完了饭菜也跟着下来。

"齐经理,二少他……"周玉玲抱着电话筒,对着齐甫盛说话直卡壳。

"他又闯祸了?"

"不是……是他喝醉了,松竹楼的伙计让您去接。"

齐甫盛边应声边往门外走,到了门口又转过了身:"徐怀布这家伙还没定心,你别往心里去。"

"我知道的,齐经理,你路上小心。"

齐甫盛心里揣着份担忧,外面战火纷飞,这座城却像世外桃源,活在其中的人们依旧在寻欢作乐。他没什么大眼界,可也接触了不少比他高层次的人,有名有望地对他讲解时政,他就算不能全懂,心里多少也有些觉悟。

这座城究竟能守住多久的安宁他不知晓,只是看到不少人,已经偷偷举家搬迁了。

他守不住大国,却想守住小家,他想说服徐二少一起走,可惜他俩现在连照面也打不到。

之前,徐二少不管喝得多醉,准会自己走回家,这次却点名让齐甫盛去接,不得不让人多加揣测一番。

松竹楼得名,就在于它满院子的翠松绿竹,掩映中的灰墙小楼,倒像是专门研究学术的办公楼,可越往里走,越能发觉别有洞天。

伙计早在门口等着人,齐甫盛不算常客,却也面熟。见到来人,伙计赶忙迎了上去:"齐经理。"

"是你打的电话,让我来接徐二少?"

"是呀。"伙计左右一瞄,小声道,"二少正和人拼酒呢,可照他们那样一杯接一杯地往下灌,迟早会出问题不是。"

齐甫盛明白伙计的意思,也不含糊就给了他一枚银圆,接着又问:"喝高了没?"

"高了,满嘴都是胡话。"伙计没收手,明摆着继续要钱。

齐甫盛这次直接给了他九个,凑齐了十全十美:"你去把他们的酒换成水,后果我担。"

伙计钱收得毫不手软,答应得更是痛快,给齐甫盛指了个方向,麻溜跑去给酒壶里灌水。

齐甫盛慢步走到莲蕊间门口,稍等了一会儿就听见徐二少在屋子里骂娘,他把腿支在门外,果不其然就有没长眼睛的绊了一跤,直接摔了个嘴啃泥。

可惜摔跤的不是徐二少,是刚收了银圆的伙计,伙计一脸怨愤地爬了起来,对着屋里瞪了一眼,悄没声地溜边走了。

徐二少晃晃悠悠过来揽住齐甫盛的肩,挤了挤眼睛对着屋里的人说:"付参谋,我家兄弟来接我了,你看酒都换成水了,咱也就散了吧。"

屋里的人朗声笑了起来,也没回头,把杯子里的水泼在了地上:"徐老弟慢走啊。"话一说完,他就拉过了旁边坐着的女人,两人调笑起来,再管不了旁人。

徐二少带着齐甫盛越走越快,远离了他认为的危险之地,才长舒了口气。

"你怎么招惹上军界的人了,'花国大选'不是只有商界和文化界参与吗?"

"估计要乱。"徐二少点着头道,"再不能瞎掺和了,要是着了道可就麻烦了。"

齐甫盛听了这话,笑道:"敢情您忙活这么久,就是为了骗吃骗喝。"

"我还学到点东西。"徐二少从裤兜里取出几张破纸,递给齐甫盛,"这几个裙子样,是我偷偷画的,改天去裁缝铺里给玉玲也做几件差不多的。我说得差不多啊,是样子一样,料子比她们用得好,自然就是差不多。"

八、螳螂捕蝉

"花国大选"可谓争奇斗艳,各路美女盛装出席,坐着马车游市一周,汇集于天虹舞台再比才艺,吹拉弹唱无一不有,还有当众赋诗吟词的。

"选民"们除了能见着自家的"西子王嫱",还能一睹金发碧眼的外国佳丽的风采。一轮比完不罢休,二、三轮还要接着来,一连三天,天虹舞台当真热闹非凡。

头一天,徐二少带着周玉玲来看了开场,周玉玲像是看稀奇似的,一个劲儿睁大了眼睛左右瞟,她好歹也在市里当过红人,却比平常人还没见过世面。

徐二少笑而不语,用特权给周玉玲一一介绍美人,可惜美人眼睛顶天,除了对徐二少笑一笑外,根本不拿正眼看周玉玲。

等两人逛完了后台,徐二少告诉周玉玲,这些美人是狗眼看人低。

他俩正嘻嘻笑笑往座席上走,迎面就碰到了付参谋,徐二少想装作不认识,毕竟只喝过一场酒,根本没有交情。

可付参谋不同,自来熟得要命,尤其是瞧见了周玉玲,只觉得她貌若天人,后台那些庸脂俗粉和她一比,根本不是一个档次,他以为这小女子是徐二少私藏的,特意上前套近乎。

"徐老弟。"

"这不是付参谋嘛。"徐二少学着对方的样子抱了抱拳头。

付参谋伸出手来牵周玉玲,结果美人没牵到,却牵到了徐二少,只好改牵为握,尴尬笑了笑。

"这位是?"

徐二少和他握完手,立马在西服上不留痕迹地抹了一把:"家妻,周氏。"

周玉玲听后一愣,立马揪住了徐二少的西装下摆,眼神左躲右闪。

虽然徐二少这么说,可付参谋看的却是周玉玲,小女子露了再大的破绽他也不揭穿,心领神会地笑道:"那快入座吧,演出就要开始了。"

徐二少巴不得赶快离开,拉着周玉玲就先行了一步。走出不远,他眉毛一挑，瞪着周玉玲说："你怎么老往后瞟！"

周玉玲急忙转回了头，小脸皱成了一团："没，我觉得他不是好人。"

徐二少微微翘起嘴角，又问她："那我是不是好人？"他也不等周玉玲回答，直接揽住了她的腰，把她带到身前，低头吻上了她的唇。

周玉玲脑子里一瞬间就炸开了花，手足无措地使劲拽徐二少的胳膊。之前，他俩就算同在一个屋檐下，徐二少也没有过过分的举动，可今天是在外面，他怎么这样！

徐二少捏住她的下颚，把她扳正了脸："不许闹，眼睛闭住！"说完又加深了这个吻。

唇齿辗转间，周玉玲自然而然闭住了眼睛，周围来往的人不多，可只要看到的，都被他俩臊得满脸通红。

错过开场是必然的，等他俩落了座，都演完了好几幕。台上正在唱歌，还是周玉玲以前在乐高美唱过的那首。

"她唱得真好听。"

"是你唱得太难听了。"

齐甫盛只给周玉玲放了一天假，后两天的"大选"，只能徐二少一个人来，他百无聊赖终于熬到了最后，结果却被平地一声雷，震碎了肝胆。

花国大总统的头衔有了着落，庄夫人正在台上致辞，只听一声枪响，庄夫人胸前就被开了个小洞，紧接着，从二楼的观礼台上，又掉下来了一具尸体。

徐二少坐在靠后的位置上，眼睁睁看着庄夫人中了一枪，他推开周围的人往台上冲，台上台下乱作一团，人们都是惊叫着往外逃，一遍又一遍地把徐二少撞翻在地。

徐二少最后是爬到舞台上的，他被踩得太狠，两条腿都没了知觉。

"嫂……子！"

庄夫人旁边围了一圈的人，根本没人让他，他趴在外面一个劲儿地捶地，眼泪吧嗒吧嗒就往下落。

最终，几家报社的负责人都没走成，被之后赶来的警察带进了警局。

徐二少被关在牢房里万事不知，他只知道嫂子没了，什么都没了。

外面的齐甫盛和周玉玲急得发了疯,他们还没下班,就听说天虹舞台发生了暗杀事件,死的是谁还不知晓,但能确定,军方已经控制了所有人。

这个所有,只是个暧昧模糊的量词,毕竟他们要抓的,要杀的,都已经抓完了,死光了。

齐甫盛去打探消息,让周玉玲赶快回家。

他先是到了天虹舞台,又确认了一遍情况,那的确被封了,连经理也被一道抓去了警局。

齐甫盛还没那么大的势力能左右得动丘八,他也知道给钱没用,绞尽脑汁后想到了一个人。

那是个姓宋的老教授,儿子在另一家报社当主编,也是这次"花国大选"的策划人之一,宋教授的人脉包罗了军政商三界,此时找他,最为合适。

齐甫盛沉下心去了宋公馆,听闻宋教授正在午休,他就像被引燃了捻子,噼里啪啦炸开了花。他根本控制不住自己,急得像热锅上的蚂蚁,备受煎熬。

等他把天虹舞台的事在院子里一股脑儿全吼了出来,人也没了精气神,就地坐在石台阶上,他大口喘着气,在脑子里整理思路。

等他整理得差不多了,宋教授也打扮周整地出了门。

老头胡子花白精神却好,上来先在齐甫盛身上抽了一拐杖,以前齐甫盛来宋公馆听过课,宋教授也把他当半个徒弟看。

"先生,您是不是有消息了!"齐甫盛爬了起来,赤红着眼睛看着宋教授。

"大吼大叫,一点儿规矩都没有。"宋教授咳嗽了两声,又道:"天虹舞台刚才死了两个人,一个是商会的庄夫人,一个是市政厅的梁市长。我儿和徐家的二少爷都被抓去警局了,这事现在由军方管着,得快点去救人才行,十几个人,总得有几个出来顶罪。钱肯定是要花,而且数目绝对不少,我儿被抓,也是没办法的事,至于徐二少,你想清楚了吗?"

"我救他!"

"那你先跟我去付参谋那走一趟,回来就赶快准备钱。"

话不多说，两人驱车赶去了军需统战部，宋教授早已联络好了人，一下车就被引去了付参谋的办公室。

付参谋在天虹舞台视察了一圈，接到通知说市里有个不大不小的人物要见他。

他抓的人不少，就是等着有人上赶着来送钱，正好这人物不大不小，他也能收到不多不少的钱。

他回到办公室静候佳音，没想到一来就是两条大鱼。对方自报家门后，他的注意力就从宋教授身上，转移到了齐甫盛那。

对方又暗自伤神自说了一番话，付参谋摇头叹道："不好办呀。"

齐甫盛开口就要抢白，却被宋教授拦了下来："付参谋，您觉得怎么方便？"

"他们可都是嫌疑犯，就算不是主谋，也是帮凶，您说怎么样才算方便呢？"

宋教授沉吟一刻道："不如取个十全十美之意？"

齐甫盛在一旁紧皱着眉头，十全十美不是十个银圆，一百个银圆，论码赎人，少说也得是十万起价。

"成啊，借您吉言。只是我这办公室来来往往的人多，您可要抓紧时间啊，还有你，齐经理。"

"付参谋说得是，我会尽快办妥。"

九、乐极生悲

齐甫盛在客厅坐了一夜，人憔悴了不止一点。

电话铃响起来的时候，他才猛然惊，冲出家门后，拦下个报童买了份报纸回来。

不长的路，他走得气喘吁吁，他也想快点，可惜双腿发胀，头脑发昏，刚进了家门就直接跪在了地上。

报纸上的头条消息，是关于天虹舞台的暗杀案，庄夫人和梁市长的照片赫然在目，报道内容不长，全是关于抓捕案犯的消息，其他只字未提。案犯共有七人,两个主谋,五个帮凶,都是市里各大报社的当家人物,被安了"危害民国"的罪名,案件正在审理中。

当家被抓,报社自然关张大吉,齐甫盛买来的报纸,是徐二少所在的《民青报》,就他所知,和徐二少一起,等着被放出来的还有四个人。

手无缚鸡之力的文人,到底能不能扣动扳机杀了政商两界的大人物,谁也闹不明白,可军部安的罪名,谁又能逃得掉。就付参谋所言,没交钱赎人的,都得死,可到底是死有余辜,还是替人顶罪呢?

昨天出了军需统战部的大门,齐甫盛一刻也没敢停,拿出了这些年的所有积蓄,三十本存折,一共有十五万元。

保险起见,他没有取现金交给付参谋,毕竟人多眼杂,他也怕被抢。

整整十万块,换来了付参谋的一句:"齐老弟,你的速度可比老人家快多了,你也知道,人数有限,晚一步就等于丢了一条命。"

齐甫盛笑脸相向,对付参谋说了一番虚情假意的赞美之词。

付参谋当然也知道他的话不是真心,都是相互奉承,走走过场就行。

齐甫盛问得不多,付参谋答得也有限,临了得了句准话:"徐二少会没事的。"

这一来,齐甫盛的心放进了肚子,他也不太好再打探庄夫人的消息,直接起身告辞了。

之后他又赶紧去了商会,对于庄夫人的死,庄家人早就出面拦截了所有消息,庄夫人终于离开了徐公馆,但也是在死去之后。

齐甫盛道听途说了点消息,关于庄夫人通匪,她和梁市长一个明修栈道,一个暗度陈仓,如此说来,军部的目标最开始就是他俩。

他回到家时,已经八点多了,饥肠辘辘下才突然发觉周玉玲压根没有回来。

齐甫盛打电话回了光华,可值班的人说周玉玲早就走了。挂了电话,他顾不得休息又去了趟乐高美,找到王老板问了周玉玲家的地址。

虽说王老板对他这个客人很是殷勤,但他自己晓得,这座城,不能再待下去了。他特意留了五万块,送钱的时候买了三张东渡的船票,又买了三张南下的火车票,至于去哪,等徐二少出来了再定。

王老板要请他喝酒,齐甫盛客套脱身后,就赶紧去找周玉玲。

他按王老板给的地址找到了栋公寓楼,一眼望去,四层小楼,周玉玲住在最顶层,可玻璃窗里并没有透出灯光,他上楼敲了半天的门,才彻底放弃了。

他不知道周玉玲去了哪,颓然回到家中,一直坐到了天亮。

这一夜注定无眠,周玉玲呆愣地望着玻璃窗,太阳光正一点点洒进来。

她曾经想过,一早醒来身边是她心爱的男人,这种想法在两天前徐二少吻了她后,尤为强烈。

其实呢,她现在躺的这张床很柔软,身边那个姓付的参谋也很温柔,可她就是睡不着,也不知道自己该想什么,直直盯着玻璃窗发呆。

她是自愿来的付公馆,上车、进门,都是她自愿的。也许是为了徐二少吧,她不知道,至少付参谋和她说,只要她陪他一晚,徐二少就安全了。

徐二少这个人,真是糊涂,什么都做不好,还总喜欢自以为是。

他和别人在乐高美打架,不过是对方丢了块瓜皮,就大打出手打得满头流血,还傻乎乎地笑,周玉玲那时候当然不是为他哭,她哭的是要被王老板扣掉的钱。

她想攀附徐二少的家世,把他当成救命英雄,可劲儿地奉承,可惜徐二少怎么也不上套。

再后来呢,徐二少让她打掩护卖烟土,她干了,因为就算徐家倒了,徐二少还有庄夫人这个后台。

徐二少被打之后,就躲一直躲着她,她认了命,没了这个金主,她只能从歌女沦落成陪酒女。

好在天无绝人之路,她在齐甫盛面前演了出苦肉计,跟着上套的,还有徐二少。

为什么一直是他呢,也许因为他长得够英俊,人也够幽默。

可他没听说过戏子无义吗,她十三岁登台就失身给了最初的那个金主,金主倒台,也是因为她的出卖。

她不想当什么姨太太,可金主怕老婆,给不了她想要的,她就玉石俱焚,谁也别想好好活。

旁边的付参谋半醒不醒,一把揽过周玉玲,嗅了嗅她身上的味,声音还有点含糊不清:"真香。"

周玉玲往他怀里靠了靠,想汲取些温暖,她太冷了,大夏天的,她却手脚冰凉。

"怎么了你?"付参谋帮她暖着手,还沉浸在温存中没有醒过来。

她眼睛里落下了大颗大颗的泪珠,徐二少也是这么握着她的手,和她说:"玉玲啊,你别哭,只要你不哭,怎么样都成。"

他叫出"玉玲"这两个字的时候,真温柔。

付参谋感觉周玉玲在发抖,猛地睁开眼睛,硬把她扳过来正对着自己。

周玉玲流下来的眼泪都是凉的,她眨了下眼睛说:"好冷。"

付参谋坐起身子点着了烟,吞云吐雾了一整根,转头看着她说:"想姓徐那小子呢吧,你们女人,就喜欢小白脸。"

周玉玲没有反驳,咧嘴笑了笑,徐二少是挺白,总是忘了梳头发。

付参谋见她这样,一皱眉反手就抽了她一巴掌,恶狠狠地骂了句:"贱人。"

他说完话就下了床,披了件浴袍,丢了一床的银圆,头也不回地下了楼。

周玉玲笑够了,慢悠悠起了床,梳洗打扮一番,她对着镜子看自己,觉得也没那么狼狈,就是憔悴了点。

回到床边,她开始一枚枚地数钱,一共数了五十三枚。

虽然不太够,她也想还给徐二少,不然就告诉他,她也能养得起他。

十、一无所有

当天下午,付参谋就让周玉玲和徐二少一起回去了。车开到了付公馆门口,徐二少狼狈不堪地坐在车里。

他没呆没傻,牢房里虽然不好过,吃喝还能管够,只是他没法换衣服,也没人给他治腿。

暗杀案那天，他的两条腿都被踩伤了，右腿在牢房里缓了过来，左腿化了脓，之后就没了知觉。

他的精神头一天一夜就恢复如初了，他觉得，大哥死了，他爹死了，他依旧能乐和，如今大嫂死了，也对他没多大影响。

周玉玲对付参谋道了声谢谢，一路走过来口袋里丁零当啷响个不停。

她坐进车厢的时候，笑得格外灿烂，徐二少抬手摸了摸她被打红的脸颊，说："又犯傻了是不是？"

周玉玲从口袋里取出一枚银圆，放进他手里："我没犯傻，我答应他了。"

徐二少手指一抖，胳膊就无力地落了下来。

车开得不快不慢，路上还碰到了游行示威的学生，周玉玲又给了徐二少一枚银圆："二少，我骗了你好多，你知不知道？"

直到汽车再次启动，徐二少都没有回答她。

等车子再次停下，已经到了齐公馆门口，司机按了两声汽笛，徐二少才开口对周玉玲说："你要是骗过我，就和我骗过你的扯平了，咱俩两不相欠，跟我回家吧。"

周玉玲摇了摇头，把最后一枚银圆捏在手里，死活不肯放："二少，付参谋只是让我送你回来，仅此而已。"

齐甫盛听到了汽笛声，急忙抹了把脸走出了门，他头回了报纸，电话又响了一遍，是警局打来的，说下午会有专车送二少回家。

他敲了敲玻璃窗，没人应他，他就直接打开了车门，看见车里的两个人都低着头，周玉玲抿着嘴笑，徐二少眼睛红成了一片。

"徐怀布。"齐甫盛试探性地叫了一声。

徐二少一听到声音，就像是抓住了救命的稻草，转过身就往车下冲，他这个动作太猛，齐甫盛本能向后退了一步，他就直接摔在了地上。

"你腿怎么了？"

周玉玲头也没转，就把车门带上了，她捡起地上掉落的两枚银圆，缓了口气对司机说："我有五十块，麻烦您随便拉我去个地方。"

齐甫盛想扶徐二少起来,可后者就像一摊烂泥,他只能费尽力气把对方背在背上,汽车开走的时候他根本顾不上拦。

徐二少在他背上粗声喘着气,一遍一遍地催促:"快走!"

齐甫盛不敢耽搁,把他背进了屋,急忙给认识的医生打电话。

他回头去看徐二少,对方紧闭着眼睛泪流满面。

徐二少突然觉得腿特别疼,疼着疼着他就哭了,哭得涕泪肆流,一塌糊涂。

等他醒过来的时候,没挪过地方,齐甫盛坐在地上,枕着沙发扶手。

他推了把齐甫盛,他口渴得厉害,想喝水。

齐甫盛只是想靠一会儿,没想到就这么睡着了,徐二少一推他,他就醒了,满脑子都是医生临走前的嘱托:"按时吃药。"

他嘴里念叨着药,一下坐直了身子,充血上头,眼前晕晕乎乎看不清东西。

"先给我点水,药等吃完饭再吃。"徐二少动了动左腿,还是没知觉。

天色昏暗,齐甫盛缓了一会儿,先去开了灯,又给他端了杯水,问他想吃什么,徐二少笑了一下,说:"酱蹄髈。"

"要禁油腻,等腿消肿了,说不定能治好。"

"你也说了,说不定才能治好,先吃再治,别亏了自己的肚子。"

齐甫盛不和他拧,点了点头,出门买来了酱蹄髈,剁碎了他俩一人一盘。两个人边吃边抽烟,早把医生的叮嘱抛到了九霄云外。

徐二少不提周玉玲,齐甫盛也不问,今天闹的这出,一看就是掰了,他也猜到了周玉玲昨天的去处,只是这么做到底值是不值?

两人吃完,齐甫盛收拾着盘子,徐二少嗦了嗦指头上的油,问道:"之后有什么打算?"

"你还想回报社吗?"

"就我现在这样,身残志坚吗?闹出那么大的事,报社怎么可能再要我。"

"要不我们先去南边,之后再往东渡?"

"面子够大啊。"

齐甫盛知道徐二少说的是什么，现在想出国门，尤其是去东边，总要有些后台。

"正巧前几天有熟人邀约，听说那边医学也好，可以治腿。"

"那行吧，我孤家寡人，都听你的。"徐二少撑直了身子躺在沙发上，舒舒服服伸了个懒腰。

齐甫盛把盘子收回了厨房，取出张船票摆在茶几上："我多买了一张，你看怎么办吧。"

船票的起航日期是三天后，徐二少犹豫了好久，最后给乐高美的王老板打了个电话，王老板也如实相告，周玉玲的确又回了他那儿。

徐二少把船票日期和船号都告诉了王老板，希望他代为转达。

王老板犹豫了一会儿，还是把事答应了下来，至于周玉玲到底会不会去，他不敢打包票。

直到三天后登船，周玉玲都没有出现。

甲板上挤满了和亲友告别的旅人，齐甫盛先把徐二少送进了船舱，赶忙提着暖瓶去打开水。

轮船鸣了汽笛，渐渐远离了码头，挥手告别的人群中突然爆发出了一阵惊叫。

有个女人从码头上跳进了海里，接连又有不少人跳下去救人，救人的又浮出了水面，女人却没有被救上来。

齐甫盛打回了开水，给自己泡了杯热茶，给徐二少倒了杯白开水。

徐二少捏着那张船票笑了笑，抬头对齐甫盛说："这么贵的船票，你真舍得花钱。"

"你要是看着不舒服，就撕了吧，反正也作废了。"

"撕了干吗，我留着当纪念。"徐二少掏出钱夹，仔细把船票夹了起来，又收好钱夹，转头望向小窗外，船走得挺快，已经看不到陆地了。

他一直觉得周玉玲犟，这么犟下去，早晚要出事，结果，真的出事了。

也许她有句话说的是真的，可谁又知道呢。

她说："答应了，你就不要我了。"

侦探日报——侦探吐司

文/Araybellar

一

"我叫安言,是个私家侦探。"

安言看着《今日侦探》专栏里这句蹩脚的开场白,浅浅一笑,自己果然还是不适合在公共场合发言。

倒不是他刻意低调,也不是他名气不够,只是他实在不擅长像其他侦探那样手舞足蹈地描述犯罪现场和动人心魄的追捕画面。而且,只是抓住一个绑架犯,也算不得什么特别成就吧。

扫过添油加醋的故事情节后,安言把报纸放在一边,起身倒了一杯咖啡,看着窗外。

他是一个私家侦探。

他在一个"病态"的世界。

一个没有法律,但有规矩的世界。

在这个日趋稳定的世界里,警察这个职业名词已经和理发师一样成为老辞典里的过时词条。

或者说,整个法学领域都已被淘汰。

也有人说,法学是被心理学所吞并的。

但这些已经不重要,因为有了心理学的安全壁垒,现在的世界已经成为有人类历史以来最稳定的世界。如同新闻上不断宣传的那样,"最好的一代"。

一座城市不需要警察、法官、监狱,只需要一个所谓的心理辅导老师和一台心理测算机就够了。

前者定义检测方式,后者提供检测结果。所有心理状态不合格的人都会被列入思想犯清单,被派遣至"沉思营"——一个能让人冷静思考的地方,一个从来没有人能离开的地方。

有人尝试过在检测时逃离心理咨询所。但当他脑海中有类似这样的念头浮现,便会立刻被心理测算机判定为"高危"状态并被粒子分离器高温分解掉。据说测算机是通过犯人脸上的微表情或者细微的身体动作识别出的。而粒子分解时间只有3毫秒,是相关部门出于人道主义关怀统一规定的。

因为这个世界的统治者说过:"对于不适合生存在这个世界上的人,我们应该给予他们最快的解脱方式和最好的归宿。"

是的,这真的是"最好的一代"。

拜飞速发展的心理学所赐,人类所经受的一切都可以通过心理学来衡量判定,在人工智能破解了感受这一抽象概念后,人类得到的是前所未有的便捷和舒适。

只要你用心爱这个世界,你就能得到你想要的。

可是,偏偏有一些叛逆的"孩子",不爱这个世界,做出一些冲动的行为,有时甚至会要些心机,以为能瞒过精准的人工智能。

不过令人欣慰的是,随着人类整体道德水平的提高,有时甚至不需要人工智能的协助,一些热心的民众会自发地去抓捕这些讨厌的"思想犯",这些高尚的民众有时也被叫作侦探。

但因为"故事结局"早已被心理测算机等人工智能确定,有时这些侦探就像戏剧表演般照本宣科地走个过场,所以他们也会被称作演员。

无论是侦探还是演员,他们总是媒体上最常被报道的一批人,被树立成典型或楷模的一批人。

安言也应该是其中之一。

但安言又感觉自己好像不太一样。

他对上电视上报纸什么的不太感冒,他更热衷于案情本身:智力的博弈、逻辑的延展、与"思想犯"的直接对话。

但那些充满趣味且错综复杂的案件总是很抢手,而且后续的采访报道也会耽误很多时间,所以即使安言再感兴趣,他也宁愿选择一些大侦探们所不屑的边缘案件,挣着一些不多不少的酬金,安稳度日。

安言以这种方式度过了整整一年平淡的侦探生涯。

直到前天,他从一个绑架犯手里救了市长的女儿。

安言完全没想到便利店里难得一见的实体店员居然是突发奇想前来体验生活的市长女儿。

更没想到这种简单的绑架案竟然成了轰动全城的大新闻。

至于案件本身并没什么好谈的。

倒霉的绑架犯,粗糙的作案手法,只是因为空调机的巨大响声便暴露了位置,甚至连基本的格斗手法都不会而被安言一拳击倒。

这个案件的难度在安言这一整年处理的案件中甚至可以排到倒数。

但好巧不巧的是,受害人是市长的女儿。

接连不断的调查采访,尬笑到脸部抽筋,甚至连发行量第一的报纸《侦探日报》也找上门来做专栏。

这些侦探一直羡慕的场景今天通通发生在了安言身上,但是安言却一点儿都高兴不起来。对他来说,这些重复无意义的交际应酬,只是白白地浪费时间。

要是自己救的人真的是个便利店店员该有多好。这样面对的肯定不会是一张张扭曲的笑脸。没准是额外的酬金,或是一块微苦的巧克力,哪怕只是微弯的嘴角。

安言揉着自己的脸，看着玻璃上映射出的模糊人像，这样幻想着。

"笃笃笃……"

电子设备模拟的敲门声传来。

安言眼前的场景消散，他把凉透的咖啡放到小圆桌上，转身去开门。

门外站着的是一个戴着金丝眼镜的少年，模样清隽秀气，看着沉稳内敛，但眉宇间却藏不住那几分与年纪相符的俏皮。

"安先生您好，我是《侦探日报》的……"

又是《侦探日报》，安言现在一听到"侦探"两个字就头大，他虽然知道这样很不礼貌但还是十分无奈地打断对方的话："不好意思，我今天真的不能再接受采访了。"

"安先生，我不是来做采访的，我想邀请您做一个专栏。"

"专栏？不是已经做过了？"安言拿起软木椅上的报纸，指给这名记者看。那一版附图中的安言脸上正挂着职业假笑，身旁是为他颁奖的满脸爱与和平的市长。

年轻记者摆了摆手，说道："不是《今日侦探》，而是单独为您开的专栏。"

"为我？为什么？我可不是每次案子都能碰上市长女儿的。感觉还是那些擅长破大案特案的侦探们的专栏才更有价值吧。"

"不不，那些侦探民众早已经看厌了，对于您这样的白色侦探，才是他们所期待看到的。不过，您可否让我先进去，这样一直开着门好像不太好。"

"哦，抱歉，请进。"安言不好意思地笑笑，把记者带进屋内，两人在小圆桌旁坐下，安言为记者重新倒上了一杯热咖啡。

但记者却把咖啡推向安言一边，开口道："谢谢您的好意，我不喝咖啡，太苦了。"

安言一怔，开口道："我去给你拿白开水。"

"不用劳烦了，先生，我知道您这一整天都很辛苦，所以我们长话短说。哦对，还有自我介绍，我是《侦探日报》的记者，路十三，您叫我十三就好了。"

路十三一边笑着一边对安言伸出了手，安言木讷地抬起手臂，动作僵硬得像是第一次接受握手教学的科班孩子。

路十三嘴角上扬，继续说道："我们这次想根据您的事例开设一个专门的侦探专栏，记录您的侦探故事。像您这样的白色侦探，正是现阶段的大火人设。"

"白色侦探？什么意思？"

"因为您不参与命案特案，更多的是关心绑架案、失踪案这种边缘案件，相比于充斥着血红色的复杂案件，您更像是为平民百姓们服务的，而现在这样的演员更受人们欢迎。"

"说实话，我倒不是为了服务劳苦大众，只是感觉命案一类的太过于劳心，而所谓的边缘案件的酬劳也足够我维持生计了。"

"先生，友情提示，这样的话可不要让记者写进文章里去哟，这样会遭人非议的。"

路十三的眼神像刀，带着几分锐气，安言从他眼睛中看出了他对于这个专栏的热情和希冀。

"可是，我真的不擅长说那些'漂亮话儿'。"

"没关系，这些工作正是我们记者该做的，对于专栏来说，您只需要提供理论支持和案件经历便好了，怎么说呢，就像是，案情顾问。"

"可是，你们为什么不找那些主动型的侦探？据我所知，有很多侦探自愿向报社投稿的。"

"那些全都被我们主编拒绝了，他希望看到的是客观真实，而不是自由发挥的幻想故事。还有，您真的认为自己很普通吗？您可是我目前看到的唯一一个不按照标准发型理头发的侦探。"

安言双手拄在脸前，没有说话。

"还有，专栏的酬金不菲，或许能帮助您维持稍微好一些的生计。"路十三说完后从记事本中拿出一份合同，递到安言面前。

"安先生，考虑一下？"

安言盯着合同上的酬金沉默不语，不说这种让其他侦探羡慕的媒体曝光机会，单论资金支持这一栏里的数字就已经足够吸引人了。

可是对于安言这种边缘案件的边缘侦探，一旦把他从幕后推到台前来接受各种读者、观众的审视，他还真的是完全不适应。

"你们所提供的这个机会真的很吸引我，但是……"安言看着路十三清澈的双眼，还是吞回了原来想说的拒绝的话，而是改口道，"我可能需要一些时间来审视一下自己的过往。"

"为什么？"路十三按下自动笔，准备在记事本上记录安言要说的话。

"自动笔？你今年多大了？"

"16。"

"像你这个年代出生的人，还用自动笔的可不多了。"

"先生不要见笑，毕竟我不是有钱人家的孩子，用不起电子笔。"

"我没有别的意思，只是我也很喜欢这类早期的产品，充满艺术感和信念感，而不像现在这些物件，都是千篇一律的外形特征。"

路十三环视安言的房间，发现这里的布置风格确实也偏老一些，留声机、木质钢琴、老式书架……让他想起孤儿院里老院长陈旧的房间，与现实世界有很强的割裂感。

不过路十三转念一想，安言引向回忆和老物件明显是为了躲避专栏的事，这些侦探都精明得很，不能被他们绕进去。

"侦探先生请不要转移话题，请您解释一下为什么要审视自己的过往，是过去有什么难以言说的经历吗？"

路十三一边说着一边翻着手里侦探安言的相关资料，看到上面写的年龄是 23 岁。

"还是说您的年龄实际上……"

"那倒没有，我没有虚报年龄。我只是在想，我经历的这些案件写出来到底有没有意义？"

"意义？"

"我并不是想说你阅历不够或是过于年轻，而是有些事情确实需要时间的积累才看得清楚。这一年来我所处理的这些案件实在太过普通,普通到就是琐碎的日常生活,普通到只是小说里的过渡情节。"

路十三一边听着一边把一些关键词记到笔记本上,记者身份的他已经敏锐地捕捉到了故事的可塑性和卖点。

"打个比方,前天的那个绑架案,犯人初衷只是因为没钱给女朋友买礼物而和女朋友吵架,他一时冲动,闯入便利店作案。如果不是因为被劫持的店员是市长女儿,这个案件根本不会被媒体公布,而是会和其他案件一样沉积在监察局的档案室里。"

"侦探先生,我打断一下,我想提醒一件事,报纸或舆论或是社交媒体,主要用户并不是那些权贵,反而是普通民众,所以我们感觉没有爆点的这些贴近生活的故事,可能更会让大家产生共鸣。"

"不是这个原因,而是,这种案件不能给人们带来任何心理上的变化,也就是我前面说的意义。因为这个人最终也只是被罚款,接受心理治疗师的治疗后便遣返回家。并不像过去法院还在时,通过量刑方式来进行定罪惩戒。所以,这类案件是否有意义呢? 心理领域的非凡突破让任何思想犯都可以改过自新。故事结局已经写就,还有人会在意枯燥乏味的案情过程吗?"

"等等,先生,我们这里的信息好像不一样。"路十三飞速地在记事本中翻找之前准备好的资料,找到关于绑架犯的那一页,递给安言看。

"我们报社得到的最新信息是,这个绑架犯在接受心理治疗后,在家里自杀了。"

安言眉头一皱,接过记事本,看着上面的简略介绍。

"这个资料是谁提供给你们的?"

"据说是方主编从监察所获取的。"

"真实性是否有保证?"

路十三撇嘴道:"我们报社向来以真相为重,所以才会如此受欢迎,主编说的当然是真的。"

"不好意思,无意冒犯,只是之前市长承诺过会提供给这位年轻的绑架犯心理治疗,帮助他好好改正。"

"可能是他治疗后更加觉得心里有愧?毕竟犯案这种事。"路十三掐着下巴认真地说道。

"不,不会。心理治疗的目的是帮助犯案者走出心理阴影。自杀,也间接证明心理治疗失败了。这肯定是现在的官方所不能容忍的,所以这种消息即使出现也一定会以某种方式封锁掉,怎么还会有人把消息提供给报社,尤其是你们这种知名报社。"

"所以您才怀疑是假消息,您的猜测不无道理。可是,之前是否也有心理治疗失败的情况呢?"

安言没有回答,而是放下记事本,起身走到窗边,望着外面。

路十三静静看着安言的背影,等待他的答案。

时钟嘀嗒嘀嗒走过,两分钟过后,整点钟声响起,路十三随着声音看向老式挂钟,时针指向数字 6。

"之前有过,很多。"

"笃笃笃,笃笃笃。"接连几声局促的敲门声打断了两人的交谈。

路十三听到声音后先看向正门, 随即转头看向安言, 问道:"要开门吗?"

安言点头。

路十三起身开门,门外站着一个神色慌张的年轻人,长相敦厚,一脸络腮胡,身着白色长衫,看起来像是医生。

那个年轻人看到门开, 立即探头进去大声问道:"请问安言侦探在吗? "

路十三被他这动作吓了一跳,连退了两步。安言从窗户旁走来,挡在路十三身前,答道:"你好,我就是安言。"

"可找到您了,安侦探,我是市中心心理研究所的研究员穆旭,是受所里陈老师委托,来请您帮忙的。"

"陈舟老师?"

"是的,这次有个十分紧急的案子,希望您能亲自到研究所一趟。"

安言看到穆旭穿着实验室服装就跑了出来, 足以说明事件的紧急程度。而且陈舟老师一直以来都是安言十分尊敬的一位心理学专家,他的委托安言自然不敢轻视,安言于是决定放下手中的一切事务而前去应约。

穆旭看到安言点头答应后长舒一口气,紧张的心情缓解后才注意到躲在安言身后的路十三。

"哎,安侦探,你身后这个人是谁?"

"你好,我叫路十三,我是……"路十三客气地伸出手示好,穆旭的问句结束后身子却早已挪到收拾东西的安言旁边。

"安大侦探,您确定要带这些工具?现在可是有那些先进的电子设备。"

路十三听到后扭过头看去,发现安言正在往手提箱里塞放大镜、毛刷等老式探案工具。

"我不太相信人工智能所测算的东西,数值不能代表一切。"

安言最后放进手提箱的是一块白色手帕,也是过去那些侦探小说里侦探喜欢使用的可以用来代替手套的工具。

"安先生,我们的专栏?"路十三看到收拾好工具马上要走的安言,连忙拦在前面,不想错过这次机会。

"这位路小先生,实在不好意思,安侦探有重要的案情处理,不能和你继续再闲聊下去。"

"我可不是闲聊,我可也是带着'案子'来的。"路十三仰着头,神情严肃,语气十分硬派,但稚嫩的长相还是让人感觉就是个小孩子在耍闹。

穆旭忍不住扑哧一声笑了出来:"小朋友,破案是大人们的事。"

"谁说我是小朋友,我可……"

"他是我的助手。"安言的话阻止了二人的争执。

"助手?我还是头一次听说安大侦探还需要助手。"穆旭挠挠头,嘴里其他质疑的话并没有说出口,生怕自己的快言快语惹得这位侦探不高兴,万一一气之下不去办案,自己可就捅出大娄子了。

"你不是想做专栏吗?实体取景可是个不错的选择呢。时间有限,我们现在就出发,你要是有兴趣也一起来吧。"安言面带微笑地对着路十三说道。

路十三先是一怔，随即连连点头，拿起安言刚刚整理完的手提箱，答道："好的，先生，保证完成任务。"

"既然安先生都这么说了，那么我们现在快点走吧，我们所里的车就停在楼下。"穆旭话还没说完，半个身子已经在楼道内，声音也在空旷的蛇形走廊里回荡着。

路十三先跟在穆旭身后下了楼，安言回身锁门，墙上的时钟指向六点一刻。

安言转过头，从楼道内的小窗户看向萧条的街景。

刚刚入夜，但这座城市已然睡去。

二

安言的家距离市中心还是有一定距离，颠簸的车程至少还得半个小时。

迫于车上有外人，安言之前提的心理治疗的话题没法继续延展下去。

但好奇心爆棚的路十三早已坐立难安，几次想开口问安言，看到安言一直面朝窗外好像在欣赏街景，却也不太好意思打扰他。

实际上安言也打算和路十三多说一些，但是他实在不想在一个正哼着曲开着车的心理研究员的面前提这种心理学的敏感话题。

因此 20 分钟过去，车上仍然只有引擎声和穆旭跑调的歌声。

随着车辆趋近市中心，街上点亮的招牌也越来越多。

看着树木穿梭，路灯明灭不定。安言想到了一个对于心理治疗问题相对简单的表述方式，他从路十三手里拿过记事本，在本上写了两个字，"试验"。

路十三眼睛转转，猜到了安言想说的事情。他从安言手里拿回自动笔，也在本上写了两个字"陈舟"。

安言用手抵着下巴，停顿片刻后在"陈舟"名字后面写了两个字"专家"。

路十三拿过笔，在"陈舟"名字后面画了个箭头，直接指向"试验"二字。

安言盯着本子上清秀的字，脑海中飞速回忆着这几年来与陈舟的交往情况，他实在想不到这个总是满脸善意的人与那些可怖的心理学试验会有什么关系。

安言摇摇头，在箭头上画了个叉。

路十三努着嘴，他还是感觉这些所谓的心理学专家总和那些诡异的心理学试验密不可分，不过既然安言这么肯定，路十三还是选择相信大侦探的判断，毕竟现实生活不一定会像那些古怪的电影电视一般，有那么多的反转情节。

汽车渐渐迫近市中心，昏黄的路灯透进车窗，打在安言的脸上。安言仔细看着道路两旁的各式建筑，生活在偏远郊区的他很少有机会看到市中心的街景，除了那次神奇的表彰。

傍晚时分，整座城市笼罩在暗淡的月色下，像是中世纪的老油画般深沉静默。

心理学话题结束后，枯燥的汽车行程使得路十三已经迷迷糊糊地睡了过去。

安言看着靠在自己肩上的这个孩子，年纪轻轻就要提早体会人间错综复杂的情感，而且还是记者这样常年与人打交道的职业，日常应该十分辛苦。

这份同情与关怀也是他接受路十三的专栏邀请的理由之一，而另一个理由则是他们之前所讨论的心理治疗和即将到达的心理研究所。

汽车绕过主城区，拐过几条小路后停在一座老医院门前。

这个心理研究员的开车技术和刹车技术都不怎么样。穆旭猛地一停车，差点把路十三从座位上甩出去。

路十三被晃醒后拍拍脑袋，感觉昏昏沉沉的，像被谁打了一拳。

"我们到哪里了？"他扶着头问道。

"研究所。"安言低声答道。

"侦探先生。"穆旭倚在老汽车旁,伸手指向背后的老医院,全然不顾二人状态而眉飞色舞地介绍着,"欢迎来到市中心心理研究所。"

"就是这样一座老旧医院?"路十三小声嘀咕着。

"据说是为了省经费而直接在市中心医院旧址上盖的。"安言侧在路十三耳边说道。

"这样啊。可你没觉得这个穆大叔像个怪医生,好像要拉我们进去做生化试验……"

没等路十三话说完,穆旭已经跑过来扯着他二人往医院里面走。

"你们别看我们研究所老,全市 80%的心理研究成果可都是来自我们这里。"

"喂,喂,大叔,可别忙着介绍啦,你不是说有紧急的案件吗?"

"哦,对不起,我给忘了。"穆旭干笑了几声,拉着他们走入正门。

研究所六点半下班,除了值班研究员外没有其他人在。

整个医院空荡荡的,泛黄的墙壁,变形的壁画,还有被撕掉一半的房间隔帘。

作为一个连恐怖片都没看过的"白色侦探",安言在心里不停地正面暗示着。

"侦探,我怎么感觉你在抖。"路十三察觉到安言的异样。

"我,还好。"安言努力地上扬嘴角,尽量做出自然的微笑。

路十三皱着眉头看着安言的假笑,猜不出这个人又在做什么心理游戏。

三人走到第一实验室门口,实验室门半开着,穆旭的手指向房间里的人,也就是此次案件的委托人心理调研专家陈舟。

"我负责送你们来,剩下的由陈老师说明,祝好运,侦探们。"穆旭完成任务后快步离开,看起来完全不在意此次案件。

路十三小声抱怨着这个研究员如此的不负责任。安言则已经走进实验室,去面对那个熟悉的身影,那个曾经指引自己走出心灵风暴的老师。

"你好,安言,好久不见。"陈舟看到访客首先开口说话。

"你好,陈老师。"安言回答的声音很轻。

路十三跟在安言身后进了房间,看到试验台前站着的这位"老师",样貌很普通,身高一般,但让人印象深刻的是他的眼神,诡谲多变,目光游移不定。

"这位是谁,你弟弟吗?"

"不是,他是我的……"

"我是安侦探的助手。"路十三抢答道。

"助手? 有趣,认识你这么久第一次听说你需要带助手。"

陈舟的眼神让路十三感觉很不舒服,就像是自己被一头正在猎食的猛兽给盯上,让他下意识地向后退步。

陈舟看到路十三的反应微微笑着,说道:"像,和之前的你很像。"

安言并没有顺着话茬,而是开始问询案子的事情。

"陈老师这次是什么案件,看到之前穆研究员神色慌张,是件很紧急的案子吗?"

"实验室试验体被偷。"

"为什么没有寻求官方或军队协助?"

"试验特殊,试验体相关情况暂未公布,无法通过官方调查。而且偷试验体的人具有很强的反侦察能力,一旦他发现自己被追捕,便会立刻公布试验情况,这会引起舆论骚动。"

路十三在他们另两人交流间隙,扫视着实验室的一切。实验室里五颜六色的瓶瓶罐罐看起来都很有趣,不知道都是些什么样的化学药物。他好奇地拿起来摇摇晃晃来观察反应。

"您不担心我们的追捕同样会被他所感知到吗?"安言问道。

"告诉一下你的小助手这些试剂有强毒性,请轻拿轻放。"陈舟从路十三手里拿回一瓶深蓝色试剂,放到自己身后,随后转身与安言继续说道:"我相信你的能力。"

"酬金多少?"

"二十万银币,明晚之前找到偷试验体的人和试验体。"

"成交。十三,我们可以走了。"

"侦探,这就走了? 我们还什么线索都没有呢。"

"酬金越高,线索越少。我说得对吧,陈老师?"安言最后几个字刻意加重声调。

陈舟点头并说道:"很抱歉我们晚上不能驱车送你们回去了,因为刚刚那位穆研究员,我只付了他接你们的酬劳。"

"为什么没有付另一半?"路十三不解地问道。

"因为我忘了。"陈舟指着自己的头眯着眼笑道,"毕竟年纪大了,忘记一些事很正常,你说对吧,安言?"

"十三,我们走吧。"

"大侦探,可是……"

路十三话还没说完已经被安言拽出了屋子,两个人沿着原路返回到研究所大门。

"你知道怎么叫的士吗? 我不太会弄这些。"安言问道。

两个人此时正站在大门口,听着夜风奏曲。

"喂,老大,不是吧。那你平时案子怎么弄的?"

"我之前处理的案子都在家附近,我走过去就好了。"

"好吧,果然你们这些侦探都是怪人。你看,现在可以在网络上叫车了。"路十三拿出自己的手机,指给安言看。

安言也拿出了自己的手机,是一个老款的按键式手机。

路十三惊讶地张开了嘴,说道:"我终于知道为什么你不接那些大案特案了,你这样落后于时代可是会错过很多机会的。"

"机会?我感觉我现在这样好像也还不错。"安言不太理解路十三说的话的意思。可能这就是代沟吧,安言只能在心里这么安慰着自己。

"不行,你这样早晚要被淘汰的,我可不想我们的专栏还没成为爆款就被泛滥成灾的信息淹没了。给你,我的手机,我来教你怎么用。"

安言呆呆地看着路十三抢走自己的小手机,换成了对方手里的大手机。

"反正我们报社会给我们配,你可以先用我的。记得下次再有酬劳,先换个好一点儿的手机。"

路十三正说着的时候，车已经来了。

回程路上路十三一直在给安言各种科普现代社会的新产品。

安言听得云里雾里，这种他不擅长的领域，他就像个小学生一样在听课，而这个所谓的讲师也不过是个实习学生。

路十三就这样说了一路，直到跟着安言上楼还在介绍手机的功能。

"你看你搜证时，用这个相机拍个照，清晰便于记录。"

安言嗯嗯地简单回应着，路十三清澈的说话声填满了整个楼道。安言小声在路十三耳边告诫他不要打扰邻居们休息，路十三不好意思地吐吐舌头不再说话。

两个人走到三楼，安言推开房门，墙壁上的挂钟已经指向八点三十。

"今天已经很晚了，你还有什么想问的，我们简单说一下，然后你先回去，我们明天继续？"

"实际上我还有很多想问的。"路十三有些失落地低头说道。

"没关系，反正之后我们也要合作开专栏的，以后还会有更多交流。"

"太好了，我还以为您之前说的专栏只是用来搪塞那个研究员呢。"路十三眼睛里写满了期待。

"你放心，毕竟你们报社的酬劳着实不菲，而且这种赚钱方式也相对安全很多。不过，我希望发表文章时可以不用自己真名。"

"不用真名……"路十三掐着下巴思索了一阵，打了个响指后说道："我们可以用小说！虽然这种形式用的人不多，但是没准会有不错的反响呢。"

"你是说虚构文学。可是这样会不会有违破案追求真相的本质。"

"大侦探不要那么教条嘛。"路十三拍拍安言的肩膀，笑着说道，"你自己可以继续追求真相，我们来帮你丰富剧情。读者们在意的可是有趣的过程，两不冲突的。"

安言低头不语，不置可否。

"对了，大侦探，我差点忘了，今天这个案件你打算怎么弄？犯罪现场我们还没怎么看完哪。"

"我们已经看得足够多了。"

"为什么？"

"因为这是一个不该发生的案件和一个不该存在的现场。"

三

路十三被安言绕得完全蒙掉。

"大侦探，你别玩文字游戏了，你就直说好了，我可不像你那么聪明。"

"简单说，因为心理试验的特殊性。这类试验不允许被外界所知晓，自然也不能公布过多信息。或者说，我们这次想要破案，只能单纯靠推理。"

"这怎么可能嘛，任何线索都没有？全靠蒙？"

"也不是一点儿线索都没有，实验室里我们所看到的一切都可以当作线索。"

"可是我感觉实验室很正常啊，所有的实验器材摆放得很整齐，还有那些五颜六色的试剂也是分类鲜明。"

路十三努力地回忆着，但他所能记起的只是那个陈舟犀利的眼神和怪异的微笑。

"主试验台上试剂的摆放顺序有问题。"

路十三认真想了下，在陈舟身后的试验台上确实摆了一排试剂，颜色从浅到深，试管中的试剂量也从小到大。

"难道做实验的人都有强迫症？为什么还要按照颜色顺序来摆。"

"色彩心理学。"

"色彩？现在不是已经被淘汰了吗？反正人们已经不需要五颜六色的外在世界来催生情感，想要获得喜怒哀乐，吃药就好了。"

"但是不是每一个人都能买得起情感类药物的。而且，被淘汰不代表已经消失。"安言走到书桌旁，从抽屉里取出一沓纸，摆开在桌子上。

这些纸是十几张老照片，是现已停产的彩色打印机所打印出的，因为年代久远，纸张有些褶皱。

"这些文件是当年色彩心理学还盛行时用于测试的，用来测试人们对不同颜色的情感反应。当然现在确实已经不需要了,反正人造物的主色调也只有灰黑白三种。"

"现在官方还支持这类试验吗?"

路十三翻看着老照片,有些照片让他有些熟悉,但是又说不出什么时候见过。

"至少并不反对。但是资金方面不再提供支持。"

"但是会有一些机构喜欢这类吧,不然那位陈老师也不会再继续研究这些?"

安言点头。

"可是现在人们已经做到量化情感,通过智能设备来评测情感,为什么还要研究这些落后的书面理论呢?"

"可能有些人不愿意放弃这些传统理念。不知道你是否想过,如果你身体的方方面面,甚至连意识都可以被量化,被机器所测量,或者说,人工智能比你自己还要了解你,你会感觉如何?"

"那我肯定会疯的。"路十三不禁打了个冷战。

"我和你一样。我想,这或许就是那些人还在坚持的意义吧。"

"如果这么说的话,这些人甚至可以叫作人道主义卫士了。"

"是否是卫士我现在倒不关心,我所关心的是案子本身,还有酬劳。"

"明白,老板。你想说的是他们丢失的试验体与色彩心理学试验有关?"

"嗯,你还记得试验台上缺少的试剂的颜色吗,如果按照色谱来排列的话,缺失的应该是哪一种颜色?"

"好像是蓝色。"

"确切地说,应该是深蓝色。"

"使人抑郁悲伤的颜色?"

安言点头。

"不过在色彩心理学试验中,暗沉的蓝色更多带来的是镇静与安抚作用。当用量过度或者色彩浓郁时确实会带来你说的致郁效果。"

"大侦探,我有一个脑洞。"

"你说。"

"这个试验体是一种正在开发的可致人抑郁的药物。"

"深蓝色的药剂,即使是药物,一般人也都会认为是毒药吧。"安言不太认可路十三的想法。

"如果你在'沉思营'里,我是照看你的管理者,我告诉你,这个药能帮助你改过自新呢?"

安言默然。

"我听说,维护'沉思营'消耗巨大,盖一间的钱足够盖十座心理研究所了。"

"可是药物研发需要官方批准。"

"如果官方默许了呢?我现在怀疑,那个自杀的绑架犯,可能也是服用了这一药物,或者说,那个人就是这批药的'小白鼠'。"

"现在没有证据,我们只是猜测。"

"我可以通过我们报社的关系调查一下这个可怜的绑架犯是否服用过这类药物。"

路十三说完话后"噌"地站起,把记事本丢在书桌上,披上衣服,转身往门口走。

"大侦探,我现在就回去和方主编说,你等我消息。"

安言没有拦阻风风火火的路十三,他心里也有些动摇,他甚至开始怀疑自己认识了那么多年的那位提出委托的心理学专家。

"大侦探,还有一件事。你有没有想过,他们为什么给我们这么高的酬金?如果案件不应该存在,那么破案的侦探是不是也不应该存在?"

房间里,指针指向九点整。叮咚的整点报时铃声在安言耳边响起。

夜色渐深,恍惚间,安言好像看到那二十万银币在向自己招手。

他不是一个很爱钱的人,但他不会拒绝案子。

他喜欢挑战,即使要赌上自己的生命。

他也知道路十三的意思,他明白自己无论破案与否或许都要面对那个可怕的结果。

安言拿起路十三落在这里的记事本，在本子上陈舟的名字后面画上了一个大大的问号。

安言靠在木椅上，闭目凝思，回忆着今天所发生的一切。

从路十三的意外到来，到穆旭研究员的案情委托，再到整洁的实验室与失踪的试验体。

安言反复把这三件事串联在一起，尝试寻找其间的逻辑关系。他总感觉自己忽略了一些重要事情。

以陈舟的智商水平不可能不知道路十三的"危险性"，即使自己值得相信，他为什么敢保证路十三不把案情披露出去。自己随口说的"助手"二字，作为一个心理学专家又怎么会看不出来。

除非是，他就期待着路十三把案件曝光。

想到这里，安言知道，一切都有了答案。

他在路十三的记事本上划了几下，丢在一旁，随手拿起路十三给的手机，重复路十三的网上预约车的操作，乘车前往市中心。

夜晚的心理研究所一片黑暗，安言推开正门时注意到值班室的灯火也已熄灭。他打开手机里的手电筒为自己照着路。

虽然安言心里依然对这家老医院的画风有很大抵触，但对真相的渴求还是让他的步伐越发坚定。

安言来到第一实验室门口，房间里的陈舟刚刚脱下白色大衣。

脚步声迫近，陈舟并没有转身，而是继续收拾着实验器材。

"你来了，比我预想的要晚一些。"

安言迈进房门，停在门口的实验桌旁，与陈舟保持着一定距离。

"你还是这么沉默寡言。这次，没带助手来？"

"没有。"

"说说吧，你的推理过程。"

"我之前一直忽略了一件事。"

"哦？"

陈舟搭着话,手里的工作并没有停,仍然在清洗着台子上的那些瓶瓶罐罐。安言把守在门口,丝毫没有上前帮忙的意思。

"心理学领域的专家不会允许他的试验过程中出现任何不可控因素。"

"你说那个小记者?哈哈,他当然在我的可控范围了。"

陈舟转过身来指了指自己的眼睛,说道:"从一开始,我就知道他对色彩有着极大的好奇心,他不是一个乖记者。"

"你什么时候知道他的记者身份的?"

"眼神碰撞,探求事物时前倾的身体姿势,遭遇抵抗时后退的保守动作。"讲到自己擅长领域时的陈舟眉飞色舞,眼睛里是藏不住的兴奋。

"可是如你所说,他不是一个乖记者,仍然是不可控的。"

安言的这句话像一盆冷水一样浇在陈舟头上,陈舟先前脸上的兴奋荡然无存。

"你说得对,他是不可控,但是一个未知的 X 因子不是让事情更有意思吗?"陈舟很快转怒为喜,脸上是一种可怕的亢奋和期待。

"所以,我猜得是对的,你并不担心这件事会引起舆论骚动,反之,你希望看到的是舆论爆炸。更希望能利用报社把消息散播出去。"

"可是,我并没有公布试验的任何信息也没有委托官方调查啊?而且,万一那个小记者不跟报社说这些事情呢?"

"对于官方来说,不需要这些,因为一旦有人调查那个绑架犯的信息,他们就知道试验消息被泄露了。他们不需要既定现实,他们需要抹杀一切潜在风险,一如既往。"

陈舟情不自禁地为安言鼓掌。

"你猜对了。"

"可是我不明白,你的目的是什么?"

"安言,你难道没有发现,人类除了在心理学以及心理学衍生的领域有所突破,其他领域再无前进吗?"

陈舟在房间里踱步,他的表情轻松而愉悦,像极了一个温润的布道者。

"我们陷入了一个怪圈,我们爱上了我们自己。"

安言没有搭话,他静静地听着陈舟讲故事。

"我们从突破'感受'这一理念来,我们所增强的,只是如何针对人的感受,而从未在应用科学领域有过任何发展。我们没有学会如何更好地应对自然,应对外在世界,我们只是学会了如何应对我们自己。"

"可是人们接受现在的世界。"

"我们被迫接受,因为我们学会了自我欺骗,自我安慰。"

"那个绑架犯就是你所说的偷盗者吧。"安言打断了陈舟的表演。

陈舟摇头。

"他是试验体。"

"试验体?老师,难道那些心理试验是真的?"

"你知道,送来试验体的是谁吗?"陈舟没有正面回答。

"市长?"

"如果有人伤害了你的女儿,导致你的女儿从此只能依靠药物治疗才能维持心理状态稳定,你会怎样对待那个人?"

"我不知道。"

"你知道。至少你知道官方的答案。"

"这种问题是老师您该想的事。因为他们一定会先送到您这里来接受心理辅导,辅导失败才会送到'沉思营'。"

"那你知道那个绑架犯最后怎么死的吗?"

"听十三说,是自杀?"

"算是自杀吧。感官丧失后,沉沦在无穷尽的懊悔中,对时间的感觉无限放缓,生命的最后一分钟像是一年般漫长。"

安言咬着牙,难以想象那个年轻人最后的挣扎与苦痛。

陈舟拿起手边的试剂,振荡着,看着试管里的斑斓变化。

"你看,这里的颜色多美啊。我女儿很喜欢湖蓝色。"陈舟笑着,他努力地把嘴咧到最大,眼睛眯成了一条缝。

"您的女儿是怎么接触到这个试剂的。"

陈舟一怔,答道:"那次我把所里的衣服穿回家,兜里忘记拿出那一瓶试验用的试剂。你知道的,我女儿很喜欢湖蓝色。"陈舟眼角泛光,表情木讷。

"所以您的女儿是第一个试验体。"

陈舟听到这话后突然面露凶光,扑到安言身上,把安言推到墙边。

"不,她不是。"

"我想知道您的计划什么时候开始的。"

"从你抓住那个绑架犯开始。"陈舟的气势缓了下来,他退步回去,不再压迫安言的空间。"我了解你,你会是我最好的帮手。"

"为什么是我?"

"因为你和我一样,怀疑着这个世界。"

"不,我没有怀疑。"

"你觉得你在一个心理学专家面前能撒谎吗?"

"我确实没有怀疑过,我爱这个世界,就像我爱钱,就像我为了你的二十万酬金接了这个倒霉的案子。"

"不,你不是为了酬金,你是为了真相。"

"我是侦探,我当然要为真相负责。"

"可是,民众们真的需要真相吗?你看看现在的这个世界,人们只需要满足自己的利益就可以了,他们不需要真相,不需要了解一个小小实验室里一个小研究员的死活。他们也不需要了解一个孩子的死活,他们只想知道,一件东西是否对他们有意义,他们能否从中获利。"

"所以您设计了这次案件。"

陈舟怒目圆睁,对着安言吼道:"我不是作案者,你不要审判我,我是医生,我是治病救人的医生。"

"你不需要人带走试验体,在监管者的全面监控下,没有人可以离开这座城市,你的目标只是让试验体被带出去,被丢掉,丢在民众们的心里。"

陈舟的眼睛泛红，瞳孔放大，额头上隐隐有血管突起，他的情感开始占据身体的主动。

　　"你不期望于人们怎样看待这件事，你只希望大家和你一样，开始怀疑。"

　　"你很聪明，安言。"陈舟的眼睛直勾勾地盯着安言，安言感受到了莫名的压迫感和窒息感。

　　"你有想过没，官方可能不希望这个世界有太多聪明的人。"陈舟的双手朝向安言的脖子，一点点迫近，"因为他们不愿意承担这种充满变数的风险。"

　　安言现在仍有反击的机会，他曾学过简单的格斗术，但是他知道自己在已经进入狂暴状态的陈舟面前没有太多胜算。

　　所以他打算再等等，利用心理学的博弈手段，再等等，等到对方的心理防线崩溃。

　　但是他知道，留给他的时间已经不多了。

　　陈舟的双手攥得越来越紧，安言已经开始感觉到呼吸困难，他弯下膝盖，身子一点点沉下去。

　　"你真的以为你能战胜我？你在一个心理学大师面前耍这种把戏？你已经错过了最好的机会。"陈舟狂喜的脸上还带着一丝期待，这是他第一次亲手杀一个人。

　　安言已经无力开口辩驳什么，他努力地用自己的眼神做最后的抵抗，这种坚定的目光或许有机会让陈舟有所动摇。

　　但是他错估了陈舟的心理承受能力，原来他才是游戏中被欺骗的人，陈舟循序渐进地用力让安言身体酸软，整个人完全颓坐在地上。

　　安言的脸开始泛红，他费力地睁着眼睛，做最后的抗争。

　　这时有一个黑色的东西从他面前飞过，砸在陈舟脸上，陈舟吃痛，终于松开了掐着安言脖子的双手。安言跌坐在地上，喘着气，心跳剧烈，太阳穴疼痛不已。

　　"侦探，侦探。"

安言恍惚间听到了路十三的喊声。

"我调查到了,那个绑架犯自杀前服用的药物里有这个研究所所提供的。侦探,侦探,你有在听吗?"

安言感觉世界在旋转,他想站起来,却根本站不稳,便又只好再坐到地上。

"侦探,你的手机虽然打电话不好用,但是当武器还是蛮不错的。"

安言看着地上屏幕已经完全碎掉的小手机,才知道原来砸在陈舟脸上的是自己之前那部旧手机。

安言努力地眨了下眼,再睁开时看到路十三与陈舟扭打在了一起,看到试验台上的瓶瓶罐罐碎了一地,看着地面上流淌着的湖蓝色液体。

最终阖上双眼,睡了过去。

安言再醒来时已经在的士车上,他身旁是脸上贴着创可贴的路十三。

"侦探,你醒了。"

安言还是感觉自己迷迷糊糊的, 不过总算还能正常说话:"我就知道你会来。"

"我看到了你在我记事本上写的留言,我猜到了你的意思,我是不是很聪明,我现在是一个合格的助手了吧?"

"嗯。"安言微笑点头。

"可惜,虽然抓住了陈舟,但他什么都不承认。"

"给你,我在你的手机上录了音,这些足以让他定罪了。"

"哇,侦探,你真的太棒了。"

"十三,我可能还需要睡一会儿,我头晕得厉害。"

"你该不会是沾上实验室那些奇奇怪怪的药了吧。"

"可能吧,我先睡了,到家叫我一声。"

"没问题,老板。"

安言睁开眼睛, 时钟指向七点一刻, 路十三正坐在安言床边翻看资料。

一夜无梦。安言已经很久没有这样舒适的睡眠了，或许陈舟的实验室里有些药物真的蛮有效用，真是后悔自己当时没留下一些。

"侦探，你醒了。"

安言坐起身，接过路十三递过的水，说了一声"谢谢"。

"大侦探，你总算醒了，我昨天陪了你一晚上，可累死我了。"路十三伸了个懒腰，连打了好几个哈欠。

"陈，陈舟怎么样了？"

路十三撇撇嘴，答道："昨晚连夜被送进'沉思营'，然后今天早上自杀了。"

"又是自杀。"安言仰头看着窗外的朝阳，不知道陈舟在生命结束时看着这样的风景又是怎样的心情。

可是陈舟真的有罪吗，安言不知道，他只知道官方告诉过他们，在"沉思营"里的人都是做错的人，都是需要反省的人。

"对了，我那 20 万的银圆到账没？"

路十三一愣，笑着答道："喂，大哥，你还惦记那些赃款哪，全部上缴国库了。"

"唉，应该趁他进去前先把劳务费要来的。"安言脸上满是懊恼。

"不过，监管所因为你判案有功，特地提供了 5000 银圆的赏金。"

安言"哦"了一声，并没有表现得过于激动。

"喂，不要这么敷衍嘛，起码也是奖励啊。"

"十三，你知道陈舟制作的药剂叫什么名字吗？"

"我找找。"十三飞速地在文件夹里翻找资料，找到陈舟相关的一页后指给安言看。

"找到了，叫'Truth'，英文名，没有中文名。好奇怪，为什么叫这个名字呢，难道知道真相后就想寻死了？"

"他有个女儿叫陈真。"

"原来是这样。"路十三嘿嘿笑了几声作为回应。

安言一脸平和地看着路十三，他并没有说出真正想说的话，因为他知道陈舟制作的药剂的真正含义，"真相"，陈舟究其一生所苦求的真相。

可是真相真的就那么重要吗？

"对了，大侦探，又被你绕远了，我们的专栏到底写不写啊？"

"你容我想想。"

"这么好的素材可别拖太久啊，万一被别人抢先了，我们就……"

"我想到了。专栏名字。"

"是什么？"

"侦探吐司。"

"吐司，好奇怪的名字，为什么叫这个？"

"你就当我爱吃吐司面包吧。"

"好吧，好吧，你是头儿，都听你的。"

路十三嘟着嘴，拿出之前早早准备好的合同书，在标题栏上一笔一画写上四个大字：

侦探吐司

我上司好像杀人了怎么办

文/坂田小黄

本文模拟网络论坛形式进行创作,故保留网络聊天的形式、部分语言用法、表情符号、颜文字等。

——编者

一

黄老板论坛>>肥宅日常>>提问区

求助:回家发现我上司好像杀人了怎么办……

L1 楼主小鹅:

我现在心脏怦怦乱跳,太吓人了,我回家真的不是时候,一进门就撞到了这一幕,我现在一个人裹着被子坐在床上发帖,真的,我实在是想不出什么办法了,不知道这种情况要不要报警啊,他好像还在厨房处理那些东西,不知道会不会来敲我的门,天哪,我有点语无伦次不知道怎么说了,连打字手都是抖的,活了二十几年头一次碰到这种事,现在手脚冰凉缩在床上不知所措,感觉整个人都僵了,他妈的这叫什么事啊。

L2 假性秃头:

??? 发生了什么(搬来板凳)

L3 社畜小吴:

所以这种情况 LZ 想到的第一件事居然是拿手机发帖………厉害死了感觉在编。

L4 咕嘎嘎咕:

啊啊啊啊啊我刷到什么了啊,吓死我了,刚泡好的奶茶全都洒了,楼主怎么不跑啊!! 赶快跑吧万一下一个就是你呜呜呜

L5 李荣浩本人:

不科学吧,有上司会和小职员一起住? 体验民间疾苦吗?

L6 小姐姐我能摸你的猫吗:

楼上好爱杠哟,楼主明显就是真的有吓到不知所措好吗! 真的很吓人,发现这种事!

L7 木头人:

你们没发现楼主消失了吗?不会被上司抓走了吧?楼主你要是被绑架了你就眨眨眼啊!

L8 咕嘎嘎咕:

说真的这种事还是报警吧,发帖求助不管用啊,真的很担心!!(我又重新泡了一杯奶茶)

L9 楼主小鹅:

我回来了。

刚刚去把门反锁了,给几个朋友发了定位,如果有什么事他们会及时报警的,不过他们居然觉得我在开玩笑?我到底有没有朋友了。

从哪开始说啊,先讲今天的吧。

下班回来刚一进门就闻到一种很浓很奇怪的味道,因为我上司……在这里就叫他 K 吧,K 是个有洁癖的人,平常家里的空气都很清新,如果有味道的话也是他身上那种淡淡的香水味,但是今天一回来我就发现不对了,然后看了一圈没看到人,就去厨房看。一进厨房我就傻眼了。

K 甚至还没来得及换家居服,穿着那身在公司里穿的西装,戴着口罩,目光冷淡地看着我。以及……他手里拿了一把菜刀,对,就是那种比较大的剁骨头的那种菜刀,他举着刀就那么看着我。而且地上和水池里都放着几个黑色塑料袋,上面全都是血。菜板上还有几块肉,我也看不清那是什么部位了,好像血已经放得差不多。我当时腿就软了,要不是唯一一点儿求生的欲望支撑着我走回房间可能就跪在他面前了。

K 有一米八八,而且气场本来就很强,他那么拿着刀看我让我觉得我就是他下一个目标了。不行了,一想到那个画面我就想吐,现在不仅想吐还想哭,K 平日里看起来挺正常的,除了有点冷淡以外人还是不错的,但是怎么也没想到居然发生这种事。

如果报警被他发现的话,那会不会直接就把我处理掉了……

…………

完了,他来敲门了。

他问我在干吗,我说有点不舒服要睡觉,然后他说叫我出去帮他处理一下。

他要我帮他一起藏尸啊,我靠……

逃不过,我要去一下案发现场了……

L10 咕嘎嘎咕:
啊啊啊啊啊啊啊啊啊我的妈,真的不要报警吗,这也太可怕了,可是又

忍不住期待后面的剧情发展……(又喝起奶茶)

L11 爷爷泡的茶:

楼上少喝点奶茶,大半夜的胖不死你

L12 乌鸡黑凤丸:

我觉得是楼主想多了吧,过年我回农村老家时经常看到这种画面,什么杀猪杀羊杀鸡杀牛,场面一度十分血腥,开始也很害怕,后来就习惯了。盲猜 K 在做饭之类的……说不定快过年了在准备年货

L13 看片加我 V 心 520:

故事走向有点刺激啊……

L14 什么片:

@L13 什么片?

L15 看片加我 V 心 520:

《熊出没》看吗?全集。还有你想看的各种动画片,只要你要,我都有。

L16 小鸡快跑:

哪有一个老板自己准备年货的,可别几把瞎猜了必定有问题。

L17 吃柠檬吗:

被歪楼之后好像就没有那么可怕了,楼主还活着吗,还是变成年货了……

L18 南方姑娘:

楼主变成年货……那要不要提前说一句新年快乐?

L19 初号机：

还没确认楼主是不是安全呢,这么开玩笑不好吧?

L20 毒液是我老公：

还有后续吗? 没有我跟我老公睡觉去了。

L21 埃迪：

@L20 要不是他在我怀里睡得正香,我都要信你的话了(手动微笑)

L22 楼主小鹅：

对不起让大家担心了,是误会。

L23 橙人用品专卖：

我就说吗,现在社会这么太平哪有那么多杀人的……

L24 楼主小鹅：

对不起大家……怪我没看清楚。

刚才我提心吊胆地去开门,K 站在门口摘了口罩……怎么说呢,感觉是有点关心的表情问我哪里不舒服。我摇头说有点头晕,现在好了。

也不知道哪来的勇气,我忽然就不觉得害怕了,可能是因为跟 K 住得久了,潜意识里觉得他不是这样的人,于是直接去了厨房。跟刚才场景差不多,不过塑料袋里的东西都拿出来了,摆了一整排在厨房的台子上……是猪排。

我×了,哪来的这么多排骨啊,我当时差点炸了,也不知道为什么就忽然很火大,好像是被人捉弄了似的,我下意识回头对 K 吼了一句:你干什么啊!

估计 K 也被我吓了一下, 以我俩的关系这样绝对算是以下犯上了,他看了我一会儿声音很低地问:吓到你了?

我没说话,K 笑了笑继续说,你以为我在杀人吗,你胆子怎么这么小。

真的,我当时满脑子全都是脏话,真想喷他一脸。当然我是不敢的,除非我做好了露宿街头丢掉工作的准备。

其实是他有个农村的远房亲戚来找他帮忙办事,没钱给他,就给他弄了一堆猪排送来了,他说不要,亲戚说什么也不肯,他只好都拿进来了,东西太多,冰箱放不下,他打算处理一下放进冰箱,结果就被我撞见了。

我俩对着那堆排骨面面相觑,谁都处理不了,最后还是 K 打电话叫他助理来收拾的,还让助理拿走一半回家吃。

我真是无语了,总觉得他是故意想吓死我。

临睡前 K 又来敲我的门,跟我特诚恳地说了句不好意思,弄得我也有点不好意思了,摆了摆手说没事,这乌龙事件就算过去了。

············

我是在某个娱乐公司做策划的,每天忙得要死。之前租的房子到期,房东又疯狂地涨房租,我差点没地方住了。刚好在公司大群里看到了合租广告,是 K 的助理发的,只不过那时候我还不知道,房租出奇的低,而且就在公司附近,看起来干净又整洁,我想都没想就签了合同了,一年的。当初来看房的时候也是助理带我看的,说和一个男人合租,有点洁癖,保持干净整洁就行了。

后来住进来才知道是我顶头上司 K 的房子,当时我就日了狗了,不过想搬走已经来不及了,一是找地方太麻烦,二是已经签了一年的。也就是说,不管发生什么,我都要在这儿和他住上一整年。

我本以为会很不自在,但其实还好,他是个对自己要求十分严格的人,每天早起,健身,去公司,回来工作,偶尔有应酬。

K 长的很好看,是介于帅和漂亮之间的那种,眼睛深邃迷人,就连我一个直男都这么觉得,但好像一直单身,不知道为什么。大概他生性冷淡,总爱和人保持着距离,当然也可能是我这人太大大咧咧,他跟我保持距离,以免变得智商跟我一样低。

而且 K 家里世世代代都是做生意的,典型的豪门世家富三代。平时我俩接触不多,能感觉他是个很优秀的人。但是人无完人,哈哈,K 不会做饭,所以家里的饭从来都是我做。

对,我做饭,但是刚刚他手里那把刀我怎么没见过。

我躺在床上正奇怪的时候,忽然 K 的助理给我打了个电话,没说什么大事,就问我晚上那猪排我吃没吃,我说还没吃,都放冰箱了。电话对面静了一会儿才说,反正你别吃就对了。

越想今天晚上的事越奇怪,但是到底哪里奇怪又说不出来,我都快睡着了才反应过来,K 祖上三辈都是这儿的本地人,哪里来的他妈的农村亲戚啊……

刚想到这里,我又听见从厨房传来切东西的声音。

二

L25 不爱吃火锅:

楼主知道……汉尼拔是啥意思吗……抱紧我的爆米花(划掉),抱紧我的小棉被。

L26 咕嘎嘎咕:

楼主还有后续吗?好想知道到底怎么回事啊,虽然很害怕……但是真的很想求后续!楼主还好吧,感觉和 K 这样的人住在一起压力好大啊,而且越是这样优秀严于律己的人,就越是……emmmm 你们懂我的意思吧。

L27 社畜小吴:

这几天下班的快乐都来自于这个帖子了!我看分明就是什么冷酷霸道总裁和呆萌甜乖员工日记罢了,快来更新 8 楼主,给社畜一些关爱!

L28 瓜甜你下:
我先占个坑

L29 楼主小鹅:

出去再看的时候发现K在剁鸡块我就知道又是我想多了。

K戴着那副白手套、口罩,回过头问我:怎么还不睡,又出来干吗?

我说,你半夜这样剁东西谁都睡不着。我问他菜刀哪里来的,亲戚怎么回事,助理为什么打电话不让我吃猪肉?我想对于这些疑问让我好奇地憋死不如破罐子破摔一口气全问了,要是真是我想的那样,被杀死也不至于死之前也不知道真相。K说想熬个鸡汤给我喝,然后问我为什么不相信他?

我说你至少给我个相信你的理由,你这么聪明严谨的一个人,怎么会给我讲这么多令人怀疑又漏洞百出的话。K挑了挑眉,把东西放下走过来看着我似笑非笑地说:你刚刚说什么?

K那种强势的压迫感又来了,他一靠近我我就心脏乱跳,倒不是因为别的,是因为他比我高,因为他身上淡淡的香水味,以及他那双似乎可以洞察一切的眼睛,这一切都让我觉得我的大脑像火锅里的脑花一样,撒着辣椒粉暴露在他面前。

我舔了舔有点发干的嘴唇,皱着眉反问:什么?

K又问了一遍:你刚说我什么?

我说,说你……至少给我个……

"不是这句,"他打断我,"下一句。"

我被他问得快要忘掉我刚刚说什么了,皱着眉头回忆,K笑了笑说:"你夸我聪明。"

靠……

后来K给我解释了,那把菜刀的确是他新买的,因为骨头太硬,家里的菜刀剁不开。他是没有农村亲戚,找他来的那个人是他妈妈前几年资助上大学的一个农村孩子,大学毕业后去养猪了,这猪肉是报答他妈的,结果他妈去旅游就送他这里来了,然后跟K讨论了一下猪肉市场未来发展,想让他帮忙开拓一下市场。助理不让我吃猪肉是想过几天公司团建在野外烤全猪,办个全猪宴。

最后我还是接受这个解释了,因为除此别无他法,我又不能一直纠结于此,就这样吧。

L30 叫我小可爱：

我觉得是楼主脑洞太大了，恐怖小说电影少看，社会新闻少走心，容易胡思乱想，感觉 K 是个不错的人啊。

L31 故事的小黄花：

可是 K 为啥要戴白手套和白口罩……真的很容易让人想到什么电锯惊魂啊，变态杀手的。

L32 我不想谈恋爱只想赚钱：

我觉得没啥啊，楼主真的想太多了，呵呵，而且你跟 K 住了那么久，如果犯罪的话你才是第一个吧，这样就不会被你发现了，既然他像你说的谨慎又聪明怎么可能犯这种低级错误啊，而且猪肉跟人肉很容易分别的吧……

L33 喂你踩我脚了啊：

虽然楼上这么说没错，可是每次我半夜想点外卖的时候都觉得自己就是猪本人诶

L34 别再问我饿了吗：

现在就是半夜，这么一说我也想点外卖了，真是的，不想做人，甚至想做猪。为什么猪就能想吃什么就吃什么，而人不行？

L35 你可以的：

@L34 别再问我饿了吗：朋友，你可以的，想吃什么就吃，我立刻点外卖了。

L36 赚钱给你花：

歪楼了……但是我也突然想喝奶茶吃烧烤火锅大盘鸡

…………

L106 宅是肥宅的宅：

都好几天了，楼主怎么不更新了，是真实地被吃了吗？

L107 冲鸭：

啊啊啊啊啊啊啊是呀，我枯竭了，想听后续，楼主还有什么总裁日常可以分享吗？

L108 一个窗口：

虽然帖子还没火，但是楼主写得很有趣啊，想听楼主一直更下去，想听楼主和 K 的日常……还有能不能分享一下怎么才能拥有一个如此优秀的上司。

（当然是又高又帅又温柔而不是要半夜随便起来剁东西的那种）

L109 楼主小鹅：

没想到周末真的去团建了，公司上基本都去了，在野外 K 的一片庄园别墅外烤肉……也见到了他说的那个他妈妈资助上大学的农村孩子，侧面问了一下，好像的确是这么回事。好吧，虽然我应该把那件事放过去了，但是平时神经大条的我不知道为什么对这件事特别敏感。

而且 K 是真的太有钱了吧，他那片庄园是私人的，有多大我不知道，反正是一眼望不到边，不知道我这种贫民奋斗几辈才能买下来。

团建吃烤肉时和公司一位同事闲聊，他说最近新上映一部电影问我看没看，犯罪片？我问是什么？他讲了一下大概剧情，其中有一个连环杀人犯家里就有这么一大片庄园，除了他自己任何人都不可以进去，后来发现那个杀手把所有被害人的尸体都埋在自己的庄园里做肥料，所有植物都相当茂盛……以前这种犯罪片我看过不少，但是此情此景听他讲这个我还是后背冒了一层冷汗。下意识地回头去找 K 的身影，发现他正和几个领导聊天。他似乎也察觉到我的目光，点头对我笑了笑。

我同事继续说：你不觉得 K 的这个庄园……

我赶忙打断他说:你别瞎说。

"哎呀,你想什么呢,我说你不觉得他这个庄园特别浪漫吗,他房子后面种了一大片玫瑰。"

"是吗? 我还以为你要说……"

后面都是一些废话了,吃完饭 K 带我们参观了一下别墅,也看到了那一大片玫瑰,我总觉得红得刺眼。

回家后我坐在沙发上打游戏,K 在一旁喝茶,他一般晚上会喝红酒,但是今天喝得有点多,就改成茶了,他问我要不要喝?我拒绝了。今天打游戏总是心不在焉,老是输,后来我发现因为 K 总是盯着我看。他目光直白又炽热,我正想回房间,K 忽然说:你等等。

K 把茶杯放下,坐在我身边看我,是一种打量、思考、考究我的那种目光,他一这样我又心慌,往后躲了躲,没想到他凑得更近了。

我整个人都慌了,开始心想是不是今天我干了什么让他生气的事?虽然 K 从来没跟我生气过,还是我一直怀疑他是杀手这件事被他发现了要杀我灭口?又或者我觉得他的庄园有点像电影里说的那种感觉?无论是哪一个 K 知道了一定都会不开心,但是……等 K 凑近了我才发现,他那个动作好像不是要杀我,而是……要吻我?

L110 带刺的玫瑰:

? 这什么剧情走向,谁能给我解释一下。

L111 国家一级床上运动员:

不是吧,楼主是男的吧??我怎么走到哪都是这种耽美剧情,我离开了(其实默默看起)

L112 斯达巴克:

关键是亲上了吗楼主? 然后呢? 别走啊你!

L113 按头小分队:

该我出场了! 给我亲! 我不管什么是不是杀手,什么庄园,什么玫瑰,先给我亲了再说!

L114 楼主家的沙发:
我是沙发我作证,楼主和 K 亲上了,还是舌吻,而且楼主屁股很软。

L115 楼主的手机:
我是手机我作证,我还拍照了想看的可以私信我,五元一张。

L116 楼主家的天花板:
本天花板精看到了! K 很帅,很温柔,抱着楼主热情激吻,然后抱进卧室里了,后面的请问卧室里的床!

L117 我是床:
没错就是我,我是床,我什么都看见了,看得清清楚楚,清楚到每一个呼吸、每一个动作,都深深印在我的脑海里,但是我不说。

L118 我是床头灯:
他们把我拧开了,我是黄色的,但不是你们想的那个黄色,暖黄色的灯光照在楼主的脸上,而且还听见 K 跟楼主说了情话,我心动了。

L119 什么玩意:
乌鸡鲅鱼,这都什么玩意儿,楼主还更吗? 不更我睡觉了。

L120jintianbukuaile:
歪楼好严重……什么剧情我都忘了,害得我又重新爬楼,现在有点睡不着。

L150 楼主小鹅:

我想多了，其实我就知道肯定是我想多了，只不过 K 那个动作太让人怀疑。

我坐沙发上，他突然放下茶杯靠过来，而且特别近，怎么说呢，近得我连他眼睫毛都能看得清楚，甚至能看见他眼睛里自己的倒影，他贴着我，嘴唇上下动了动说："今天早上有人来过了。"

他不是问我，不对，他本来是个疑问句，可是说成了肯定句，刚住进来时 K 给我约法三章过，其中最重要的一条就是不可以带任何人来家里，我吞了吞口水想编一个谎言糊弄过去，但是还没等我想好要说什么谎，他就伸手从我身后的沙发靠背上拿下一根头发来，是一根很长的女人的头发。

他肯定地说："你带女人来家里了。"

我见装不下去了，于是就点点头承认了，给他简单解释了一下。

今天早上他先出门的，他走之后我前女友来找我了，不是什么旧情复燃，而是来拿几张照片，是我们当初在一起拍的合照，分手时我没舍得丢，现在还被她要回去了。她拿了照片跟我哭了一会儿，说，以后不会再见面了，再也见不到了。

我说：既然都分手了，不见面也是好事。

她：你不懂。

女人的世界我确实不太懂，我前女友脾气不太好，总是莫名其妙地跟我生气，我问她怎么她又不说，我不问她又说我不爱她，我说我爱她，她就说我根本就什么都不懂。

我只好说：我不懂。

然后她就走了，就这么点儿事。K 听我解释完点了点头，把那根头发扔了，然后重复说了一句：既然都分手了，不见面也确实是好事。

回到房间里我看微信，发现五个小时前前女友给我发了语音，那时候我还在庄园，估计人多没听到。再打回去也没人接，不过既然早就分手了，估计也不是什么重要的事。

睡觉前，我前女友的妈妈给我打了个电话，听起来她很着急地问我：××（我前女友的名字）有没有在你那里？

今天本来应该是愉快的一天，可是我被前女友的事缠得有点烦，语气有点不太好地说：我俩都分手半年了，怎么会在我这里？

她妈妈忽然哭着说：××失踪了。

我一下就清醒了。

L151 追星女孩：

这个剧情走向，我脑洞都跟不上了，好像悬疑狗血剧，然后呢？

L152 凡·高先生的耳朵：

楼主能一次性多更点儿吗？总是留下一个猝不及防的结尾，让我不知所措。

三

L153 楼主小鹅：

我问她报警了吗？她说时间还不够不能立案。我开始给前女友的朋友和我们俩共同好友打电话，打了一圈都没有消息，虽然早就没有感情也不联系了，可是毕竟当初在一起过，还是很担心，况且她上午来找我了，她能去哪儿呢？我熬到半夜实在睡不着就去找K，想让他找关系帮帮忙，反正他认识的人多，应该会帮我。我从卧室出来发现K正在看新闻，是前几天的事。

新闻报道是一家三口失踪案，男人五十岁。我站在K身后看了一会儿，觉得那失踪的男人很眼熟，一时又想不起来是谁，K见我没睡，问我怎么了？

我把我前女友的事跟他说了，他说，这个不用我担心，也不是我该担心的事。

我说：但毕竟是有人失踪了，还是我身边的人。

K说：你还记得你们俩为什么分手吗？

不用他提醒，我当然记得，因为我前女友出轨了，还是跟我一特好的哥们儿，当时我恨她恨得要死，不明白她为什么这么对待我，但是我能做

274

什么呢？帽子都亲手戴到我头顶了，当然只能选择分手。我也跟 K 讲过为什么分手，他看我没说话，叹了口气说：你不是很讨厌她吗，对待讨厌的人善良，是一种伪善。

聊起讨厌的人我突然福至心灵，一下子就想起 K 看的那条新闻上的人是谁来了，那个男人是我的初中老师。

其实不太想说，那是我一段挺不好的记忆，但是既然已经过去了，我觉得说了也没什么。我初中数学不好，就找了个老师补课，每天晚上去这个男人家学习一小时数学，有天晚上我去补课，结果老师不在家也没提前通知我，我正要走的时候他突然回来了，一身酒气，喝醉了。

他看到我在他家笑了一下，然后叫我别走，后来发生的事给我留下了童年阴影，反正他也是一个我恨得要死的人，现在看到居然是他失踪的消息我忽然松了一口气，觉得是上天在为我报仇。但是 K 不知道这些事，我故作轻松地说：看来最近治安不太好啊，很多人失踪。

K 说：是呀，所以你最近不要出门了。

我笑了笑说：我又不怕，我这么大一个男人谁还能对我下手不成？

K 看了我一眼没说话，回到房间后我才想起来我找他是去让他帮我找前女友的事的，不过想想他好像并不乐意，那还是算了，就像他说的那样，帮助自己痛恨的人没什么意义。于是我就安心地睡了。

L154 冲鸭：
我不想了啊，理性分析一下，最开始看帖子的时候总觉得 K 有问题，感觉 K 让人怕怕的，可是越看到后面越觉得还是楼主身上的故事多呀……而且总觉得这些事都是围绕楼主发生的，我甚至不知道我要该往哪方面想了。

L155 那就这样吧：
还是待在家里安全，我觉得 K 说得对，不要出门了吧。

L156 小羽毛：

275

感觉这些案子是连环杀人案？而且好像有什么关联，楼主再多讲一点儿吧，有一种破案的感觉很刺激……而且总觉得楼主隐瞒了什么？

L157 八分钟就醉：
觉得楼主隐瞒+1

L158 没听懂：
没觉得楼主有所隐瞒啊，你们是从哪分析出来的，不要主观感受太强烈吧，并且是别人的故事，想讲多少就讲多少啊，听听就可以了。想破案的话不如考个警校，在这里刷帖子乱讲的难道不是键盘侠？

L159 给我一分钟：
看到这里给大家和新来的整理一下思路：最开始楼主发现他上司K剁东西以为是杀了人了，后来经过解释团建，助理等发现是误会，然后前女友来找他被K发现之后前女友失踪，半夜起来发现K在看新闻，失踪的人是多年前欺负过楼主的人，目前失踪的人都和楼主有关系，是楼主讨厌痛恨（希望他们去死的人），但是这些关联人物又都和K有关系。分析得对吧，个人观点，勿喷。

L160 有道理：
我觉得楼上分析得很有道理……恕我直言，我觉得K很正常，楼主是不是记忆或者脑子有点……嗯……

L161 迷茫了：
画风突变，刚刚还是什么悬疑狗血甜文……现在就变成惊悚破案文了？

L162 想知道答案：
楼主还讲吗？可以提问吗？想知道补课那个老师都干什么了，还有失踪新闻我们能在网上看到吗?还想知道,楼主看到那个老师第一眼怎么会想不起来,如果是少年时代特别痛恨的人不应该一眼就认出来吗?

L163 李天天:
楼主可以讲详细一点儿吗? 或者是楼主好像记性不太好?

L164 千杯不醉:
嘤嘤嘤……变成大家一起破案楼了,感觉好有趣怎么回事……
…………

L899 八分钟就醉:
楼主又消失两天,这帖子已经火了,楼主却不见了……

L900 楼主小鹅:
没想到居然会有这么多人关注……

我还是先解释一下问题吧,我看到有好多人说我隐瞒了什么,其实我觉得不算隐瞒吧,半个月前我出过一次车祸,在医院昏迷了三天,醒来后医生说我脑子受到重击,会失去一部分记忆,记忆会变差,但也有恢复的可能。目前我并没有发现这个问题,所以我觉得对我没什么影响。关于老师的事,我实在是不想讲,就是他做了伤害我的事,精神心灵肉体都受到伤害,知道这个就行了。

关于我前女友,已经找到了,她出国留学了,说想去外面散散心,还没想好什么时候回来,也已经跟家里联系过了,是个误会。她还说看了我的帖子会来给我留言……我觉得还是算了。

失踪那个一家三口据说也找到了,好像是居民楼失火意外事故,具体的我没看,应该人没了。

这个帖子大概就会更到这里了,我跟 K 就是普通上下级关系,太多巧合误会其实都是生活中琐碎的小事,说出来被大家脑补后就变味了,希望大家不要乱猜测了。

L901 最后一刻：

这就是结局了吗？我还没看够呢，楼主更新日常也可以啊，总觉得楼主生活还挺有趣的，其实不要太在意别人都说些什么了，做自己就好。

L902 那就这样吧：

完事了？我等了一周就给我结局了？一点儿反转都没有？

L903 散了散了：

大家都散了吧，楼主都说不更了。

L904 追星女孩：

追星女孩追不到星，追不到八卦，追个帖子也完结了……

L905 再讨论一下：

楼主真的不更了吗？可是还是有很多疑问啊。总觉得楼主肯定失去了什么重要的记忆，但是又不在生活轨迹之内的，我大胆猜测一下……

L906 讨论什么：

？猜测什么你倒是说啊？

L907 喝奶茶变瘦：

大胆猜测什么了，你倒是说出来啊，还要让我们猜测你的猜测吗？

L908 咕咕鸡：

什么重要的记忆？

L909 再讨论一下：

打字需要时间好不好，我猜测这些事其实是楼主自己干的，从头到尾全都是他一个人干的，他最开始为什么对 K 剁肉那么敏感，是因为他自己杀过人,经历过这些事,为什么去庄园看到玫瑰觉得血红,为什么开始不讲他出车祸的事。不管老师做了什么,一定是让他十分痛恨,恨到想要灭口,然后就杀了一家三口,制造火灾现场,前女友也是,甚至怀疑楼主讲的事假的,隐瞒了更多。但是楼主说不定出车祸真的忘记了这一切,或者是什么人格分裂,另一个人格做的这些事,他自己并不知道……我也有点迷茫了。

L910 你就是我的唯一:

怎么说呢,没有证据的话还是不要乱说吧,毕竟只是个猜测而已,为什么要怀疑楼主,如果这一切真的是他干的,他完全可以在中间就不更帖了,也可以完全把责任推到 K 身上,或者直接说是自己编的,我觉得不是楼主的问题。

L911 三生有幸三生情定:

越来越难了,感觉有点烧脑? 坐等反转。

L912 不管你想不想要:

晚上在被窝里看这个帖子真的好刺激啊, 感觉像在看什么悬疑电影啊……还有人来猜测破案吗,感觉楼主和 K 都有问题?

L913 小心肝肝心小:

不是说楼主的前女友会来看这个帖子吗? 真想知道楼主前女友是哪个……还有什么线索吗?

L914 半夜吃不到外卖犹如万箭穿心:

楼主可以再更一点儿吗,再给点线索之类的,好想知道 K 和这些人这些事之间有什么关系啊, 想知道老师一家三口和前女友到底是怎么回事,真的就全都是误会这么简单吗?

L915 fjaljgaoiuk：

我之前看过一部电影，就是讲男主是连环杀人凶手，但是后来记忆出现偏差忘记了，而且对刀啊什么的声音很敏感，怀疑身边一个人是凶手……但其实都是他自己干的，我没别的意思，只是觉得剧情有一点点像。

L916 楼主小鹅：

我爬了一下楼，觉得怎么说呢……

首先我讲的都是真的不管你们相不相信。其次，我看到好多人怀疑是我的原因，我甚至也仔仔细细地思考了一下，在我住的房子里找关于这些事的证据，如果猜测是真的话，那么 K 一定知道这一切，而我也会留下什么。

K 的房子很大，有两层，有地下室，我住了这么久几乎每个地方都去过了，K 有点洁癖，很爱干净，每周都有阿姨来打扫……所以我什么都没找到。

我被大家说的开始怀疑我的脑子和记忆了，可是我真的找不出什么关于我记忆的偏差，我真的什么都记得清清楚楚，根本就没有杀人什么的记忆啊……

我以为就这样了，在 K 的书房偷偷摸摸寻找痕迹的时候忽然发现他的抽屉是锁着的，我的心脏一下就提起来了。

因为我记得很清楚，K 说过，他很不喜欢把东西锁起来，因为当一个人想要得到一个答案或者结果时，无论你怎么藏，他都会找到，所以这是一个此地无银三百两的事，很没必要。当初说这种话的人，现在居然把自己的抽屉锁起来了，这不就明摆着告诉我，这里面有东西吗，而且是很重要，是我想得到的答案。

我太紧张了，因为 K 虽然不锁东西，但也不允许我乱动，我当然不敢，他这一句话就可以震慑住我，不过那是以前了，现在不一样了。我的直觉告诉我，这里面一定有我想要的结果。

而且真相很近了，关于老师一家三口火灾案，关于我前女友，关于这一切看起来像误会却又真实发生的一切。

我不知道该怎么形容我的心情,焦躁不安、紧张、激动,甚至有点像中了五千万元去领奖的那一刻。不管是什么结果我都会接受,并且结束这一切。

我打开抽屉,发现是日记本和一把钥匙,钥匙的花纹很精致,有点像英式复古那种,当然一看就不是我家大门的,而且这年头谁还会用日记本写东西?我打开看了一眼,里面写得断断续续的,不是每天都记录,日期是跳的,有时候是几天,最长的是半个月,而且每次记录只有短短的几句话。

"……怎么会这样了?"

"今天还是老样子,什么都没想起来,或许对我来说这是件好事……"

"如果可以我希望永远都不要想起那些过去……这样我的努力也不算白费了。"

"我觉得很好笑,居然开始怀疑了,可是我还是原谅他。"

"我很怕瞒不下去,又很怕他怪我,希望他想起来,又希望他能忘掉这一切。"

"我不杀女人,但是我永远不会让她再回来了……l;z,.op'zgk

F>p'info;kPZ"<G>.fzj;lkg/lzf.c

D;lkj/zg,L>B;nit{KI}ZO{<C≥…k"'ZZ?………..jn.bkl'Pk.lbk;'jiuwo.,./

字迹很潦草,潦草到好像故意不想让人看出内容似的,但是我还是我一眼就认出来了,这他妈就是我自己写的。我一下子就明白他说的是怎么回事了。但是我发现我的心情并没有变得很好,反而有些后悔为什么非要找一个结果,如果这个结果和我的想象不符,并不是我想要的呢,该怎么解决。我拿着这把钥匙心情很复杂,隐隐约约想起了一些事,是不想承认的事。我从 K 的书房进去,在书柜后面找到了一道暗门,果然是用那把钥匙可以打开的,打开这扇门,就好像打开了我被抹去的所有记忆。我看着墙上贴的照片,有老师,有我前女友,有很多他们经常出入的场所,一张张地看过去,记忆像开了水闸的洪水汹涌而出。我忽然想起车祸前最后一次的记忆,我满身是血地回家来找 K,跪在地上哭着问他,我要怎么办。

人是我杀的,我会去自首,这个帖子不会再更了。

L917 ??????：

我……不知道要说什么了……

L918 结束了吗：

这是结局吗？楼主以为是 K 杀人，其实是自己杀的，K 负责帮忙毁尸灭迹啊？

L919 既然如此：

既然发现了这一切，现在两人手拉手自首去了吗？还是逃亡了……说真的，会去自首吗？

L920 伤心太平洋：

不太理解 K 的感情和心理……为什么不早点告诉楼主啊？说了这么多最后居然是楼主背锅。

L921 好好学习天天向上：

虽然这个故事到这里算是结束了吧，不过我想问中间那一段乱码是怎么回事？而且感觉最后这一段楼主打字打得很急啊……恕我直言，感觉不像是楼主本人发的帖，最后一条，那个字母好像是救命？

L922 喂你吃狗粮：

中间那个乱码，让我有种楼主在打字时突然脸被按到键盘上那种画面……所以后面那些字是谁打上去的？

L923 天下第一乖：

楼主被打晕了……K 发的帖……不想让我们继续追了，所以说不更了，去自首了……但其实会不会这一切都是 K 做的？被发现了之后就……我靠大半夜的吓死我了！

L924 爷爷泡的茶：

大半夜的楼上自己吓自己,脑洞咋这么大呢?脑洞这么大咋不去故事板块写故事呢?

L925 我不想谈恋爱只想赚钱：

虽然这么说,但是我也觉得有道理,之前楼主都很有条理清晰,讲得也很自然,到最后这楼直接就慌了,而且乱码,而且不分段。

L926 好好学习天天向上：

我想问一句,有人注意到 910 楼到 915 楼吗?

L927 没听懂：

楼上什么意思？回去看了一下没什么问题啊。

L928 年终奖只有两块钱：

!!!!!!!! 卧槽!!! 你们快去看 L910-L915 看 ID 的最后一个字!

L929 惊呆了：

!!!!!!!!!!!!!!

L930 不敢睡觉了：

"一定要小心 K!!! "是谁留下的暗语吗？是楼主前女友吗????

…………

L2930 冲鸭：

这个故事结束了吗？

番外：

再睁开眼睛时我被窗外的白光刺得眼睛疼，环顾四周发现好像是在私人飞机上，而我的脚被什么东西绑在了一起。

我感觉头好疼，是被钝物击中了那种的疼，我摸了摸后脑勺，没有血。我忽然想到我看见 K 写的日记，里面写着"希望我永远都不要想起来"这种话，当然里面的我，指的就是我。然后呢？

我的记忆好像又断层了，其实 K 不用担心，我觉得自己根本就想不起来什么。哦对了，然后我进了那间密室，我还真不知道 K 在家里搞了这个玩意儿，进去之后我就有点儿后悔了，里面怎么说呢，有很多照片钉在墙上，有一块白板，还有很多箭头和一些我看不懂的标注，特别像电影里那种什么调查，我大致看了一下，里面有老师一家三口的照片，有我前女友，还有几个我不认识的人。

上面关于他们的一切都标注得清清楚楚，我抱着电脑打字想要更帖质疑这一切让大家帮我解谜，终于拿到 K 的证据时，忽然听见门响了。

K 回来了。

那一瞬间我都能感觉我的血液倒流回心脏，把心脏涨得满满当当，随时要爆炸，炸成天上的一朵烟花。我用后背紧紧抵着门，但还是能清晰地听见脚步声越来越近，K 好像都没得及换鞋，穿的是皮鞋，在这样极度紧张幽静的环境下，我甚至能看见空气里嬉笑的浮尘，听见我的心跳和急促呼吸声，以及越来越响却忽然停下的脚步声。

我坐了不知道多久，以为他走了，颤抖着打开门……虽然我也不知道自己怎么会抖成这个样子，大概是因为知道了我发那个帖子《我上司好像杀人了》的"好像"可以去掉了。

我打开门的一瞬间，看见 K 就蹲在门口，表情很温和，甚至连目光都是温柔的，却依旧让我不寒而栗，接着我就昏过去了，再醒来就在这儿了。

好像是 K 的私人飞机。

我好不容易适应了光线，揉了揉眼睛，才发现原来 K 就坐在我旁边。不过这个时候我已经不怕了，消失的是我讨厌的人，而坐在我身边的是我的上司。是个对我很好的人。

K 看了我一眼语气温柔地问："还疼吗？渴不渴，要不要喝水？"

我摇了摇头，叹了口气说："其实你不用这么做，我也会跟你一起离开

284

的,就算是满世界逃亡。"

　　K不再看我,也不再说话了,嘴角缀着笑意安安静静坐在我身边拿着餐刀切牛排,那种切东西的响声离得很近,甚至就在我耳边,缓缓不急地从空气中飘荡过来。

　　而我再也不会觉得害怕,只觉得安心。

无法企及之美

文/Lyz

一

我从没和人说起过,我有"特异性面部信息处理功能障碍",也就是俗称的"脸盲症"。

通常来讲,当我面对一张陌生人脸的时候。一开始,它们总是一团"迷雾"。

诚然,倘若我仔细观察,我还是能够单独看清楚 ta 的五官,却没有一开始便能迅速将它们整合在一起,并形成某种整体认知的能力。

好在这种面部识别障碍并非永久。随着我与这个陌生人的不断接触,我终将看清楚 ta 的脸。

另外,还有一点挺有意思的。即,迷雾散去的时间,似乎和这个人的漂亮程度呈正相关。也就是说:我看清一张漂亮脸蛋,花的时间要更为长久一些。

正因为这个原因,所以我才会在第一次见到她的时候,一眼认定:她一定具有一张极为漂亮的脸。

二

我还是第一次遇到这种情况。不仅是看不清她的整体面貌，就连五官的细节部分我也辨认不清楚。

在她应该是眼睛的地方，就像是镶嵌着两颗黑色的珍珠，鼻子则像是弧度刚好的山峦，嘴唇的部分则如同是两瓣色泽红润的蚌壳肉……

这些景象，通通勾起了我对她的好奇。

但很遗憾，由于我极不擅长与陌生人交流，而那又是我们第一次见面，因此我吞吞吐吐，尬聊了很多不必要的话题。她则嘤嘤笑笑，似乎也没有认真在回应。

我想，我留给她的第一印象，一定是平凡、木讷、泯然众人，且毫无特质的……我甚至觉得，自己可能让她感到有些无聊了。

但好在她还是答应了我第二次见面的请求，真是谢天谢地。

三

第二次见面，我们约在了一个水族馆前。

我想你能够猜到的，第二次见面永远是我生活里最难的部分。

幸亏这时"某人"向我招手了。尽管我并不确信那个人是否就是"她"，但我还是故作镇静地朝"她"走过去。好在这时她说话了，并且还叫了我的名字。这可真是好。

那天，在我向她快速移动过去的过程中，我迅速将她打量了一番。她穿着天蓝色的连衣裙，搭配一顶牛仔色的帽子。我一下就记住了。

我想，我今天大概率是不会把她给搞丢的。

因此我们一起去逛了热带馆、温带馆、水母馆，以及企鹅馆……不过企鹅馆的冷气开得可真够大的，把我俩都给冻哭了。

四

第三次见面的时候，一切就好多了。

尽管我照例辨认不出她的脸，以及她脸上的任何一个部分。但我已经开始有些熟悉她的体态动作了。这不，她正半踮着脚，站在一个巨大的路灯下面。从她踮脚的弧度，以及她挥舞手臂的姿态，我几乎一眼就认出了她来。

我加紧速度向她小跑过去。这时候我手里握有两支抹茶味的冰淇淋。

待我靠近后，她便粗鲁地夺过了一支，并且因这个举动而一不小心将冰淇淋给抹到了我的 T 恤上。

但她并没有多加在意。而是顺其自然地将那支"残破的"递给我，并且调换走了我手里的"完整的"那支，还顺带用手腕在我的 T 恤上擦了擦（而这仅是扩大了污渍）。

整个过程，她的动作自然而然、流畅无比，仿佛我的自尊毫不重要，简直是"恬不知耻"。

"怎么，还不跟上？音乐会可要开始喽。"接着，她还催促我。

由于我并没有胆量与她叫嚣，因此只好赶紧加快步伐，三两步朝她追了上去。

五

············

第十三次见面，她带我去见了她的朋友，那可真是个修罗场。

由于我本就不善言辞，再加上我面前是两张陌生人的模糊脸孔，因此恐惧感倍增。

她们就坐在我的对面，语速很快、叽叽喳喳，活像清晨刚苏醒的麻雀。而我全程都在疲于应对。

我回答了很多问题，像是官方回答：我们是怎么相识的，我对她有什么感觉，以及我究竟喜欢她哪里等等。

这时,她起身,说道:“我去趟洗手间。你在这里,没问题吧?”

有问题,有问题!如果我反应够快,我理应会立即拽住她的手说,我也一起去。或者紧跟着她起身,装作自己也尿急就对了。

但你知道,我很迟钝的,而且总会在关键时刻,脑短路。

于是乎,就因为那一瞬的迟疑,我被两双如饥似渴的眼睛给盯上了。模糊的脸孔里放出了奇异的光束,用视线将我盯牢。

因此,在那短短的一炷香时间里,她的两个朋友如同积蓄已久的洪水,猛虎开闸。

这俩女人还真是八卦异常,净问些难以启齿的问题,诸如我们同居了没、做过了没、感觉如何等等,并且对我“呵呵呵”的回应以及官方应对,极不满意。

她们就像是审问囚犯的审讯官,而我就像是砧板上的肉。她们咄咄逼人,总想要知道更多、更多……

“你们都聊了些什么呀?”好在这时她回来了,还随意地这么说了句。随后,便坐下了。

而她一落座,我便像个受了惊吓的小孩见到了妈妈一样,在桌下紧紧地拽住了她的手。

她先是一愣,随即放声大笑。

那笑声旁若无人地穿越了我们所在的卡座,传遍了整个餐厅,吸引了所有人的目光。而她也不做解释,只是一个劲儿地继续笑。

她的闺密们都望着她,面面相觑。

六

那晚对我而言,本应当是个无比糟糕的夜晚。

事后,她告诉我,说这都是她事先安排好的,目的在于测试我的应变能力。不过依我看,她就单纯只是想看我出糗罢了。

于是我嘟着个嘴,一路都假意不要理她。

“好啦,好啦。小乖乖,别生气啦。乖?”她也假意哄我。但我仍旧噘着嘴,不想理她。

于是乎,路灯下,她突然就吻过来了,而我毫无防备。

在此之前,事实上我们已经接吻无数次了。因此那本没什么,理应只是无数个"普通的吻"之一。但那一吻过后,不知为何,我却忽然能看清她的嘴了。

那是一张弧度略微向下,看着有些严厉,但是笑起来反而会很好看的嘴。而她的口红则因为刚刚那一吻,变得格外有色泽。

我站在原地,为这一变化感到惊讶。

"怎么啦?"她很疑惑,"又不是没亲过?要不要再来一次?"她随性、洒脱、不羁、放荡。

对此,我倒也没有用言语作答,而是非常正式地……

吻、了、回去。

七

…………

第三十四次见面,我又被她父母给生吞活剥了一回。

在我的想象里,这本应当是一次气氛和(gan)谐(ga)的家庭聚会。但实际上,它却演变成了一场暗潮汹涌、剑拔弩张的家庭斗争。

一开始,我还在非常努力地表现出善意,好让她的父母能满意我(每个登门女婿的必修之课)。

但后来我发现,这场家庭聚会根本与我无关。她父女二人在餐桌上意有所指、指桑骂槐、明争暗斗……并最终发展成了台面上的大争吵。

他俩操着难懂的方言,将汹涌的暗潮变成了惊天的骇浪。最后她拍桌而起,摔门就走,空留我一人独自面对这份尴尬。

我赶忙礼(gan)貌(ga)地道歉,并连连告退。

我退到了玄关,赶紧穿好鞋,礼(gan)貌(ga)地告辞,并准备遁走。

但她的母亲,却在楼道处叫住了我。

在那短暂的几分钟时间里,她母亲的脸迅速地由模糊变得清晰。我认真地听着她母亲快速讲述着他们父女俩的过往,那些素来的矛盾、他们的争执,以及同样的臭脾气……

末了,她还说让我见笑了,还请我多担待(伯母,没有,没有)。

这时伯母还说:"你快去追她吧,省得等会她又得欺负你了。"(伯母,还是您懂我)。

于是乎,我赶紧向她道别。她也和我道别。但就在我转身即将准备离开之际,她却又叫住了我(真是一波三折)。

她站在那里,欲言又止。似乎是想起了什么,又给忘记了。

而我就站在那里,一直焦急地等待。

在楼道灯即将熄灭的一刻。伯母突然说道:"请代为照顾好我们的女儿。"

感应灯又亮了起来。

不知为何,我突然释然了。焦躁的内心停了下来,浮躁的举动也紧跟着停了下来。我感觉到了这话语里的分量。

于是,我思索,我沉默,我松弛,我卸下伪装……

"阿姨,我会照顾好她的。"不知为何,我忽然一身轻松。

八

我在小区的花园小径里追上了她。她仍旧气呼呼的,开始数落我怎么这么晚才追来。而我又躲又闪,换来的不过却是一顿更为凛冽的拳头。

事后,她还边走边说。说她真是后悔了,就不该带我来见她父母,这些都是她的事云云。随后正数落起了她的父亲来,说他冥顽不灵、固执任性,还素来喜欢对她的事?强加干涉——但听上去,也就是从一个不那么公允的角度,再次将伯母的那番话给演绎了一遍。

待她发泄完怒意后,她竟还说她饿了。于是我们找了个路边煮关东煮的店,点了些关东煮以及啤酒坐下。而她又将刚刚那番话,重复了一遍又一遍。

不知为何,我突然毛起了胆子。我侧坐过来,并将她摆正(扭转她的肩膀,让她调转上半身,面对着我)。

接着,不知我哪来的胆子,竟敢伸手刮她的鼻子,还一本正经地说道:"小傻瓜,那是因为他们爱你啊。"

"你有病啊!"她的反应可真快,拳头来得更快。

她语带哭腔捶打着我,而我只能默默承受。

不过待这一切结束后,我却惊讶地发现,我竟能看清楚她那挺立的鼻梁了。

九

…………

第三十六到第四十九次见面期间(大概是这个数字吧),我与她的相处一直不算太融洽。

那时候,他父母刚刚"认可了"我们的关系,而我们也迫不及待地搬到了一起住。可就在那短短的十三天时间里,我们之间爆发了诸多矛盾:像是作息的矛盾、生活方式的差异、各自的个性问题,以及可怕的自我意识……

在那短短的两周时间里,我们俩有一半的时间在争吵,其余小半的时间在和好。当然,和好之后,我们又会因为另一些微不足道的小事而开启另一场全新的争执。如此循环,互相消磨着对方的耐性。

我觉得那段时间,我之所以如此地心烦意乱,除了以上这些因素,最主要的原因还在于:我有两周时间天天面对她(而且我认识她的时间也不短了),但她脸上的迷雾却一点儿也没减少。

倘若把她的脸当成某种背景,我确实可以单独辨认出她凛冽的嘴、傲人的鼻梁,但就仅此而已了。如今,她正穿着一件若隐若现的淡薄睡袍平躺在床上,脖子以上的部分却是一团混沌的迷雾。

"来嘛,别生气啦!"她朝我伸出手,而我却推开了她。

要什么时候我才能够真正看清楚她的那张脸?就连蒙娜丽莎也没有让我这么费劲过……

然而就在这时,暴力已然降临了。她锁住了我的脖子,而我有生以来第一次反抗。

十

············

在第五十次见面到第五十六次见面之间,我只能想象自己面对着的,是一张冰山般冷漠的脸。

那时候我们已经不住在一起了,但还是会在公众场合见面,并且试图挽回这段我们曾有过的感情。但在那六次见面中,她的态度似乎都没有任何好转。

我尝试了当面道歉的办法、写信道歉的办法,尝试过用花、做 surprise,或是用肢体语言去道歉……然后在最后一次道歉中,我终于成功用"食物"打动了她,而我们也终于回到了我们的小窝。

然而自那起的一周后,她竟然向我抱怨:她、长、胖、了。

十一

············

又过了很长的一段时间,长到我都不记得要计数,并且开始认真考虑是否应该告诉她真相——我是说向她坦白我的"病症",一开始喜欢上她的缘由,以及我如今仍然看不清她脸的这个现实。

而在第一百〇一次(约数)见面的时候,我终于鼓足了勇气,向坐在镜子前的她坦白。

我吞吞吐吐,不知从何说起地描述着自己的状况。我说自己有看不清五官的病症,尽管它会随着时间逐渐衰退,但我如今仍然看不清楚……

但话到一半,我却停了下来。因为不知为何,我突然能看清她的眼睛了。

那是一双漆黑的、映照着我影像,并泛着血丝的明亮眼睛。且不知生来如此,还是最近太累了的缘故,她的眼睑有点下垂。

由于我的话只说了一半,她似乎也没当真。

"哦,嗯,那样啊,很好哇。"她随意地敷衍了我几句(也不知道它是否明白了我的意思),随后便草草收回脸去,继续卸妆去了。

我也没有继续这个话题。

而她似乎又度过了疲惫的一天。

十二

在第一百○一次见面到第一百○二次见面之间的那个夜晚,我一直在纠结"看得清她的脸是否重要"这个问题,并为此辗转反侧,彻夜难眠。

事实上,这件事(看不清她的脸)早已不会给我带来多少困扰。我可以轻而易举地从她的体态、声调、触感,甚至第六感这种(不太科学的)东西来判断她的存在。

而且,那不过是一张笼统、看着有些模糊,但仔细辨认就能发现美的脸。必要的时候,我甚至也能够通过她嘴边的痣来判断。

所以我想,"看不清她的脸"已不会给我、给我们、给我们的生活,造成多大困扰。因此那天清晨,我单膝跪地,说出了那句其实迟到了好久、早就应该说出来的话。

我说:"请嫁给我吧。"

而她手一抖,就把晨妆给化花了。

十三

…………

第一百七十九次见面,她怀孕了! Oh,Shit! 这可打乱了我的全部计划。

我本就是个很拧巴的人,凡事都得井井有条。因此我曾逐条罗列,并与她一一确认我的周密计划,包括:

第一,我们得再拜访她父母一次,重点是要说服她的父亲,并且劝说(她说是告知)我们将结婚这一事实。

第二,我们将在明年的十月,挑选一个好日子结婚。随后挑一个海岛,

294

去欢度蜜月。在此过程中,我们便要个宝宝。

但如今,计划全乱套了! 我坐立不安、十分焦躁。

如今,我坐在马桶上,感觉自己屎都拉不顺畅了。这时她低俯下身来,用沾满牙膏泡沫的手捧住了我的脸, 含着一嘴泡沫甚至还叼着牙刷冲我嘴咕哝道:"好啦,好啦,就是打乱了计划嘛,乖,不哭,不哭了啊! "

不知为何,我竟然会受用这样胡来的安慰。

十四

按照她的安排,我们在第二百三十三次见面的时候,匆忙步入了婚姻殿堂。

在各位亲朋好友的祝福下,我从她父亲的手中接过了她。我们听取誓言,并交换戒指。我们按照流程,彼此给对方戴上。并以此宣布,俩家正式喜结连理。

不过,我极为讨厌这场草率、匆忙、形式般的结婚仪式。似乎唯有之后的蜜月,还值得期待。

十五

…………

第二百三十七次见面,也不知她从哪找的一个山间教堂,还有牧师。

她已租好了廉价的婚纱,还有西装。

于是乎,一个多云的早晨,早已换好了婚纱的她,催促着我赶紧换装出门。

说来也奇怪,不知为何,我俩会突然出现在这样一个山间的小破教堂里,和一个满脸马赛克的牧师一起,听他读我们根本语言不通的婚约誓言。

说实在话,牧师的话我是一句也没听懂。但在他停顿,并且将他那诚挚的目光投射向我的时候。不知为何,我依然知道了那个回答。

——I DO.YES,I DO.我答道。

——I DO.YES,I DO.她答道。

然后,我想牧师的意思是,我可以吻我的新娘了。

于是我掀开了她的头纱……

十六

就在那一刻,

我突然看清了她那独一无二的脸,那份我曾无法企及之美。

在那恰到好处的光线下, 她那恰到好处的脸上停留着一种久久驻足的幸福笑容。它是那样光彩夺目、绚烂耀眼。

她那笑起来很好看的嘴、她那傲人的鼻梁,她那略显疲惫的眼睛,还有粗细匀称的眉毛,她那红润的肌肤与腮红,还有嘴角边的那颗痣……它们统一,在我眼里构建出了一种惊世骇俗的美。

我突然就有了新的顿悟,了解了岁月的真谛、时光的意义、美的价值,并且一下子懂得了我这么多年来"混沌不清"的意义。是这美,让一切,都有了意义。

于是,我开始感激"病症",感激"病症"将她带往我的身边,感激过往种种磨难、喜悦、高潮与低谷,感激此情此景,感谢眼前人,感谢这份独一无二的美。

随后,我便开始亲吻我的新娘。

我亲吻她,并再次亲吻了她……

我将她紧紧抱住,

永远不想松开。

十七

But,在我们相识的第九百八十一天……

Oh,Shit!

296

凶手与你并肩而行

文/采月之滨

知名女主播"十八紫苏"被人杀害,并且是在晚间九点的直播当中。这样的事简直匪夷所思。

一时间直播视频点击量爆表,轻松被顶上当日首位。管理方在事发后火速将该视频撤下,可不乏具备先见之明者,早将视频录制下来,导致年轻漂亮的女主播被活活勒死的残忍一幕在网络上继续传播。直到各大网站开启屏蔽模式,这些视频才慢慢消失。警方也在第一时间开始寻找线索,追踪杀人凶手。但恶劣影响已经产生,面向社会大众开放的杀人现场,令事件持续发酵。

学生,作为比例超过全国一半的直播观众,也不可避免地在学校当中掀起一阵阵热议。

"你看了吗?那个。"第一个忍不住发问,同样管理不好自己神神秘秘的表情。

"噢!那个。"听者立马心知肚明,继而感叹,"好吓人啊,真的假的?"

"我觉得是真的!"

"你们在说那个视频吧,咦……恐怖,吓得我一晚上不敢睡。"

"恐怖你们还看。"

"看过那么多直播，第一次目睹凶杀案，真是活久见。"

"炒作啦，肯定是炒作。"

"亲手勒杀……这么明目张胆进到人家家里。"

"警察现在肯定超火大。"

"什么凶手，分明是博热度的手段，我说你们还信这个啊，被舆论牵着鼻子走。"

"可我觉得紫苏发现身后有人，被惊吓的表情超真实啊，不像是装的。"

"是呀是呀！而且都被勒得翻白眼吐舌头了，要是假的，这演技……"

"喂！你们恶不恶心啊，看着人家死还津津乐道。"

"这不研究到底是不是炒作嘛，对了，你们谁还有视频，拿出来看看！"

"我云里有存。"一个梳着马尾辫的女孩怯怯地举起手，人群中爆发出一阵欢呼。

"哇！没看出来啊，你还敢存这么重口味的东西。"

"来来来。"

一堆脑袋凑在一起，围着一部小小的手机。提供视频的女孩推了推眼镜，脸上露出一丝欣喜的笑意——这是她第一次被众人拥簇着，寂寞和孤独在这一刻距离她无比遥远，使她忘记此刻的热闹要归功于另一个女孩的死亡。

这个短暂聚集的小团体不知是第几次重播着视频，不时发出惊呼或压抑兴奋的怪叫声。中途有几个临时好奇凑过来的同学又因胆小而仓皇抽身离开，但不可否认，无论参与与否，整个班级都被这个事件严丝合缝地笼罩着。

高河这两天头大得快要爆炸。好不容易战战兢兢平安度过四年大学，又渡了九九八十一门考核的劫，终于进入了梦寐以求的警局。可谁知道这里却没有前辈说得那样美好，也是，没人能想到一个初出茅庐的黄毛小子上来就会面临这么多问题。

不是说上头多么器重他，而是因为最近事件的确多得出奇。作为新鲜

298

血液的一分子，高河这个优秀生首当其冲，东派西派，没一个案件切实与他相关，他却样样都插过手。这些还都是次要的，高河没想到的是，原来做警察不单单是奔走调查、与罪犯斗争这么简单。

午餐时间，高河套了件大衣，把警服遮得严严实实，却依然骗不过记者们雪亮的眼睛。才一出门，他就被话筒层层包围。

"请问直播杀人案是否有进展了？"

"你们调查出什么线索，或者说一筹莫展？"

"这件事已经引起极为广泛的社会影响，公安厅应当发声表态，而不是一味逃避！"

"那你们去厅里闹啊，找我有什么用……"高河小声嘟囔。

"目前是否划定了嫌疑人范围？"

"请问……"

"失败！"高河把身体丢进靠椅，摆出一副死猪不怕开水烫的架势。

同事小张高声抗议："那可不行，抽到你去买饭了，你倒好，一句'失败'就了事啦？"

"就是就是，为了革命食粮，再困难也要杀出重围啊！"和高河同一批进来的徐二嬉皮笑脸。徐二永远这么不严肃，于是大家连他的本名都快忘了，只叫他徐二。

高河反正是不干："谁爱去谁去，见到那乌泱乌泱的记者你们也得夹着尾巴逃回来。"

一旁的秉旭哥叹了口气："那么大个食堂不吃，非穿越火线去外头买那乱七八糟的，待会儿休息时间结束，想吃也没地儿吃，今天还长着呢，下午活多，一个个可别嚷饿。"

这才是实在话，大家其实也明白这个道理。经秉旭哥一说，摇头的摇头，摆手的摆手，垂头丧气作鸟兽散，奔食堂去了。于秉旭大高河六岁，却比他进公安局早了八年。为人谨慎严密，从来没出过纰漏，工作时是铁面无私的魔鬼，生活中又比天使还要和善，是他们这群后辈的榜样。所以大家都叫他一声"秉旭哥"，不仅是因为他年纪大些，更是发自内心的尊敬。

刚才等着吃外卖的人全走光了,只剩下高河一个人还坐着发呆。

"跑了一上午还不饿?坐在那儿思考人生?"

"啊?"高河回过神,靠椅转了三十度面对于秉旭,半天却没说出话来。于秉旭能看透他内心似的,也不追问,低头继续做起自己的事来。过了很久,高河才有点儿忧愁地问:"秉旭哥,你说什么样的人会在直播中杀人?一想到这么一个变态狂还混迹于这座城市,我就心里难受!"

"唔……"于秉旭放下手中文件,"在直播中杀人,只是一个表象。未必是凶手刻意而为之,你想过没有,如果凶手是上了点年纪的人,或是没接触过直播的人呢?"

"你是说凶手杀人时根本不知道正在直播?"

"仅仅是一种可能。"

"哇,那也太幸运了。不,对我们来说极其倒霉……一个不知道面前正开着摄像头的人,却完美地躲过了录像对面部的追踪。"

"嗯,所以说这种可能性很小啊。"

"再小的可能性也要考虑而不是忽视,这真的是秉旭哥与我们的不同啊……"高河不禁感叹道,"也对,我们能做的就是把网收紧,绝不放过可能藏匿于任何小角落的罪犯!"

于秉旭大笑:"这么快就重拾信心了吗?"

高河不好意思地挠挠头,又揉了揉肚子:"嘿嘿,还真有点饿了呢。"

女主播"十八紫苏",真实姓名为李苏,二十五岁,做主播的同时也经营网店,据调查收入很可观。李苏是一定意义上的孤儿,七年前母亲去世,父亲立马另娶,前妻留下的孩子自然而然成了拖油瓶,好在李苏已经成年,负担自我开销的同时,她也养育了十岁的妹妹。

李父本来就苦于两个女孩的拖累,李苏提出独立抚养妹妹时他当然乐见其成,甚至愿意出一部分钱让她们远走高飞。自此,两个女孩可以说与父亲断绝了关系。到今年妹妹已经十七岁,作为一名高三学生,她也马上要通过高考一举进入全新的人生,姐妹俩相依为命的生活也理应开始一个更幸福的篇章。

可就是在这种时候,姐姐李苏被杀身亡,并且成了热门话题人物。

"做妹妹的一定很伤心吧,失去了姐姐这个唯一的依靠,说不定要崩溃了。"调查之余,高河经常这样想。

为了了解更多情况,他硬着头皮恶补"十八紫苏"以往的直播视频。虽然高河实在无法理解这种什么事都不做光露露脸就可以挣钱的工作,但他也切实感觉到李苏是一个非常阳光健康的女孩。

她的直播多是向网友展现自己生活最自然的状态,顺带为网店打打广告。为此李苏好像还专门租了一套房子,装修得挺精致,走到任何一个角落都不会让人联想到生活原貌中那些龌龊的部分。其中有一点引起了高河的注意,那就是最近半个月李苏的精神状态不佳,频频在直播中提起感觉家中还有另外一个人。她的依据简单又缺乏说服力,都是鞋子比出门前歪了十五度、插在杯中的牙刷头转了方向、平整的床单出现了细微褶皱这些很微小的细节。网友也纷纷表示自己经常也有同样的感受,劝她不要多想,只不过是强迫症罢了。可李苏的疑神疑鬼并没有因此而减轻分毫,在二月十三日的直播中,她已经明确表示自己精神状态不佳,做完今天的直播就会暂时消失一段时间,到没有熟人的地方去度假散心。这一点更令人为她的死扼腕叹息——甚至不是在做完直播后,而是在直播过程中!

李苏真的死了,被从她家里凭空冒出来的一个人杀死。她用死亡证明了自己没有患上妄想症。高河认为,首先就要从"李苏家中是否真的有不速之客"这一点来入手。

自己家里竟然藏着一个陌生人达半月之久?这恐怕比直播死亡更让人感到毛骨悚然。高河觉得入室检查刻不容缓,一接过物业递来的备用钥匙,他就拔腿冲向在直播中无数次出现的,李苏的家。

有两件事出乎意料:一个美女主播远比他想象中要富有,那栋房子并非李苏租用,而是被她直接全款买下的。另一件则是李苏家中真的有人。

起初高河也吓了一跳,后来双方都平静下来,仔细一说,才知道对方是李苏的妹妹李盼,平时住校,一个月回家一次。刚好撞上有人开了门就冲进来,她也被吓得不轻。

双方交换意见之后，高河一边道歉一边退出去。

真是搞了个大乌龙啊……这就是事先没调查清楚就行动的后果。想到于秉旭脸上将会浮现的无奈表情，高河恨不得给自己来上一拳。

妹妹长期住校，独居的李苏在网络上炙手可热，有疯狂的追随者似乎也在情理之中。据李盼解释，她此次回来是为了收拾姐姐的遗物，而这间房子虽然不敢再住，也是舍不得卖掉的，毕竟它是姐妹俩这些年遮风避雨的港湾。

李盼坐在书桌前。

台灯是她上个月开口要的，只是随口抱怨学习不便，姐姐竟然就买了来。李苏是个称职的姐姐，甚至比做母亲的还要细心，无论是叛逆期还是人生观日趋定型的现在，姐姐都像一个慈母一样陪伴着自己。

李盼手中拿着本书胡乱翻看，明天就要离开，或许再也不会在这里度过一整个夜晚，哪怕什么都不做，她也不想早早睡觉。台灯的光线不够柔和，李盼很快就感到双目疲倦，她觉得姐姐还是做不到真正设身处地。毕竟没上过大学，高中两年也是在混乱不堪的家庭环境中度过的，当然体会不到正常年轻人的需要。台灯粉嫩得夸张，且只有一档亮度，像这样的东西只会随着使用而越来越暗，根本起不到护眼的作用。姐姐真是的，还以为她是什么七八岁的小姑娘吗？

李盼手中书越翻越是心烦，伸出手狠狠一拍，把台灯的头压了下去。伸着懒腰向客厅走去，嘴边的牢骚已经冒出："姐，你以后能不能……"

推开卧室的门，迎接她的自然是无尽黑暗。李盼忽然意识到姐姐已经不在了，那个为了直播叽叽喳喳跑来跑去的烦人的姐姐，那个粉丝百万明艳动人的姐姐，那个缺乏内涵只知道打扮的姐姐，再也不会出现在这里。

李盼慢慢回过身去看桌上的灯，那是现在这所房屋中唯一的光。她无处宣泄的嫌弃在此刻全部消失，像溺水的人抓住稻草般冲了过去，重新把它掰正。

她看定了那光亮，许久都没有变换姿势，直到手机的声响打破这悲悲戚戚的气氛。李盼看了一眼短信的来源，唇边浮起一丝温慰，打开内容，却只是"分手吧"三个字。

姐姐不在了，连她也成了不祥人。在普通人平静的生活里，和命案沾上哪怕一点点关系，也是令人望而却步的吧。

李盼用手紧握着台灯细长的脖颈，眼泪控制不住地掉落下来，边喃喃自语道："姐，我现在什么都没有了。"

这样一直半哭半睡到天蒙蒙亮，无孔不入的寒冷终于让她清醒起来。李盼走到床边，像只挨了打的小流浪狗，小心翼翼钻进被窝里去。

她在微光中回忆着昨天那个年轻警察的脸。

"都三天了，还是没有半点进展。"高河愁眉不展。"从可能进入李苏家的人入手，很不好办，她家在二楼，窗外又没有防护栏，说白了，只要有心都能进去。李苏又有那么多粉丝，岂不是有几百万个嫌疑人？"

"你可以反向来看，人人都能进去，但杀完了人，能跑出去，并且不被人发现的人不多。"于秉旭提示道。

高河眉毛挑了挑："监控？"

"我说老弟，监控你是不是应该第一时间就看？"于秉旭无奈摇头，"行了，我已经看过了，大概就是这么几个人。"

秉旭哥将一张 A4 纸推到高河面前，上面是一列名字。

快递员小陈，九点二十七分被小区正门的监控拍到开车离开。

送水工李义，八点十分进入小区，过了整整一个半小时才出来。

物业保安，当日正常值班，在小区内巡视整晚。

其余案发后一小时内离开小区的陌生面孔，一共二十三人，经排查，其中有六人是十八紫苏的粉丝。

高河感到不寒而栗，几乎都是平日里擦肩而过都不会引起注意的人，是生活中最正常不过的存在，但每个人都可能是潜伏在家中的变态恶魔。作为独身女性，在这社会当中需要面临多少危险，不言自明。

快递员、送水工、保安，甚至进出过小区的保洁，打扫卫生的大爷，一一查过，都不具备作案条件。案发时，他们都有证人证明不在现场。

半个月前,李苏就在直播中表示感觉家中有另外一个人。如果这个疯狂而可怕的直觉是真实的,那凶手一定在半个月内多次进出过李苏的家。

依靠这样的思路,非本小区人员中筛选出的那六人,排除五人。

仅余一人,张成汉,男,三十八岁,无业,是"十八紫苏"的狂热粉丝,往期直播中找到记录的就有一千多条互动评论。

案件终于找到了突破口。

刻不容缓,高河和徐二直接到访了张成汉玩牌的小茶馆。张成汉看到两个高高大大的男人站在面前时,嘴里还叼着一根烟,乐呵呵丢出一对王来,边说:"等会儿啊,我打完这一轮。"

"你不是紫苏的忠实粉丝吗?怎么还有心情在这儿打牌?"高河语气中全是讽刺。

张成汉夸张地长叹口气:"谁说不伤心呢,知道她出事了,我难过得几天没睡着觉。白天也是为了麻醉自己,才来这种娱乐场所转移一下注意力。"

"其他群众明明说你平时就天天来!"

张成汉还是很有底气:"平时和今日的心情不同嘛,我那些钱都给她刷礼物了,不是为了看什么死亡直播的,可怜啊,那么漂亮的姑娘。"说着说着简直要做作地抹起泪来。

"够了!"高河重重地拍了一下桌子,喝道,"你在她小区里进进出出的干什么?过去半个月,光监控拍到的就有八次!"

张成汉那双无所畏惧的眼睛这才滴溜溜到处乱看起来,慌慌地说:"我那不是……那不是想看看她吗?咋了,我去偶遇也犯法啊。"

徐二一字一句问他:"那你每次都戴着口罩干什么?"

张成汉:"万一我哪天鼓起勇气上去搭讪,最好让她以为我是个帅哥,这都不懂。"

"你做什么梦呢?"

"女人不就看脸吗?没准是跟哪个帅哥好了又发现人家没钱,言语侮辱,人家才杀了她。我跟你们说啊,十有八九是感情纠纷。"

高河实在听不下去，拽起张成汉的衣领就把他从凳子上拉起来。

"干什么你们？警察打人？"

"你还别给我扣帽子，不打你，带你去好地方住两天。"高河冷冷说道，"哪怕你没杀她，也逃不了人身攻击的罪名，一个女人可能在你们这些屌丝身上遭受多少无妄之灾，你就在局子里给我反思多少天。"

这当然是气话，一个女人会面临的种种明枪暗箭，龌龊猜疑，并不足以把加害者送进监狱。那些躲在暗处的人说了做了，也往往不了了之。直到她付出生命的代价，才会有被偿还的可能。

只是可能。

"还真的查不到李苏有男朋友。"回到警局，徐二对高河说，"她好像一直保持单身，但也没有对粉丝明说过没有男友。"

"单身对于主播来说是收揽人气的好噱头，看来这个李苏不像是爱炒作的人。"于秉旭随即问高河，"证据不足，想要判定张成汉有罪还得继续查，其他人的调查也不能放松，现在还不到盖棺定论的时候。"

徐二点点头："查了，连李苏的妹妹我都查了，学霸啊，从来没掉出过全校前五十。就是脾气不太好，跟同班同学打过一次架。"

高河好奇："为什么呀？"

"他们班主任说有一次班里给灾区募捐，李盼一下子就捐了五百块钱。这在中学生里相当阔绰了，不过大家都知道她家情况，有个嘴贱的就说：'你还是省着点吧，灾区人民不差你那点钱，不知道的还以为是富二代呢。'要说当然是这同学话说得难听，可李盼当时就抄起凳子砸破了对方的头，边打边骂，幸亏有同学拦架，不然不知道要赔多少钱。"

"她们没有父母，这方面自尊心肯定要强些。"

徐二说："还有好玩儿的，李苏没男朋友，可她妹妹有，也是个学霸。"

"你别老是学霸学霸的，我听见这词儿就浑身难受。"高河作势去推徐二肩膀。

"学渣见了学霸，就像老鼠见了猫，是不是？"

"我打你啊。"

"好了好了，八卦两句就得了，当务之急还是要找到立得住脚的证据才行。"于秉旭打断他们，"监控再查得远一些，夏天不关窗，凶手第一次入室，大概率是从次卧的窗户跳进来的，或许已经潜伏半月之久，甚至偷偷配了钥匙，你们去张成汉家里搜一搜，或许会有发现。"

"得嘞。"高河打了个响指。

班级里沸反盈天，依然是为了同一件事情。

网络时代的人们是相当薄情的，今天能因为一张图片一段视频泪流满面，明天就会忘得一干二净。"十八紫苏"谋杀案，随着过去三天都没有任何实锤证明视频的真实性，也没人站出来表示这是一场炒作，大家的兴致越来越淡，直到不再提起此事。

能对这些事念念不忘的，除了当事人，还有从中获利者。

比如那个因手机里存有直播视频而得到了全班簇拥的女生。梳着平平无奇的马尾辫，成绩中游毫不起眼，做不到像一些美女一样把校服也穿出风格，甚至连座位都处在整个班级的最边缘——靠着肮脏墙壁的那一侧。

大家的淡忘令马尾辫女生慌张不已。眼看那瞬间的人气就要消散，马尾辫绞尽脑汁，还好上天把妙计送到了她的眼前。

这天下课后，马尾辫兴奋地向大家宣布："那件事是真的，我亲眼看到有警察进了班主任办公室。还记得吗？昨天一上课老师就勒令我们不要再讨论网络话题。"

"哇，不是吧……怎么警察还管这个？"

马尾辫几乎有些兴奋地说出自己早准备好的推理："我觉得是因为传播广泛，尤其对学生影响很大。你想啊，正是因为这件事是真的，他们没办法辟谣，只好拜托老师来堵住大家的嘴。"

"这么说也有道理。"

"要是真的也太吓人了，怎么完成的？"

"话说昨天我还说那些搞募捐的傻子，谁知道竟然真是……"

"是呀，紫苏不是说自己和妹妹相依为命吗？这下她走了妹妹就没办法生活了。"

"啊,真可怜呀。"

"警察找来,会不会是因为我们学校里有人跟这件事有关?"

于是马尾辫女生得偿所愿,再次成为人群的中心。正当她想要享受这美妙一刻的时候,意想不到的事情却发生了。

"你们说够了没有。"坐在第一排,始终没有参与过此话题的一个女孩站了起来,直接向她走了过来。

马尾辫一脸茫然:"什么?"

"谈论别人的死亡,你们觉得很有意思啊。"

大家忌惮对方出了名的坏脾气,但也有人难以忍受心中不满,小声说:"你不感兴趣可以不参与,管别人……"

那女生出人意料地并没有发火,而是盯视着众人一字一句地说:"我当然要管,因为她是我姐姐。"

所有人都没有反应过来,愣愣地看着她。李盼又说了一遍:"'十八紫苏',是我的亲姐姐。"

今天的道路出奇的堵,车艰难地蜗行一段,直接憋熄了火。高河下车一看,车子竟然让人动过,一想也知道是今天刚放出去那几个小混混的杰作。

这下连蜗行也没得行了,一看公交车也在车流中苦苦挣扎,好吧,只能选择走路。徐二叫苦不迭,嚷嚷跟着高河全是苦差事。走了一个多小时,徐二连俏皮话都说不动了,一中辉煌的大门终于出现在眼前。

"你说秉旭哥非让我们来学校跑这几趟干啥啊,找不到证据给那些人定罪,不代表我们就要怀疑受害者家属吧?"徐二叫苦不迭。

"一视同仁呗,所有有机会进出那间房屋的人都有嫌疑,虽然监控也没拍到李盼……咱们查一查正好彻底还她清白,小姑娘多不容易啊。"说起李盼,高河又觉得一阵可怜,他无法想象这个高傲的女孩今后如何生活下去。

直奔教学楼,忍着口干舌燥,他们向学生打听3班所在的楼层。这时正好是下午放学的时间,学生们都去食堂吃饭,整栋大楼显得空空荡荡。

路过实验班,高河忍不住咂舌,不愧是尖子生班级,人头密密麻麻,全都边吃边看书。不过李盼这个全校第一名竟然不在实验班,实在是不合常理。

3班就很不一样了,一幅人去楼空的景象。只有一个梳着马尾辫的女生趴在桌上,从抽动的肩膀看出并没有在睡觉。

高河和徐二对视一眼,走上前轻声说:"你好,请问……"

女生抬起头,一双眼睛红肿着。

"啊,不好意思!"

"你们是谁?"女生打量着他们。

"我们是……"高河说不来谎话,想了想觉得还是如实相告,"我们是警察。"不知为何,他好像看到女生刚才还在落泪的眼睛亮了一下。

"警察!是来找李盼的吗?"

"是的。不过请问你是怎么了……"高河情不自禁地关心起对方来,徐二暗地里戳了他一指头。

马尾辫眨了眨眼睛,似乎为了获取他们的信任,又好像在做情报交换,说:"放学厕所里人满为患,后面有人推了我一把,不但摔进厕坑,还把腿磕破了。"

"哇,是谁这么坏!"

"无所谓了。"马尾辫坐直了身体,"你们不是为了直播杀人案来的吗?或许我能解答一些问题呢。"

高河和徐二对视一眼,徐二说:"反正这会儿也没人,正方便问话,就问问她吧。"

高河点点头,问马尾辫:"那件事你们都知道啦?"

马尾辫撇撇嘴:"当然了,现在可是网络的时代。"

"那李盼这两天表现如何?"

"谁会专门观察她呀,今天之后还有可能,之前? 不清楚。"

高河很奇怪:"为什么?"

"要不是今天她自己说,我们谁知道李盼就是'十八紫苏'的妹妹啊,李盼那么丑,她俩长得一点儿也不像。"

"你们不知道那个女主播就是她姐姐?"

"是呀。她从来没说过。"

高河和徐二再次对视，两人都无法掩饰眼中的震惊。

同窗三年，竟然没一个人知道李苏就是李盼的姐姐！

之后，学生们陆陆续续返回，两人自然不好大刺刺地站在教室里问东问西，直接去了老师办公室，让班主任把李盼单独叫来。

"我靠，时隔四五年再站在这种地方，心里还是觉得凉飕飕的。"等待的空档，徐二又开始耍嘴皮子。

"那是你当差生当惯了，我就没有这种感觉。"

"要怪就怪老师对我们有偏见，屁大点儿事就怀疑我们，好学生呢，连叫来问话都怕耽误人家宝贵的学习时间！"

"得了，都当人民警察了，能别老把你那点儿愤世嫉俗挂在嘴上行不？"

"不行！"徐二没一点儿噤声的意思，甚至还发散了一下思维，"很多好学生都是伪善的家伙，你以为他们每天光琢磨学习呢？花花肠子不比我们这些后进生少一星半点的。"

"你这……"

"绝不是偏见！"徐二大手一挥，"就比如这李盼，我虽没见过，但听那女生一说就知道不是个省油的灯。推她摔进厕坑那事儿……啧啧，心机婊。"

高河本想制止，抬头一看，班主任前脚已经踏进了门，高河拽了徐二一把，让他闭嘴。

李盼跟在后面，十足一个小女生的模样，眼角红红的仿佛刚哭过。高河毕竟年轻，见状就有些不忍开口，这时就显出徐二这个二百五的好处了，他上去就问："你就是李盼同学吧。哭了吗？因为什么？"

李盼似乎有些意外警察如此单刀直入，停了停才说："杀害我姐姐的凶手抓到了吗？"

"没有，所以我们来找你了解一些情况。"

"姐姐老说家里有人，一个人在家忽然被勒死，而且看不到凶手的脸，会不会，会不会……"

"会不会什么？"

李盼抬起眼帘，露出胆怯的神情："会不会是灵异事件。"

"哈？"徐二发出难以置信的笑声，高河狠狠瞪了他一眼。徐二却忽然严肃起来，对班主任说："麻烦您先回避，我们还有一些私人问题要问李盼同学。"

高河看到李盼的眼神瑟缩了一下，担心徐二太过强势吓坏受害人家属，想要出言提醒，徐二却伸出手示意他不要出声。他直接转向李盼问道："你姐姐平时精神状况如何？"

"很好。就是有点胆小，所以才疑神疑鬼的。"

"那对你怎么样？一中是很好的学校，学费也好物价也好都比别处要高许多，有没有钱不够花的情况？"

李盼撇了撇嘴："没有，姐姐都会给够的，就算不够打个电话她就会送来。"

"对你真是好哇……"徐二喃喃道，"你的花销应该比别人还高才对，这种不正常的高中生支出你姐姐都没有质疑过吗？"

李盼不解地看着徐二："不正常？"

"恋爱啊。既然有男朋友不可能一点儿也不为对方花钱吧。"

李盼显得很意外，轻轻"啊"了一声，却没有做出回答。

"好，下一个问题。你姐姐的人际圈你了解吗？有没有那种熟络到会来家里做客的朋友？"

"没有，姐姐虽然是做直播的，但不喜欢让外人到家里来，尤其是男人，她一直说知人知面不知心，任何人都有可能伤害我。"说到这，李盼的头垂了下去。

"什么叫'虽然是做直播的'？你是不是对做直播的女生有什么偏见？"

"没有啊。"

"那你为什么从来不让同学知道这件事？"

"我觉得这和我姐姐的死无关吧，你们是警察又不是记者。"李盼感觉出徐二的不友好，抬头瞪视着他。

"当然有关，你是李苏唯一的亲人，调查你姐姐的死亡怎么能脱离对你的了解。"徐二也不怵。

"你们对我了解得还不够透彻吗?"李盼话里有话。

虽然这些问题是秉旭哥交代的,但眼见徐二和李盼一问一答逐渐咄咄逼人起来,高河赶紧打圆场:"我们也没有别的意思,例行询问,希望你不要多想。"

李盼却已经生了气:"是呀,我是她唯一的亲人,她也是我唯一的亲人,所以一辈子也不能摆脱对彼此的影响,哪怕她死了,警察也要缠着我问一些我不想说的问题!我已经失去了姐姐,现在在这世界上永远是孤单一人了,你们虽然是例行公事,就不能有最基本的理解吗?"

徐二和高河都被这气势震了一下,毕竟面对情绪失控的受害人家属,他们还经验不足。良久,高河才结结巴巴地开口:"你……"

"对不起,我今天不想再说了。"李盼打断他,转身跑出了办公室。

"这个年纪的女孩应该都很害怕被人议论吧。家里出了那种事,伤心之余难免也会怕别人对自己有所非议。"从学校出来,两个人并肩走在马路一侧,高河这样感慨道。

徐二并不赞同:"要是害怕,为什么还要当众承认自己是死者的妹妹?"

"她肯定知道早晚警察也会找到学校去,与其被同学发现引发猜疑,不如自己说出来。"

"嗯,这个说法倒还说得通……"

"你真是的,对她太凶了!"

"不好意思哈。"徐二又恢复了往日的嬉皮笑脸,"见到好学生就忍不住怒火。"

"看来李苏真的是李盼唯一的依靠了,姐姐去世以后她不仅要面临痛苦,还要承受舆论。"听完了两人的叙述,于秉旭陷入了沉思。

高河赞同:"真的很可怜,虽然同学们都说这个女孩脾气不好,那也……"

"脾气不好是因为自尊心强,父母的事情是她的忌讳,姐姐做主播……也许也是她羞于启齿的事情。"

徐二在一旁插嘴:"说不定李苏表面正派,其实私生活混乱,所以李盼才不愿意因为姐姐的死接受警察的调查。"

"那就更要问了,现在那几个嫌疑人不是都被排除了吗?"于秉旭说道。

一想到这里高河就感到丧气,张成汉居然也有不在场证明,这个十足的变态就算不是杀人凶手,他尾随骚扰,言语轻薄,无论如何也该吃点苦头才是。

于秉旭想了想又说:"不过高河,李盼不是有个高富帅学霸男友吗?你去找他,从他那里了解一下李盼。"

"啊?"高河不理解于秉旭和徐二为什么都爱抓住一个小姑娘不放,难道就因为没有破案头绪就从唯一的关联人身上拼命深挖?

"要你去,你去就是了。记得问问他知不知道李苏的存在,以及职业。"

"好的。"高河只好点头。

李盼打开房间的门。

昨天那两个警察走后,她向班主任申请了走读。虽然某种说法是走读或多或少要耽误学习,但鉴于她是难得的好学生,老师也不好说什么。

尤其是李盼强烈表示警察的到访会影响自己做考前冲刺后,班主任马上同意了她的要求。

从来没有这样的感受啊,一大间房子完完全全属于自己,无论做什么都不会有人来打扰。自从两年前姐姐买下这里,自己就一直在住校,虽然李苏专门精心布置了妹妹的房间,但李盼还是有一种恍惚的感觉——这里是属于姐姐的家。

本来打算再也不回来住的,但想来想去还是舍不得,这么好的地方,她和姐姐的家……

她痛快地穿着外套躺在床上,再也不必担心姐姐冲进来责怪她没换衣服。但不一会儿,李盼又抱紧了膝盖,逐渐瑟缩成一个可怜的球形。在这里，她总是忍不住想起姐姐曾无数次在直播中，也对自己提起过的：房间中还有另一个人。

最近几次回家，李盼都会反锁房门，出门时也会好好锁上两圈，直到钥匙转不动为止。本来对姐姐的臆想嗤之以鼻，如今自己也感受到了那种深入骨髓的寒冷，这是她新生活中唯一不适的部分。

由于直播杀人事件在网络上引起了广泛关注，作为尚未成年的受害人的妹妹，李盼收到了很大一笔捐款。对同学言明身份后，班级也为她发起了募捐。看着手机短信上显示的账户余额，和丢在一旁鼓囊囊的钱包，李盼噘了噘嘴。

她是从来不缺钱花的，但是目前这种情况，又不一样了……

高河费了好大力气才在陈泽家门口不远处拦截到他。可能是出于对凶杀案的天然避讳，这个男孩总是躲躲闪闪。由于已经有一个李盼告发警察的调查会影响学习，高河再想在学校见到陈泽就变得有些困难，老师们为了保住 985、211 的好苗子，开始了有意无意地干预和阻止。

那小子够帅的，据高河的经验来看，这样的男孩子一定过着明星一样被小女生簇拥追捧的生活，以至于很难不自鸣得意。但先天的优势反而常常打造出后天的“花瓶”——因轻易得到关注而缺乏努力，成为真正的绣花枕头。所以陈泽这样的人才更令高河惊讶，学习好、相貌好，家境也相当优渥，但在终于与他面对面时，高河却分明看到一张郁郁寡欢的脸。这小子……他还想追求些什么呢？

虽然躲避，但他一定私下关注过警察的动向，因为高河一出现，陈泽脸上就显现出对警察的厌恶来，他说：“我没什么可说的，能不能不要再纠缠我了？”

“就几个问题，不会耽误你太长时间的。”屡次碰壁，高河已经料到问询还会有阻力，来之前，他专门向徐二取了经，徐二秘传：无他，就是死皮赖脸。于秉旭交代了，今天他无论如何都要拿一个结果回去。

“可我什么都不知道。”

“我还没问呢！”

"真的不知道。"

高河急了："你女朋友的姐姐死了，你就一点儿都不难受吗？"

"不……"

"社会上出了这样的事，你也不害怕吗？有点社会责任感好不好！你这个小子哪里都挺好，怎么偏偏这么冷漠？"

这句话起到了作用，陈泽艰难地抬起头看了他一眼，叹了口气。

"其实我并不想恋爱的。"

坐在小公园的长椅上，阳光透过树叶的罅隙落在陈泽脸上。他用这句话作为开场，令高河很不以为然，明明是变相炫耀，为装深沉强说愁。但他还是得接下去，问道："那为什么接受了李盼呢？我听别的同学说是她追求你，还是以下战书的方式。"

"是呀，为什么会接受她呢。"陈泽自嘲似的一笑，"她因为成绩很突出，在学校里又有点名气，所以来找我的时候引起了很多人注意。我之前也曾留意过她，独来独往，脾气据说很差，但学习优异，家庭虽然不够完整，但从她身上看不出一点自怨自艾的气质来。"

高河发现，这个男孩子虽然一直躲避着他，并在被拦下后始终称自己无话可说，但当他真的开了口，又像在水下憋气的人忽然抬起了头，不可自控地讲述起来。他其实很想把这些话说出来，讲给某一个人听的，只是他大概不太希望对方是警察。

陈泽接着说："我这个人吧，别人看着总觉得各方面都还可以，其实我自己很苦恼。真的，很苦恼，我找不到能令自己感兴趣的事情。可能我就是他们说的那种内心畸形的人吧，可他们不知道，没有人知道。"

听到这里，高河产生了搬出自己青春时代的事迹来和他交心的冲动，可作为警察的使命暗暗提醒着他，今天的主角不是自己。

"能让我眼前一亮的，恰恰不是那些外在的美感。这个世界上每个人都类似，一双眼睛一张嘴巴，有的很美，有的很丑，大家都爱通过外貌去喜欢别人，我认为这是很肤浅的行为。而那些特立独行、美丽到散发着光彩的灵魂，才真正让我着迷。"

高河干笑:"不愧是学霸啊,说个心事都像作诗一样。"

"只是最真实的感受罢了。一开始我以为李盼是个称得上人格美丽的人,她很独立,好像从来不随波逐流,所以我当时一冲动,就答应她,只要超过我就可以交往。啊,我真是有病,为了一点儿比赛的乐趣就那样承诺……"

"这么说你一点儿都不喜欢李盼?"

陈泽一刻都没有犹豫,点了点头:"是的。"

高河在心中大呼自己老了,年轻人的把戏已经发展到如此复杂的地步,他完全跟不上趟。

"我知道这样很人渣,所以后来我跟李盼说清楚,也向她道歉,没想到李盼……"

"怎样?"高河的心也跟着揪了起来,他想象不到那个倔强倨傲的女孩被分手时会做何反应。

像是再次陷入回忆的痛苦,陈泽胸口开始起伏:"她哭着抓住我的胳膊,求我不要和她分手。她还说虽然没有爸爸妈妈,但她姐姐很有钱的,她上大学后一独立也会是有钱人,和我的家境完全可以匹配。再多我也记不清了,当时我完全处于震惊的状态,她跟我之前理解的太不一样了,张口闭口就是'门当户对''有钱人',她的尊严难道仅仅依托于这些东西吗?"

高河也惊呆了:"怎么会这样?那你们后来……"

"唉!"陈泽像是很为当时的选择感到懊悔,"她哭得太厉害,又说过两天就是情人节了,人家都会看她的笑话,她承受不来之类的。我怕她做傻事,就暂时噤声了。"

"现在呢?"

"前几天,给她发短信说分手了。她没有回复,在学校也显得很正常。"陈泽后怕似的摇摇头,"好在这件荒唐事最终还是及时收尾了。"

高河不知不觉跟着陈泽一同松了一口气。这时他又意识到自己此刻最该做的是趁陈泽状态松动了解更多的情况,而不是和他一起沉浸在情绪里无法自拔。但经验的缺乏让他不知道该问什么,只好说出一个几乎不抱希望的问题:"李盼的姐姐,你认识吗?"

陈泽的眼睛晃了晃,随即点点头。

高河意外地问："认识吗？是知道这个人的存在，还是更多，比如工作……"

"我们见过面。"

"噢？"

"有一次李盼没带资料，我陪她回家去拿，刚好碰到她姐姐。"

"那李苏是个怎样的人，能说说吗？"

"她叫李苏啊。"陈泽露出苦涩的笑容，"噢，'十八紫苏'，十八子不就是'李'字嘛，原来她用了本名。"

"诶？你知道她是做主播的？"高河颇感意外，因为李盼表现出的对姐姐职业的偏见，让她不太可能将此事主动告知男友。

"她姐姐很热情，可能以为我只是李盼的同学吧。她留我们吃饭，那时聊了很多。李盼的姐姐很希望李盼在学校能和同学搞好关系，一个劲儿问我平时有没有人欺负妹妹。"陈泽仰着头回忆着，"她和李盼很不一样，虽然没上过大学，身上却有一种豁然的气质。我自己也研究过一段时间直播软件，做主播其实并没有大家想得那么简单，她在做主播的同时还开有自己的网店，完全亲力亲为。看似是很老套的圈钱路数吧，但是你敢相信吗？在这种情况下她还保持着纯真，她非常简单，从说话和眼神就能看出毫无心机，真的是一个很可爱的人。"

"喂……"看到陈泽说起李苏来如此滔滔不绝，高河心里很不安，"你不会对人家姐姐有意思吧？"

陈泽慌张摆手道："不不不，完全与爱情无关。我只是钦慕，她才是那种灵魂会发光的人啊，像我这种内心不健全的人也只有仰望的份了。"随即深深叹了一口气，牙齿咬住了下唇，"李苏，现在才知道她的名字……"

陈泽抬起头，却看到高河怔怔地望着远处的天空。

高河用一种奇怪的语气问："那李盼知道你这种感觉吗？"

心猿意马地回到警局，高河完整叙述完和陈泽的对话，于秉旭准确捕捉到了重点。

"他那么仰慕李苏，为什么一点儿都不关心是谁杀了她？"

"啊？"高河还从来没想到过这一点。

"好不容易遇到的一个美好的人死掉了,难道不应该追到局里勒令警察把凶手缉拿归案碎尸万段吗？为什么不但频频逃避，还对此事只字不提？"

"因为他内心畸形呗,自己不都说了嘛！"徐二在一旁搭话。

于秉旭说:"因为他心中已有揣测,但是这个猜测又令他不敢相信,所以宁可深埋心底,永远不明示于人。"

"谁？"

问问题的是徐二,高河并没有出声。

已经记不清是第几个夜晚了,静悄悄的,没有一点儿人声。

恐惧感并没有削减分毫,之前完全没料到的恐惧,比黑夜更深的黑色正慢慢向她压来。李盼用被子捂住头。

"小盼,还有钱花吗？"

"在学校有什么事就告诉姐姐,姐姐会帮你的。"

"这是你的同学吧,哎呀,我还是第一次见你带同学回家。"

"我吗？本来都在去看货的路上了,想起一份资料没拿,就跟对方改约了明天。快坐,中午就在家吃饭吧。"

"没想到高中生里还有这么帅的男孩子啊。"

…………

李盼猛然坐起来,把被子狠狠向床下丢去,十根手指用力插在发间。她喘息着。

在学校有什么事可以告诉你吗？你能帮到我什么呢？就你那个样子,见人只会傻呵呵地笑,什么都实实在在地说,从来不知道为我留点面子。

你很漂亮啊,比我好看多了。但那是因为你把全部的精力和头脑都用在装扮上,你只能称之为一个绣花枕头罢了。等我上了大学,有更多时间收拾自己,我也会漂亮的;等我经济独立不用再张口闭口央求姐姐,我也会更潇洒的。所以你凭什么,只仗着虚长几岁,就摆出一副大人的样子。

陈泽看你的眼神很特殊啊,好像你是什么了不得的珍宝。你知道吗？

他那双眼睛向来都是暗淡无光的，仿佛对一切都不感兴趣的样子。论学历、论头脑、论思想深度，我都和他最为匹配，而你所拥有的，只是钱而已。我缺少的也是钱而已，我的家境配不上陈泽，我的钱，全是向你索要才能获得的。

你一无所有，你只有钱。如果把你的钱让给我，我不就完美了？如果你干脆从这个世界上消失，我就可以问心无愧地做一个真正的有钱人。还有几个月，等我上了大学，就是一个独立的人了。

你说过只要我有困难就会帮助我。我的困难就是你啊，姐姐。长久以来你所带给我的羞耻，我那虽衣食无忧却难以启齿的家境；明明优秀的是我，完美的是我，但只要把朋友们介绍给你认识，他们却都会喜欢上你，他们商量好了似的夸你可爱，向我说教般讲述你的辛苦。所以不能怪我呀，那天你为什么要回家？资料忘记带下次补上就好了，你为什么要回家？

对不起，姐姐。

谢谢你，为我带来最后一份慷慨的馈赠。

你的钱，你的事业，还有因你而来的捐款，都将为我今后辉煌的人生之路增光添彩。以后我的好友与爱人，都不会知道你的存在，这样我就不会再失去了，没有你，我就可以得到本该属于我的一切。

李盼歇斯底里地笑着，她知道，等这桩查无可查的案件风头过去后，那仅存的愧疚感也会被她彻底淡忘。在那之后，她就可以开始体面的、美好的新生活。

连同此刻的恐惧，也会消失的，很快就没事了。

她所害怕的，并非是姐姐口中隐藏在这间房屋角落的陌生人，而是姐姐李苏的灵魂。姐姐多次嘱咐自己最近不要经常回来，因为她总说感觉家里有人，害怕李盼会受到伤害。只可惜李苏到最后却不知道，家里没有人，有的只是这个做梦都想要她消失的妹妹。

关于于秉旭的怀疑，高河无论如何也无法相信，听到陈泽说那些话时，他就担心警方的怀疑会向着荒谬的方向发展。一个被姐姐一手抚养长大的孩子，反过头来却会因怨恨而杀害姐姐，这不是天方夜谭吗？

可于秉旭说："对姐姐的职业存在偏见，对于李盼这样的自尊心极强者来说，已经足以成为难解的芥蒂。况且从她为挽留陈泽说出的那些话来看，李盼对金钱和门第是极为看重的，注意，她也很明确地划分了'姐姐的钱'和'自己的钱'。这些都能为她提供足够的动机。还有你可别忘了，李苏直播中被杀，成为大家热议的话题，学生中间一定也在讨论这件事。而李盼三天后才说出自己的身份，说出她一直以来最忌讳的女主播妹妹的身份，为什么？"

"为了，捐款吗……"高河几乎听不到自己的声音。

徐二也说："如果从这个角度来想的话，很多细节都表明李盼心里其实是看不起李苏的，姐姐在她心中就是个头脑空空的花瓶。别说我敏感啊，这种歧视对我来说见怪不怪了，李盼绝对是有那意思。不过亲姐妹之间真的会因为这样的心理而痛下杀手吗？李苏自己也说了家里有人，那个'人'绝对不会是住校的李盼。"

高河急了："秉旭哥你说李盼杀了姐姐，证据呢？"

"要是有证据，早叫你抓人了。"于秉旭叹气，"视频我看过很多遍了，凶手脸上蒙了东西，又避开了光线，所以根本看不清面目。那天是周六，应该回家的李盼却没有回家，据说是和同学在酒吧玩了通宵。"

"酒吧……"高河对于李盼这个优等生的简单认知也不知不觉开始瓦解。

"那地方麻烦就麻烦在太乱了，一个人消失一段时间再回来也不太容易被发现。但一向没有朋友的李盼竟然会和同学一起去那种地方，不觉得像是做不在场证据的拙劣把戏吗？"

高河无话可说，虽然他还是不能接受："我现在就去查。"

于秉旭扬了扬下巴："已经叫徐二去过了。"

徐二说："那天正好有个女孩失恋，就叫了人一起去喝酒，那天李盼是自己提出跟着去的，说是和姐姐吵架了不想回家。失恋嘛，主人公喝得酩酊大醉不省人事，别的女孩也都是头一次去，酒吧里的灯光能叫光吗？手忙脚乱的，谁也没注意李盼到底有没有离开过。"

"有了有了！"另一名小民警从屋里跑出来，兴高采烈地宣布，"恒源大街,案发前半个小时,李盼从恒源大街拐进了小道!"

"学校方面呢?"

"有同学称看到李盼进出过五金店,经查她购买了绳索,和直播视频中勒死李苏的一致。"

于秉旭大手一挥:"可以批捕了!"

高河在做最后的挣扎:"她一个小女孩,有可能徒手勒死别人吗?"

于秉旭用一种同情的眼神看着他:"如果足够恨,有可能。"

高河愣在原地,胸口像被塞进湿棉絮一样冰凉肿胀。

李盼下楼去买晚饭,已经过去好几天了,那些警察没有再来,她的慌张减轻了许多。独自住在姐姐遗留下的房屋里,也不再感到害怕。凡出门必定锁到头的习惯也跟着懈怠了,由于很快就回来,手中的钥匙只转了一圈。

姐姐很会挑地方,楼下就是夜市,喧闹的繁华景象让李盼的心越发轻快起来,她信步穿梭其中,想挑一份中意的晚饭,心里打算着,一会儿再去超市买一提啤酒。

惬意的新生活啊。

连夜缉拿罪犯,不免让刚做警察没多久的人们有些兴奋,尤其是徐二,已经开始对待会儿的场景浮想联翩。而高河却笑不出来,他眼前不断闪过马尾辫、李盼还有陈泽的脸,他在想,自己对人的认知是否真的那么肤浅。

"还惊魂未定呢?"于秉旭拍拍他的肩膀。

"唔,我没事,哥。"

于秉旭"啧"了一声:"说起来,还有一件事让我有点介意。"

"是什么?"

"李苏的那段死亡直播啊,有个小细节……"

李盼的心情很好,又受到小吃街热火朝天的气氛影响,不知不觉买了一大堆食物,又是盒又是袋子地提在手里。

买完啤酒,她迫不及待回到家中,躲进自己的小屋——李盼不喜欢在客厅吃饭,那里充满了她和姐姐的回忆。或快乐或烦恼,至少她现在不想回忆。

烧烤下酒,很快就喝到微醺。李盼抬起头看着窗外灯火,眼角闪烁着泪光。

待会儿洗个澡,她要好好地睡一觉。

警车已经行驶在路上,高河满脑子都是于秉旭刚才的话。

"从李苏的直播画面中可以看到卫生间的一角,直播刚开始时,那条粉色的毛巾搭在衣架上,有一角折了。后来李苏就拿着手机到处走,十分钟后又坐回到桌子前,这时候,不知道是不是风吹的,毛巾窝在里面的那一角掉了出来。"

这本来是个无伤大雅的小细节,凶手已经确定,现在只要把李盼捉拿归案就好了。高河想让自己集中注意力,但不知是不是因为看了太多遍李苏的直播,耳边又响起李苏那句话:"你们知道吗?我总感觉家里不止我一个人。家里还有一个人。"

不对! 高河瞪大了眼睛。

李盼把最后一串丸子塞进嘴里,双手抬高伸了个懒腰,脊椎关节发出"咯咯"的脆响,一节一节。

她转了转脖子,准备站起来脱衣洗澡。可就在手臂放下的那一刻,她愣住了。

刚才回来的时候,她习惯性地把钥匙转了两圈,而门,也是在转了两圈之后才应声打开的。

出门的时候,不是只锁了一圈吗?

"我真觉得家里还有一个人,小盼你最近不要回来了,我怕你有事。"

姐姐忧虑的声音穿越记忆,像一块重石砸进了她的头脑,李盼的胳膊悬在半空,整个儿身体都变得僵硬。

身后发出一声轻响。

这次不是来源于脊椎。

醉哥

文/一旸 Young

一、醉哥

如果说普通人的一生有两种状态:醒着和睡着。那么醉哥就只有一种状态:醉着。

醉哥之所以被人叫作"醉哥",是因为他永远都是一副醉醺醺的样子。有时候他看起来像是喝醉了以后睡着了,但如果有人叫他,或者是时间到了,他准备走了,他总是会醒过来。

虽然醉哥醒过来以后同样也是一副醉醺醺的模样,但比起那些往往喝得烂醉如泥的醉鬼,醉哥简直就像是本来就处于"醉"这个状态,无论喝没喝酒。

醉哥到这家酒馆来喝酒已经有半年了?还是一年?没有人记得,人们只知道醉哥每天下午六点左右到酒馆,来的时候就已经是醉醺醺的了。他有时候会喝酒,有时候不喝,反正这都不影响他那始终醉醺醺的状态。到了晚上八点钟左右,醉哥便会离开酒馆,每天如此,风雨无阻。

无论是双休日还是工作日,无论是晴天还是雨天,醉哥都像是打卡上班一样准时来这家酒馆喝酒,又准时地离开,比酒馆里的一些服务员还要勤快。

有时候会有人搭讪醉哥，然后醉哥便会用一种醉醺醺中带着几分茫然的眼神盯着那个人看，一言不发。这个眼神不会因为对面是一个酩酊大醉的醉鬼还是猎艳寻欢的美女（有时候也会是个帅哥）而有任何的改变。盯得时间久了，是个人都会觉得心里面发毛，最后只得放弃搭讪，悻悻地离开。

时间长了，酒馆的常客和服务员便都记住了这个风雨无阻、每天按时到地方喝酒的怪家伙，还给他取了个"醉哥"的外号。

酒馆里人人都认识这个醉哥，但也可以说没有一个人认识醉哥，因为除了他是一个每天按时到这来喝酒的酒鬼外，人们对他一无所知。

但是，今儿个却巧了，来酒馆喝酒的客人里面，不但有人认出了醉哥是谁，还一下子就是两位。

不过，这两位认出了醉哥是谁的客人，并没有上去和醉哥搭话。到了八点钟左右，醉哥准时离开酒馆的时候，这两位事先并没有任何交集的客人，都不约而同地跟了上去……

二、凶手

我观察住我对门的邻居已经有些日子了：三口之家，小两口和一个六七岁的儿子。

两口子里，男的二十多岁接近三十岁的样子，不知道是做什么工作的，很少会出门；女的和男的年纪差不多，估计是在什么公司里面上班的，大多数都是她上班的时候顺便送儿子去上学，然后晚上接儿子放学回家。

白天的时候，那个男的基本上都待在家里，也不知道他做些什么，好不容易见他白天出次门，也都是去小区外面的超市买点食品零食或者日常用品，很快就回来了。至于女主人，大部分的时候都是每天早上七点钟和儿子一起出门，然后晚上大概六点钟快到七点的样子和儿子一起回来。

也就是说，这个情况下，邻居家二十四小时都是有人在家的。

不过，有一个情况例外，那就是男主人去接儿子放学的时候。如果是这个情况的话,男主人一般会下午五点钟左右出门,然后一直到晚上八点钟快到九点的时候,一家三口才会一起回家。即从下午五点到晚上八点钟以前,我邻居家里都会是一个人也没有。

你问我去了解这些情况干什么?那不很明显吗?明显是因为我想要去我对门的邻居家里偷点东西呀。

从那两口子平日里的穿着、购买的东西以及一些我能偷听到的日常交谈来看,这户人家里应该还是衬点钱的。

如果让我去大街上小偷小摸啥的,太危险,收益也不稳定,更关键的是:我也讨厌出门,更没那门手艺。

相比起来,同是一个小区里的住户,摸清了作息时间,趁没人的时候去串个门看起来要容易得多。所以在我看来,去邻居家偷点财物来花花,绝对是一个更加稳妥的做法。

本来,我确实是只打算偷点东西的……

三、北鲲

北鲲站在自家的门口,手中拿着钥匙对着门锁,却迟迟没有把钥匙插进去打开房门。

不知道为什么,他总觉得门后面有什么会令他害怕的东西。似乎只要一打开门,他便会看见一个女人和一个小孩子浑身是血地倒在门后。

那个女人和小孩子的面孔是那么的熟悉,可无论北鲲怎么去回想,都没办法想起他们是谁。

良久以后,北鲲深吸了一口气,终于还是打开了房门。倒不是因为他不害怕了,而是因为他看见自己家的门上面,居然贴着一张便利贴,上面写着三个字:"开门吧"。

谁贴的?什么时候贴的?北鲲记不起来了,但就是这张不知从何而来的便利贴和上面的字,却让他觉得莫名的安心,给了他打开房门的勇气。

门,缓缓地打开了。

门后面,并没有像北鲲想的那样倒着两个人,这让他松了口气,但取而代之的，是门后面的地上又贴着两张便利贴和一张应该是照片的东西。

北鲲把它们捡了起来，一一观看——

照片应该是一家三口的合照：一男一女，还有一个小孩子。这三个人看起来都很熟悉，但北鲲再怎么回想，也想不起来这三个人到底是谁了，更想不起这三个人和他又有什么关系。

再看那两张便利贴，上面的内容很简单，第一张是贴在照片上的，写着"别忘了他们"；第二张单独放在一边的则写着"别忘了吃饭"和"把照片和便利贴放回原地"，后面的那句话似乎是之后又添上去的，字的颜色和痕迹与前面那句话略有不同。

看了一会儿，北鲲最终还是按照便利贴上的话，把照片和便利贴放回了原先的位置，然后来到了冰箱前，准备拿点东西出来做饭吃。冰箱的门上，有一张便利贴上面用最醒目的颜色和字号写着三个字和一个标点符号："先吃饭！"

很快，北鲲便炒好了几个小菜，还蒸好了一锅米饭。餐桌上，北鲲摆上了三副碗筷，尽管只有他一个人吃饭。

吃完饭后，北鲲将用过的餐具和碗筷放到了厨房的水槽里面，在这里，他又看见了一张便利贴："洗碗，洗完以后摸摸你的兜，去拿电脑。"

北鲲洗完了碗，又看了一眼那张便利贴，接着，便从兜里面摸出了一沓东西，那是一沓写满了字的便利贴。北鲲将这些便利贴贴在了各个地方，其中的大部分，他都贴在了冰箱上面——他的冰箱上，早已经贴满了写着各种内容的便利贴。

接着，北鲲去卧室拿了一台笔记本电脑来到了冰箱前，打开了电脑。

也不知道他在电脑上忙活些什么，总之，这一顿忙活，便忙到了凌晨两三点钟……

四、段荣坤

中午快接近十二点钟的时候，段荣坤才从床上起身，伸了个懒腰。

"昨晚上改稿子改得有点晚啊。"段荣坤自言自语了一句，然后才慢悠悠地从床上爬了下来,穿好拖鞋,去卫生间洗漱去了。

以前,段荣坤有时候起得太晚,便懒得再洗漱了,因为这件事被老婆给臭骂了两三顿以后,段荣坤无论起得再晚也会去洗漱收拾一番。

收拾好之后,段荣坤来到了冰箱前面,准备随便找点儿吃的先对付着,但还没打开冰箱门,便看到了一张便利贴,上面写着:"亲爱的,昨天晚上工作那么晚辛苦了,早、午饭都先帮你做好了,你热一下就可以吃了,爱你。"

"好的老婆大人。"虽然老婆儿子早就出门了,但段荣坤还是笑着对空气说了一句。

吃过饭,段荣坤便拿出了自己的笔记本电脑,开始上网——说出来你可能不信,这就是段荣坤的工作。当然了,段荣坤的工作不可能只是那么简单而已,在看过了一些新闻和资料以后,他又打开了文档,开始写些什么东西。

就这样,时间一直来到了下午五点左右,其间段荣坤还玩了一会儿游戏。不过这些都不重要,重要的是,这个时候段荣坤的邮箱里收到了一封邮件。

邮件里的内容也不重要了,反正段荣坤只看见了里面的一句话:"稿费稍后就打到你账上。"

"耶耶耶又有钱用了!"段荣坤夸张地做了几个姿势,反正家里没人,他也不觉得尴尬,"今天老婆不加班,不用我去接儿了,待会儿老子去喝酒,耶耶耶!"

段荣坤说去喝酒就去喝酒,放好了电脑,收拾好了桌子,便欢呼雀跃地出了门。

却不知,在他高高兴兴出门的同时,有一双眼睛,正在偷偷地注视着他……

五、刘珲

那件事情已经过了多久?应该有半年多了吧?

那件事情发生了以后，我原本以为自己算是完了。警察上门询问的时候，我差点就老老实实地全交代了，但心里面的"求生欲"和侥幸心理还是让我选择了撒谎，对警察说了那个我花了几天编造出的谎言。

但令我没有想到的是，三个月过去了，一切似乎都没有发生过一样。警察没有再来询问过我，也不再去对门邻居家里和小区里面调查了。唯一改变的事情，似乎就只有对门的门自警察离开以后就再也没有打开过了。

于是我在这个时候选择了搬家，毕竟已经过去三个月了，这间租的屋子也正好这个月到期，这时候搬家在别人看来也没有什么问题。

有时候我都惊讶自己在这方面的天赋，不仅在事情发生的那天完美地处理好了现场，在警察询问的时候用一个我自己看起来都漏洞百出的谎言洗脱了嫌疑，就连三个月后的这一次搬家，都做得是那么合情合理、不惹人怀疑。

但令我没有想到的是，半年多过去了，就在连我都快要忘记那件事情的时候，我在离原先住的地方不远处的一间酒馆里，居然又看见了那个男的。

他居然还活着？为什么他还会活着？而且既然他还活着，为什么当初事情发生以后，他没有来指认我？

我的脑子里顿时一阵嗡鸣，乱了，一切都乱了，我完了，一切都要完了。

他看到我了？他认出我了吗？好像没有……等会儿，他在干吗？他在……悄悄写什么吗？他拿手机出来干吗？对准了我？拍照吗？他一定是在拍照！

他是要走了吗？他准备要去哪儿？他拍我的照干吗？

鬼使神差地，我悄悄地跟着那个男的离开了酒馆，然后一路跟着他，来到了一个小区。

就是之前那个小区没错！还是那栋楼，这个男的没有死，也没有搬走。可既然是这样，那为什么之前那三个月里面他都没有回过家？

我继续跟着那个男的，进了那栋楼，他坐的是电梯，我便走一旁安全通道的楼梯,反正他当初住的那个楼层也不高。到了,再等一会儿……那个男的也到了,还是那间屋子,那间我曾经犯下了大错的屋子。

我开始相信自己确实在犯罪方面有天赋了,毕竟尾随了一路都没有被那个男的发觉。我就这样躲在角落里,看着他慢慢地来到屋门前,在门口不知道为什么站了一会儿,才打开了房门。

从我这个角度看过去,正好能看见那男的屋子里面的冰箱,那上面密密麻麻的,贴满了写着字的便利贴。

是便利贴!他在酒馆里悄悄在便利贴上面写了东西!他还偷偷地拍了我的照……他在……他在调查?他在调查真相?他在调查……我?

我一瞬间彻底慌了,冲了过去,扑向了他,然后掐住了他的脖子,想要置他于死地。

那一瞬间,我的脑子里想的,只有一句话,和我当初在这间屋里砸死那个女的和那个小孩,以及之后又砸了这个突然回家的男的时候一样:"不能让你们发现我!那样的话我就完了!"

六、记者

七个月以前,我市发生了一起情形恶劣的入室抢劫杀人案。一家三口中,女主人与孩子被杀,男主人也被重伤。

当时我们小报社负责跟踪报道这个事件的记者——也就是我并没有获得太多的情报。男主人被送往医院急救,之后一直由警方负责和受害者沟通。并且根据警方的转述,受害人拒绝接受采访,也拒绝透露自己的身份信息。

于是,我自己查来查去,也只查到了被害的女主人丁橙是本市一家企业的职员,被害的孩子段缇是丁橙的儿子,才刚刚上一年级。至于丁橙的老公、受重伤的男主人的身份信息,只能从女主人同事那里知道他好像是个搞写作的,性格有些孤僻,丁橙也很尊重他,很少跟同事们透漏这方面的信息。

当时我的主编还蛮生我气的,因为这么大的案子,我能报道出来的新闻内容最后也就和警方通报中所写的差不多。

不过让我没想到的是,七个月后的今天,我在这家酒馆碰见了这个男人。几分钟以后,我便想起了曾经在警方那里看到过的一张照片,正是当初那宗入室抢劫杀人案里受重伤的男主人。

我很谨慎地没有选择上前和他搭讪,而是先去询问了其他的服务员和一些客人,结果他们告诉我,那个人是醉哥,关于醉哥的事情,除了他会按时到这个酒馆来喝酒外,其他的没人知道。

没办法,看来只能亲自去问他了。可就在这时候,醉哥却起身离开了酒馆。

我也跟着醉哥离开了酒馆,本来是打算追上去采访他的,但没走几步,我便发现有人和我一样在跟踪醉哥。

我毕竟是个记者,虽然只是个小报记者,但有时候还是难免会去做跟踪、暗访一类的事情。久而久之,还是积累了一些经验的,所以我一眼就看出那个二十几岁的小伙子和我一样是在跟踪醉哥。

于是,我放弃了采访的念头,悄悄地跟在了醉哥和那个小伙子的后面,想看看到底是个什么情况。那个小伙子也明显没想到有人会跟踪他,全部的注意力都只放在了醉哥的身上。

之后,我便一直跟着他们来到了一个小区里面,进了一栋楼,在上楼的时候,我考虑了一下,最后选择了再等一趟电梯。毕竟走安全通道的楼梯跟踪的话被发现的概率会大些,而且我记得这里就是当初案发的那栋楼,案发的楼层自然也不会忘记。

当电梯门打开,我走出去后,立刻便看见当初案发的那个屋子门开着,门里面,那个跟踪醉哥的小伙子死死地掐住了醉哥的脖子,醉哥拼命地挣扎着,两眼翻白。

来不及多想,我立刻冲上前去,最后和醉哥一起制服了那个小伙子。就在这时,醉哥死死地盯住了那个小伙子,表情愤怒而纠结,似乎在努力地回忆着些什么,过了一会儿,他才大喊道——

"是你!是你杀了橙妹和小缇!"

七、真相

在警局走访了多次并采访了当初的作案凶手，也就是那个袭击醉哥的小伙子刘珲以后，我总算是大致还原出了当初的真相——

受害的男主人名叫段荣坤，还是个小有名气的网络作家，笔名"北鲲"。而作案凶手刘珲，是个刚毕业两年的大学生，当时是段荣坤的对门邻居，从作案前到现在，他基本处于无业的状态。

案发的前一晚，段荣坤熬夜修改一部剧本并在修改完以后把邮件发送给了甲方。第二天，也就是案发当日的下午，段荣坤收到了甲方的邮件，称剧本修改通过并将稿费发给了他。于是，段荣坤当时便决定去喝杯酒庆祝一下。

但让段荣坤没想到的是，他当时出门，在他的邻居刘珲看来，完全是要出门去接儿子放学。

根据被害人丁橙的同事反映，有时候丁橙加班，便会让段荣坤去接儿子放学。而段荣坤接了儿子以后便会直接来公司接丁橙下班，一家人往往会一起在外面吃饭，到晚上八点至九点期间才会回到家。这一点，和刘珲当初对段荣坤一家的作息时间的长时间观察后得出的结论是一致的。

于是，以为段荣坤是去接儿子放学的刘珲觉得这一家人要到晚上八点以后才会回家，当即决定入室行窃。

丁橙于下午六点便带着儿子回到家中，发现被盗以后当时便选择了报警。但是躲藏在丁橙卧室内未被发现的刘珲听见丁橙想要报警后，立刻便慌了神，随手拿起了家中的重物，砸死了丁橙及她的儿子段缇。

据刘珲交代，他家境不好，出来上大学已经花费了家里不少的积蓄。毕业后，刘珲上过几次班，却总是觉得太累不想做，租了个屋子，当起了无业游民家里蹲。但是对自己家里，刘珲却又总是谎称自己过得还好，让家里不要担心。

当时听见丁橙决定报警的时候，刘珲的脑子里一下乱了。

"不能让你们报警！那样的话我就完了！"这是刘珲杀害丁橙和段缇时，脑子里面唯一的想法。

大概晚上八点左右,冷静下来了的刘珲决定处理作案现场,销毁自己的犯案证据。但那个时候的刘珲,居然忘记了段荣坤还没回来。

当段荣坤喝完酒回到家中时,正好撞见了自己妻儿的尸首以及正在处理现场的刘珲。醉醺醺的段荣坤可能酒才刚被吓醒,便被已经下定决心杀人灭口、销毁证据的刘珲袭击,被他用重物狠狠地砸了脑袋一下。

可刘珲没有想到,这狠狠的一下,居然没能葬送掉段荣坤的性命……

八、便利贴

案发次日,丁橙没有去上班,她的同事在尝试多方联系无果后选择上门查看,结果在门口发现了血迹。报案以后,警方也只来得及将奄奄一息的段荣坤送去抢救。

案件到这里,其实还不算太复杂,只要把段荣坤抢救回来,让他指认自己的邻居,这个案子便算结束了。

可就像是老天爷故意要和段荣坤开一个玩笑一样,醒来以后的段荣坤,居然患上了一种罕见的失忆症——顺行性遗忘症。

这是一种我只在电影里面听说过的病症,顺行性遗忘症的患者无法记住患病时以及患病以后经历的事。简单地说,段荣坤的记忆停留在了案发的那天,而且即便是发生在那一天的很多事情,他也产生了记忆混乱、记忆丧失等症状。

根据警方所说,段荣坤那段时间给他们的感觉就像一个疯子一样——每天快到十二点钟的时候才起床,起床后必须洗漱,然后吃饭,这段时间如果让他看见冰箱或者类似冰箱的物体他都会在那里愣上半天,似乎是想从冰箱门上找到什么东西一样。

吃过饭以后,段荣坤会难得地"正常"一段时间,但也只是相对地"正常",他会回应警方的询问,也会询问自己到底发生了什么。可是不到十分钟,他又会开始疑惑,接着又询问警方相同的问题。次数一多警方也懒得回答他了,那个时候他可能会焦虑、烦躁,但十分钟以后,他又忘记了自己在焦虑、烦躁。如果这个时候让他看看电视、报纸或者直接让他上网的话,那么他便会很安静地过一下午,不再去问那些他已经问过的问题。

下午五点钟左右,段荣坤会突然开心,并表示自己想去喝酒。警方当然不会答应他,但不到一个小时以后,明明一滴酒没沾的段荣坤,居然会表现得像喝醉了一样。这个状态大概会持续两到三个小时直到晚上九点钟左右。

接着,段荣坤会突然恐惧、害怕,但持续不了太久他又会正常,这个时候的段荣坤会、试着写一些东西,但根据警方的观察,段荣坤所写的要么是案发前一晚他所修改的剧本里出现过的段落,要么,就是一些帮助他记忆的、类似于小贴士的文字。

于是,警方帮段荣坤购买了一些便利贴,也期盼着能从这些便利贴里面获得关于破案的线索。

其间警方也怀疑过是段荣坤的邻居刘珲作的案,但是现场找不到证据,给段荣坤看刘珲的照片也没有什么特别的反应,于是对刘珲的调查只好不了了之。

根据我自己的看法,警方一般是在下午两点至五点这个段荣坤表现相对"正常"的时候才去询问他,"这个时间段"的段荣坤可能以前见到过刘珲这个邻居,但只印象不深。只有在九点钟左右"案发的时段"让他看见刘珲,他才会想起来这个人是杀人凶手。

段荣坤住了三个月的医院,警方也放弃了从他这里获取线索,可谁又能想到,段荣坤回家的时候,刘珲这个凶手便刚刚好搬走了。

那之后,段荣坤便起了每天经历一次案发当日情形的日子。他中午起床,一直到下午五点以前,他都是"段荣坤",上上网,看看新闻,有时候甚至还会玩玩游戏,当然,不能让他玩时长超过十分钟的游戏;下午五点到晚上九点,他是"醉哥",莫名地开心一下,然后就只管去喝酒;"案发的时候",他会重新感受到患病前的恐惧和害怕;之后,他又会变成"北鲲",那个孤僻的、不愿意接受采访的作者,做饭、吃饭,然后打开电脑,写一些东西,或者把他能记住的经历写下来,试着帮自己回忆那些常人难以接受的记忆。

除了这些,段荣坤做得最多的事情便是写便利贴,贴在家里的各个地方,尤其是冰箱上,那个他失忆前唯一记得的有便利贴贴着的地方,那个他每天起床必定会去查看的地方,帮助他能够完成一天的作息。

在出门喝酒的这段时间里,段荣坤也会偷偷记录下那些他觉得值得留意的东西,以便他晚上用电脑写作时整理和回忆,尽管他记录的这些东西中,有很多都是重复的。

一直到了四个月以后,刘珲无意碰见了段荣坤,本就做贼心虚的他看见了段荣坤的那些"小动作"后,顿时感到慌张。直到跟踪段荣坤到他家里看见那个贴满了便利贴的冰箱时,他终于彻底慌了神,变回当初作案时那个同样慌张的"凶手"。

可能是给段荣坤开了个玩笑的上天觉得还是应该帮帮段荣坤吧,那一天,跟踪他一起回家的,不止当初的那个凶手,还有我,当初负责跟踪报道这件案子的记者……

九、尾声

调查清楚了当初案子的全过程后,我也终于能够写出一篇在主编看起来"像样"的新闻报道了,他当时很高兴地拍着我的肩膀,大声地夸赞我,说什么"等我退下来了,这个位置肯定就是你的了"。

我似乎是应该高兴,但我却怎么也高兴不起来。

可能是对段荣坤的遭遇感到了同情吧;也有可能是对明明还算有知识有能力,却不愿吃苦,最后走上违法犯罪道路的刘珲感到不值与唏嘘吧;当然也不排除可能是我看见自己的报道被发出来后,却被故意加上了"警察办案不力"和"当代大学生的社会问题"这种我根本没提到过的、带有明显社会舆论导向的标签后感到的无奈和失落吧。

这天下班以后,我突然想要喝点酒,于是乎,我又来到了这,这个当初遇见了"醉哥"和"凶手"的那家酒馆。

进去以后,我立刻便看见了醉哥,相同的位置,相同的醉醺醺的神态,仿佛还是几天以前,我在这家酒馆里看见他的时候一样。

这一次,我故意坐到了醉哥的旁边,还和他打了一个招呼。

按理说,醉哥是不认识我的,他只会像看陌生人一样盯着我,如果觉得有必要,他才会偷偷在随身带的便利贴上面写下一些关于我的信息,然后偷偷给我拍张照。

但是,这一次,醉哥居然微笑着冲我点了点头。

我以为他认出我了,可再跟他搭话,他就像其他客人说的那样,一脸茫然地、醉醺醺地盯着我,盯得人心里发毛。

唉,不去理他。可没过一会儿,我便发现醉哥在偷偷往怀里掏东西。

怎么? 又想把我给记下来? 虽然说是不去理他,可我还是忍不住朝他那里看了一眼,然后,我忍不住笑了一下。

醉哥掏出来的,不是什么便利贴,而是一张一家三口的合影照片,他醉醺醺地看着那张照片,和我一样的,笑了。

鱼

文/木兰无长胸

一

整栋楼只有这一间屋子灯还亮着。窗外是个广场，几分钟前，很多人在这儿守岁。新年的钟声敲响后，人们就像受惊的鱼群一样，沿着街道消散得无影无踪。房间空瓶遍地，中央的餐桌上一片狼藉，看得出这顿饭已经进行了很久。桌前四个男的，形态迥异。有两个抽着烟，一个在翻找盘子里的肉，还有一个捧着手机聚精会神。

"木兰还没吃饱？"头比较大的男人左手掸烟灰，右手拈起筷子把锅里的半条烤鱼翻了个身。

"谢谢千爹。菜太好了。"矮个儿男人道了声谢，继续对丰腴的鱼肉发起进攻。

"小白看啥呢？"胖小伙嘬了口电子烟。

"一部小说，写得挺好。"高个儿青年没抬头。

"白爷都说好，那肯定好。"头比较大的男人掏出手机。

"别分享了，你就给我们说说讲啥了吧。"胖小伙抓起酒杯一饮而尽。

"好吧，我可说不太清楚。"小白放下手机，也抽出一根烟，"主要是讲一个人类学家和宗教组织的冲突。按照《圣经》的说法，人是神创造的，而现代科学，主要是《进化论》，证明人是由猴子进化来的。"

"好像进化论也有解释不了的地方。"胖小伙兴致勃勃地打断头大的男人。

"没错，彼得说得对。"头比较大的男人吐了个烟圈，"如果是自然选择，优胜劣汰，那么千万年前，能进化成人的猴子是怎么出现的？"

"嗯，没错，作者在书里也提到了。他开了个脑洞，说神罚，也就是挪亚方舟那会儿，当然世界各地都有这种灭世传说啦，反正是在极端环境下，生物能自行控制进化，大脑越发达控制能力越强，当然消耗能量也越多。"

"擦，从科幻变成魔幻了。"头大的男人吐了个烟圈，不以为然。

"嗯，不过他写得挺好的。"小白呷了一口酒，转头问胖小伙，"彼得想进化成啥？"

"极端环境，极冷或者极热呗？"彼得摸了几下手链，"极热没想到，极冷的话我就往北极熊方向进化，攻击性强，食物链顶端。然后一爪子拍死我房东，那个×养的，见天儿找我茬儿。"

"小千呢？"

"极端环境不仅包括冷热啊，还有缺氧、毒气、核辐射啥的。"小千喝了杯酒，沉吟了一会儿，"我觉得要是体形不受限制，蟑螂那样就行。"

"你口儿真重。"木兰吃完了鱼，开始大口喝酒，"小白呢？"

"我啊，物种不重要，我就想多进化出几只手，这样打字快，拖稿可以更久一点儿。木兰你呢？"

"我啊？没想好，不过我听说猪的高潮能持续半小时，我准备往种猪方向进化。"

几个人在猥琐的笑声中渐渐睡去。

二

"草！"

四个人几乎同时醒来。房间被泡了，水已经没过每个人的小腿。

"神罚！"宿醉的木兰慢吞吞地抬起胳膊指着窗外，几个人看过去，发现窗外一片汪洋，飞机、轮船、车辆、动物在水中随波逐流，怡然自得。当然也有人的尸体。

"卧槽！"小千掏出手机，看见空空的信号栏又颓然放下，"基站也泡倒啦！"

"怎么了这是？"

"不知道。可能是我们还没醒酒？"

说话间，水已经没到了腋窝。房间一阵剧烈晃动，然后倾斜，几个人站立不稳，一起栽进水里，沉浮了几下才把头伸出水面。

"楼下被水冲塌了，我们也算命大。"彼得抹了把脸上的水，不小心把脸划了个口子，鲜血直流。

"应该不算。"小白用下巴指了指窗户，水压已经把双层玻璃挤出裂缝。

"木兰，我记得你不会游泳啊。"小千有点疑惑。

"昨晚说的那个，极端的环境啊，这个算不算呢？"木兰没有正面回答，而是举起了手，"那个作家开的脑洞，我想是对的。"

大家看到木兰的指缝间有层薄薄的膜，"我进化了。"

"我也是。"彼得抬起手仔细端详，原来手指上生出了细细的鳞片，"卧槽，牛了啊。"

"我们接下来怎么办？"小白说。

"我想先弄死我房东。"彼得手上的鳞片已经褪去，除了拇指，其余四指渐渐合拢，眼看着就长到一起，"就用这个钳子，慢慢折磨他。我先走了，万一他进化成更厉害的，我就不灵了。"

彼得拉开门，房间彻底被水淹没，楼也塌了。几个人随着水流冲到外面，他们手拉着手，小心翼翼躲避尖锐的障碍，随着水流漂动。

"小白你去哪儿？"木兰的腿在水下有节奏地拨动。

"不知道啊。"小白说，"新小说我已经构思好了，还没动笔。我得先找个能写字的地方码下来！"

小白说完，松开手游走了，他的姿态很舒展，像尾修长的带鱼。

"你干吗去？"小千甩头躲开一台平板电脑，他的脖子变长了，柔软而灵活。在刚才的交谈中，他们都已经有了能在水下呼吸的鳃。

"我想回老家看看。你走不走？我们顺路也好有个伴。"

"不了。我往南边走，去看看我前女友。"

"好吧，以后有机会在这儿见吧。"

"好嘞。"

四只手松开的时候，木兰的双臂变成了两条鳍，小千的手变成了龙爪。两个人扎到水下，各奔东西。小千刚要加速，背后传来一阵脉冲。他听懂了这句话，想必是木兰已经进化出了超声波，用声呐向自己告别。

三

木兰沿着旧日的铁轨和公路快速向北方行进。开始的几天，他会游到靠近水面的地方，用日出和日落记录时间，可几天之后就乱了。于是他干脆把肌肉进化得更结实，直接在水面下方游。

木兰对自己现在的形态很满意，全身都有细微的鳞片，背部有根背鳍，双腿也完成并拢，两只脚合成了一个漂亮的尾鳍，动力十足。舍弃原本的生殖器官，这是他考虑做出的决定。毕竟快感始终来自多巴胺，生殖器只是个费力不讨好的工具，只要让分泌多巴胺的腺体进化得更大就好了。

进化消耗了不少能量。超市和饭店都泡毁了，找不到给人吃的东西。木兰在一片市场的遗址上游弋了很久，只看到一些腐肉和老鼠尸体。

"你饿了？"一条人鱼从木兰身边游过，他上半身肩膀宽阔，肌肉结实，手指末端长着尖锐的指甲，下半身是条长尾，脊背上还有锋利的尖刺。

"是呀，我正在进化一套能分解腐肉的消化系统，最好也能消化水草。"木兰还沉浸在兴奋里，以至于在新世界他放下了戒备。

"我也饿了，"人鱼用尾巴把木兰卷住，"我的消化系统只吃鲜肉。"

木兰惊恐地挣扎，但于事无补。

"别慌，你不是第一个。吃之前，我们都会聊聊。"人鱼脸上露出和蔼的表情。"你的肉质看起来很差，不如我之前带的那几个学员。哦对了，我之前是一名健身教练。"

"我肉质差,你还吃?"

"因为食物少了。现在大家都吃肉,一个个都成牙尖嘴利,战斗力强,我算是比较弱的。你虽然瘦,但也足够我进化得再强一点儿了。"

"人肉好吃吗?"

"不好说,我吃的那些跟鱼肉差不多,可能是进化之后肌肉结构也改了吧。"人鱼看看四周,然后对木兰张开大嘴,"不聊了,再见。"

一条肥硕无比的胖头鱼突然从人鱼背后出现,满嘴利齿把人鱼嚼得粉碎。

"这畜生,终于被我找到了。"胖头鱼吞了人鱼,表情不再那么狰狞。

"你跟他有仇?"木兰小心翼翼地问。

"可不!"胖头鱼开始诉苦。

"我进化前三百多斤,一直交不到女朋友。这孙子,上个月在我们小区楼下开了个健身房。找我办卡的时候可诚恳了,说手把手教我,半年就把我变成他这样。我几乎把所有积蓄都交给他,结果这孙子上了两节课就卷钱跑了!"

"那是挺可恨的。"

"可不!你……我看看……"胖头鱼发泄完,心情很好,他围着木兰游了几圈,卷起水流差点把木兰冲走,"你这样不行!没有尖牙,没有甲壳,游得也不快,你就是盘菜啊。"

"你先把肠胃进化出来!"胖头鱼说完,突然快速游走。木兰进化完,胖头鱼又回来了,嘴里叼着几条小鱼。

"吃!吃完进化,进化完了再吃!"

"这几个,也是人进化出来的?"

"当然。以前的肉都被吃光了,你现在看的水生物种,都是人进化的,吃吧,你不吃他们,他们就吃你。"

"也对。"

木兰咽了条小鱼,进化出可以消化生肉的肠胃,把鱼全吃完,适合撕咬的口器也有了。

"这就对了,走吧,下次见面,我们就是对手了。"

"再见。"

四

小千适应游戏规则的时间要比木兰早。分别没多久,他就偷袭了几个体形跟自己差不多的同类,给自己进化出了一套攻击系统。躲过几次大鱼的追杀后,小千有了坚硬的背甲。考虑到前女友家路途遥远,小千又对自己的新陈代谢做了细微调整。现在的他看起来像一头海龟,只有从头脸才能依稀看出他曾是个人类。

大概是游到了河南地界——因为看见了少林寺的遗址,小千遇见了艾米。艾米的进化方向与小千完全一致,甚至比小千还要彻底。

"咳,缘分啊。"艾米主动跟小千打招呼。

"是呀。"小千浅浅地回了一句。

"第一次来这吧? 我在这待了好几天了,带你参观下少林寺吧。"

小千和艾米很投缘,两个人一边浏览一边聊天,小千喜欢的话题艾米都喜欢,艾米对文学和影视的观点小千也都赞赏。在合力干翻了一头食人鱼后,两人又贴近了不少。

"小千,你看咱俩这么像,不如我们搭伴走吧! 我们一路向北,我一直想去俄罗斯看看。"

"我也去,但是我必须得去南边。"小千思忖了一会儿,说出了实话,"我得去南边找我前女友,我很担心她。"

"南边? 没意思,我刚从那边过来。"艾米有点失望,但还是像朋友一样提出帮助,"你前女友长什么样啊? 你说说,没准儿我见过呢。"

"她个子不高,苗条,纤细,很会穿衣服,爱美,很会化妆,眼角有颗痣。跟你一样喜欢看电影和旅行,小说只看玛丽苏。胆子有时大有时小,刚分手的时候整天骂我。对了她叫小邹。"小千说得很慢,他在回忆。

"哦,她死了。"艾米回答得很直接,她的情绪很直,从来不会隐藏。可能是因为她比小千进化得更彻底,"那天我看着她笨拙地进化, 鳞片还没长全,就被几条大鱼给撕了。"

"哦。"小千应了一声,眼里的光芒一点点变暗,"但我还是要去南边,如果能找到她的尸体,哪怕一块骨头也好。"

艾米不说话了。

熟睡中的小千被一阵摇晃惊醒,睁开眼发现自己被翻了过来,四脚朝天,腹部还盖着一块大石头。他们休息的地方风平浪静,没有水流和水压能让小千翻身。

"忘了你前女友,然后跟我走。"艾米冷冷地说,她的尖牙就贴在小千的脖颈。

"不。"这次小千的回答很干脆。

"世界都这样了!"艾米哭喊。

"嗯,世界都这样了,我们都这样了。"小千平静地说,"但只有去南边找到她,才能让我记得我以前是个人。"

艾米松开牙齿,哭泣着把小千胸前的石头挪走。

"刚才骗了你。我真的认识你前女友,小邹是吧?上次见她,她也在努力进化,希望她还活着吧。祝你好运。"

"谢谢。"小千由衷地道谢,然后向着南方加速。

"如果她不在了,你就一路往南游,总会到俄罗斯的,我在那等你!"

小千没有说话。他很感动,但他不能告诉艾米,不跟她走是因为她长得丑。

五

路边有个保存相对完整的大镜子,这么久以来木兰第一次打量自己。如今的他外形很像鲨鱼,威风凛凛,杀气腾腾,俨然是个合格的水中强者。只是这个形态要消耗很多能量,他需要经常停下来进食,影响了行进速度。而且头脑也发生了变化,很多以前的事开始记不清了。

游到胶州湾的时候,木兰为了适应海水,再次进化了。这次进化消耗了太多能量,木兰不得不大开杀戒,在一块礁石旁边,靠几只鳗鱼吃了个八分饱。正要启程时，看见一条尾巴被礁石缝隙夹住的鹦鹉鱼。她很淡定，看见木兰发现自己了，仍然不慌不忙地发力，努力拽出自己的尾巴。

"你挺有意思啊。"木兰觉得这个食物跟以前的不一样。

"嗯，他们都这么说。"鹦鹉鱼用力往前一挣，尾巴还是没拽出来。

"他们？那看来你命挺大的。"

"是呀。我不怕死，反倒一次次活下来。"鹦鹉鱼转过头，看样子想把自己的尾巴咬断，可她不够柔软，试了几次也够不着，干脆放弃了。

"为什么不怕死呢？我之前吃掉的那些，只要还能说话的，都会求饶，他们一般会说'求你放过我，我不想死'，但是我怕死，不吃他们我就会死。"

"我还是人的时候就觉得活着没意思，现在变成鱼了，还是凑合活着，没有目的，没有目的地。你要去哪？"

"回家。"说话间，木兰挪开一块礁石，鹦鹉鱼甩甩尾巴游出来，姿态很优雅。木兰猜想她以前应该是个跳舞的，或者是模特。

"谢谢。你回家做什么？"

"不知道。我家只有我父母。父亲是个小科员，兢兢业业大半辈子，老老实实，蚂蚁都不舍得踩死一只。母亲是个小老板，坚毅好强，这辈子没服过谁，在家里说一不二。我跟我爸都怕他。不知道他们会进化成什么样，如果不能一起生活，也许会互相厮杀吧。我这两天在想，如果其中一个把另一个吃了会怎么样？其实也没什么，融为一体也许是爱最好的表达方式吧。"

"挺有意思的，真的。"

"你呢？"木兰抓了几条小鱼，自己吃了一半，另一半推到鹦鹉鱼面前。

"谢谢。我家不太一样。我爸妈的感情特别好，比你爸妈好得多。"鹦鹉鱼吃鱼的样子也很优雅，"我十一岁的时候，我妈得了绝症，家里没钱治。我爸让我去接客，赚钱给我妈续命。二○○五年，我的初夜卖了两万，当时是天价。我妈挺了几年，还是死了。我爸伤心欲绝，一声不响地离家出走了。我又接了几年客，就离开了老家，改换姓名做了模特。本想跟过去一刀两断，但还是要做外围接客。"

"你爸是个狠人。"

"嗯,还好。水来了那夜,我在我爸以前的朋友,一个富商身下呻吟,他已经认不出我了。那时我已经怀孕了。我突然想,做完这单就去死。后来水来了,富商进化不及时,被淹死了。我进化成了鱼,甩出很多子。我不想让他们活下来,因为他们会背负母亲是妓女的骂名,所以我把他们都吞了。就这样。"

"你挺惨的。"

"还好。你不吃我了?"

"饱了。"

"那我跟着你吧。万一你找不到吃的或者急需进化,我可以应急。"

"好。我叫木……兰,对,木兰。"

"我叫萌萌。"

六

小千被章鱼包围了。他拼尽全力弄死了一个,还没来得及消化,更多的章鱼扑上来。他们用触手把小千五花大绑,带到了一个峭壁里,两侧的石壁上有一排排圆形的孔洞,孔洞周围被珊瑚和水草覆盖。章鱼们把小千放开就不管了,小千快速向上游,想逃出这里。

"这些您先吃着,我们再去找。"一个章鱼谄媚地笑着,更多的章鱼跟他一起游出了深渊。

"辛苦。今天我就多更一章吧。"一个沉闷的声音从很远的地方响起,小千赶紧转向,背对着声音传来的方向继续加速。突然,一股强大到不可抵御的吸力自下而上把小千吸出深渊。在高处小千才发现,刚才的峭壁是两条巨大触手之间的缝隙,圆形孔洞是吸盘。周围还有很多的触手,小千正和无数小鱼像沿着吸力快速向一个无边无际的大口中汇合,自己即将成为一头巨大章鱼的口中食。

"小千?"

全部的小鱼都被大章鱼吞了,只剩下小千。一条触手缓慢而有力地托住他，把他升到了深渊巨口的上方，两只探照灯一样的眼睛前面。小千向下看去，大章鱼周围的地上密密麻麻布满奇怪的符号，他触手的尖端还在地上写着画着，很多小章鱼在旁边聚精会神地看着，一动不动。

"你是小白？"

"嗯，是我。"小白的大眼睛眨了几下，他只有用这种方式表达情绪，他的触手都在忙。

"你还在写作？"

"是呀，现在粉丝更多了。"

"嗯，我看出来了。"

"一开始我只想多进化几只手写小说，后来粉丝越来越多，我必须要写得更多更快，所以就变成现在这样了。我只负责写作，他们会供养我。"

"你的字我怎么看不懂了？"

"最近脑子不灵了，很多汉字记不住，我跟粉丝们一起研究出了新的文字。你去哪儿啊？"

"我去南边。你就打算在这一直写吗？"

"不然呢？我现在活动不方便，也不会捕食。我只能在这一直写，一旦停下，他们会把我杀了的。"

这时，几只小章鱼凶恶地扑到把小千托起的触手上面撕咬，小白只能放下这只触手，在地上涂写起来。

"嗯，那你加油吧。"

"你也加油，我就不送你了。对了，前几天一个食物说，以前大陆边缘的地方，现在水越来越浅了，一些进化得比虎鲸还凶猛的生物出现了，他们什么都吃，你要小心。"

"好，再见。"

"再见。"

七

木兰和萌萌游得很优哉，他们按照自己的生物钟日出而作，日落而息,甚至会转成停下来讨论鲨鱼和鹦鹉鱼能不能交配的问题。

但不知什么时候开始,两个人的话题越来越少,经常很长时间都不说一句话。今天早些时候,两人休息完,木兰催促萌萌上路。

"去哪儿呢?"萌萌懒洋洋地反问,她对一只寄居蟹很感兴趣,正试图把它的壳儿拱下来。

"回家啊。"

"家是什么?"萌萌睁大了眼睛,看来不是故意的。

"家当然是……"

木兰自己也忘了。这个发现让他很惊恐,他翻阅自己的回忆,发现里面有大片的空白,关于家,他只记得一个模糊的方向。

"看来是过分进化身体,让大脑退化了。"木兰思考了很久,终于想到这个结论。但不进化身体,他可能下一秒就会死。在他思考的时间里,萌萌已经剥光了寄居蟹,她生猛地咬碎了它,任由蓝色的血液糊了自己一头一脸,看上去很不优雅。

"萌萌,我们得快点走了。"木兰游向萌萌,可她只剩下鹦鹉鱼的本能,所以快速游走了。木兰追了上去,这时一个黑影突然从旁边伸出来,刺穿了萌萌,然后一只小山一样的帝王蟹从礁石后爬出来,他对着木兰,闪电般伸出自己的一只巨螯。木兰快速躲到一边,然后调头就逃。游了一段距离,他又返回来,绕着帝王蟹的一条腿游走了几圈。在帝王蟹再次攻击之前,木兰开口了。

"你是彼得?"木兰也不敢确定,只是帝王蟹的某根尖刺上,挂着的手链太眼熟,"我是木兰。"

帝王蟹慢慢停止动作,他进化得太彻底,几乎只剩下杀戮的本能和恐怖的身体。过了很久他才吐出几个字。

"我有印象。"

"看来你还有点记忆。"

木兰把分开后的经历都跟彼得说了一遍。彼得静静地听,不搭话也不提问。木兰说完,彼得仍然一动不动。

"也许你仅仅是对名字有印象了。那,我先走了。"

木兰失望地离开。走了不远，彼得的声音从身后远远传来。

"什么都吃，从前，你小心。"

八

"我见过那个姑娘，"一条磷虾在小千的爪下挣扎，"我见过她，就在不久前，她上半身仍然是人，还穿着衣服。下半身倒是鱼尾。"

"真的？"

"真的，你相信我，就在原来大陆沿海的地方。"磷虾严肃地保证，"你会放我走吧？"

"不会，但是我相信你。"小千把磷虾吞进嘴里。

前面已经是旧时的海岸线位置了，他记得那是小邹和他初吻的地方，也是分手的地方。为数不多的记忆充斥脑海，小千兴奋得仰天长嘶。这一路水位越来越浅，他浑然不觉。

一群人鱼从不远处伴着歌声游来，他们有着修长的鱼尾，丰满的上肢和较好的面庞。光滑的鳞片耀得水里流光溢彩，几乎让小千忘了一路的厮杀和疲惫。

"小邹！"

小千看见小邹了，她还是那么漂亮，就算在一群绝美的人鱼中央也很出众，她唱着，舞着，离水面越来越近，渐渐把身体伸出水面，月光成了一袭白裙，星辉散作满身首饰。小千幸福地看着，身体已经替他做出了决定，他正在自动向人鱼方向进化，他要跟小邹一起舞蹈，一起驰骋，什么尖牙利齿，厚壳坚甲，新陈代谢，都不管了。

小邹看见小千了，惊喜的表情在她脸上停留一秒就变成了惊惧。

"快跑！"

一张大网突然收紧，几艘渔船快速靠了过来，将人鱼一网打尽。小千没逃跑，只是痴痴地看着，船上的几个生物皮肤光滑，没有鳞甲，没有尖牙，四肢很瘦弱，他们不会声呐，只会通过喉结震动交流。他们微笑着把人鱼甩到船上，一一杀死。

"嘿,这儿还有一这么大个儿的海龟呢!"

一个渔民捞起小千,扬起了屠刀。小邹突然先发制人,一跃而起,一人一鱼一龟翻滚着落入海里,小邹用尖牙咬住了渔民的脖子,狠狠撕下一块肉,然后抓着小千没命地逃走,一直游到看不见渔船才停下。

"好险。"小邹心有余悸地抱住小千,"你吓坏了吧?"

"你怎么能杀人!"小千生气了。

"杀人?我不是救你吗?"小邹感到莫名其妙,"你来找我这一路上没杀过人?"

"我杀的是鱼,刚刚那个是同类啊!"

"同类?"小邹哈哈大笑,"你看看你,你是谁的同类?"

小千不说话,任由小邹喋喋不休。

"我告诉你啊,人进化成鱼简单,鱼进化成鱼也简单,但是反过来就难了,非得扒层皮不可,你这辈子就是……"

小千突然张嘴咬住了小邹的脖子,这一下又快又狠,小邹连惊讶的表情都没有就死了。小千扑到尸体上大口啃咬。同时,他的身体也发生着变化,四肢的鳞片和爪子慢慢脱落,露出下面粉嫩的皮肤,脖子变短,脸上的五官也逐渐清晰,只是此时看着很狰狞。身体上的进化是痛苦的,但最痛苦的是把龟的大脑进化成人的。小千又从小邹的尸体上咬下一大块肉,用力咀嚼。

小邹的尸体只剩骨架时,一颗人头浮出了水面。新生的下肢虚浮无力,水底的石头硌得脚底生疼,但小千还是很坚定地向自己的同类走去,就像很多年前,自己的祖先从水里走到岸上一样。

九

一头体型不小的海龟跌跌撞撞从旧时河床上游过。她面色憔悴,目光却很坚定。一直潜伏的木兰瞅准时机,突然顶翻了她,海龟反应迅速,积极组织反击。两个依稀还有人脸的水族纵情撕咬,河床上沙砾翻涌,水波混浊。

"你挺顽强啊。"木兰喘着粗气发出赞叹，他凭着多日的积累还是胜利了。海龟的腹甲翻开，内脏破损，心脏越跳越慢。

"以前也没这么顽强，前些日子遇到一个人以后才这样。"海龟平静地看着木兰吞下自己的一条肢体。

"说说呗。依我的经验，你还能活几句话。"

"他……我忘了他的名字，进化越彻底，脑子越不好，你知道的。只记得我要去俄罗斯等他，他一定会去的。"

"哦。以后我遇到海龟，一定帮你问问。"

"谢谢。再见。"

"再见。"

木兰继续向老家行进。水越来越浅，温度越来越低，水面结了很厚的冰。在木兰残存的记忆里，刚好有老家银装素裹的冬天。他终于到家了。几个月后，等冰面化开，他可以游上水面，看看雪落在冰上的样子。

不远处的冰面突然破了个洞，木兰毫不犹豫冲了过去，游到洞下才察觉不对，但是晚了，他早已经钻进一张细密结实的渔网里。

"来嘞！"

一个女人豪迈的声音传来，木兰被摔到冰面上，接着被人捏着尾巴提起来。还是那个女人："嘿，这鱼看着不大，倒挺沉……你看他还进化呢。"

"还真是，哟，嘴都出来了，哈哈。"接话的是个陌生男人。

昏迷之前，木兰终于进化出了人类的声带和口腔："妈！"

字正腔圆又怪异的声音很响亮，提着他的女人愣住了。

木兰再次醒来，已经在一个鱼缸里，母亲坐在凳子上，一脸不耐烦。她身后还有很多人站着，毕恭毕敬。

"妈。我爸呢？"

"你旁边那个就是。"

木兰这才发现，在自己身侧游走的金鱼隐约有父亲的神采。

"妈，你是怎么从鱼进化成人的？"

"进化成人？"母亲脸上露出冷笑，这种笑容一般是嘲讽他们父子时才有，"你妈一直是人，以前是普通人，现在……"

母亲把手伸到鱼缸里,水温瞬间降低,眨眼的工夫,半个鱼缸都结冰了。父亲慌忙躲到鱼缸有水的一角,噤若寒蝉。

母亲向后勾了勾手指,一个女人走来,默不作声,把手搭在鱼缸上,温度很快升高,冰化成了温水。

"你们为了适应环境而进化,我们为了改变环境才进化。"

"妈,我还能变成人吗?"

"我抓过很多鱼,只要是想进化成人的,我都给了他们机会,但他们一个都没挺住,最后都成了菜。因为从鱼进化成人太痛苦,几乎没人受得了。你要是想,明天我把你丢海里,你要是害怕,就老老实实在鱼缸里待着吧。我像养你爸那么养你,跟从前一样。"

母亲说完,一群人跟着她走出了房间。

"妈,我爸也失败了吗?"

"他说人活着太累,宁愿变成鱼。对了,"母亲回过头,拉过左手边的男人,"我现在跟他过,他比你爸强。"

"就因为他是人?"

"也不全是。他对老婆特好。为了给她治病,逼自己女儿出去卖。"

十

水还没退,岸上的人越来越多,水里的鱼也不断增长。再次见面时,小千已经恢复了往日的强壮。木兰也终于有了人的形态。

"你见过彼得了?"木兰指着小千手腕上的手链问道。

"记得。昨天我们还见面了。"

"真的?我上次见他时他还是帝王蟹呢。"

"是呀。他肉质很好。"

"哦。小白在干什么?"

"小白上岸了,他没进化成人,但是小说写得更好了,人和鱼都爱看。"

少女树

文/橘子药酒

一

雾气蒙蒙的镜子被手掌擦出一小块清晰的区域，顾影怜侧身撩起湿漉漉的乌黑长发，仔细看着镜子里的自己。

她这几天老是觉得背后痒痒的。

镜子里少女柔软的腰肢拥有美妙的弧线，白皙如玉般的背上却有一株绿色的小苗在轻轻摇曳。

少女有几分错愕："我可爱得发芽了？"

她试着用手去碰，那株小苗立马像含羞草一样紧紧贴住了皮肤。

顾影怜穿好睡衣，推开了浴室的门，整个家里空空荡荡的，连一丝人气也没有。妈妈是高三的班主任，每天忙到很晚，爸爸又出差了，得下个月才回来。

顾影怜愣了一会儿，打开了客厅的灯。

她不准备把这株小苗的存在告诉任何人，她已经孤独了太久，终于不再是一个人了。

天边微微泛起红色的曙光，奶声奶气的猫叫声在她耳边此起彼伏，顾影怜感觉柔软的毛球蹭着她的脸颊,她睁开眼,却被眼前的场景吓了一大跳。

几只颜色各异的小奶猫正摇摇晃晃地踩在她的被子上,最胖的那只小橘猫眯着眼靠过来,充满依恋地看着她。

顾影怜一下子坐了起来,背后茂密像绿缎一样的树冠像折扇般伸展出来,那几只胖嘟嘟的奶猫动作迅猛地扑上树干,三两下钻进了绿色的枝叶中。

微弱的猫叫像一阵风吹过耳边。

顾影怜看着镜子里的自己目瞪口呆,她的背后长出了一棵树?这棵树还结出了……小奶猫?

她的睡衣毫发无损,也不知道这棵树是怎么做到的。顾影怜试着换上校服,果然,那棵树就像是投影一样轻轻松松地穿透了校服。

真奇怪,明明摸起来,就是一棵真正的树啊。

让更多人看见这棵神奇的树吧,这前所未有的念头占据了顾影怜的整个心。

清晨的风吹起顾影怜额前的刘海儿,她有些害羞地缩起肩,背后的那棵树却骄傲地舒展开了枝叶。

小奶猫们怯怯地从树冠里探出头来,奶声奶气地喵喵叫着。

二

"这也太可爱了吧!"女孩子们叽叽喳喳地簇拥在顾影怜身边,争先恐后地去触摸毛茸茸的小毛球。

那些奶猫收敛了脾气,乖得像是安静的毛球。

白渔撑着脸,疑惑地看着顾影怜:"你背上这是什么东西啊?"

"是一棵树。"顾影怜坐直了身体,"一棵结出了奶猫的树。"

"真有你的啊。"白渔皱了皱眉,"我怎么记得你不喜欢猫呢?"

"可是大家喜欢啊。"顾影怜咧嘴一笑,"这样的话,平日里毫不起眼的我也会被人喜欢了吧?"

"你的树要不要喝水啊?"白渔拧开一瓶矿泉水,"要不然我来照顾你的树吧？"

"我也不太清楚……不过随便你吧。"顾影怜懒懒地托着腮，"你们男孩子一般喜欢什么啊？"

白渔一下子红了脸："你问这个做什么？大概是篮球、游戏、球鞋这些吧……"

"这样啊。"顾影怜点点头，感觉背后又无声无息地钻出来了一株小树苗。

"喂！那个谁……虽然我不喜欢猫，但你这猫确实讨人喜欢。"一个胖胖的女孩子居高临下地看着她，"这猫我可以抱走吗？我想养一只。"

顾影怜换上讨好的笑容："当然啦！你喜欢就带走吧！"

有了开头者，剩下的女孩子欢呼着一拥而上，顿时那树上就光秃秃的什么也不剩了。

白渔有点生气："她们可真不拿自己当外人啊！"

顾影怜却很满足："她们喜欢就好。你知道吗，这还是这学期她们第一次和我说话呢。"

白渔顿了顿，还是什么也没说，他把矿泉水倒进瓶盖里，小心翼翼地浇在了那棵树的根部。

三

这天是周末，顾影怜和白渔约好了去公园玩。

穿着碎花连衣裙的少女笑容明朗，背后又长出了一棵全新的树。她就像一只羽毛艳丽的孔雀，骄傲地把树枝抖出来给男孩看。

"你喜欢吗？"顾影怜挺直了腰板，那棵树上挂满了游戏机和 AIRY 球鞋，"你是我最好的朋友，你先选个礼物吧！"

"不用了。"白渔轻轻摸着树叶，"这棵树也不知道对你的身体有没有伤害，你来阳光下，让它们多晒些太阳吧。"

公园里有个小小的篮球场，一群面容俊朗的少年正在里面挥汗如雨，顾影怜看着那个穿红色球衣的少年，有几分迟疑地问："那个人，是隔壁班的班长吗？"

白渔顺着她的目光看去："没错，是八班班长欧恺。"

男孩手里的篮球像一只蝴蝶般姿态优美地落进篮框里，顾影怜红着脸，忍不住鼓了鼓掌。

欧恺远远看见了白渔，他比出暂停的手势，带着一伙朋友过来了。

还没走近呢，那群男孩已经躁动了起来——

"那是最新款的荒野大表哥！"

"那是 VR 版的肥猫小精灵！"

"AIRY 小闪电！这款可是限量球鞋啊！有钱也买不到的！"

顾影怜理了理头发，挤出有生以来最甜美的笑容："你们好，要是喜欢的话可以拿走哟！这些就算是我送你们初次见面的礼物吧。"

男孩子们一哄而上，瞬间树上再次变得光秃秃了，萧败的枝条紧紧地贴着那棵死去多时的奶猫树，看上去很是楚楚可怜。

欧恺只拿了一个游戏手柄，他站在阳光下，清俊的五官被染上了一层金光："谢谢你。"

四

顾影怜埋头吃饭，背后的小树苗在一瞬间苍翠挺拔。

妈妈咬着筷子，怔怔地看着树上五花八门的项链手镯和宝石，爸爸被汤呛了一下，也忍不住伸手去触摸那闪闪发光的金条。

"爸爸妈妈。"顾影怜笑着抬起了头，"有了这些东西……我们家就有钱了吧……以后可以多陪陪我吗？"

妈妈一下子站了起来，一边手忙脚乱地摘下那些昂贵漂亮的首饰，一边含糊不清地说："当然了，妈妈以后肯定会多陪你的……"

爸爸也忍不住把那些沉甸甸的纯金金条揣进怀里："之前是爸爸忽略了你，爸爸答应你，以后不会老是扑在工作上了……"

顾影怜是带着甜甜的笑容上床的，她躺在三棵焦黑的枝杈上，心满意足中却感觉有一丝奇怪的痒意正在背后蔓延开来。

就像是有什么东西正钻进她的皮肤里。

没关系的,顾影怜咬住唇,虽然不知道这些树为何会在她身上枝繁叶茂,但是为了能让它们结出更贴合心意的果实,自己还要多吃一些才行啊。

空荡的餐桌上只摆着一百块钱和一张字条,顾影怜咬着唇,拿起了那张字条。

"你拿着这钱去买早饭吧,爸爸妈妈去上班了。"

"说话不算话……"顾影怜的泪滴大颗大颗地落下,将字条上的墨字晕染成一团一团污渍,"骗人……"

少女无精打采地捏紧了手里的油条,她后背光秃秃的,只有一圈黑色的杂枝枯叶隐隐盘绕在腰间。

白渔提着壶热气腾腾的牛奶在路边对她招了招手。

温热的牛奶渐渐冲淡了嘴里的油气,白渔揉着肿胀的眼睛:"我昨晚熬通宵看完了《树的开花与结果》,我觉得我一定能照顾好你的树的!"

顾影怜挤出一个干巴巴的笑容,心底却浮出另一个人来:"谢谢你。"

五

在学校楼梯的拐角处,隔壁班那个领头的不良少女几乎把脸蛋贴上了她的鼻尖:"顾影怜是吧,我们最近很缺化妆品和漂亮衣服,你弄点给我们吧?"

顾影怜赔着笑,打算如平常一样在心底许愿,背后却一点儿动静也没有。

怎么回事?

她的鼻尖冒出汗来,低头不敢直视对面虎视眈眈的人。

"怎么?"几个女生围住了她,"不愿意?"

"不、不是的!"顾影怜急忙解释了两句,"不知道为什么,背后没有反应……"

"或许我们给你加点料,你就会有反应了。"不良少女摆弄着手里的水气球,"树不就是需要多补充点水分吗?"

354

顾影怜发着抖,猝不及防就被扎破的气球淋了一身水。

"喂,你们在做什么? 干什么欺负人!"

欧恺背着书包出现在楼梯上,领头的女孩脸一红:"是班长!我们走!"

"你没事吧?"欧恺从兜里掏出一包纸巾递了过来,"擦擦吧,她们欺负你了?"

"是我自己不小心……"

"我最讨厌霸凌别人的人了!"欧恺气红了脸,"我送你回家吧。"

两个人并肩走在放学的路上,欧恺有点好奇地问:"你那天是怎么回事啊? 怎么背上会长出一棵树? 现在那棵树怎么不见了?"

顾影怜红着脸说:"我十七岁生日那天时许了个愿望,希望以后能被大家看见喜爱,再也不想继续当个可有可无的透明人了。没想到第二天就觉得后背发痒,没过多久,竟然长出了一棵树。而这树上的果实完全遂了我的心愿,我希望果子是什么,就真的会长出来什么。"

"真厉害啊。"

顾影怜羞涩地绞着手指:"应该是有什么神奇的魔力吧……"

欧恺眯起眼:"真羡慕你啊……"

"没什么啦。"顾影怜偷偷看男孩的侧脸,"你要是有什么愿望可以告诉我,你刚刚帮了我……无论怎样,我也会帮你的。"

话音未落,顾影怜的背后忽地伸展开一棵粉红色的树,无数翻眡的情书在枝头上摇摇欲坠。

欧恺疑惑地摘下一封情书,顾影怜只觉得脸颊滚烫,整个人像是被放在火上炙烤。

她现在总算是弄明白这些树是怎么出现的了,许愿和恐吓是没用的,那些果子是她潜意识真正想要创造的东西。

仿佛经过了一个世纪般漫长,欧恺突然轻笑出声:"好。"

六

顾影怜恋爱了。

开始的时候,顾影怜总是想,欧恺会不会是看中了她的树,又或者只是单纯被那些甜美的好情书迷惑了心神。

　　但很快她就知道自己多虑了,欧恺从来没有提出过什么要求,反而像是完美男友一般呵护疼惜她。

　　白渔这段日子憔悴了不少,他顶着一对硕大的黑眼圈,有气无力地说:"喂,我告诉你一件事,你可别生气……"

　　"什么事?"

　　"欧恺他,其实不是什么好人。"白渔很认真地给她的树修枝剪叶,"我好几次看见他和校外的不良少年混在一起呢。"

　　"扑哧。"顾影怜笑了,"我还以为是什么大不了的事儿呢。不过说起来真厉害啊,欧恺的人缘可真棒,竟然有这么多朋友呢。"

　　"喂……这不是重点吧?"白渔气鼓鼓地趴在课桌上,"我不想管你了!"

　　顾影怜伸展开背后的一树粉红爱心,双眼亮晶晶地望着窗外。因为背后这些树,她第一次有了朋友和恋人,就连父母最近也抽出了很多时间陪着她。

　　"谢谢你们啦!"顾影怜温柔地抚摸着背后的枝叶,她手背上的血管被根须取代,正生机勃勃地跳动舒展着。

　　一张脸突兀地出现在了窗外,欧恺敲着窗户玻璃,满脸焦急难耐的样子。

　　"怎么了?"

　　"你跟我来!"

　　穿着睡裙的少女翻出一楼的窗户,跟着少年放肆地奔跑在风里,她背后的粉红爱心在风中被吹得鼓鼓胀胀,像极了才刚刚发酵的少女心事。

　　公园中央的草坪里,躺着一具冰凉的尸体。

　　欧恺哭得涕泗横流,哪有一点点当初的模样:"我真的是不小心杀了他的……我之前得罪了这个混混头子,他就一直带人霸凌我,我实在是没办法,半夜约他出来想说清楚而已!带刀只是为了防身而已,谁知道他、他自己撞了上来!"

顾影怜眯眼看着那具尸体,后背树上的爱心树叶一片片脱落。

欧恺咬咬牙,"扑通"一声跪下了:"你不是说,无论如何你都会帮助我的吗?"

良久以后,顾影怜开了口:"你想要我怎么做?"

欧恺把一张照片塞进少女的手心:"求求你,重新长出这个人吧!"

"……如你所愿。"少女的声音像冰一样,她背后的干枯枝叶在风中颤抖着,"不过我没尝试过结出人类,不确保一定会成功。"

<h1 align="center">七</h1>

一个人形果子从枝丫上沉沉地坠了下来,顾影怜已经变成了一片若隐若现的绿,她的血管跃出皮肤,变成了纠缠在一起的绿色藤蔓,攀着脊骨而化的枝干蜿蜒而上。

顾影怜成了一棵树。

但她还能听,还能看。

欧恺根本顾不上她——那个人形果子裂开缝隙,一个染着黄毛的不良少年骂骂咧咧地钻了出来,欧恺的心凉了半截。

不良少年一脚踢在欧恺的肚子上:"你他妈拿刀捅我?老子今天不打死你……"

在少年声嘶力竭的惨叫声中,顾影怜闭上了眼。

天空已经翻起了鱼肚白,欧恺伤痕累累地躺在草地上,他捂住脸痛哭出声:"为什么被霸凌的那个人是我……"

他摇晃地站起身,将少女树独自留在身后。

顾影怜站在天地之间,看着公园的人来人往,终究还是挺直了脊背。她看见父母拿着传单向每一个过路的人哀求,也看见白渔像是失了神,在公园里一遍一遍地找她。

白渔一定是去问了欧恺,但是欧恺没告诉他实情。

这天的夜色如水,白渔跌坐在树前,手里紧紧捏着一片已经枯黄的爱心落叶,他低声喃喃道:"你想让世人都喜欢你,我却只想和你并肩,走过一段很长很长的路。"

顾影怜的枝叶被夜风撕扯着，无数片叶子扑簌掉落，她从来不知道，白渔是喜欢她的。她一直小心翼翼地讨好着大家，博取少得可怜的关注和宠爱，却始终没有想到，原来一直有人把她放在心里。

白渔认真地讲着，她也认真地听着。

可惜这一切都太晚了，顾影怜感觉全身又冷又麻，有什么东西正从她的身体里急速流逝。

白渔，要是我能够早一些明白就好了。

她使劲扎根，努力吸收水分与空气，用尽所有的力气绽出了满树的花。当天光洒向枝杈，满树的白色花瓣扑簌落下，顾影怜用力将枝头上一颗红色的果子抛了下去，那颗果子是她的心，也是她留给白渔最后的礼物。

白渔捡起那枚果子，闭眼咬了上去，香甜的果味顿时涌入了整个口腔。

一阵从未有过的幸福感包裹住了他。

少女树瞬间化作了满树的灰色尘埃。那些尘埃被一阵风卷起，在太阳洒下的细碎光芒中舞蹈，最后依依不舍地穿过回忆里长长的留恋与眷念。

"希望未来还能遇见你。"

雾气沾湿白渔的眼，他在漫天飞舞的花瓣中恍惚看见那年大雪，那个戴着红色毛线帽的小姑娘笑着扔过来一个雪球，他缩起了脖子，用围巾藏住红红的耳朵。

八

欧恺一大清早就出了门，他还是受不了良心的谴责，准备去对顾影怜说一句对不起。

那棵少女树已经不见了，取而代之的是一串长长的绿色藤蔓，那藤蔓盘绕着一枚果核，正费力地直起身体。

欧恺靠近了看，藤蔓上的每片叶子，都刻满了少女天真的笑脸。一颗晶莹剔透的露珠从叶子上滚落，像极了少女最后的眼泪。

天空鲸鱼与奇怪果汁

文/徐大小越

一、鲸鱼

鲸鱼出现那天,我们正在做爱。

云朵大团大团地铺在天空上,太阳勉力地撕开几缕缝隙,阳光带着蔚蓝投向大地。

我甚至可以想象出被照耀的草地映出碧绿的光芒,马路也会变得柔软。

但我没去想,那些对我来说无足轻重。

我只是盯着窗口,看着云缓慢地变换着形状,想着要不要和她说点儿什么。

她赤裸地侧躺在我怀里,臀部紧贴着我的身体。我们百无聊赖地偶尔动一下,说是做爱,却毫无色情的意味,更好像在电影院里玩弄着彼此的手指。

我们在一起多久了呢,我看着她雪白细长的脖颈,几个月还是几年都有可能,我努力往前回忆,尝试着寻找线索,各种情绪拥挤其中,堆得满满当当,把结果藏在最深处。

沉默大块大块地在我们之间游动,如同水中的游鱼,间或撞到她轻微的呻吟声,躲闪开来。

太安静了啊,好像夏日趴在窗沿上眯着眼睛的猫。我突然有种冲动,或是说想做出一些努力,打破着宁静安详的壁垒,也许会有什么不一样呢,猫会吓得跳起来,跑向更安全的地方吗?

我微微张嘴,说道:"我们……"

鲸鱼就是在这时出现的。

二、果汁

"人总是很奇怪地会想起与自身状况不相符的事物,不是经常会有这样的人吗,贫困的时候总会想着山珍海味,等到了有钱的时候又开始吃起来以前不喜欢的蔬菜。"

我坐在女子的正对面突然开口,女子穿着一身黑色的连衣裙,但却完全没有与黑暗的背景融为一体,虽然同是黑色,但却好像是两种不同的物质,或是不同的维度,她身上的衣物好像是更为纯粹的暗夜,以至于隐隐发光。

她抬起细长而雪白的脖颈,脸上还有没散去的阴郁色彩,不过独自坐在酒吧里的漂亮女人,基本都不会是想庆祝生日之类的吧。

我斩钉截铁地得出结论"所以说,人想的事情会和现实情况相反,如果你正处于痛苦事情之中,也许身边正有开心的人也说不定,请问你现在想着什么样的事情呢?"

女子眨了眨眼,表情却毫无变化,仿佛眼睛是个独立于脸的镜头:"想吃什么跟你的结论完全不是一回事情吧。"

回话了!我偷偷回头看了眼一同来喝酒的阿九,他正朝我比出胜利的手势。

"世界上很多事情就是这么奇怪的相通的,不是说踢上一个罐子也有可能改变未来的流向嘛,看起来无关的事情可能就是紧密相连哟! "

女子这次笑出了声音,神色上的阴郁消失而去,仿佛沉入湖底。"那如果是各种情绪都有呢,掺杂在一起,就像把水果胡乱扔进榨汁机里。"

女人的声音很柔软,但是又带着冷冽的清晰感,酒吧里柔和的音乐从我们身边路过,酒杯在她手上转来转去。

"唔……"我想了一小下,一口干掉自己杯中的酒,举起了双手,"投降了投降了!我只是想来搭个讪嘛,完全没想到这个层面嘛!实在是编不下去啦!"

她扑哧一声笑了出来,不知是否恰好有灯光照射而来,抑或是微笑灿烂到极致本身就可以发光,总觉得我的生命连同所在的酒馆被同时点亮,那是我们在今后的交往中也少见的美丽笑容。

"我现在想到了很痛苦的事情哟。"

三、鲸鱼

我看到了大团的云朵汇聚,凝成了鲸鱼,那不是外形酷似鲸鱼的云朵,是真正的鲸鱼,是活物,它水潭般的眼睛扫视着我们的窗前,摇摆着巨大的尾巴接近而来。

本应在深海之中巨物沉沉压下,犹如世界末日。

这种好似科幻小说里的场景突然发生在身边,竟然没有一丝不现实之感,甚至好像是自然而然发生的,鲸鱼就应该出现在天上,一口将我和她吞进胃里。我竟觉得这是早该发生或是期待已久之事,有点像通宵加班之后,点起一支烟,看着窗外渐亮的云层,迎接黎明。

我本该恐惧的,我本该。可我第一反应只是抱紧她,然后遗憾自己应该穿上一件衣服。

鲸鱼却只是停在窗前,随即便摇着尾巴转圈圈,像只小狗。

我们呆呆望了一会天空,直到鲸鱼开始欢快的喷起水来。

啥?然后呢?

她突然转过身来面向我:"你刚刚说了什么?"

没听到吗,我心里涌起又遗憾又轻松的感觉。

"不是一些重要的话,"我看着窗外的那个利维坦,"不过这算什么,这是什么东西,我在做梦吗?"

她轻声笑了笑,把脸埋进我怀里,满足地叹了口气:"又有什么关系,鲸鱼真好啊！"

我看着她："你喜欢鲸鱼？"

"当然，你不喜欢吗？"

"不喜欢，它把云吃掉了，我喜欢云，云是幻想的根源。"

她抬起头来，瞪着我，"可鲸鱼是幻想本身。"旋即又笑了一下，"我们给它起个名字吧。"

"太奇怪了吧，这可是鲸鱼啊！应该生活在海里的东西啊，突然出现在天空里，它怎么飞上去的？原理是什么？重力呢？这是会引起全世界骚动的东西，我们却要给它起名字？"

"又有什么关系嘛！它停在我们家窗前，那就是我的！"

我深沉地摸着她的头发："叫小王吧。"

她捶了我肚子一拳："这个梗太老了，而且太难听了吧！"

"那你来喽！"

她把头枕到我胳膊上，仔细想了想："就叫胖头陀吧？"

我们在一起的原因大概就是都有这么烂的品位吧。

我抬头看了眼天空，我们的新宠物悬浮在天空之上，落下一大片的荫翳。

胖头陀啊……

我想了想她的话，笑了出来。

"笑什么？"她奇怪地问道。

我说："胖头陀是幻想本身。"

四、果汁

我和她是两个完全相反的人，在一起不久之后我就发现了这个事实。就连当时怂恿我去搭讪的阿九知道后也惊讶得差点瞪出眼睛。

"你完全不相信我可以和她在一起还要我去！"

"因为想看你吃瘪啊。"阿九理直气壮地回复，"你们完全不是可以在一起的人啊！"

"气氛啊！"阿九在旁边念念叨叨，"只要看这个就懂了吧，就像是屠户和一个宠物店女店员，可能会有吧，但想想总是不搭调。就是那种气氛啊！"

虽然阿九这人惹人讨厌，但感觉却意外的敏锐，这一点也很惹人讨厌。我考虑过不止一次要埋了他，不过想想都在一个部门，到时候他的工作都要压到我的身上，暂时作罢。

的确，我和她简直像是专门为了证明人类有所不同而被设计的，相比之下性别反而是其中最不显著的差别。

无论是个性，还是喜好，但偏偏我们还是在一起了，站在一起完全不搭调啊。就像阿九所说。

她问过我："还是那个问题，如果是你，面对不知什么混合的果汁，会怎么样？"

嗯……我犹豫了会儿："试着尝一口吧，看情况可能会喝掉。"

"什么情况？"

"比如人家很费心思做给你的啊，或是有什么心意在内之类的，会捏着鼻子一口气喝掉吧！"

她轻笑："真的很不一样呢。"

我问她："那你呢？"

"什么，果汁吗？"

"不是，你当初在想什么呢？在酒吧第一次见面的时候。"

她皱着眉头，思索了片刻，脸上带着奇怪的神情。

"我在想，爱情啊，像鲸鱼一样呢。"

五、鲸鱼

自从鲸鱼出现以后，她就感冒了，咳嗽个不停，我一直在家照顾她。

鲸鱼不是只有一只，很多人的窗前都有鲸鱼游荡。由于多只不该存在的巨物的出现造成了恐慌，全市的工作都停了几天。

以至于接到公司短信让我回去上班，我竟然没有反应过来："啊，我还有工作啊……"

我看着她,有些担心。

其实我的工作很是无足轻重。

我在做箭,或是渔叉,怎么叫它都行,反正它什么都不像。

箭头细细密密又不尖锐,可以划伤人,但是效果大概和用绳子拉伤人一样,要磨上很久,就好像生活一样。

这样的东西不知道是用来刺穿什么的,但是说起来我也不关心。工作都是一样的,都是无意义。

"去吧。"她轻轻推着我的手,"我觉得自己现在很舒服呢。"

到了公司,大家只有刚见面时会讨论一下鲸鱼的事情,就好像在谈论突然出现的雾霾。"你家也出现鲸鱼了""这是怎么回事啊""难道是什么新式武器吗?""讨厌,哈哈哈。"

鲸鱼在天上游荡,既不迫近也不远离,偶尔会发出呼啸喷出水柱,落地变作雨水。总结来说就如同不会变换形状的云。

可人们从不关心云。

阿九看到我,元气满满地和我打招呼:"呦!"接着要和我击掌。

我冷冷看着他,他伸着手等了我五分钟,仿佛不拍就要化作望夫石,与公司一起千年等待。

我不情不愿地拍了上去,他马上笑了出来,我仿佛看到了尾巴从他身上长了出来正在摇动。

真的好像狗啊!

"话说回来,小八最近常常咳嗽呢。"

我脑海里又浮现了她虚弱的样子,难道是流感吗。"说起小八,好久没见过了呢。"

"她最近在忙着打毛衣。"

小八是阿九的女朋友,我总是怀疑阿九是按名字找的女朋友。即使我蛮喜欢小八,但也觉得那个姑娘好像是一个老奶奶住在了年轻女孩子的身体,说起他们两个人,应该是奶奶和孙子吧。

"老年人应该多注意身体啊!"

阿九笑了："是呀,我最近在去劝她多晒太阳。"

"但言归正传。"

阿九的神情突然严肃了起来。

"我觉得和鲸鱼有关,天上突然出现鲸鱼,小八就病了,不是很莫名其妙吗?"

…………

不……能把这些事情联系到一起的你才奇怪吧。

我突然想起了一件事情。

"喂,如果有奇怪的果汁怎么办!"

"当然拿出去做恶作剧啊。"他一脸开心地盯着我手边的咖啡杯。

我不动声色地把里面的东西倒掉:"那小八呢?"

阿九苦恼了一下:"不知道诶。"

"明明一起生活了这么久了。"

"是呀,这么说来好像不是很了解啊!"阿九看起来到并没有反思的样子。"不过我想,应该是会认真地包上保鲜膜,放到冰箱里去吧。"

我想到了小八严肃的脸,笑了出来。

"哎,她呢?"阿九突然问道。

我沉默了一下,想到我从来没关心过。

下班回到家中我开始仔细观察起她来。

她的确有些不太对劲,最近正迅速消瘦。好像身体的一部分正在消散,偏偏外表上并看不出来,如同内脏蒸发掉了一般。

"你真的不要紧吗?"我担心地看着她。

她笑了笑:"从未感觉这么好过。"

又是一阵猛烈的咳嗽,身体肉眼可见的小了一点儿,仿佛有什么无形的东西从身体咳了出来。

我一时间手足无措,像一只在空中的鲸鱼。

我盯着天空突然发出哀鸣的胖头陀,想起了阿九的话。

我真的应该把他埋了的。

六、果汁

"爱情为什么像鲸鱼？"我问她，饶有兴致。

"鲸鱼是用肺呼吸的对吧？明明是需要呼吸的动物，却偏偏活在没有空气的海洋里。庞然大物一般，应该说本就是最大的生物，可却脆弱得要命，渔叉也能杀死，在浅一点儿的海滩也会死掉。只能躲进海洋里保护自己，即使是没有空气，也要永远生活在里面。"

她脸上的表情好像我在酒馆第一次见到的一样，忧郁得让人想起雾气笼罩的湖面。

"爱情很像鲸鱼吧？为了生存，从一开始就要放弃些东西，是和妥协一起存在的生物，所以说海洋里的鲸鱼很可悲吧。"

"可……鲸鱼当然是在海里了。"

"还有空中的鲸鱼。"她认真地说道。

"空中的鲸鱼？"

她很坚定地说道："毫不妥协的空气中的鲸鱼。"接着神情又是一软，"空气的浮力很小，又没有其他鱼类，空气中的鲸鱼一定是又辛苦又孤独吧，而且，更容易被人射杀。"

我暗暗想着她真是一个奇怪的姑娘，嘴里问道："那我们的鲸鱼在哪里呢？"

七、鲸鱼

胖头陀又发出一声哀鸣，透过窗口，我看到他身体剧烈地摇摆。

一瞬间我心里想到些莫名其妙的事情，鲸鱼不是云朵变成的，也不是忽然凭空出现，它们是生存在海里的，借着水汽浮上了天空，不妥协的鲸鱼。

我突然间明白了什么，空中的鲸鱼，虚弱而逐渐死去的她。

脑子线条四处飞舞，想要把眼前的情况紧紧绑住，却被电话铃声再次斩断。

阿九在那儿说着，语气如同被遗弃的狗的呜咽："小八消失了。"

他又重复了一遍，像和自己确认一般："小八消失了。"

我赶紧赶到了他的家，明明没有下雨，可他的房子外面就好像刚刚发生过海啸。

"怎么回事？"

阿九躺在地板上，看着天花板，语无伦次："鲸鱼没了，就好像气球一样，'嘭'地一下炸开了，小八跟着就'嘭'地一下子就消失了，不对，没有声音的，像是融入了空气。"

我沉默了一会儿，脑中的线条猛地系在一起："我要回家去找她。"

阿九没有说话，待我打开房门身后又传来声音："对了，我问了小八，她会怎么样？"

我回头看他。

"她说奇怪的果汁可能对身体不好，要尽早处理掉。"

我迈步而出，带上房门，出门的那一刻，我在地上看到了几支箭。

箭尖细密得像生活。

八、鲸鱼

我回到家中，胖头陀还在窗外摇曳。

我盯着她看，好像一转眼她就会像气球一样破裂。

"我要消失了是吗？"她说。

我没有说话。

"没有办法是吗？"

我费力地从喉间挤出干涩的空气："我们没法改变已经发生过的事情。"

"可你还是要去，"她看着我，开心地笑了出来，那是我第二次看到这样的笑脸。"带着我去吧。"

"可你……"

"这是我们的鲸鱼,我们的幻想。"

我把她背到了背上,想起那个问题。

"一团混乱不知是什么味道的果汁,你会怎么处理呢？"

"倒掉。"

我来到我们第一次见面的酒馆门口,酒馆空空荡荡,只有一个男人,站在门外,手里拿着一张弩。

他戴着金丝眼镜,我一向讨厌金丝眼镜。

我们就像约战决斗的西部牛仔,不过我的武器是背上的她,略显滑稽。"你杀了鲸鱼?"

他笑吟吟地看着我："严格来说是你杀了鲸鱼。"

他指了指弩中的箭："这是你做的武器,我只是拿起它,击发而已,就算不是我,也会有人来做,毕竟箭就在这里,这是它的使命。"

他仰起头看向我家的方向："鲸鱼很美吧？"

"是呀,的确很美,放过胖头陀行吗？"

他用奇怪的眼神看着我,像是在责问我怎么问出这么白痴的问题,问道："鲸鱼是什么？"

我看向背上的她,她的脸色苍白,好像与遥远的天际线相融。

我说道："是爱情。"

她拍了拍我的肩膀,在我身后轻声回答："鲸鱼是幻想。"

"对,"他笑了起来,简直手舞足蹈,"鲸鱼是幻想！"然后毫无征兆地举起弓弩射向我的胸口。

箭毫无停顿地透过我和她的身体,直刺向天空,仿佛穿过空气。钉在了胖头陀身上,鲸鱼发出一声哀鸣,在天空炸裂开来,血水猛地落下,化作暴雨扑向我的后背,仿佛一个云团被人撕成两半。

她微弱的声音好像根本没有重量,在我身后响起。

"我听到了,鲸鱼出现时你说的话。"

"我很开心,谢谢你。"

鲸鱼如出现时一样瞬间消失,大雨倾盆而下,打在我的身上,我的后背空无一物。当初的声音犹如被鲸鱼吃在体内，在此时又被放出，我遥远的询问在大雨中打回到我的身体。

"我们结婚吧。"

九、鲸鱼和果汁

我从房间惊醒，外面是与梦里并无二致的雨。身上一片潮湿，突然有些分不清什么是现实。阿九睡在地板上，面朝着天花板，桌上一片狼藉，满是酒瓶。

我头痛难忍，隐隐回忆起阿九和小八分手后找我喝酒，没想到我竟然把自己灌了半死。

手机显示我昨晚打了一个电话，是熟悉的不能再熟悉的号码。

我犹豫了片刻，还是拨了过去，很快就被接通了。

"喂，什么事？"她的声音冷淡，但是中气十足，毫无虚弱之感。

我突然松了口气，就像泄气了的皮球，咻的一下放松下来。

"对不起，昨晚喝多了酒，看到了通话记录，我没有说什么奇怪的话吧。"

"你说，鲸鱼死了。"她接着说道，连接之快好像不想给我插嘴的空隙，"不要再打电话说奇怪的话了，我们已经分手了。"她声音冷冽，突然压低了声音，"而且我已经有了新的男朋友。"

我一时不知道说什么，只能半开玩笑地说道："他戴着金丝眼镜吗，我讨厌金丝眼镜。"

"这不关你的事。"电话被"嘭"的一声挂断，明明是手机，却好像座机电话一样。

电话的忙音与窗外雨声连成一线。

我在床上，看着窗外的雨，却突然泣不成声。

"可我的鲸鱼死掉了。"

人生镜像馆·我就这么死了？

文/梅艺璇

陈宝德坐在沙发上，看着客厅里不多的几人忙来忙去。

"这就死了啊。"

没人回应他，刚满二十岁的儿子正在整理着遗像两侧的绸花。一旁的老婆将刚出锅的饺子夹了四个，摆在碟子里。

"还是老婆子疼我，知道我好这口。"

陈宝德想着，站起身来，走到老婆身后，伸出胳膊环住了她。但女人毫无反应，摆好碟子后，匆匆回到厨房。

陈宝德悻悻缩回了手，在客厅四处溜达起来。

"怎么连个人都没有，是不知道我死了吗？"

"连个应声的都没有，我这还没凉透呢！"

"小兔崽了你爹死了连哭都不哭一声！"

骂骂咧咧半个小时后，陈宝德终于累了，又一次坐在沙发上。

"骂完了？"

蓦地响起的声音，让陈宝德愣了片刻。回头一看，沙发上不知何时飞进一只大鸟。

陈宝德看看大鸟,看看儿子。

"别瞅了,只有你能看到我。"

大鸟浑身雪白,一根杂毛都没有。

一看便知是非凡间的神物。陈宝德心下窃喜:定是自己死后得了福报,神鸟来渡自己归西。

"咱这是要去哪?"

"到了你就知道了,抓紧了。"

神鸟说完,抖抖翅膀,便从窗口飞了出去。陈宝德则摇摇晃晃,抓着神鸟的爪子,一并被带上半空。

— 一 —

也不知道飞了多久,陈宝德再度落地的时候,手都发软了。

环顾四周,白茫茫一片。像是身处团团簇簇的浓雾之中,看不清来路,更望不到归途。

不等陈宝德开口,神鸟刚一落地,便挥扇起一侧的翅膀,将最浓的一团白雾丝丝缭绕地扇开。等看得分明时,陈宝德发现,嵌在白雾里的竟是一面一人高的镜子。镜面上不断有人影划过,定睛一看,全是自己生前的零散片段。

"相信自己死了吗?"神鸟例行公事一般,淡淡问道。

"相信。"陈宝德说完,又刻意掐了一下自己的大腿,毫无反应。

"那就好,知道这是哪儿吗?"

"不知道。"

"人生镜像馆。"

"是专门看自己生前的景象?"

"不光如此,我们会多方评估您生前的善良额度,不同等级对应不同服务。"

"所有人死了都会来这儿?"

"不出意外,是这样的。"

"那我可以享受什么服务呢?"

陈宝德想,自己既然能让神鸟亲自护送到此,应该算是等级较高的那一拨客人吧。如此想来,便不由得腆起肚子。

"三次,您拥有三次回望人生选择的机会。"

"什么?回望人生?"

"您可以从镜面中任选三个您人生中的瞬间镜像,我会让您通过镜面,重新审视您那时的决定、做法、态度等一系列个人意志或行为。通俗点讲,您将会以上帝视角,回望您的人生。"

"意思是只能看,我能不能改剧本了呢?"

"只能看,完全不能干预,也无法干预。"

"那还有个屁劲。"

陈宝德算了算时间,该是自己出殡的时间了,他想回去再看看儿子,吃个饺子。

"行了,我放弃这个服务,你赶紧送我回去。"

"您相信自己死了吗?"

"屁话,赶紧的吧,我要出殡了。"

"既然已经死了,那死者怎么会有返程的机会呢?"

这话将陈宝德噎在原地。

"我们已经给您预留了半小时告别时间,只不过那期间您一直在抱怨和咒骂。时间到了,您只能按照往生者世界的规矩继续走下去。"

"我回不去了?"

"准确地说,从昨晚 23:39 起,您就回不去了。"

二

　　盯着镜面上忽远忽近的那些片段，陈宝德有些手足无措。

　　"只有三次？"

　　神鸟没说话，只点点头。但陈宝德已经感受到他的不耐烦。的确，自己已经盯着镜面发呆了好一会儿。

　　镜面上依次划过自己出生、幼儿、成年、新婚的各色片段，陈宝德盯得眼睛发了酸。

　　"就这个吧。"

　　陈宝德随手一指，点亮了一个片段。

　　片段在镜面上逐渐放大，逐渐清晰。陈宝德眼见着自己也丝丝缕缕化作雾气，侵入镜面之中，还未来得及呼救，便已置身儿时的老房子。

三

　　"宝德，你爹打你娘了吗？"

　　陈宝德反穿着校服，留着寸头，撇嘴摇着头。

　　"宝德！"

　　坐在对面的娘发出叫喊，那声音尖厉的，像是指甲划过黑板。陈宝德讨厌这声音。

　　"宝德他娘，两口子过日子，小打小闹都是难免的，孩子还这么小，看在孩子的面儿上，也不能离。"

　　女人不再开口说话，只无神地盯着地上瓷砖的裂缝发起呆。一旁的胖女人见状，便也一副功德圆满的模样，起身摇晃着离开。

　　"妈，我饿了。"

　　女人没说话，依旧盯着那裂缝。陈宝德也这样看过那地板砖的裂缝，像个女人的嘴，抿得死死的。

"妈,我饿了!"

陈宝德提高了音量。

"饿了,宝德想吃什么?"

"面条。"

"行,妈给你擀面去。"

女人撑着沙发扶手站起身来,摇晃的碎发下,大片的青肿忽明忽暗。

但陈宝德无心在意这些,看着女人走进厨房,他飞速跑到门后,抽出几张皱皱巴巴的纸票,塞进裤兜。一溜烟地跑了出去。

家门口的游戏厅上了新机子,陈宝德惦记很久了。要不是今天娘非闹着分家,自己早就潇洒半日了。

而此刻化作雾气的陈宝德,却留在了老房半空。

刚才那一幕陈宝德一直是记得的。因为等他再度回家时,面条是在桌上的,娘却再也没有回来。

想到这儿,陈宝德便想再去看看那个女人,那个抛弃了他和爹半生的女人。

他飘在厨房半空,看着女人安静地和面,烧水。

"喂。"

陈宝德试着喊了女人一声,女人却没有任何反应。一刻钟的工夫,女人便将一碗面条端上饭桌。之后,她仔细打理了灶台,挂好围裙。对着厨房门上挂着的半面镜子,整理好头发后,轻轻带上了门。陈宝德没有犹豫,也紧紧追了上去。

他恨过这个女人,但仍旧想知道女人的下落。

女人走得很急,像是在赶车一般,急慌慌走到铁路旁。

远处火车隆隆,声声入耳。

女人面无表情,毫不犹疑地跨过枕木,直挺挺地躺在铁轨上。原来女人的归宿不是远方,而是此时此地。

"娘！"

陈宝德急了，可声音却轻飘飘的始终落不到地。他恍然响起，此刻的自己不过是一团侵入过去的雾气。

火车疾驰而过，陈宝德转过身去。

原来自己就这样，没了娘。

老房里，陈宝德的爹抽着烟，脚下满是酒瓶。

还是孩子的陈宝德依旧反穿着校服，缩在墙角。

三个小时前，陈宝德就想去厕所了。但爹说，娘以后再也不会给他俩做饭了，陈宝德就憋着，舍不得再去厕所。

娘为啥想不开要离家出走呢？

陈宝德想着，自己不过只是想要个囫囵的家，要个爸和妈，为什么没人成全自己呢？

想着，陈宝德越发埋怨起那个矫情的女人。

而此刻化作雾气的陈宝德，早已飘进卧室，卧室门后的墙上，刻着一排密密麻麻的"正"字，陈宝德知道，娘只要每次挨了打，便会在这里用卡子刻一个笔画。

那个女人一向坚韧沉默，忍了这么久，一定是逼不得已才会选择放弃了吧。如果，如果当初自己向着她，恐怕，老太太也早已尽享天伦之乐了吧。

四

雾气从镜面渗出，幻化出陈宝德的模样。

陈宝德背过大鸟，擦了擦眼泪。

"我要知道她是自杀，我不会怨她这么多年。"

大鸟没说话,整理着自己的羽毛。

"还有两次机会了?"

"对,了解这个过程了吧。"

陈宝德点点头,盯着镜面又一次发起呆。还想再看看谁呢?

镜面上飘过自己的老婆。

"这个女人呀。"陈宝德看着,突然想到今天是两人结婚整二十七年了。

"那就回去看看她吧。"

五

"你也不是不知道,我日子过得也是紧紧巴巴。"

坐在马扎上的男人没说话,一直低头看着自己开胶的球鞋。

"这样吧,你先回去,我给你凑凑,但我不保证能凑够。"

"真的?"

"嗯,你先回去吧。"

男人犹豫了一下,把嫂子递给他一直被他抓在手里表皮已经变得温吞吞的橘子,又放在果盘里。

"那,哥,嫂子,我先走了。"

女人的一句"常来"还没散开,便被门紧紧缩在了里面。

化作雾气的陈宝德认出,这借钱的男人是自己远房的表弟,刚从监狱出来,想要拿钱做服装批发。

"狗改不了吃屎。女人家懂什么。"

陈宝德甩上门,呵斥女人。

"这个时候大家不拉一把,他可怎么办?"

"爱咋办咋办。从大牢里出来的东西,能有什么出息。"

陈宝德没再多和女人纠缠，自顾自开始看球。

而化作雾气的陈宝德，此刻飘在楼道，看着表弟正蹲坐在楼梯上。刚才的门在甩上后又被弹开。原来自己刚刚说的话，一字不落地插进这男人心中。

紧接着，女人发现了虚掩的门，兴许关门时听到外面的动静，探出了身来，恰好与男人的目光撞在一起。

女人慌张地朝身后望去，发现看球的陈宝德并没有发现，之后悄悄走出来，虚掩上门，刻意压低着声音："你先回家，我去和娘家凑凑钱，然后联系你。"

表弟没说话，只噙满了泪，朝着女人鞠了一躬。眉眼间，也不过只是个二十岁出头的孩子模样。

原来如此，飘在半空的陈宝德突然明白了，为什么发迹之后的表弟对自己不闻不问，倒是对他这个嫂子格外言听计从。

想到这儿，陈宝德有些愧疚。下岗之后自己窝在家里，看着表弟的生意风生水起，就没少胡乱猜测女人和表弟的关系，更没少因为这事儿向女人动手。

自己可真是个浑球。

但女人和自己解释过这事儿吗？
陈宝德想不起来，或许吧。

六

第三次，陈宝德明显更加慎重。

好在神鸟没有催促他,一直还算耐心地等在一旁。陈宝德手指划过自己人生的无数片段,始终没有想好停在那一页。

"不然,就看看自己死之前吧。"

陈宝德对昨夜发生的事情毫不知情,不知从什么时候开始,自己只要喝了酒,便会对醉酒前发生的事情毫无头绪。

像前两次那般,陈宝德再次化作雾气,渗入镜面,浸入过去。

七

房子、酒瓶、二手电视。

原来的电视被自己喝多后,砸了个洞。以防万一陈宝德换了台二手电视回来。

"这个砸坏了不心疼。"

"你别喝酒不就行了?"

"你懂个屁。"

陈宝德朝儿子翻着白眼。

刚刚的进球着实让看台上的球迷疯狂了一把,但很快便又恢复到紧张的对峙状态。陈宝德咂吧着桌上的炒黄豆。惬意十足。

化作雾气的陈宝德此刻浮在半空。

"难不成自己今夜真是喝酒喝死了?"

陈宝德有些遗憾,自己虽算不上英雄,可这样的死法确实有点儿窝囊。

儿子陪着自己看球,这在陈宝德的记忆中,十分有限。又或许是自己每每醉酒,都不记得。想到这儿,陈宝德跃过自己,浮在儿子面前。

二十岁的儿子,眉眼间越发和自己相似。是在念书还是毕业了,陈宝德有些搞不清。他试着伸手戳了戳儿子。但自己的指尖刚刚碰到儿子的衣角,便化作一团雾气不再成型。

"唉。"

陈宝德死了将近一天了,这是他第一次产生遗憾的感觉。

伴随着一声怒吼,第二粒球惊险入网,陈宝德跳了起来,一口气灌了一杯白酒下肚。

"好球!"

"爸,别喝了,成吗?"

"滚,别影响老子看球的心情。"

"你看看这个家被你喝成什么样了!"

浮在半空的陈宝德看着黑黢黢的家,不由得脸红。

自打下岗之后,自己再没有挣钱的念头,常常今朝有酒今朝醉。反正女人也会拿钱回家。有过几次,孩子学费实在凑不出来,还是陈宝德之前坐过大牢的表弟带钱救了急。

自此,陈宝德作为男人的尊严彻底被人打败。唯一可以证明自己不是窝囊废的行为,便是朝自家女人动手。

"骚货!"

"我让你卖!"

"他不是冲着你掏钱是冲着谁!"

女人一开始还朝着自己大喊大叫,后来,便也麻木了。像是当年自己的娘,不做任何反抗,也不做任何求饶。但这样反而更让男人怒火中烧。

"我是不是连个女人都搞不定了?"

"我娘离家出走,我倒要看看你有没有这本事!"

陈宝德叫嚣着,张牙舞爪,将生活扯裂,一半灌入酒精,一半灌入女人的眼泪。自己在其中日日不知酒醒何处。

但很明显，此刻与自己对峙的人不再是女人，而是儿子。

陈宝德借着酒劲儿，红着脸，嘴里毫无逻辑地嘶喊着。

儿子没再说话，眉眼间没了自己的模样，倒像是那个曾经操持一个家的女人，抿着嘴，不讲话。

"你说话啊！"

"我才是你老子！"

"臭小子怎么不说了！"

"砰！"

陈宝德突然失去重心，后脑勺朝着电视直直砸了过去，下意识伸出的手又将电视柜向后推了一把，原本就不牢靠的柜子很快散架，那台笨重的，却与陈宝德关系最为亲密的二手电视，将他的脑袋狠狠砸在地上。

直到地板上的暗红一圈圈铺展开来时，儿子才惊慌地缩回双手。

此刻，浮在半空的陈宝德方才知道自己竟是这般死法。

很快，出门买菜的女人进家，看到眼前这一幕。与儿子相拥而泣，之后很快与儿子搬动着自己的尸体，清理房间血迹。

再然后，两人相视无言，沉默着度过了陈宝德死后的第一晚。

八

人生镜像馆。

陈宝德在团团雾气间，抿紧了嘴巴。

三次回望人生，头一次令他这般强烈地看清自己如此糟糕的人生。

"被自己亲儿子害死。"

陈宝德挠着后脑勺，眼睛盯着脚下。看神鸟并未回应，更是尴尬。

"我是个差劲的儿子,差劲的丈夫,更是差劲的父亲。"

"按照规定,您现在可以正式进入往生者世界,与人世再无瓜葛。"

"等等!"

陈宝德拦下神鸟撑起的翅膀。

"可以帮我个忙吗?"

"往生者不可与人世发生瓜葛。"

"我这个人,死就死了,没什么人在意。但怕孩子会受影响,帮帮我吧。"

神鸟没有说话,又或许是拒绝的话被陈宝德突如其来的呜咽挡了回去。

"拜托你告诉他,我不怪他,我是个差劲的男人,但我相信他会比我优秀很多,很多很多。"

说完,陈宝德如释重负。

拨开镜像馆的层层白雾,等待陈宝德的将是下一段往生者旅程。但他并没有继续,而是起身一跃,落入无边的往生者之海中去。其间一片茫茫,往生者将在过去的人生中千转百回,而再也得不到生者的牵挂。

"我记住他们便好,他们不必再想起我了。"

神鸟仔细回忆着陈宝德跃下时的最后一句话,之后振翅离开。

九

"妈,还是自首……"

"不可以!"

女人慌忙拦下男孩未来得及说出口的话。

"如果,如果真到了那一天,和你什么关系都没有,是我,是我干的,是我怀恨在心杀了你爸。"

"妈！"

"闭嘴！"

当晚，母子二人仍在客厅和衣而眠。但今夜不知为何睡意沉沉。天际刚刚泛出鱼肚白时，两人同时惊醒。

"我好像梦到他了。"

男孩恍惚地说着："他说我们要好好的，还说他不怪任何人，终是自己错了。"女人有些惊讶，因为梦中的男人也和她说了同样的话。

环顾客厅，遗像照片，黑白分明的绸花和四个已经塌下去的饺子还格外生动，但之前发生在这个房间里的很多事情，竟变得模模糊糊。像是多年前的往事，落了厚厚的灰，没人再愿意拂灰翻动。

"妈，我饿了。"

"想吃什么，妈给你做去。"

"饺子吧。"

话音落了，客厅窗外，一只大鸟往返盘桓，浑身雪白，未见一丝杂色。

啃过书本的老鼠

文/胡广香

一、啃了曾博士的书本

曾博士的书房里住着一只叫尾尾的老鼠。尾尾在这儿过得倒也舒服惬意。

开始的时候，他还露出鼠胆的本性，对这房里的主人非常非常地害怕，总是躲在旮旯缝儿和杂物堆里，只有趁曾博士睡觉时，才悄悄溜出来觅食和找水喝。

可日子久了，总会被发现的。有一天，尾尾从床底下爬出来，刚刚露出贼溜溜的小脑袋，不想被正用面包充饥的曾博士发现了。

尾尾吓得正要把脑袋缩回去，却忽然听到曾博士发出一阵兴高采烈的笑声。他很觉奇怪，便偷偷抬起鼠眼瞅过去，啊，他看到了曾博士那慈祥友好又热情的面容，而且曾博士还将手里的面包屑向他掷过来，口里连连说："吃吧，吃吧，我们交个朋友嘛！"

尾尾见曾博士不仅没有厌恶和伤害自己的意思，还要真诚地和自己交朋友，渐渐变得胆大起来。他又瞅了对方一眼，便惴惴地去吃那面包屑，啊哈，味道真美！不一会儿，吃完了。

曾博士又切了一块苹果扔过去，尾尾又毫不客气津津有味地吃起来。

从此以后，尾尾便经常得到曾博士的施舍，他再也不愁吃喝了。而且，曾博士真的和它成了朋友哩，每在读书写字累了时，便停下来，点燃一支烟，和他逗着玩耍。尾尾对曾博士一点儿也不害怕了，敢于爬到曾博士的脚背上搔痒痒，逗得他忍不住直笑。

有一次，尾尾还大胆地爬到桌上去偷吃面包。曾博士发觉了，便皱着眉头嗔爱地骂一声："真是个馋嘴的小淘气！"然后将面包整个喂给它。

既然和曾博士如此熟识了，尾尾自然有机会也有兴趣仔细地观察起曾博士来。它感到这个人真有些奇怪，整天就坐在这书房里读呀、写呀，写呀、读呀……后来它又发觉有好多人来拜访曾博士，这些拜访的人中有大官，还有曾博士的朋友和学生。它从他们的谈话中终于意识到曾博士是一个很有学问很了不起的人物，大家都很尊敬和崇拜他。这使尾尾心中产生了一种羡慕之情：自己若能像曾博士那样有本事、有学问，该多好啊！

有一天，曾博士又来了个朋友，这朋友很随和，也很幽默，一进门就哈哈笑着说："啊，你又在啃书本呀，怪不得你这么有学问哩！"

这句话尾尾听得清清楚楚、真真切切，它也从这话中明白了一个秘密：噢，曾博士的学问是啃书本得来的呀！同时，一个念头在头脑里一闪：我不是也想和曾博士一样有学问吗？对，也去啃书本！

于是，尾尾开始行动起来。这天夜里，等曾博士熟睡后，便爬到他那满满的书架上，拣了一本厚厚的书，开始啃起来。

尾尾啃呀、啃呀，不一会儿，便把这本书啃得乱七八糟、七零八落了。接着，他又去啃另一本……他一本接一本地啃了整整一夜。

天亮时曾博士醒来，听到那啃书之声，吃了一惊，忙爬起来跑到书架前，捧起一本被啃坏的书，竟失声惊叫起来。

尾尾不知利害，还蹲在书架上得意地吱吱叫着说："你看，我这本书啃得怎么样？"

曾博士发疯样哭叫着："你这个坏蛋，啃坏了我的宝贝！这是我的命根子呀！"他狠狠地扑了过来。

尾尾早已对老朋友失去了戒心，不妨被曾博士抓住了尾巴。它开始以为是老朋友开玩笑和它玩耍哩，可抬头一看，见曾博士正横眉竖目，咬牙切齿，这从来不曾有过的面容可把它吓着了。它这才明白自己可能闯了大祸，老朋友已不会饶恕自己了！必须想法赶快逃走！自卫的本能使它咧嘴龇牙地向曾博士的手咬过去。

但曾博士已被狂怒激得不顾一切了，他狠狠地按住鼠尾，大声说："你咬，你咬吧！你就是咬死我，我也不会放过你这个坏蛋！"

尾尾从这话中已明白了处境的险恶，这一咬下去迫使对方松手的希望已十分渺茫。它急中生智，那龇着尖牙的嘴便临时转移了目标，竟向自己的尾巴狠狠地咬一口，随着用力一挣，尾巴断了。他忍着疼痛从书架上跳下来。

这时候房门正开着，尾尾蹿出房门，一溜烟逃之夭夭了。

尾尾拖着流血的断尾逃出来，惶惶然如丧家之犬。但一想到自己已啃过曾博士的书本，从此成了最有学问的老鼠，便觉得虽受了点惊吓和皮肉之苦，也是值得和划算的。

现在最重要的是要让大家都知道它尾尾啃过书本，承认他尾尾是最有学问的，从而尊敬它、崇拜它。于是便奔走鼠国，到处去自我宣扬和吹嘘："你们知道吗？我啃过曾博士的书本，已成为世上最有学问的老鼠！"

可是谁相信他的唠叨？有的甚至还当面嘲笑和挖苦它："学问？你的学问是用秤称还是用尺量？有几斤几两？几尺几寸？""看你这秃子，是有学问的样儿？哈哈！"……

尾尾好不伤心，但它并没失去信心，仍到处去游说。而好多老鼠都开始把它当成神经病患者了。

后来这事竟奇妙地发生转机。其缘由是《鼠国日报》上登载了一则消息："据《人类日报》报道：一只叫尾尾的断尾巴老鼠啃了大学问家曾博士的好多本书，曾博士悲痛欲绝……"

大家看到这则消息，这才相信尾尾说的是真的，便开始对它刮目相看了，于是尾尾到处受到热烈欢迎和热情接待，鼠们对它的议论也就翻了个个儿："肚子那么大，肯定装满了学问！""看那断尾巴，可是盗取人类知识的光荣标记！""嘿，秃尾，才是大学问家的风度！"

有好多记者来采访它，还有不少鼠类来请它去做报告，掌声和鲜花向它飞过来，荣誉和地位向它涌过来。尾尾简直陶醉得飘飘然了。

二、活老鼠碰到瞎猫

过了没多久，突然在鼠国附近出现了一只大黑猫。猫是鼠的天敌，何况这只黑猫好大的身子，巍巍然蹲坐在那儿就如一座黑塔，时不时发出的"咪呜、咪呜"的叫声，更是令鼠类心惊胆战。

为了整个鼠国臣民的安全，必须想法赶走这只大黑猫。鼠王一道命令，举国总动员，但均一筹莫展，束手无策。

在这严重时刻，鼠类自然想到了最有学问的尾尾。于是两名鼠国大臣备了礼物，登门来拜访尾尾，并请它出山施展韬略，巧用计谋，以为民除暴。

尾尾早已心发怵、腿发软，但第一次就当屠头，岂不被人笑话？还算什么大学问家？便硬着头皮跟出来。他想：且走一步看一步吧。

尾尾提议先去侦察一番。于是，它带领鼠国的好几个文臣武将，去远远地观察那大黑猫。

尾尾见那大黑猫蹲坐在那儿一动不动，好不威风，心里便吓得敲开了小鼓。可它又惊奇地发现那对眼神怎么黯然无光？它突然想起了它所熟悉的曾博士的眼睛，曾博士总戴着瓶底一样的眼镜片，当他有时取下眼镜时，便什么也看不见，就如瞎子，而他的眼睛也是这般的黯然无光的。莫非这大黑猫也是个瞎子？尾尾为这一意外发现激动得心"怦怦"跳起来。

为了证实自己的判断，必须去试一试，哪怕要冒点儿风险。于是，尾尾便壮着胆子，悄悄地向前爬去。

大黑猫没有丝毫反应，还是一动不动。

渐渐近了，尾尾便轻轻地绕到大黑猫身后，大黑猫并没有回过头，它便突然"吱"地叫了一声，大黑猫一惊，寻声回过头。尾尾又灵巧地溜到它前面，可大黑猫还傻傻地搜寻着身后，并没有回过头来。

——啊,这大黑猫真的是个瞎子!

尾尾好不兴奋。它想:俗话说瞎猫碰到死老鼠,那是运气,今天我这活老鼠碰到瞎猫,更算难得的机遇了!

还有什么可怕的?尾尾充满了必胜的信心,它略一观察地形,一个计划便在脑里形成。

它"吱吱"地叫起来,大黑猫回过头,并循身向他追过来。

尾尾先向左边一拐弯,"吱吱"叫了两声。

大黑猫朝左边追过来。

尾尾向右边一拐弯,又"吱吱"叫了两声。

大黑猫再朝右边追过来。

尾尾用声音牵引着大黑猫成"之"字形朝前追。

一起来的鼠国文臣武将们不明底细,被眼前惊险的情景看得呆了,一个个都为尾尾捏了一把汗,但谁也没有胆量上前来助一臂之力。

前面是一个大水坑,尾尾轻轻跳入水中——老鼠在水中是能耍两下子的。它又更大声地叫了两声。

大黑猫寻声向前一跃,"扑通"跌入水中,猫不会水,淹得一边呜呜乱叫,一边扑打挣扎。

尾尾在水中趁机咬了大黑猫两口,然后爬上岸来,大呼:"我已在水中咬瞎了大黑猫的双眼,它快淹死了,大家快来呀!"

听它如此说,文臣武将们便大着胆子一起走上前来,果然见大黑猫在水中垂死挣扎。落井下石,这是人人都有能力干的,便都拾起石头泥块树枝,没头没脑地向水中的大黑猫抛打过去。

这时正走过来一个放学的小学生,见一群老鼠正围攻一只大黑猫,很觉得奇异和愤愤然,便驱赶走了鼠群,将大黑猫救出水坑后抱走了。

尾尾智败大黑猫的壮举震动了鼠国,报纸、电台、电视台都竞相报道,尾尾成了众所瞩目的风云人物。

同去的有一个小文官叫灵灵,笔杆子上的功夫很有两下子,他写了一篇长篇通讯《智能的胜利》,刊登在《鼠国日报》上,这文章写得精彩极了,生动、曲折、引人,那些大鼠、小鼠;老鼠、少鼠;鼠官、鼠民都争相买报,竞相传阅,弄得一时鼠国纸贵。尾尾被捧吹成了神,文章的作者灵灵也跟着沾光——出了名。

尾尾看那文章,知道这净是些杜撰的不实之词,但这是吹捧自己的,心中自然痒酥酥的,他对灵灵夸奖说:"你能笔下生花,好文采!"夸奖是夸奖,但不知为何对作者还有一种说不清楚的感情。而灵灵能得到最有学问的人的夸奖,自然感到无上荣光。

鼠国当然也讲论功行赏的,鼠王召见尾尾,除了赏赐它谷米八升,鸡蛋十个外,还要封他官职。可封他什么官为好呢?鼠王正在考虑,尾尾这时想到自己敬佩的曾博士,便要求说:"就封我为博士吧!"

鼠国还从不曾设过博士的职位,大家也不知这究竟是多大的官职。但既然功高望重的尾尾提出这一要求,鼠王怎能不满足它?于是特设这一职位,封他为博士。从此,鼠国臣民们均呼他为尾尾博士。

啃过书本的尾尾终于实现了自己的愿望,它真的成了最有学问的权威老鼠,并受到了所有老鼠——包括鼠王的尊敬和崇拜。

三、知道了权威即学问

尾尾当上博士之后,不仅名声大振,而且生活富足,养尊处优,但它觉得博士就应该有博士的架势和风度,它想到了曾博士那副眼镜——唉,只有戴着那眼镜,才像大知识分子。可鼠国没有这东西。对了,去曾博士那儿偷来。

偷,是鼠类的惯技,何况尾尾博士对曾博士的生活习惯及他家的环境是那么熟悉。它瞅一个空子又溜进曾博士的房间,趁曾博士睡觉取下眼镜之机,从桌上偷了那眼镜就从窗口中溜了出去。现在他再也不留恋曾博士这房间了,它现在的生活已阔气很多。

回到家中,它迫不及待地把眼镜一戴,哎呀,怎么两眼一抹黑?而且心慌气短头发晕。它赶忙取下,研究了好一会儿,才恍然明白:这眼镜是给瞎子戴的,自己眼睛好好的,怎么能戴?可不戴,风度如何显示得出来?它又翻来覆去地研究了好半天,终于想出了办法。它用石块将那瓶底样的镜片击碎后弄掉,只戴着一副镜架。

戴着镜架的尾尾博士好不威风,真正像一个大学问家的样儿。尾尾博士平时的自我感觉也良好,自信自己是很有学问的,只是在遇到具体事儿和有人向他讨教时,又觉得脑里空空,心里发虚。唉,碰到瞎猫的机遇毕竟千载难逢啊!

过了不久,一只叫灰灰的老鼠便把一道难题推到了它面前。

起因是这样的:灰灰发现一个铁家伙上放着一截很香很香的诱人的香肠,但它又不知道能不能偷来吃掉,便将这一问题提交鼠国国会,国会为此召开了专题讨论会,但意见不统一,难以裁决,于是国会即派人来请教尾尾博士。

尾尾博士心里又发起虚来。说不知道嘛,岂不丢人?说要亲自去观察观察嘛,岂不掉价?但它必须镇定自己,便硬着头皮说:"对于老鼠来说,如此美味,岂有不偷来食之之理!"

尾尾博士的话当然是正确的,灰灰深信不疑,便满怀信心地去偷那香肠。谁知这是人类下的捕鼠夹子,香肠是诱饵,灰灰不幸丧生!

噩耗传来,尾尾博士好不惊慌,它这才明白自己的判断是一个极大的错误,鼠命关天,现在该如何是好?

它正在无计可施之时,邮差送来当天的报纸,它打开具有权威性的《鼠国日报》,上面竟赫然登载着几篇评论此事件的文章。它赶快读起来,读着、读着,竟眉开眼笑了。那些文章都说:尾尾博士的话百分之百正确,那铁家伙上的香肠是绝对能偷吃的,只是灰灰自己不小心才送命的。想不到有这么多人为我说话,而且这些文章都论据充分,论证有力,头头是道。它真佩服这些耍笔杆子老鼠可把黑的说成白的能耐。

自此,"铁家伙上的食物可偷吃"便成定论。这一定论使世世代代有多少老鼠丧命于此——自然也有少数侥幸逃掉的;也使得人类的捕鼠夹子得以沿用至今——假若当初尾尾博士发一道"铁家伙上的食物不可偷食"的命令,人类还要捕鼠夹子何用?

经过这次的化险为夷,尾尾博士的胆子便渐渐大起来——反正错的也有鼠类帮它说成对的。

从此来采访者接二连三,报上的专访连篇累牍,来找它签名题字的人更是络绎不绝。他也有求必应,反正随便找两句惯用的话,写下几个歪歪扭扭的字,也不用花大气力,而鼠民们却都以能得到它的墨宝为荣幸。

这一天,鼠王的太子结婚,需要写一副新婚对联,这一显示才华的重要差事自然落到尾尾博士头上。

这可使尾尾博士搔着头皮为难了好半天。它的字写得不好,平时从不给人写对联,所以也从不曾注意别人结婚时的对联都写些什么。但以此推托吗? 那不惹人笑话! 还能算博士!

尾尾博士搜索枯肠,终于依稀记起它看到过别人写的两副结婚对联,可无论如何又记不全,只好将两副对联各拉来一边,勉强凑成一副:"一对好夫妻,琴瑟友好凤凰和鸣。"

对联贴出,立刻引来不少围观者,有一个小文官差点笑出声来:"哪有五个字对八个字的对联? 又对在哪里,联在何处? 真是不伦不类!"但一听说是出自尾尾博士的手笔,忙敛笑正襟,啧啧夸赞连声,并还在报上发表评论文章,说这副对联如何如何不墨守成规,怎样怎样具有创新意识。从此,这副对联便作为鼠国的结婚保留对联流传开来。

"尾尾现象"开始在鼠国形成一股旋风:

——大家热衷于临摹尾尾博士那歪歪扭扭的字体,还曾有人提议用尾尾体取代报纸上的通用体。

——为效仿尾尾博士的风度,秃尾已成为时髦,不少老鼠忍痛砸断或咬断自己的尾巴,男士穿超短裤,女士穿超短裙,想法将秃尾露在外面以作炫耀。

——戴镜架成为有学问的象征,这一装饰不仅被鼠类认可,还被补入即将出版的《鼠类服饰大全》第一条。有一只注意研究信息的老鼠,适时地办起了镜架工厂,不多日子,便由一个穷光蛋变成了百万富翁……

"尾尾风"刮得鼠国差点翻了个个儿,"尾尾风"也刮得尾尾博士自己晕乎乎、飘飘然,他自个儿得意地哈哈笑道:"什么学问不学问,权威就是学问!"

四、两道奇怪的考题

为了培养和造就鼠国的栋梁之材，鼠王决定要尾尾博士带一批研究生，报名者蜂拥而至。考生太多，京城容纳不下，只好层层设下关卡，通过预考选拔，最后只选出九十九名考生到京城统考，再由尾尾博士定夺。

这样全国高层次的考试，自然得由尾尾博士出题。可尾尾博士捧着纸笔，觉得脑子空空，无从下笔。但它记起权威即学问的信条，心便安定下来，略作思考，挥笔很随便地出了两道考题：

一、说出嘴巴的功能。

二、你身上有多少根毛？

九十九名考生怀着紧张的心情进入考场，可当捧到考卷后却傻眼了：真是奇怪的考题！

第一道考题太简单了，连小学生也可以说出答案，但考生们都怀疑这答案的正确性。如此高级的考试，会是如此简单的答案？不可思议！不是有些看似简单的问题往往包含着最尖端的科学？据说人类说有个什么"哥德巴赫猜想"的世界难题便是"1+1"，而著名数学家陈景润为解决它却花费了毕生心血。因此，谁敢贸然落笔？

第二道考题却又太难，难道连著名数迷家也会感到棘手。不过难是难，倒也有处可入手，那就是：数身上的毛呗！

于是，考生们都开始仔细地数身上的毛，考场上一片数数声。可这毛实在难数，还没有一只鼠数完，时间到的铃声已敲响。

九十九名考生，就有九十八名交了白卷，唯一填了答案的是那个叫灵灵的小文官。

尾尾博士拿起这份唯一的答案来看，只见第一题的答案是：嘴巴的功能有三：①吃食物；②说话（指鼠语）；③啃东西。第二题的答案是：全身有毛34561根。

尾尾博士不得不佩服这答案无可挑剔。再看看名字，灵灵？好像很熟悉，但一时又记不起来。且把他叫来口试看看。

灵灵被招来，一见面，尾尾博士立刻记起原来是为它写那篇《智能的胜利》通讯的小文官,怪不得哩!那种说不清楚的感情又萌生了。它要它谈谈这答案的理由,灵灵便口若悬河,谈得头头是道。

尾尾博士暗暗敬佩:这家伙,不仅好文才,也好口才!而心中那说不清楚的感情也随着加重了,这一加重,不清楚的也就变得很清楚了:是嫉妒。它不得不承认,这家伙的才学已不知超过自己好多倍,若还让它当研究生"研究"下去,还有我尾尾博士的市场吗?绝能让这家伙得势!

于是,尾尾博士开始鸡蛋里挑骨头了:"但是,你这答案都不全面。比如第一题:嘴巴还可以啃书本、咬尾巴嘛!"

灵灵忙辩解:"其实,东西一词,已全包括了。"

"胡说!"尾尾博士板起面孔,"就把书算东西,而尾巴是长在我身上的,我堂堂的尾尾博士也算东西吗?"

见尾尾博士突然变了脸,灵灵有些慌了,忙诚惶诚恐地应着:"尾尾博士不是东西,不是东西!"

尾尾博士又说:"我就很怀疑你这 34561 根毛的准确性!"

灵灵忙说:"绝对准确!不信您老可以当面验证——请您亲自数吧!"

这不软不硬的一下子真厉害,噎得尾尾博士好半天说不出话来。他脸涨得紫红紫红,憋了好半天,才恼羞成怒地一拍桌子吼道:"大胆!我且问你,你不是也砸断了尾巴吧?这 34561 根毛,包括不包括那断尾上的毛?"

"这……"灵灵卡壳了,噎了好半天才说:"既然已经断了,自然是不应包括在内的。"

"所以,你还是答得不全面!"尾尾博士到底抓到了把柄,"你应该注明嘛!"

灵灵又诚惶诚恐地直点头:"是!是!"

尾尾博士郑重地宣布说:"这次你也不予以录取,下去再好好学习吧!"

灵灵只得退了出来,他好不沮丧。他看出尾尾博士是在故意挑剔、找碴儿。这到底是为什么呢?我不曾得罪他,还拼命地吹捧他哩!灵灵的小眼睛眨巴眨巴,似乎渐渐地悟出了什么道理,便在心里暗暗地"唔"了一声。

这场兴师动众的考试，却剃了光头。

于是，《鼠国日报》上又对此事发表了好多评论，有的说尾尾博士出的题目太高深莫测，有的则哀叹鼠国鼠才匮乏，表现出一片忧国忧民的苦心。

五、"0"引起的风波

鼠国组织专门班子，经过九九八十一天的研究讨论，起草了一份《关于简化鼠国文字的试行草案》。如此学术性很强的文件，自然得呈交尾尾博士审阅。

尾尾博士捧着这份文件一目十行地浏览之后，即提起笔来。要在后面批上"同意"二字。可不知是一时提笔忘字还是怎么的，那"意"字硬是想不起来，急得他抓耳挠腮，也毫无印象。怎么办？问旁边的人吧，岂不太失面子？就写一个"同"字嘛，又太不像话，且意思似明白又似朦胧。

好在尾尾博士一向脑子灵活，他灵机一动，立刻想出一个好主意：嘿嘿，干脆来首朦胧诗！便提起笔来，运足丹田之气，很郑重地在文件后面画一个圆圆的"0"，然后签上自己的名。

送文件的两只老鼠被弄得莫名其妙，不停地眨着眼睛惴惴地说："这……请博士明示！"

尾尾博士嗤之以鼻，不耐烦地说："这还不明白吗？这个'0'就是同意嘛。"

啊！"0"就是同意二字，这真是一个创造啊！对了，尾尾博士是在以身示范，带头简化鼠国文字，这个"0"可算得光辉典范！

消息不胫而走，很快传遍鼠国上下，大家都佩服尾尾博士才高八斗、学富五车，在各个学术领域都有很深的造诣。有人还就此发表专题论文，分析探讨了将"同意"简化为"0"的八大根据和十大优越性。

于是，这一特殊简化字便很快推广开来，报纸杂志上凡是有"同意"二字处，均换成了圆圆的"0"。平时的书写自然也如此。

谁知这个圆圆的"0"，竟会带来一些小小的麻烦。

首先引起混乱的是学校。化学老师念成"氧",外语老师念成"一",数学老师说是零,语文老师则说是句号,弄得学生们无所适从,也就笑话满屋,怪话连篇。

　　问题反映到校长那儿,校长不能解决,又向上反映,当官的却怪下面执行时对其精神领会不深,说同是一个"0",却可以想办法让它们有所区别嘛,于是报刊上的"0"便有了大、小、圆、椭圆之分。当然,这在书写时,特别要考画"0"人的功夫,致使鼠国上下,苦练画"0"者到处可见。

　　莫看这"0"简单,而要练到得心应手却实在不易,所以混乱仍时有发生,并且还引出一桩鼠国影响很大的纠纷案。

　　起因是鼠甲租用鼠乙的一间门面经商,曾立下一纸租赁合同,合同上有如下一段文字:"鼠甲租用鼠乙门面一间,每月租金一百元,此数待鼠甲开业即为'0'。"

　　可鼠甲开业好久,拒不付租金,鼠乙去索要,鼠甲说有合同为据:此数待鼠甲开业即为"零","零"嘛,当然是没有。鼠乙说:"此'0'明明是'同意',尾尾博士发明的!"鼠甲又说:"可后来规定'同意'要用圆圈,此为椭圆,椭圆只能是'零'!"

　　于是官司打到了鼠王那儿,鼠王召集一批谋臣共同审理此案,最后还是判鼠甲胜诉,其理由是:合同应以书面文字为准,是不管什么笔误与否的。

　　鼠乙不服,便探寻到一个清正廉洁、刚正不阿的鼠官那儿去告状。这鼠官看罢状词,义愤填膺,但他官卑职微,又能把树大根深的权威尾尾博士怎么样。感叹愤慨之余,随后写了一首打油诗:

　　博士画个圈,

　　如屁圆又圆,

　　个个都说香,

　　实际臭死人。

　　这首打油诗很快在鼠国流传开来,自然也就传到尾尾博士耳朵里。尾尾博士很生气,便随便寻了一个罪名罢了那鼠官的官职。虽泄了心头之恨,但他不能去堵众人之口,所以那打油诗不仅严重影响了他的声誉,而且还有民怨沸腾之势。

尾尾博士认真分析了眼下的形势，觉得必须迅速采取措施以制止民怨，才能有利于自己。而这措施只能是自己付出点牺牲，做一点小小的让步。仔细推敲后，便在《鼠国日报》上发表了一则告示：

鉴于目前国民文化素质的低下，本人不该推行这种超前意识，所以决定暂将"0"这一简化字取消。

尾尾博士

鼠年鼠月鼠日

告示之后，加了编者按，并配以长篇评论，都高度赞扬尾尾博士能敢于承认错误，勇于承担责任，具有大家风范。

于是，画"0"之风便在鼠国宣告短命。

只是奇怪的是，这"0"不知经何途径传到了人类，至今，一些人仍以在文件上画"0"为荣为乐。

六、招聘私人秘书

自出现"0"的风波之后，尾尾博士似乎已看到了一种危机，对权威即学问的信条也产生了动摇。他知道自己实在肚里空空，要靠权威蒙哄一时容易，而要蒙哄一世却很难，说不定哪一天彻底露了马脚，弄得身败名裂。再说有好多事常找到自己头上，本来是别人尊重他、信赖他，他却懒得操那份心。

为了维护自己的地位，必须想个好法子。尾尾博士想哇想哇，突然想到人类的大官们都有私人秘书，对了，我何不也用一个私人秘书呢？私人秘书是可以代替自己工作的。这一想法使尾尾博士好不兴奋。

当然，这私人秘书的条件要求得很高，一是要有真才干，二是要无限忠于自己。尾尾博士自信找得到这样的私人秘书，因为他现在有的是钱，他已深深体会到金钱的威力，只要肯出高价，还怕买不到第一流的鼠才。

于是，他在报上登了一则招聘私人秘书的启事，所出的月薪高得令人咋舌，令人钦羡。

应聘者蜂拥而至，谁不想得到这美差？这当然得由尾尾博士亲自考核。他考核的办法：一是要应聘者交一篇论文——他自己虽不会写文章，但对别人文章的好坏还是大致分辨得出的；二是当面答辩，以考核对自己是否忠心——这是至关重要的。

　　考核了七七四十九名，均不大称心。现在尾尾博士手捧的一篇论文题目是《略论啃书本的诀窍及作用》，再一看署名吃了一惊：怎么是"尾尾博士"？立刻唤来这名应聘者，又吃了一惊：竟是上次应考研究生那个唯一交了考卷的灵灵！

　　"你搞的是什么名堂！怎么署我的名？"尾尾博士瞪着眼睛问。

　　灵灵低头哈腰地说："先请你老看看文章写得中意不中意。"

　　尾尾博士便认真地看了一遍，点点头。

　　灵灵说："既然可以，那就算你老写的吧！我是想如果我当了你老的私人秘书，那灵灵就不存在了，你老的思想就是我的思想，我应该无条件地代你老立言、立文！"

　　"啊！"尾尾博士惊喜得睁大了眼睛——这不正是自己要找的私人秘书吗？便高兴地拍着了他肩说："好，好！你学习得很有进步！"

　　灵灵忙感激涕零地说："是你老上次谆谆教导的结果！"

　　于是拍板。灵灵成了尾尾博士的私人秘书。

　　灵灵做私人秘书干的第一件事便是将这篇《略论啃书本的诀窍及作用》的论文在报刊上发表出来，署名当然还是尾尾博士。

　　鼠国臣民们争相传阅，都盛赞尾尾博士真有学问、好文笔。并都尽力寻找机会去身体力行——啃书本，致使人类的书本被鼠啃的事时有发生。但后来这些啃书本的老鼠却一直没有尾尾博士这样的机遇。

　　从此，尾尾博士再不用操心费神了。灵灵连尾尾博士那字体也学得惟妙惟肖，可以以假乱真，所以连签名题字的事儿也一手包揽啦。

　　至于那些经常性的学术讨论会和报告会，更是由灵灵代写发言稿，专业性名词俗语很多，尾尾博士因为不懂，试念时硬是念不清楚，便叫灵灵躲在桌布下面，将麦克风的话筒牵到他嘴边，由他偷偷代念，而尾尾博士坐在那儿只嘴巴动一动，装着念的样子。谁知时间长了，尾尾博士竟打起了瞌睡来，脑袋"咚"地碰到桌子上。会场上立刻哗然。但马上有鼠站起来说:尾尾博士有特异功能，可以一边做报告，一边打瞌睡……

灵灵的笔头很勤，经常以尾尾博士的名义发表论文，文章发表了一篇又一篇，但每一篇的版权都是别人的。文章积得多了，便出书。尾尾博士的书出了一本又一本，却没有一本是真正属于自己的。

尾尾博士靠灵灵稳居高位，优哉游哉;灵灵则靠尾尾博士花天酒地，纸醉金迷。二鼠可谓珠联璧合，配合默契。

七、遗嘱成了千古之谜

再伟大的人物，也逃脱不了自然规律。尾尾博士渐渐衰老了，忽然有一天得了重病，卧床不起，生命垂危。

巧合的是，灵灵也同时病倒，气息奄奄。

尾尾博士快要死了。按照惯例，死前应留下遗嘱，可尾尾博士得的是喉疾，得病便不能说话，用口是说不成了，又没了秘书代言。在家中晚辈的一再要求下，它只好用笔来写遗嘱了。尾尾博士的字本来就歪歪扭扭的，加上病重，就更写得名副其实的是老鼠爪子刨的。不过尽管难以辨认，还是被众多的鼠学者辨认出来了，他的遗嘱是:

"赶快夹出大妹子、小妹子，好过年。"写完遗嘱，尾尾博士便寿终正寝了。

奇怪的是，灵灵也同时一命鸣呼——原来，灵灵因长期依附于尾尾博士，灵魂已离它而去，是靠尾尾博士的灵魂活着，现在尾尾博士一死，灵灵也就没有了灵魂，当然也活不成了。

鼠国为尾尾博士举行了隆重的国葬，灵灵也享受了陪葬的殊荣。

尾尾博士的葬礼之后，大家便开始研究讨论他的遗嘱来，可这遗嘱是什么意思呀，都感到莫名其妙。这么解释，那么理解都说不通。后来有一个精通古文的年老的鼠学者拈着鼠须说:"我看这'夹'很可能是'嫁'的通假用法——尾尾博士独创的。"

——啊，有道理。这下意思便明白了! 大家都点头表示赞同这一研究成果。

尾尾博士的遗嘱虽是对自己家中的，但权威人士的话往往具有普遍意义的。因而便将这篇遗嘱在《鼠国日报》上发表出来，并加编者按，高度赞扬尾尾博士热爱鼠类的精神，说他临死时也关怀着鼠类的婚嫁繁衍，希望鼠国兴旺发达。

权威的话就是命令。遗嘱发表于农历腊月二十三日，到腊月二十四日时，已是锣鼓喧天，鞭炮齐鸣，全国的鼠们都在这一天将能嫁的姑娘都嫁了出去。所以直到现在，人类的民间仍流传着如此说法：腊月二十四是老鼠嫁姑娘的日子。

可后来有鼠学者对遗嘱的这种解释提出质疑，其理由是：这遗嘱是对家人，当时尾尾博士有三个孙女儿，只提大妹子、小妹子，而不提三妹子，这合情理吗？

接着有人提出新的解释，而又有人驳斥……

于是，考证、探讨、研究，一时间观点纷出，学派林立，口诛笔伐不断，论文专著迭出，便使此项研究成了专门学问，闹得比人类的"红学"研究还热闹。可观点始终得不到统一，使这篇遗嘱变得愈加神秘，愈加博大精深、高深莫测。

后来有一只才读小学的小老鼠看了这篇遗嘱后大笑着说："这是写了两个白字，他是要夹出'大麦子、小麦子'，好过年吃烙饼。"——因为这小老鼠自己就曾好几次把"麦子"写成"妹子"的。

大家听了一惊：这小家伙说得还真有道理哩！可回过头一想：尾尾博士写白字！这可能吗！简直是亵渎大学问家！于是便把它当小孩子的无知的话了，又都继续热闹。

小老鼠管你信不信，反正他自己深信自己说得对。可等小老鼠长大了，也成了学问家时，却又主动推翻了自己小时候的话，也加入了大家热闹的行列。

于是，尾尾博士的这篇遗嘱便成了难解的千古之谜。

基因的原罪

文/火罐大公举

一

柯曦的微信小号只有十来个人,其中只有 1 个亲人,但他的头像已经很久没有出现红点了。但是柯曦有时候会幻想他还会给自己发信息,所以把他那一栏往左滑过去,然后标为未读。看着他的头像右上角依旧有一个小红圈,小红圈里面有一个"1"。工作透不过气。生活也没有善待她。她戳进去,红点再次消失了。

她每天会花二十来分钟在这个小号上,远离尘嚣,用 10 分钟让红点出现,然后干掉红点。还有 10 分钟用来背单词。很多人说每天要公开打卡做某事的方式,就像在亲朋好友,甚至是奶茶店的小老板或是各式各样的微商面前公开处以极刑——到底有多公开,那就视微信加人加得有多滥。根据她在自己常用的微信号观察,时常也会有这种打卡的人出现,但是不到下次"姨妈"出现,就已经销声匿迹。她觉得,那种人其实更适合用微信小号。

这是柯曦坚持背单词的第七十一天。身首尚未异处。她每天要背够 10 分钟,系统才会发送一张图片过来,她保存下那张图。她用固定的颜文字发了一个公开的朋友圈。

<?))))><转发锦鲤

发完那个朋友圈,她的视线落在办公桌的几个瓶子上,她皱了皱眉头,是谁动过我的瓶子了?她把瓶子的标签逐一转回了正面。胶原蛋白粉、葡萄籽、液体钙、复合维生素 B……像每个 35 岁的女人一样,柯曦一样怕老。

她是这个晚上的当班法医。然而转发的锦鲤没有加持她,不到 3 分钟电话响了。

"小柯吗?我是麻薯。曙光公园那边有人被蛇咬伤。"

"行。"柯曦看了看自己灰头土脸的勘查箱,想起了某市一个同行的姐们儿那个粉红勘查箱,情不自禁地摇了摇头,心中鄙夷地冒出一个字:骚。不对,不可以这样说,如果他在,他一定会说,情商低,应该说:媚!

但她来不及多想, 快速收拾了一瓶纯净水和一卷绷带就跟麻薯直奔曙光公园。

在车上,她问麻薯:"不是辖区派出所去处理吗?"

麻薯看着路前方:"辖区派出所说建议让局里的法医也过去看一看。"

柯曦他们到的时候,伤者在片警的陪伴下坐在草坪的边上歇息,从片警口中得知伤者姓秦,要求要有专业的法医到场为他处理。柯曦见他皮肤发青,呼吸短促。检视伤者的伤处,有两个明显的牙洞,确是蛇类毒牙所致。柯曦拿出绷带在伤口的近心端捆扎起来,用纯净水对准伤口冲洗。

一边冲洗,柯曦一边问伤者:"秦先生,你有没有看清楚是什么蛇?"

瘦若骷髅的秦先生没好气地说:"我哪里知道是什么蛇?"

柯曦不依不饶道:"你能不能仔细描述一些它的外部特征?如果你描述得越准确,我们就越准确地给你使用相应的抗蛇毒血清。"

秦先生露出了困惑的表情。

柯曦环顾了一下公园的路灯,这种昏黄的光线,还真是未必能看清楚那蛇的特征。

"能走几步吗?要慢点。"柯曦把秦先生扶上了车。对片警说:"我们把他送到 X 大学第一附属医院去。你回去吧。"

柯曦和秦先生并肩坐在后排,秦先生问:"警官,我还有救吗?"麻薯从后视镜里发现柯曦皱了一下眉头。

难道柯曦会告诉他:"抗蛇毒血清全国只有一家生产企业。"

然后告诉他:"而且只生产4种抗蛇毒血清。"

接着说:"生产一支血清最快也要9个月左右。"

最后说:"由于蛇毒源的原因,甚至可能某种血清还会出现断档。看你运气。"她自知情商低,所以她说话之前,经常会自己消化掉十之八九负能量,然后酝酿出一句特别美好的话。

她特意转过半个身子,宽慰伤者:"秦先生,X大学第一附属医院有最齐全的抗蛇毒血清库。你不必担心。"

麻薯问柯曦:"小柯,你刚才说到蛇的特征描述得越准确,就能越准确地使用抗蛇毒血清?"

"对。"

"抗蛇毒血清有哪几种呢?"

柯曦很小心地措辞:"主要有抗蝮蛇毒、抗五步蛇毒、抗银环蛇毒、抗眼镜蛇毒这四种。"

麻薯问:"秦先生,那蛇的头部是三角的吗?"

秦先生:"不是。"

麻薯又问:"那蛇的身上有环状斑纹吗?"

秦先生:"没有。"

麻薯又问:"那蛇的头部尖吗?"

秦先生:"不尖。"

柯曦暗暗钦佩,麻薯几个问题差不多就把蛇的种类排查出来了。她特别喜欢跟麻薯搭档,因为他接地气,又很擅长与人沟通。麻薯是个"好人"。柯曦的情商低主要表现在两个方面:一是自己经常扮演了不近人情的"坏人",二是随便给别人发"好人卡"。

"有点像菱形。"秦先生呼吸的声音越发短促而窘迫。

"矛头蝮蛇!"柯曦肯定。虽然火速地去到医院,注射了抗蝮蛇毒血清,但秦先生还是休克了。在被毒蛇咬伤一小时之后,秦武阳四肢冰冷、瞳孔早已扩散至边沿、呼吸心跳停止,宣告死亡。

二

一连几天，局大院门口都有人在撒纸钱。柯曦神色清冷地站在 12 楼的落地玻璃窗前。

一个实习生问："姐，他们这是在干什么呢？"

柯曦："在提醒我犯了错。"

虽然没有明确的指征，柯曦和麻薯犯了错误，但迫于家属的压力，督察队给予柯曦和蒋由停止职务 30 天的处理。从即日开始执行。也就是说，从 12 月 20 日开始。

两人离开局里的时候，麻薯拿出处理书跟柯曦说："很少看见正儿八经地写着自己的名字，甚至没听什么人叫过。"

"麻薯，怎么都比酱油好听。特别是打酱油。还讨'打'。"

"麻薯并不好听，只是因为你最喜欢吃的点心是麻薯。"

"别逗。"

柯曦是没有任何心情跟他开玩笑的。她收拾了一些保健品和工具书回到家中的时候——她觉得她没有家了，特别是她最后一个血脉相连的亲人自杀身亡之后，她无论在哪里待着，都没有家的感觉。只是一个寄存她躯体的所在而已，就正如她的躯体是寄存她灵魂的所在。她从床上扯下一条薄被裹住自己，一直走到书房的角落里，坐了下去，屈膝蜷缩了起来，尖尖的下颌骨抵住自己的膝盖。平时她不出 5 分钟就会感觉自己的下颌骨与膝盖互相硌着痛。这一次竟是没有发现。

求学时期之后，就再也没有过 30 天的假期了。这不是假期，这是一种处理，一个人对着四堵墙的处理。柯曦想起她刚上小学的时候，她有一次放学的时候抄近路，想从市委大院的围栏处钻回去家属院，结果有一个男人揪住了她的书包。大概是男人见她可爱，想要戏弄她："一个四边形，切了一个角，还有几个角？"柯曦不假思索地说："三个。"男人掏出一张纸币，折了一个角，数给她看："五个。"柯曦把纸币拿过去，又重新在对角线那里折了一下，还给他："三个。"不等他有所回应，柯曦就逃走了。如果她躺下

402

来,她就要对着四堵墙外加一块天花板。她缩坐在角落里,她的视线只看见构成对面角落的两堵墙了。两堵墙,四堵墙,四堵墙外加一块天花板。这是烦恼最少的面壁姿势。柯曦叹了一口气,将头埋在了两膝之间。

停职之后,柯曦长时间让自己的手机停留在微信小号的界面。断绝一切工作业务往来。这种清净实在是迫不得已。

陈红雨:火锅。

柯曦:不吃。

陈红雨:"休假?火锅。"

柯曦:我是被处理了,不是休假。

陈红雨:六点半。兆记火锅。

红雨。她每次跟柯曦发信息时都是言简意赅,只用关键词来表达整句话的意思。除非,她实在不能用关键词表达出来。她管这个叫"赤子之心""返璞归真",像刚学会说话的孩子。

"你的名字真好听。"

"桃花乱落如红雨。"那次是头一回给柯曦写了7个字。后来她倒是当面得意地解释了一番:"我出生的时候,院子里的桃花开得正好。我爸在新中国成立前上过私塾,又是市里语文教研组的组长,有点文墨,就给我起了这个名字。"

当时,柯曦很想接着说:"'况是青春日将暮'是上一句。"正合此景。一个美人迟暮。因为有了这种想法柯曦很认真地端详了她,风韵犹存,不像45岁的普罗大众,但那种世事洞明的清透眼神,一看便知是上了年纪的人了。柯曦提醒自己要"情商高",这是她对自己最大的期望,所以笑了笑:"桃花乱落如红雨,美景配妙人。"后来,柯曦发现红雨还能在市里的游泳中心比赛拿个亚军,赢得季卡,暗自捏了一把冷汗。觉得有时候"情商高"是给自己留条后路,谁是"上了年纪的人"还没有定论呢。

其实柯曦是不喜欢兆记火锅的。火锅店的位置正是在一段有不少淤泥和污水排放的河涌边,臭气熏天,倒人胃口。酒香是不怕巷子深,可是酒香怕不怕巷子臭呢?

柯曦掩着口鼻进去火锅店之后，红雨已经到了。

红雨叫来服务员："鸳鸯锅。"

服务员记得她和柯曦，已经是常客，照例问了一句："汤底都一样，两边都要中辣对吗？"

另一个新来的服务员经过，在旁边窃笑："那要一锅不就得了。"

红雨指了指柯曦："这小姐姐不吃牛。而我只吃牛。"红雨并不是找了个30岁的哈萨克情人之后才只吃牛的。她才没有那么虔诚。

柯曦放下筷子："我吃不下。除非你说些什么让我开心。"

红雨也放下了筷子："今早，我跑步去找木沙。然后嘛，你就知道我会干了些啥。他女朋友打电话来查岗，要跟他视频，我就钻进他的被窝里，一动不敢动。幸好他们说的是哈萨克语，不然多尴尬呀。"

"柯姐！你在这儿呀！"一个大男孩往这边走了过来。

"陈兴，这么巧？"

"不巧的。我下班经过，好些天没见着你了……无意中往店里看了一眼，见到你就进来打个招呼。"他搔了搔头。他又补充说："大家都说你心情不好。"

红雨拉开了他身侧一把椅子："站着干吗？坐，坐下与我们一块吃。吃辣吗？"

"吃的。"陈兴坐了下来。

红雨认真地说："我也姓陈。你可以叫我陈掌柜。"

柯曦打了红雨一下："得了吧，你还要掌哪个柜？"

陈兴坐倒是坐下来了，柯曦看着陈兴的脸色越发红润，这火锅还没吃起来，怎么会这样。倒是红雨眉飞色舞地冲她飞了一眼。柯曦无奈，她料想红雨此时此刻正是脱掉了一只高跟鞋，用只穿着黑丝的脚在撩拨陈兴。柯曦迅速把手机碰落地面，抓了红雨的现行。她也毫不客气，踩了红雨一脚。

"哎哟！疼！"陈红雨大叫。

"谁叫你不好好吃饭！"

见汤底熬下去了一半。柯曦叫来服务员："加啤酒。"这家火锅店虽然开在南方，却保留了鸳鸯锅起源地重庆的特色，续汤底的时候不加清汤而是加啤酒,一锅红红火火恍恍惚惚的汤底越熬越醇美。

"柯姐……"陈兴窘迫地站了起来,"其实我真不想打扰二位吃饭,我有几句话想跟柯姐说,可是无论是用电话还是短信都不方便,我也不敢直接把柯姐约出来谈。今天,才有机会……"

"陈兴,你有什么话就直说吧!"柯曦双肘搁在桌上,手指绷直交叉做成了支架,然后把下颌靠在了上面,摆出认真听讲的架势。

"那个被蛇咬伤的人……是胃癌晚期。"

柯曦迷惑地看着他。

"所以……柯姐,你不必过于自责。"

这有因果关系吗?柯曦牢牢地注视他好久,她挣扎了好久,最终走到他身边,几乎贴在他耳畔,压低了声音,尽可能不引起旁人注意地说:"滚!"

陈兴被柯曦突如其来的举动吓坏了,站起来的时候被椅子绊了一下,跌跌撞撞地冲向门外。

红雨看在了眼里,语气冷淡地说:"好端端的你生什么气,那小子也只不过是关心你,想开解你。"

"怎样开解我?用人命来开解我?胃癌晚期就该死吗?怎么说都是我错了!"柯曦也不好受,连浮浮沉沉的虾丸、墨鱼丸、贡丸……她平时最爱的各式丸子都勾不起她的食欲。如果说本来她就没什么胃口,她现在简直是撑着了。

柯曦换了把勺子,舀了一勺红汤在自己的碗里。顾不上烫,一饮而尽。

红雨不解:"你这是干吗?嘌呤超标的。"

柯曦:"内啡肽。"

"什么?"

"吃辣椒能让我分泌内啡肽,一些让我快乐的物质。"柯曦又补充说,"你实际上不太需要吃辣椒,因为你热爱运动,也有性生活。"

红雨舀了一勺红汤到柯曦碗里:"行行行,都喝了吧。"

柯曦埋头就喝了起来,她突然眼圈红了,鼻子也红了,脸颊满是泪痕,呆呆地说:"红雨,我错了!是我自负吗?那究竟是什么毒呢?是一种很像蝮蛇的蛇吗?还是说我们这里的确就不存在抗这种蛇毒的血清呢?我搞不明白!我真的搞不明白!没办法明白!"

三

刑侦支队办公室收到了局办公室转来的一封信。这年头实在没什么人会寄信,一是时效太慢,二是通信工具实在太多。寄信的理由不外乎几个:一是爱,写出来的情书会有仪式感;二是恨或冤,需要白纸黑字地申诉;三是诈,寄来一些拼凑的床照,敲诈你汇款,愿者上钩。因为收件方是"局办公室",所以不会是定向给某个人的情书和床照,也不会是信访件(信访件的话局办公室不会转来刑侦)。

刑侦支队的东边走廊尽头的小会议室是整座办公楼里唯一的室内吸烟区。分管刑侦的张副局长、刑侦支队的方支队长和负责大案的一大队苏瑾瑜大队长在弥漫的烟雾中研究那封信。是一封匿名信。信封是打印的。里面的字也是打印的:

爆!炸!七天之内必有爆炸案!

可见写信人认为用感叹号能造成更惊悚的效果。

张副局长发表见解:"这种事情最不需要考虑的是'真假',无论'真假',都必须动起来,在人群密集的场所排查。无论有一万种理由认为是假,可是第一万零一种是真呢? 谁来担责? "

两位下属神色冷峻,频频点头,心领神会。方支队长是三人之中心态最好的一个,因为上有张副局长担责,下有苏大队长指挥具体行动,所以他的态度最为开放:"我们全力排查,希望只是一场虚惊! "

但在这个初冬时节,苏大队长穿在春秋常服里的衬衫已经湿透。"我们能否联合治安支队一起行动?一些大型的娱乐场所,电影院。岁末年初,还有一些演艺活动。"

"跨年夜。"方支队长突然提醒道,"七天之内刚好就到跨年夜了!每年城市广场都有倒数活动,七天之内有什么活动比那个更大型呢? "

张副局长当场拍板:"下午马上出一个排查行动方案,我跟治安支队的领导沟通,抽调骨干协助我们排查!务必确保人民群众生命财产安全!"

苏大队长没有午休。他口头授意,盯着大队内勤撰写排查行动方案。他已经在一旁站了许久,因为人的思维总是不停地跳跃性的,要一个人口述,另一个人无缝接轨的记录,还需要翻来覆去地修改,那是一项反复而繁复的工程。他内心也在翻腾,如果柯曦在就好了,他可以非常简单地说一遍,柯曦用思维导图就能帮他把思路理清楚,甚至还能提一些建议。那么好的大脑,却因为无妄之灾被停职了30天。

张副局长先做了激情澎湃的动员讲话:"局党委对我们刑侦支队委以重任。有些刑侦弟兄不解,为什么排爆要出动刑警?因为我们收到了一封匿名信,也是恐吓信,说将在某个时间里出现爆炸案,但没有明确爆炸案会在何地发生。所以我们就必须动用我们的刑侦技能,把这个安全隐患找出来。这个安全隐患,就相当于一个穷凶极恶的歹徒,威胁着整座城市的人民的生命财产安全!作为人民警察责无旁贷!作为刑警,更是应该充当先行部队!不瞒大家说,这个任务是我自动请缨交给刑侦支队的!希望弟兄们不要辜负局党委的厚望!"

80名刑警、20名治安警和5名排爆专业的特警组成了排爆专业队,专业队下设5个组。S市整个城区分成了4个区域,每个区域安排1组,每个组有1名排爆特警,剩下1组作为机动部队。苏瑾瑜作为此次排查爆炸物行动领导小组的办公室主任。

苏瑾瑜安排警员向全市各部门收集了近期文艺、展演活动的安排表,大型商场的展销、促销活动等。

"苏队,不是7天之内的活动吗?"

"不,既然要排查,就一查到底,从现在起,近3个月的大型活动安排,一个都不能放过。"

这次排查取得了一系列的成果:全面清理不合格涉爆从业人员;切实规范涉爆作业单位管理制度;彻底根除涉爆地区安全隐患;杜绝爆炸物品末端使用环节流失;加大涉爆违法犯罪查处力度;以全面实行挂牌整治为出发点,对全市涉危涉爆部门、危险品存放地点进行了全方位、多角度的排查整治。

苏瑾瑜提出了一个问题："会不会爆炸案当天，才会由某个人带出来？"

张局说："我们增加街面上的警力，警察的曝光率增多，能够给罪犯带来一定的震慑作用。"

于是，苏瑾瑜把目光锁定在 12 月 31 日的跨年夜的灯光音乐会演上。

2017 年 12 月 31 日，跨年夜的灯光音乐会演。万人空巷。

城市广场的喷泉随着高亢的音乐形成一张巨型的水幕。动人的音乐，光怪陆离的激光灯，让人迷醉。从警以来，无论是元旦的灯光音乐会演，还是正月初一的烟花会演，柯曦都要参加保卫，但是这次被停职了，自然除外。

她走在人群中，看着一些面容似曾相识的穿着制服的同行——几千人，她只是一个小法医，并没有全部认识过来——她有一种被隔离之感。手机震动，她拿起来一看，红雨发来了一条短信："及时，行乐。"不用说，红雨与木沙正在灯光璀璨的夜幕下长吻，从今年，一直吻到明年。红雨等这个机会很久了，她曾说："张智霖和袁咏仪感情这么好，就是在跨年夜长吻，一个吻，吻足两年。"她又不无哀伤地说："如果我是 1999 年认识木沙就好了，我们还可以吻足两个世纪。"

柯曦当时说："得了吧，那时候木沙才 11 岁，你这是拐带未成年人。至少是猥亵。"

红雨："我倒是真的想，那时候我正值花期，自信可以吸引任何年龄段的男人。"

突然，广场上空出现了一个稍大型的六轴飞行器。一般都是由有资质的并经过审批的公司用于拍摄大型活动。但那个飞行器发出一种诡异的红光。底下的人群出现一阵骚动。

随着"嘭"的一声不知哪来的号令，更多的无人机飞了起来，闪烁着红光。旁边的警察的对讲机突然响了起来：各单位请注意！留意这些飞行器！小心它们携带了爆炸物品！

那警察说："收到！"

就在大伙把心都提到了嗓子眼儿上的时候，无人机汇聚成了两个字：

同庆。

原来这是那家拍摄公司突发奇想的助庆节目，没有备案。

跨年夜的灯光音乐会演空前成功。

全城戒备。没有爆炸案。没有踩踏事故。

大家都松了一口气。多天以来，一直紧绷的神经暂时松弛了下来。所有的警察都太疲惫了。

张局甚至想发布一个高调的简报，大概说在 S 市警察的震慑下，匿名恐吓信预言的爆炸案并没有发生。局长制止了："我在明，敌在暗，千万不要节外生枝。"

四

2018 年 1 月 5 日。元旦假期以来，陈兴一有空就在兆记火锅店附近徘徊，他想再遇见柯曦。但她没出现。因为红雨不找她约饭的话，她是不会到这家酒香不怕巷子臭的火锅店来的。而且柯曦去了短途自驾游，她带了一本书同去，打算随意走走，没有预设去几天，书看完就是归期。

这一天，陈兴注意到河涌边停了四五辆油罐车，排作一排。准确来说，这几辆车已经停了两三天，但这一天陈兴特别注意到它们。车上面都贴着"污水处理车（临时）"字样。陈兴尝试拨打 12345 市长热线，接线员说环保局回复是供水集团的施工。他正好有一个在供水集团工作的朋友，他又打去问，人家说供水集团的施工早在元旦之前已经完成。

陈兴绕着那几辆油罐车走了几圈，他发现虽然那几辆油罐车贴着"污水处理车（临时）"字样，他却搞不懂油罐车如何能处理污水？把污水抽到油罐里载走吗？他只见每辆车的放油管都慢慢地将一些腥臭的液体趁着夜色排进河涌之中。

他想着反正肚子都饿了，不如就地吃个饭再回去。所以就拐进了兆记火锅店。他坐下来没多久，发现火锅店的人们的目光不时扫过他，又赶快低头吃饭。有一桌一个少妇带着一个孩子，瞥了他一眼，匆匆结账就走了。陈兴心想：自己有什么不对劲，是沾惹了臭味吗？还是看得仔细，沾惹一身油污？他把前臂凑到鼻尖闻了闻，没有味道。他又低头看了看自己，大骇：他竟然满身是血！他使劲闻了闻，确实是血腥味！他冲到那四五辆油罐车前，放油管里腥臭的液体渐渐已经少了，缓慢地滴落着……车上一个人都没有。

他想起半个月前，一个孩子报警说在这段河涌看到一个类似人形的物体，当时他还出过警，结果去到什么都没有。还把那孩子教育了一番。但孩子信誓旦旦地说："本来是有的，但我尿急所以离开了，回来之后却不见了。"他当时按照孩子所指示的地方，河床淤泥上确实保留着像是被一件重物压过的痕迹。

这又是个不眠之夜。张局是那种天生喜好与犯罪做斗争的人，他对方支队长说："召集我们刑侦支队全体在家兄弟，到现场去看看！油罐车贴着'污水处理车（临时）'的字条放出来的是血？真是闻所未闻！"

苏瑾瑜犹像了一下："我手下还有两个停职的……"

张局大手一挥："不必叫那俩。都是惹事的货。"

苏瑾瑜心想：这样的评价真的很不公平。

张局仿佛听见了苏瑾瑜的心声，补充了一句："方支，你有 20 年警龄了吧？从没有停职。我，早几年已经拿到了 30 年'人民卫士勋章'，也从没停职。"说完，他就大步走开了。

苏瑾瑜想了一下，找到了陈兴。"你把刚才沾血的衬衣拿给我。"苏瑾瑜把陈兴的衬衣交给了检验科的李和："你就别去，你查清楚这些到底是不是血，是不是人血。"

陈兴不解。

苏瑾瑜和他一边赶去现场，一边对他解释："最近也没有失踪案和杀人案，一个体重为 50kg 的人，血量约为体重的 8%，即血液重 4kg，约有4000ml。油罐车的排油管直径 5cm……"苏瑾瑜掏出手机，按出了计算器界面："截面面积是 19.625cm，你说它是慢慢排出的，到底多慢你也没说清楚，流速是受流经管道的压力影响的，证明排油管的液面高度也不高，我们假设只占 1/4，流速是 30cm/s，你看的时候经过了 15 分钟，一共 5 辆油罐车。也就是 19.625cm ×1/4 ×30cm/s ×60s/min ×15min ×5 辆，需要

662343.75ml 血。假如真的是人血,这无疑是一场近两百人的大屠杀。这根本就不可能。"

陈兴反问:"假如不是人血,是谁费尽心机策划这样的恶作剧呢?"

李和提取了陈兴衬衣上的疑似血迹,用联苯胺加冰醋酸加过氧化氢,呈蓝色,的确是血。李和一边感叹科技日新月异,以前还需要用抗人血红蛋白血清来做,现在简单了,用 FOB 试纸条就可以了,几分钟之内就能出结果。这种 FOB 试纸条特异性强,它只针对人血红蛋白,与动物血红蛋白没有交叉。而且普通人在普通药店也能买到,主要作用通常是被人往马桶里一扔,检测有没有便隐血。

李和看了结果。他摇了摇头。打电话给苏瑾瑜:"苏队,你猜对了,只是虚惊一场。"

苏瑾瑜一听:"虚惊一场?"几乎全支队的兄弟正在围着这五辆油罐车,有拍照取证的,有爬到驾驶室上扫取指纹的,有侦察车辙和周围环境的……

而且警戒线外也围了一圈密密麻麻的看热闹的群众。

苏瑾瑜:"张局,检验过了,那不是人血!"

"不是人血,也要查清楚到底是怎么回事!"

"我们有这么多兄弟在这儿,现在外围又有那么多围观的群众……"苏瑾瑜小心翼翼地说,"张局,这恐怕是一个圈套!"

张局:"什么圈套?"

苏瑾瑜也知道说出这种臆测的话的后果,但为了全队和群众的性命安危,他也豁出去了:"也许,有人想把我们刑侦支队……"

"撤!赶紧撤!"张局终于被说动了,他对着对讲机吼着:"收队,立即疏散周围群众!"

就在这时,发生了一件意想不到的事情。

"钱!""是钱啊!"数千张百元大钞从天而降,一些钱落入了警戒线内。

苏瑾瑜一看这情形,如箭在弦上,群众疏散不了,警察也撤不了了。

苏瑾瑜对着对讲机说:"兄弟们背对油罐车,手牵着手,尽可能把圈子撑大,把群众堵在外面!快!要来不及了!"所有的警察都牵着手,把群众围堵在警戒线之外,大家都尽力地伸展着双手,远离着背后的油罐车。

黑暗中一抹冷笑。嘴角的烟头被取下。小心翼翼地撕去了过滤嘴,橘色的亮弧落在五辆油罐车中间的一辆的车顶上。

有些人看见了那个烟头的落点,但大多数人还浑然不觉地沉浸在天降横财的喜悦之中。这样的高度,千钧一发的架势,属于无能为力的那种事。

"要爆炸了!"有人叫了一声。

"不要进去!"有一个人从两名高大的警察腋下钻了过去,他可以一个人享用警戒线内的所有钞票,他忘情地捡着。靠近了中间的油罐车。陈兴追了过去,他死命地抱着那个人往外拖——

那个人虽然瘦小,但也是出了蛮力的,陈兴与他僵持不下。

"轰!"一辆油罐车炸掉了。阵阵哀号。冲天大火,烟雾弥漫。全城都是救火车的呼啸。苏瑾瑜打了个电话:"这是你立功的机会。还有四辆。撑不了多久。而且你就住在这附近,这爆炸力非同小可!快!"不多时一个戴着口罩的男子赶来,钻进一辆油罐车。口罩男子用一把特别形状的钥匙塞进钥匙孔,接上一根加力棒,绷紧脸用劲转动锁芯,几秒,引擎发出声音。口罩男子下来,苏瑾瑜指挥一个警员快速将车开走。依次到第四辆,口罩男子直接将油罐车开走。火势也被控制住了。

这时苏瑾瑜才发现,有一个几乎是炭黑的躯体扑倒在地上,他身下还护住一个人,那个人已经奄奄一息。苏瑾瑜从那身还没有燃烧殆尽的制服和一杠一星的警衔认出了,这是一个年轻的警察,刑侦支队最年轻的警察之一,他刚刚转正授衔……苏瑾瑜强忍住了泪水。把炭黑的躯体翻转过来,让赶来的医护人员把那个躯体在爆炸前一瞬护住的伤者抬上了担架。那伤者手里还死死地攥着一把粉红色的残币。

五

柯曦独自开车来到一座海滨城市,这是一个岛。有美丽的沙滩和闲适的游人。她每年至少会来两次。只是气候渐渐冷了,她不能穿着单薄的针织衫赤足踩在细沙上。中午有太阳的时候,她就戴着墨镜憩在沙滩上,魂不守舍地翻她带来的书。上一次她来这个岛的时候读的是《岛上书店》。她还特意去这个岛上的书店走了一圈。这次她随身带着的书是钱德勒的《漫长的告别》。市面上有好几个版本的《漫长的告别》,但营销语无一例外地写:村上春树看了12遍!

这也不是柯曦第一次看《漫长的告别》。她想起一个观点,原话不记得了,大概是这个意思,所谓经典就是当你在人生不同的阶段去读它,也会因为想法和境遇的改变而照亮心中不同的区域。柯曦不仅情商低,还是一个技术狂。她把这句话又提炼得更适合她自己的需求,她更认为是一种对于旧知识(已知知识)的动态化的碰撞和管理。她又想起一个观点,也有异曲同工之妙,如果之前那个观点算是一个“公理”,那么这个观点就是“特例”。这个观点是这样说的:金庸小说之好,在于他有境界,你除了记住那些人物、情节之外,还会觉得有一种说不出的东西熏陶了你。当你生病时,当你失恋时,读一读金庸的小说,你会觉得窗外一片清明,你会一读再读,这就是境界。

《漫长的告别》就有这种境界,所以村上春树足足看了十二遍!而她,柯曦本人,也在读第五遍。上一次拿起这本书,是……她晃动脑袋驱散那些不想回忆的回忆。这本书总在她情绪低落的时候慰藉她。

她看到莱诺克斯死了的时候。她手机收到了短信。是局里群发的信息。

英雄陈兴的遗体告别仪式将于 2018 年 1 月 8 日下午 3 时在市殡仪馆举行。

陈兴?英雄?英雄陈兴?她怎么也无法将这几个字联系在一起。她第一时间将微信切回常用号。她颤抖着手点开已经变成“999+”条数的工作群,里面都是一句又一句的“英雄陈兴走好!”她确认这就是自己的同事,那个早些日子被她说“滚”的那个一心想要开解她的大男孩。她是误解了他吗?误解了一个把群众生命置于自己之上的真正的英雄!

莱诺克斯曾经在散兵坑里,抓起一颗落入了战友们之间的迫击炮的炮弹跳出了散兵坑。他卧倒在地的同时将炮弹扔出去,但在半空中爆炸的炮弹,有一块弹片毁了他的半边脸。

但陈兴没有这么幸运了,他卧倒在地,救了一个人,但是他不仅付出了半边脸——而是一整个鲜活的年轻的生命!

柯曦合上了书,她站起来的时候感到一阵眩晕。她跌跌撞撞地回了租住的公寓,把东西一股脑儿地扔进了旅行包收拾好,退了租。每次经过服务区,她都进去,买一杯咖啡,休整自己的心情。不然,她根本不知道她能不能控制着自己的情绪,驱车数百公里回 S 市。她坐在服务区小卖部的门廊阶梯上,怔怔地拿着一杯咖啡。

她想起他曾经引起她勃然大怒的一句话——他生前与她的最后一次谈话:"那个被蛇咬伤的人……是胃癌晚期。柯姐,你不必过于自责。"

"柯姐,你不必过于自责。"

不必。过于。自责。

"自责。"她把思绪中的两个字从嘴中吐露出来。这两个字也自然而然带上了经由她体内发酵过的咖啡的苦涩。

六

柯曦终于赶上了陈兴的遗体告别仪式。但她还在停职,所以也没有穿制服,只是一身黑衣。

室内气氛肃穆。局领导都到场了。刑侦支队的同事们穿着制服胸佩白色花朵托着警帽列队伫立着。她见到了跟她一起停职的麻薯。她皱着眉头点了一下头。张局主持告别仪式,并做了简短的发言。柯曦一心想看看陈兴,张局说什么她基本没听到。她所在的位置,也只能从队伍的缝隙里看到"床"尾挂着一张陈兴的黑白遗像,被黑纱做成的花朵簇拥着。

张局说:"我代表 S 市公安局向陈兴同志告别!请同志们三鞠躬!"

随着哀恸的音乐响起,瞻仰遗容开始。这时,柯曦注意到了一个一直压抑着哭泣的女性家属,放声大哭起来。论年纪,若说是陈兴的母亲有些显老,若说是陈兴的祖母,却又过于年轻。她的头发里透着丝丝天光,哀痛的神情已经模糊了她原本的面容。柯曦突然想起了一句话:"白发人送黑发人。"有一些话,听着总是不以为意,那是因为你缺乏想象力,但当你真的看到此情此景,难免会动容。柯曦唏嘘陈兴还是个孩子,他甚至没有女朋友,因为她环顾这天来告别的人里,竟没有一个不穿制服的年轻女孩子。

前面每一个人走到陈兴的头部的位置,都深深鞠躬。柯曦也随着队伍逆时针地行进,慢慢接近陈兴的遗体。她的心跳开始加速。她是法医,她见过无数的尸体,甚至可能比陈兴的遗体更惨不忍睹一万倍的尸体,但还是不同。陈兴是一个与她共事过的同事,是一个在她停职期间还想着给她安慰的同事。他就是不同的。柯曦想到这里,如鲠在喉。

陈兴穿着制服躺在一张特制的"床"上,由于炸伤烧伤面积巨大,他的大半个身子都是被白布遮盖着,只露出半张由入殓师尽心修整过的脸,脸旁放置一顶警帽,另半张脸旁用一束菊花遮挡着,依稀还能看到下面的血肉模糊。柯曦定定地看着他,既没有鞠躬,也没有往前走,直到后一个人悄悄推了一下她,她才回过神来。她已经泪流满面。她匆忙地鞠了一躬,向前走去了。

瞻仰遗容已经是告别仪式的尾声。很快就有殡仪馆的工作人员来要把陈兴的遗体推走。家属们冲过来想再看一眼,特别是那个年过半百的老妇人被两名女警搀扶着,伤心欲绝:"儿啊……"她伸手向着陈兴被推走的方向抓去,但只抓到了虚无。

柯曦听到有谁小声说了一句:"也难怪,陈兴是个独生子。而且他妈妈生他的时候已经 40 岁。"

柯曦想不起来她是怎样离开殡仪馆的。她甚至全程没有跟任何同事交谈半句。

七

夜里,柯曦翻来覆去睡不着。她连夜回到了办公室。她开始查那个秦先生的资料。

秦武阳。1978 年出生……

苏瑾瑜走进来，看了一眼她的电脑："怎么，你还是放不下？"

柯曦正在高度集中精神寻找线索，放松了对自己"高情商"的要求："你是什么意思？我在给自己找一些让自己能放下的借口？比如，他本来就是一个有许多前科的人？"

她把屏幕转向了苏瑾瑜的那一边，挑衅地看着他。

苏瑾瑜没有说话，侧身向着她，坐到了桌沿。最终他还是先开口："你每天在家里做些什么？"

柯曦想了很久，三思、六思、九思，要张嘴了，记得慎言。"苏队，我想知道，油罐车爆炸那晚，到底发生了什么事？"

苏瑾瑜看着面前这个素面朝天，因为认真执着而不失韵味的女法医，不觉也分了神。他还是把那天晚上发生的事情详详细细地跟她说了一遍。

"有很多细节，新闻发布会上并没有提及。甚至定性为安全事故！这明明是案件！"

苏瑾瑜沉吟道："只是避免打草惊蛇。"

"是避免打草惊蛇，还是怕舆论造成压力？是怕久久破不了案，颜面扫地！"

"别忘记你还在停职。"苏瑾瑜清冷地注视着他，提醒道，"不要从事警务活动。休好你的假。"

"我不是在从事警务活动，我是想跟陈兴告别。"

"你下午已经与他告别过了。我们都与他告别过了。他是个英雄。"

"那不是，那不是真正的告别。我听到了一些'别的'声音。"柯曦抓起椅背上的大衣就往外走。她突然想起什么，又返回，把秦武阳的资料打印了出来。她不想再跟苏瑾瑜理论。

她坐进车里，在那个狭小的安全的空间里，打开车室内灯，又开始翻《漫长的告别》。主人公马洛经常说自己生性浪漫。马洛的浪漫除了不挣钱，还升华到能将生死置之度外。在说生死之前，这本书有一个地方设置得相当别致：柯曦将它称为"对位法则"。由于"波特老头"几乎控制着整座城市的媒体，甚至一些官方的机构，所以当"波特老头"不想爆出家丑时，他的女儿西尔维亚被杀的案子草草结案。但是"波特老头"只是"几乎"控制着整座城市的媒体,还有一家独立报纸。所以马洛把一份"自白书"以某种条件交给了那家独立报纸。人家多次提醒他:"你不想要酬金?""我说你真他妈的傻。""改主意还来得及。"……这是一个为了朋友的清白两肋插刀的人。他把这件事办完了之后,他又很有仪式感地去了维克多酒吧,替他的朋友——被栽赃成杀妻凶手的莱诺克斯喝一杯螺丝起子。柯曦想起还有一个译本很别致地将这种鸡尾酒叫"琴蕾"。但显然,"螺丝起子"更像是鸡尾酒的名字。

第340页。

"免了。记得你从市拘留所送我回家的那天晚上吗?你说我有个朋友要告别。我还一直没真的和他告别呢。你们刊发这份影印件,就算是我的告别了。虽说隔了很久——非常、非常久。"

跟莱诺克斯"需要昭雪"(马洛认为需要)完全不相同。但是陈兴的牺牲跟诡异的油罐车爆炸案脱不了关系。陈兴表面上是个英雄,但是刑侦支队里却慢慢传出一些对他非议的声音。因为当天油罐车排出大量血液这个线索是他提供的,导致了在场1死20伤4重伤。虽然他以身殉职,但也摆脱不了嫌疑。

为什么有五辆油罐车在那儿?

为什么油罐车的排油管会流血?

为什么会有匿名恐吓信提及爆炸案?

为什么爆炸案不选择人群更密集的跨年夜?

为什么选择区区一段臭气熏天的河涌?

为什么偏偏就在要撤离的时候,有人扔烟头,还有人撒钱?

这真的只是一场安全事故吗?

绝对不是。

八

那条老街在另一座城市,叫香花街。东头有着各式各样的小食店,其中有一家,云吞做得特别好吃,名字好像叫恒什么,秦武阳不记得了。西头鸡蛋花树掩映下有一个处所。秦武阳曾经去过为数不多的几次。

这世上有些关系,是一眼万年的关系。

人与人之间,交流的次数与感情深浅也不是正相关。秦武阳并不是自己看病,他是为某人而来。按理说,一个具备职业操守的心理医生,也不会将患者的情况泄露给第三者。但是,凡事都有例外。

那位心理医生姓柯,深谙人文科学,经常喜欢说一些名言。他曾经告诉秦武阳说:"格雷厄姆·格林曾经说过:'人性从来不是黑或白的,而是黑色的和灰色的。'你没有那么坏,我也没有那么好。"

秦武阳习惯晚上9点钟到访。这个时间,老柯往往在看电视。老柯很喜欢看S市的一个法制节目,但是有一天,一个女法医出场时,老柯若无其事地拿起了遥控器转了台。但是秦武阳还是一眼看到电视屏幕底下写着S市公安局刑侦支队法医柯曦。他甚至觉得那女人与老柯的眉眼之间有几分相像,但老柯显然是顾忌他,所以他也很知趣地什么都没有提起。

可是突然有一天,秦武阳记得那天,是2017年1月5日。腊八节。他正在家里吃腊八粥,吞咽有一些困难,那些已经咀嚼过的豆类和粥水才下肚,又涌上喉头倒流入他口腔之中。他瞥了一眼妻女,妻子正在给幼小的女儿喂食,并没有注意到他,而他也不想冲去洗手间惊动她们,因此,他选择把口腔里的东西重新咽了下去。

这时他接到了老柯的电话。他正好有借口不再吃那碗腊八粥了。"有急事。"他低头亲了一下妻子的额角,就出了门。

这次是老柯主动致电了秦武阳,甚至算是把他请过来。

当时老柯已经一个人喝得半醉,见秦武阳来了,他也给秦武阳倒了一杯,搁在桌面上,往秦武阳的方向推了一下。

老柯神色迷醉,说着囫囵话:"我也知道你是做什么的。如果有一天我死了,我老婆孩子大概都不会来看我一眼。但是你不同。清明节来给我奠杯薄酒吧。"

秦武阳听了他这话,也不乐意被人当傻子,直截了当:"你不是还有个妹妹吗? 你妹妹自会去祭奠你。"

老柯的脸色不但没有丝毫不悦，反而话更多了。

"妹妹也许会来祭奠我。但她绝对不会领养它。"

秦武阳没有听懂："领养谁？"

"领养它。"老柯指着一个亚克力缸说。秦武阳之前从来没有见过这东西，显然老柯平时不把它放在这儿。

秦武阳走过去，仔细看了一眼那个亚克力缸，倒吸了一口凉气道："我也不养它。"

老柯说："你会的。"

"为什么？"

"因为，我知道是你故意把左天伦放走。"

秦武阳嗤之以鼻："他本来就没有遭到禁锢，何用'放走'这个词。"话一出口，秦武阳就后悔了，他中了计。老柯确认左天伦失踪了。

"真希望你们'老大'会接受你这个讲法。你可不是一个人。"所有的心理医生都有一种特殊技能，因为过于通晓人性，暖则入心坎，冷则穿骨髓。

秦武阳想到了妻子、女儿。秦武阳不动声色："你有证据吗？"

"你还想要什么证据？"老柯把一本翻开的东西推到他面前。

秦武阳疑惑地看着这本东西。

"个案记录：左天伦，22岁，妄想型精神分裂症。第四次咨询时间：2017年1月3日……"

秦武阳把拇指卡在这一页，翻过来看了一下这本东西的封面，上面写着：咨询记录本。

"有趣，恕我愚钝，我看不出这有什么证据？"

"注意这个时间。"

九

左天伦有一个非常特别的身份。他是"老大"的养子。左天伦的身世，秦武阳曾听"老大"寥寥讲过。左天伦的生父过于严厉，而母亲疏于管教，他成绩不好，中途辍学，一无所长，父亲的棍棒愈加凌厉，他终于受不住了，离家出走后便一直以偷盗为生。他16岁那一年走路时撞到了"老大"，这一撞，就撞上了大运。"老大"也是行家里手，摸了一下自己的钱包已经不见，转身两步掐住了左天伦的手腕。他非但没有将左天伦扭送派出所，反而将这个伶俐的孩子从云贵高原带了回来，并留在了身边。"老大"没有正式对谁说过，更不可能"合法"地把左天伦收为养子，但是这一道上的人都是锣鼓听音察言观色之人，最早把左天伦"确认位置"的是"老大"最器重的左臂右膀，既然左臂右膀都敬了他三分，底下的人自然也不会得罪他。更何况"老大"嫌弃左天伦虽然伶俐，但却是一介莽夫，所以特别安排了颇有才学的秦武阳照顾他。可见，"老大"对左天伦是寄予厚望的。

秦武阳起初也喜欢这个孩子，可是他不久就发现了左天伦的怪异之处。左天伦自己一个居室，每次秦武阳去找他，他都在里面倒腾一会儿才来开门。有一次，秦武阳特别留心地听，听见了里面移动沙发的声音，然后听见了"哐"的一声，然后是金属磕碰在地砖上的震颤不已的声音。随后，左天伦才来开门。

秦武阳进门一看就明白了，左天伦用沙发顶住门，可能怕有人悄悄进来，他没有发觉，他还在沙发上放了一个金属茶漏，刚才就是沙发边上的茶漏在响。

两年之后，秦武阳发现左天伦的住所多了不少细长的木板、钉子，还有一些木匠的工具。秦武阳想带他出门时，他去找衣服，进去卧室就要找半天。秦武阳走过去看，发现他的柜子用木板钉住了，正拿着一把羊角锤在起钉。见秦武阳盯着他，左天伦解释说："这样比较安全，晚上总有人偷偷从柜子里跑出来。"秦武阳意识到这是一种病态，但自己只是心理学的肄业生，不是专业人士，辗转打听到自己的一个学弟，是邻近的G市香花街的心理医生，他是"灰色"的，他肯定能帮上忙。

只是左天伦从不认为自己有病，秦武阳尝试说服他："你的经历那么奇特，我有个朋友是作家，正在找素材写小说，不如你去跟他说说？"

左天伦眨眨眼确认："把我写进小说里去吗？"

"是的，如果你愿意的话。如果你不愿意的话，就可以纯粹是当作聊聊天。"

左天伦狡黠地笑了:"可以,但是你不是作家呀。"

"我当然不是作家。"

"所以我们谈话的时候,你不可以在场。"

于是,秦武阳把左天伦带到了 G 市的香花街。秦武阳把车停在了东头。左天伦一眼看见了一家云吞店。

"秦叔,我想吃云吞。"

秦武阳就带他进去,看了看墙上的种类和价目表,问左天伦:"你要吃哪一种?"

"要最普通的那一种。"

秦武阳就点了两碗云吞竹升面。

把云吞端过来的是个老太太,她没太注意,把大拇指都浸在汤里了。但是这两人也不以为意。

左天伦用勺子捞了一只云吞放在嘴里,因为太烫,他赶紧吐了出来用勺子重新兜住。

"我们老家没有这种东西吃。都是本地人装成南方人开的小店,叫什么'福建抄手''粤式云吞'。所以我一定要尝尝!果然是没错,那个皮儿……简直跟姑娘一样……"

"你才几岁,说什么屁话。"秦武阳说罢,低头往收银台那边飞了一眼,悄声说,"看见没,警察。"

左天伦看过去,确实是个警察。一个高大帅气而且没穿制服的警察正在打包云吞。何以见得他是警察呢?他虽然没有穿制服,但是穿着制式裤子的,乍看上去是一种很深的藏蓝色西裤,但臀部位置的口袋上有一种金属纽扣,上面有一个星星图案,鞋子也是一种绑带的低帮皮鞋。不多时,警察走了。

秦武阳说:"肯定是打包给女朋友。而且是还没到手的那一种。"

左天伦说:"秦叔,没到手的不叫女朋友,叫女神。不过你怎么看出来,他是打包给女朋友了?"

"有几个男人会把汤底和云吞分开打包?他还得把汤底凉掉之前是送

回去。不过,他百密一疏。"

"怎么了?"

"他一定会懊悔不已,忘了打包辣椒酱了。"

"秦叔,你就吹吧!"

秦武阳也斜着左天伦:"天伦,我看你是还没谈过恋爱。"

左天伦一听,耳根一直红到了脖子里。秦武阳怕再说下去伤了他,便闭嘴不提了。秦武阳哪里知道,自己已经戳中了左天伦的心病。

两人不再说话。秦武阳几乎没有动自己那碗云吞竹升面。

"把我这碗也吃了吧。"秦武阳把自己那份也往左天伦面前一推。

"秦叔,你怎么了不饿吗?"

"岁数大了,吃不了这么多。"秦武阳说。

左天伦也不客气,埋头吃完了两碗云吞竹升面,跟着秦武阳步行到西头的一个门前种满鸡蛋花的处所。

秦武阳对左天伦说:"天伦,我就不进去了。这是我的作家朋友的住所,你进去讲故事吧。"

左天伦点点头:"我讲完了就给你打电话。"

秦武阳也点了下头,但他知道,不是左天伦讲完了给他打电话,而是只有50分钟左右,一次心理咨询的时间。只是左天伦并不知道这是心理咨询。一周一到两次。

50分钟后,左天伦果然出来了,他对秦武阳说:"秦叔,老柯这个人不错。就是我觉得他可能不太适合当作家。"

"为什么?"

"因为他给我一张纸一支笔,让我做了一份调查问卷,题目倒也很简单,就是太多,几百道题。他简直像个小学老师。我今天压根还没机会讲故事,他叫我约时间再来。"

十

"注意这个时间。"老柯对秦武阳说,"这是左天伦最后一次来给我'提供素材'的时间。然后他就失踪了。而在这之前,每次他来给我这个作家'提供素材'之后,你这个家长都会在事后拜读那些'素材'。你很清楚,长期在他身边,他总有一天会加害于你。当然,我敢担保,你们'老大'现在还不知道他已经失踪。因为据他说'爸爸每半个月会循例见我一次'。你打算利用时间差。"

秦武阳没有说话。继续翻阅着那本咨询记录本,在最初的几页中夹着一份资料。老柯示意秦武阳自己打开。

秦武阳问:"这是什么测试?"

老柯说:"这就是我跟左天伦第一次见面时,我让他做的一份问卷。这实际上是一份明尼苏达多项人格调查表,我们业内称之为 MMPI。"

"我听不懂。"

"我尽量简单地跟你说吧。MMPI 量表里包含着 10 个临床量表,左天伦在其中的妄想量表和精神分裂症量表里的 T 分都在 80 分以上。一般认为临床量表中某一量表 T 分达到或超过 70(美国常模)或 60(中国常模)时便有临床意义。"

"你这里也写着他有妄想型精神分裂症。"

"在后来我听他的陈述里,与这次 MMPI 量表的测试结果也是吻合的。他曾经跟我哭诉有人趁他睡觉的时候切除了他的脑干。他还提到你一天到晚跟着他,是想害他。我告诉他,你身体不好,害不了他,但也绝对帮不了他。"老柯特定加重了个"帮"字的语气,对秦武阳露出了一种长时间的暧昧笑容。"还有些内容,我与你都知道,但这个咨询本上却没有,也是不适宜记载。"

"我知道。"秦武阳突然站起来,"不好意思,我想借用一下洗手间。"

"走出这个门,向左拐。"

明明只是喝下了一碗稀粥,秦武阳的胃也翻腾不已,疼痛向他一阵阵袭来。不知什么时候开始,他裤袋里揣了手帕,他掏出来擦了擦额际的冷汗。

当他坐在老柯对面的时候,他的情况似乎已经暴露在老柯眼底之下。

"秦先生,你没事吧?"老柯这句话的内容是关切的,但是语气并没有显得关切。老柯是一个很善于躲在一副镜片后窥伺别人内心的人。秦武阳怀疑，他是故意戴着这样一副反光的平光镜，有几次，他进门来，才发现老柯从桌上拿过眼镜戴上。这样，别人就看不到他眼里的神色。

秦武阳苍白着脸，胸口还在起伏，摇了摇头示意：没事。

"那我就直说了，左天伦阳痿，你知道吧？"

秦武阳点点头："之前他每次来给你'讲故事'之后，你都把咨询本给我看过。"

"他认为他的阳痿是缺血造成的。他受过伤或者出于什么原因，他会认为自己缺血呢？"

"我不知道。"

"他对这个问题防御性很强。他并没有透露过半句。但他说过他曾经一门心思杀死小动物，喝它们的血。"

秦武阳回想起在左天伦的垃圾桶见过一些死鸡的尸体。

"他甚至给自己注射鸡血。他说，肯定是鸡没有'工具'，所以没有效果。"老柯继续说，"他又听说海豹的性能好，不过他显然没办法去猎杀一只海豹抽血。他退而求其次，觉得兔子的性能力也不错，所以又给自己注射兔血。"

"我倒是不知道他给自己注射动物血。"

"一般他这样做，身体会产生强烈的排斥和过敏反应，严重时还会导致死亡。"

"啊，他是每隔一段时间就会产生过敏症状。'老大'的医生会给他开点药，很快就好了。他倒是身强体壮。"

"这些，我都记在这个上面了。"老柯把手在咨询本上拍了拍，"我把我的病人分门别类了。有些档案就留在这里好了，我要是把东西清理得一干二净也是另一个疑点。但是关于左天伦的资料，我觉得会是一种珍贵史料。我不会留在这里，也不会将它毁掉。"

秦武阳伸手想去拿那本咨询本。老柯按住他的手："你以为没有复件吗？"说完微微一笑，松开了秦武阳的手。秦武阳的手也缩了回去。没有人再去碰这本东西。

"柯曦。"老柯突然说,"她叫柯曦。"

"什么?"

"我妹妹,柯曦。黎明前的微光。这是她自己后来改的名字。"老柯站了起来,"秦先生,你我都知道,这次左天伦失踪,S市肯定会发生一些事。我要求你保护好我妹妹。因为所有重要的资料都将会交给我妹妹。我担保只要她活着,她就不会去看它们,因为她很可能想跟我划清界限——更加划清界限。但是她一旦死去,这些一切肯定都会曝光。这一切曝光的话,'老大'免不了要迁怒于你,甚至……"

秦武阳打断了他:"笑话! 你们是兄妹。为什么她不会去看它们呢? "

"你总会相信我说的话的。左天伦失踪了,对你来说,怎么都算是件好事。因为,他的情形,你我都清楚,是已经控制不住了。"

十一

2017年小年夜没过几天,G市的报纸报道了一宗案件。像老柯关心S市的法制节目一样,秦武阳也关心G市的新闻,这宗新闻在浩如烟海的报道里也相当扎眼:一个心理医生杀死了黑诊所的医生和妻子的情夫,之后引爆自制炸药自杀。这一次,纸媒和自媒体都没有煽情、没有渲染,只是陈述事件,充分显示了人文关怀。

秦武阳已经将近半个月失去了左天伦的消息。"老大"不止一次叮嘱他,要把左天伦照顾好。他到邻近的禽畜养殖场去问过,都没有左天伦的消息。秦武阳除了回家吃饭、睡觉,一直等在左天伦的处所。秦武阳是矛盾的,既想这个疯狂的人失踪,"老大"或许会对自己网开一面呢;又想这个疯狂的人回来,"老大"可能不会放过自己,殃及妻女。

深夜,秦武阳正要离开,失踪的左天伦,跌跌撞撞地出现了。他的腹部有一个有棱有角的凸出,那个地方正在慢慢渗出血。

"秦叔……你觉得……"

"觉得什么?"

"人血能治好我的……病吗?"大概是难以启齿,左天伦没有把病的名字说出来。

　　这对于秦武阳来说，依然是个两难的问题。他不能回答"能"，一个"能"字，就会助长左天伦疯狂的想法。他也不能回答"不能"，一句"不能"，又把他渺茫的希望扼杀，他可能会做出更疯狂的行为。而且，现在，老柯也死了，左天伦更是控制不住了。

　　秦武阳当初把左天伦带到老柯的诊所去，是有目的性的：他知道左天伦有严重的心理问题，希望老柯能给治好，否则他在左天伦身边，就犹如每天绑着一颗定时炸弹。但是退一万步来说，假设老柯是个非常平庸的心理医生，治不好左天伦，任由左天伦的病情恶化，那老柯也可以作为一个第三者来暗示秦武阳本人身患恶疾，让左天伦不会选择对秦武阳下手。秦武阳是决计不敢对左天伦动手的，因为"老大"要他照顾左天伦，要是左天伦在他手上出现了什么不测，那就是他的失职了——左天伦还是失踪了好一点儿吧？

　　"秦叔，到底人血能治好我的病吗？"左天伦的问话变成了一种号叫，把秦武阳惊醒过来。左天伦把衣服掀起，原来他裤子上别着一个他平时起铁钉的羊角锤。羊角锤的击打面上湿漉漉的，分不清液体的颜色。但从他衣服上浸透的红痕来看，羊角锤上沾满了血。

　　秦武阳也是读过不少书的人，他想起《子不语》中就记载了一个这样的故事，故事不长，他甚至能背了下来："刑部狱卒杨七者，与山东偷参囚某相善。因事发，临刑以人参略杨，又与三十金，嘱其缝头棺殓。杨竟负约，又记人血蘸馒头可医疗疾。遂如法取血，归奉其戚。杨甫抵家，忽以两手自扼其喉，大叫：'还我血！还我银！'其父母妻子烧纸钱，延僧护救之，卒喉断而死。"鲁迅的《药》也写过在特定的历史背景下，愚昧无知的人们相信人血馒头能治好肺结核。就连当代一个犯罪小说大师的某部小说里也写过，凶手是个卟啉病患者，相信喝人血能延续他的生命。的确，那都是小说，是文学作品，但这一刻，面对着拿着一把羊角锤问他这个问题的人的时候，秦武阳真正明白什么叫作"作品源于生活"。

　　"秦叔，到底人血能治好我的病吗！？"左天伦不断地重复这个问题，直到他自己跌坐在地上号哭起来。这就像一个生命的拷问。

"我不是个男人，我一无所用。没有人在乎我。"

秦武阳小心地走了过去，拍了拍他的肩膀："你想想你'爸爸'，他对你视如己出，他在乎你。我也在乎你。"左天伦称呼"老大"做"爸爸"，"老大"则称呼他是"自己的孩子"，秦武阳见过他们在一起吃饭的情景，左天伦很拘谨，但"老大"总是关照他多吃一点儿，养好身体，他也会主动给"老大"敬酒，一副父慈子孝的样子。而且"老大"再忙，每半个月就会准时见他一次，要与左天伦"共叙天伦"。

但是这一次，秦武阳提到"爸爸"的时候，左天伦生气地打掉他的手，把羊角锤"哐"地扔在地上："你不要在我面前提他了！你什么都不知道！"

秦武阳苦笑了。他是什么都不知道，只知道自己时日无多了。他得了病，胃癌晚期。他日渐消瘦，一米七五的个子，原是一百四十斤的壮汉，现在不足一百斤了。他不怕死，只是怕事情没有处理好，会连累了家人。他跟着"老大"已经有十多年了，那时候他还没娶妻，也不打算娶妻。谁知道八年前的某一天，一个女人闯进了他的生活，于是刀光剑影的日子里也有了一抹暖色。可是他怕呀，担心给不了她幸福，甚至担心给不了她安稳，所以一直没有与她领个证。他甚至为了掩人耳目，还不时穿梭花街柳巷，装成花花公子的模样，但是乖巧顺从的她，从不介意。当知道她第五次怀上他的小孩，秦武阳偷偷跟着她去了医院，他在诊室门口听着医生说："你考虑清楚，你的宫壁已比纸薄，以后恐怕你想，这辈子也当不上母亲了。"女人抽了一口气说："我考虑清楚了，不要。"他立即跨进了诊室说："要，你跟我回家。"

女人问："非婚生子吗？"

"那就不回家。"他顿了顿说，"去民政局。"秦武阳不是一个浪漫的男人，他曾经看到过一句话，当时他觉得恶心至极，甚至毛骨悚然，现在想起来却觉得回味无穷，只是不知道出自哪个人的生花妙笔？

那句话是这样说的：当你爱上一个人，你就会有了软肋，但也有了盔甲。

不，不对，应该是这样说：当你爱上一个人，你就会有了盔甲，但也有了软肋。

这两句话不一样。汉语有意思的地方就在于,哪怕内容完全一样,只是说的顺序不一样,那就是不一样了。五年前,秦武阳终于有了软肋,一根合法的软肋,不对,一下子两根。"老大"消息非常灵通,第二天就让人给他送了一个很大的红包作贺礼。他的女儿弥月,"老大"从云贵高原赶回来,这次不仅给他一个很大的红包,还把一个 16 岁的大孩子也托付给他,那就是左天伦。当然,左天伦已经 16 岁,并不需要秦武阳照顾日常起居。秦武阳的作用就是与他做个伴而已。

十二

柯曦坐在书房的角落里的地上,读着秦武阳的资料。

1978 年出生……

X 大学心理学系肄业。柯曦想起,X 大学心理学系,那不是哥哥读本科时就读的大学吗?

她看了看自己的微信小号,哥哥的微信还躺在这里,头像是一朵鸡蛋花,仿佛透着馨香。柯曦把他那一栏往左滑过去,然后标为未读。看着鸡蛋花的右上角出现一个小红圈,小红圈里面有一个"1"。她下意识戳进去,红点再次消失了。

她回到秦武阳的资料上。社保信息显示他是无业的。主要家庭成员是:一个比他小十来岁的妻子,一个四岁的女儿。还有一些零零碎碎的小奸小恶的违法犯罪前科。一次保外就医的记录,胃癌晚期。

现在秦武阳死了,不知道他的妻女依靠什么生活呢? 有重疾保险金吗?她想去联系她们,她想知道她们的近况。但她又不敢贸然去联系她们,因为在家属的眼里,是她的自以为是害死了秦武阳。其实,她自己也是这样认为的。

"一个人是好是坏,我没资格评判,只有法律或者上帝能宣判他。"这是哥哥曾经对她说过的话,如今她也这样想着,把秦武阳的资料放进了档案袋。

第二天,柯曦最终去找了秦武阳的妻子。但是,那个女人并没有如她想象中的敌视她。只是不断地说:"你走吧,你走吧,我不想看到你。"

　　柯曦什么都没有说,从包包里拿出报纸包裹着的一个东西塞到了女人手里:"这只是我的一点儿心意。"

　　女人一摸,便知道是钱。她坚决不收。但她好像也有所触动。

　　"其实他出事的前一天,他有过离奇的表现。我知道不能怪你。"女人抽泣起来,"只是他反复交代我,一定要去闹,他做的一切才有价值。我觉得他是故意被毒蛇咬的,他本来已是胃癌晚期,他是一心求死。但我不明白,他为什么一定要我去闹,但我答应了他,只能这样。我想你是个好人。听说你停职了。对不住了。"

　　柯曦听到这里,愣住了。

　　秦武阳的妻子还说出了一个地方:"江南村,一巷一号。那个地方,是他租的,他告诉过我,那是一处安全屋。因为他说,如果哪天我失踪了,你去那里找我。可他没有失踪过,所以我也没去过。"

　　柯曦去到了江南村。因为江南村后来建了新村,所谓的江南村一巷一号,其实是在旧村。那条村基本已经没人居住了。柯曦找到了一巷一号,一间淹没在橘色的炮仗花之间的屋子。突然一只闪着蓝铜色金属光泽的小虫子飞了出来。柯曦一眼看出:丝光绿蝇!

　　柯曦戴上了口罩、两层手套,穿上了鞋套。她摸着门楣找到了钥匙——有些情况,你总不会将一件重要的东西带在自己身上,但肯定会放在最容易取得、最不会耽误时机的地方。柯曦打开了门之后,单薄的一次性口罩也挡不住的一阵腥臭夹杂着更多的绿蝇扑面而来。她一眼看到一个亚克力爬虫饲养缸。

　　一条大约半米长的希拉毒蜥静静地卧在缸里,扁平的分叉的舌头伸出口腔,全身已经腐烂发臭。柯曦大致了解过,这是一种产自北美地区的有毒蜥蜴,全身是红黑大面积的色块,组成鲜艳的警戒色花纹,这些花纹是由一颗颗凸起而不重叠的鳞片组成的。这是一条黑带希拉毒蜥,还有一种图案是网状的。柯曦绝对认得它,它跟其他蜥蜴不同,它有一条粗短钝圆的尾巴,因此又被人称为"钝尾毒蜥"。

它活着的时候，柯曦都不愿意多看它一眼，别说它死了。但是，出于某种需要，柯曦这次对它观察得异常仔细。

它的尾巴上还戴着一枚小小的金属戒指，柯曦认得，那是她小时候戴过的，说不清材质，但一直没有生锈，有点儿像现在的人说的玫瑰金色。柯曦用一把小镊子把它取了下来。因为毒蜥的尾巴原本储存着大量的脂肪，现在已经腐烂，她取下这枚戒指的时候把毒蜥的半条尾巴都弄断了，但她又把那半条尾巴往断口处凑了凑，尽量保持了原样。她摘下一层手套的同时，把整个手套翻转将这枚戒指包了起来。

但哥哥曾说它美，是"她"才对，"她"曾是哥哥的宠物。哥哥说："希拉毒蜥的英文名是 Gila Monster，直译过来就是希拉怪物。蜥，就是 Monster，就像你，又古怪又可爱，不是吗？"因为柯曦的曾用名是"柯蜥"，特别是他这一番解说，让她对自己的名字总是有不好的联想。

"原来是它！"柯曦难以置信地摇了摇头，是它的话，再多种类的抗蛇毒血清也无法解得了秦武阳中的毒啊！可是这种毒蜥，哥哥也曾经说过它的可爱之处："它只会遭到挑衅才会咬人，一般不会主动攻击人。不过一旦攻击便会紧咬不放，受害人往往必须经由切除才能摆脱它。"可见，它并没有攻击秦武阳，因为它还留着全尸（除了尾巴刚被柯曦不慎弄断）。

她发现了亚克力缸旁边有一些工具、量杯和注射器，还有一小块木板固定了两颗尖牙——从毒蜥口中拔下的——毒蜥的左侧下颌靠后的位置损失了两枚牙齿。她想起当时检视过秦武阳的伤处，有两个明显的牙洞，确是毒牙所致。牙洞相距的位置就像是毒蛇所伤。

毒蜥的牙齿与蛇也有明显不同，毒蜥的前牙是很短的，但它的下颌长满了向后勾的牙，越往后牙齿越长。毒蛇是依靠中空或有沟的毒牙基部与毒腺相连，排出毒液。但毒蜥的毒腺是位于后牙床位置的一块柔软得像海绵一样的组织，需要咬住物体后，通过挤压毒腺才能让毒液随着唾液流入伤口。柯曦几乎能想象出，秦武阳是怎样取毒和将毒液注射到自己体内的。他将这根玻璃导流棒斜着让希拉毒蜥咬着，然后毒液就随着唾液一同流下来了，他用这个小量杯接了足够分量的毒液。然后用那块小木板上的两枚尖牙把自己的手臂戳伤，伪装成毒蛇所伤，然后用注射器将提纯过的

430

蜥毒从伤口处注射了进去。

江南村，一巷一号离曙光公园很近。虽说史上并没有记载过希拉毒蜥的毒液能置人死地的案例，但是中世纪欧洲医生、炼金术士帕拉塞尔斯有一句警句，足以让所有法医震耳发聩："万物皆毒物，因为一切物质皆有毒性。毒物之为毒，只因剂量足。"秦武阳已经死了，准确来说是死无对证了，柯曦即使有百分之一百肯定秦武阳是死于希拉毒蜥之毒，但她也无法证明，更加无以记载了。

柯曦还发现了几张发黄的论文，仿佛从某个年代久远的学术期刊上撕下来的，题目是：《某神经毒素的提纯方法、提取物及其制剂的制作方法》，大约是说达到某种温度保温热变性处理杂质，低温冷丙酮提纯，然后用某种脱盐的方法获得纯化的神经毒素。

果然帕拉塞尔斯说得对，只要剂量足，就有毒性，就能杀人。纯度高，功效等同于剂量足。喝水都能引起水中毒。

秦武阳本来就豢养着它，也看过相关的资料，应当是很清楚 S 市是没有抗蜥毒血清的，而且他将蜥毒提了纯，而且到死不肯说出真相，那真的如秦妻所说的是一心求死。可是这只是简单自杀的话，为什么他要大费周章，到了曙光公园，然后报警说自己被毒蛇所伤呢？柯曦有一个想法再次浮现出来，其实隐隐约约在她心里生成已经很久了……

她把所有的东西物归原位——除了那枚小戒指。她锁上门，把钥匙也放回门楣处。没有遇见任何人，她走到僻静处将口罩，剩下的一层手套，鞋套都装进了预先准备好的塑料袋，在不远处的曙光公园门口的垃圾桶扔了进去。

十三

回到了家中。柯曦戴上了一副新手套，跑到了阳台的洗手盆，掀起了水漏，开始用刷子和洗衣液刷那枚还沾着毒蜥腐尸的小戒指。

她开着长流水，一直洗到那枚小戒指闪闪发光、干干净净，她才把刷子手套都扔进了垃圾桶。她裸手捏着那枚戒指，感受到金属上传来岁月清淡的凉意,她转过身子,把刺目的太阳收进了戒指之中,凝视了几秒。她看向指环的内侧,里面有一个小小的蜥字。那是父亲为她所刻,父亲曾说蜥蜴就像个美人儿——恐怕哥哥也是遗传了父亲这一审美观点。她记得这枚小戒指当时是戴在右手中指的,但是很明显,一看便知道,是戴不进去了。明知不可为而为就像是一个仪式。她象征性地把小戒指往右手中指上套了一下,果然,第一个指节都通不过。她就顺次往右边的环指——很多人把这个指头称作无名指,但刑侦技术人员肯定不这叫,它在手印学里就叫环指——套过去,通过了第一个指节,但通不过第二个指甲。她把小戒指套进了小指,很顺利地通过了第一个指节,第二个指节,一直稳稳当当地落在她的小指根部。

她又把戴着小戒指的手放在洗手盆上冲洗了一阵子,把水漏放了回去。她又走到书房的角落里,坐了下去。

秦武阳曾和哥哥就读过同一所大学的心理学系。绝对不是巧合。

他还养了哥哥的宠物——那条希拉毒蜥。

秦武阳的死跟哥哥有某种联系……

但再过几天就是哥哥的忌日了。一周年了。

陈红雨发来了信息。

陈红雨:火锅。

柯曦:不吃。

陈红雨:为啥?

柯曦:除了火锅。

陈红雨:六点半。樱花料理。

离六点半还有一个小时。柯曦的目光在书房里游走,最终落在一个箱子上,那个箱子还正经地包着礼物纸,仿若是一个礼物。

2017 年元旦。柯曦收到了一份元旦礼物。不过这份礼物的送达手段有些特别,是美团小哥送来的。一份柯曦平常最喜欢点的甜辣口味炸鸡,还有一个沉甸甸的箱子,箱子用礼物纸包装好,每一处可以拆开的地方都煞有介事地封上了火漆,上面印了一个花体的"KE"。柯曦一看就知道是谁送的。她没有打开那箱东西，但又不愿意暴殄天物，所以买了瓶啤酒回家吃掉了那份炸鸡。

她跟她哥哥关系向来不好。那种"不好"在于三观不同，明面上还是维持着正常联系。她隐约知道她哥哥跟一些不三不四的人有来往，但又没有确凿的证据。

她终于忍不住问："你会给坏人治疗心理问题吗？"

老柯："既然孔子主张'有教无类'，医者自然也应该一样。"

她气结："强词夺理。"

老柯："一个人是好是坏，我没资格评判，只有法律或者上帝能宣判他。"

谈话不欢而散。平时那些不欢而散的谈话之后，若干天，十天之内，哥哥会故意找些话题，再跟她说话的，可是这一次再也没有。她想，也许我不重要吧，也许我们不是那种可以交心的两兄妹，我应该把自己的位置放回合适的地方。

可是那一次，时间超过了三个月。老柯没有找过她。没有打过电话给她。没有微信。没有短信。直到元旦，她收到了炸鸡和那个箱子，但也没有片言只语。她想，再等等，他会主动跟她说些什么的。

结果她等来了一个噩耗。

她怎么能想象自己心中一向睿智的哥哥，能替很多人清扫负能量的哥哥，竟然成了杀人凶手？他甚至没有给她一个交代就离开了她。也许他不跟她说话，是早有预谋，是不想拖累她吧？可是，全局上下，谁不知道她是杀人凶手的妹妹呢？而且他还用了如此耸人听闻的手段……

柯曦再也无法抬起头做人。倒是有一天，张局把她叫去了办公室，对她说："小柯，你要相信组织，我们知道你早就跟你哥划清了界线。我不希望你被他的事情影响。你还年轻，安心做好工作，政治前途还是一片光明，领导和同志们的眼睛都是雪亮的。"

柯曦从来没有担心过——或者说在乎过自己的政治前途。她是法医，但她不是读法医学的，是读临床医学，做了两年医生。她害怕，地震、洪水、瘟疫、细菌、病毒、车祸、火灾，各种各样的天灾人祸，无日无夜的工作，无处不在的危险,与手持镰刀的死神生死角逐。但患者依然是走了,除了体力消耗殆尽,心灵也疲惫不堪,她每天都在思考生死,觉得不能适应。

如果无法把患者都救活,不如帮死者昭雪吧?于是她通过公务员考试,成了 S 市公安局的一名法医。如果当时老柯就出了事,她自然是不能通过政审的。她开始怀疑自己,做医生不能适应,做法医又能适应了吗?帮死者昭雪就简单了吗?

她看着微信小号里,他们最后的一次谈话,时间静止在那里:"一个人是好是坏,我没资格评判,只有法律或者上帝能宣判他。"

柯曦,走近了那个箱子,她跪了下来,开始撕礼物纸,那几个印着"K. E."的火漆开始断裂。

箱子里是一堆资料本和书。上面有一张短笺:

Dearestmonster...

只看了个抬头,柯曦就冲口而出:"神经病! 你全家 monster! 不对,你全家也只有我和你了。"眼泪也随之夺眶而出。

Dearestmonster.

根据我多年来对你的了解,当你愿意打开这箱子东西的时候,我应该已经作古了。而我也很抱歉,我做了一些事情很可能牵连到你,带给你伤害。这些咨询记录本算是一份礼物。当你无路可走的时候,你细致读它们,你会发现黎明前的微光。

像你的名字一样。

一直是爱你的 K.E.

2017.12.31

十四

六点半的樱花料理里。柯曦和红雨吃饭的时候一直心不在焉,仿佛心事重重。

红雨:"你还有多久可以回去上班。"

柯曦:"还有十来天吧。"

两人再次陷入了沉默。红雨没有挑剔她，因为她知道这种情况下，柯曦还愿意出来陪她吃饭，就是给了她莫大的面子。

柯曦向来不吃刺身，但喜欢一些火焰寿司。不过她也没兴趣看餐单了，直接跟服务员点了一个"韩式切溏心蛋微辣浓汤浇面"。

服务员说："没有。"

柯曦又说了一遍："韩式切溏心蛋微辣浓汤浇面。有。我确定你们有。每家日本餐厅都有。"

服务员说："哦，那叫'地狱拉面'。"

柯曦本来想说"随便你叫什么，反正我不这样叫"，但她微微一笑，说："是的，谢谢。"

上一次吃"地狱拉面"的时候，还是 2016 年，也就是前年老柯生日，柯曦想去 G 市跟老柯庆祝生日的，他说他在出差，于是柯曦就自己点了一个面，拍了个图发给老柯："今天你生日，我替你吃了一碗面，祝你健康长寿。"

然后，柯曦又说了一句："这种面叫作'地狱拉面'。""地狱拉面"确实是日本餐厅里很常见的一种拉面。

他说："我生日，你吃地狱拉面，你就不能离地狱远一点吗？天堂也不行。本来你帮我吃个拉面我是很感动的，还要渲染是地狱的，这情商也没谁了！"

"行了行了，你自己吃吧，我不会说话。"

"你让我自己吃地狱拉面？"

"不是，你自己找别的吃，爱吃什么吃什么。"

"把名字改了。"

"微辣泡菜拉面。"

"韩式切溏心蛋微辣浓汤浇面。"老柯余怒未消，"把点餐单发过来。"

柯曦问服务员要了一支铅笔把自己那份点餐单上面的名字改了，拍照给老柯发了过去。她想着已经死去的老柯，她的泪水滴在自己的手背上。是自己不好，吃什么"地狱拉面"。

红雨拍了拍她："你怎么了？"

"是面太辣了。辣到我了。"

"面还没上呢。"

餐上了以后，两人都不多话。一吃饱，红雨很知趣地尽早结束了饭局。柯曦打包了两瓶波子汽水带走。

她走着回家的时候，一直想着那几句话。

这些咨询记录本算是一份礼物。当你无路可走的时候，你细致读它们，你会发现黎明前的微光。

老柯是一个非常有才华的男人，他写的每一句话自有他的用意。就连这些咨询记录本，都是活页的。而且同一页里都用不同颜色的笔记录过。柯曦都相信这里不是全部，而只是老柯精挑细选出来想要她阅读的一部分，老柯在不同时期里也反复补充了一些细节。这些记录表与其说是正规的记录，还不如说是老柯的工作日志，很多时候还夹杂了一些他个人的想法。

一共有厚厚的四本。但在最上面的一本里，就有一个人的资料吸引了她的注意力。

那个人的名字叫作：左天伦。

"个案记录：左天伦，22岁，妄想型精神分裂症。第四次咨询时间：2017年1月3日……"又换了一种颜色的笔接着写。显然是老柯不同时间里写下的。

"他来见我的时候居然还带了一把羊角锤。他的病情一定是加重了，我一直没有找到他认为自己缺血的根源是什么。我尝试更换诊室的光源（将灯泡瓦数增大），他并没有光敏反应，不是卟啉症，他可能有其他与血液相关的疾病……monster，如果有一天，你碰上了一些案子，受害人身上有钝器伤，有大量失血（很可能把受害人的血液注射到自己身上），而且最重要的一点是，没有'过度'杀害——就是说对受害人没有折磨，那你就要锁定这个人。绝大多数连环杀手都是精神病态者，会有折磨受害人的需求，我相信你能把他识别出来的。不过，我可以肯定，左天伦不是他的真名。"

柯曦又往后面翻去，都是诸如此类的个案记录。柯曦又随意翻到最后一本，最后一页上面写着：monster，所有我给你的线索，你都绝不可跟人提起源自哪里。最后祝你，拥有高情商。

有一些人蛰伏在黑暗之中，就像这座城市的脑动脉瘤，一旦破裂，就会在城市里弥漫性出血，让整座城市动荡不安！倘若是真的脑动脉瘤还可以照个 CT，但是对于一座城市来说，要窥探人性的黑暗，只能以人性了。这就是代价。

老柯以前很喜欢引用尼采在《善与恶的彼岸》中的一句话："与恶龙缠斗过久，自身亦成为恶龙；凝视深渊过久，深渊必将回以凝视。"老柯用这些工作日志，记录了一些城市的动脉瘤的位置。如果发现城市里有弥漫性出血，千万不要惊慌，老柯在冥冥中也引导着柯曦如何去找到这些脑动脉瘤。

他曾是个凶手，但从某种意义上来说，他也是个无名英雄。

柯曦突然想到：

为什么有五辆油罐车在哪？

为什么油罐车的排油管会流血？

为什么会有匿名恐吓信提及爆炸案？

为什么爆炸案不选择人群更密集的跨年夜？

为什么选择区区一段臭气熏天的河涌？

为什么偏偏就在要撤离的时候，有人扔烟头，还有人撒钱？

这真的只是一场安全事故吗？

这难道不是城市的弥漫性出血吗？

为什么秦武阳费尽心思不惜以性命来栽赃给她？这抑或只是一种保护？一定是的，既然他还养着老柯的爱宠，他应该是老柯的"朋友"。但他要保护什么？最近还有什么案子？她的思路越发清晰。让她从这个油罐车爆炸案中置身事外？确保她性命无虞？

如果当时不是苏瑾瑜及时说服了张局要撤，又以兄弟们的人肉之躯拦着要捡"天降横财"的群众——果然是横财总伴随着横祸——死伤的人数一定更多。

十五

柯曦打电话给苏瑾瑜:"苏队,我知道我还在停职。但是,我想看看秦武阳的医疗记录。你能陪我一起去医院调查吗?"

"理由呢?"苏瑾瑜压低声音说,"那件事已经定性是安全事故,不查了。"

"我怀疑他与油罐车爆炸案有关。"

"凭什么怀疑?"

柯曦沉吟半晌,最终说了:"苏队,你那天看到我查了资料,资料显示他是我哥大学同系的同学。那所大学离这里上千公里,纯属巧合的概率高吗?你知道,我哥,他是个凶手。"柯曦没有提吉拉毒蜥,也没有提小戒指,虽然她此刻正把小戒指轻轻地贴在脸侧感受着那一抹清凉。

柯曦又继续说:"他的死让我脱不了干系,于是我被停职了。他策划了油罐车爆炸案。这里可以作为突破口。"

苏瑾瑜沉默了。

柯曦以为他没在听。

"苏队?"

"行。"他答应了。

S市的中心医院。通过院领导的帮助,肿瘤科的徐主任接待了苏瑾瑜和柯曦。秦武阳没有化疗记录,但徐主任对他很有印象。徐主任说:"那位秦先生更在乎生命质量。他本人的意愿是不必化疗了。但是他最近一个月像医药代表一样,经常到这里来找病人聊天。"

苏瑾瑜:"经常在这里找病人聊天?"

徐主任:"对,我十分好奇,我有一次走近,听到他问人家,想不想赚钱。"

"怎样个赚法?"

"我倒是没有听清。"

苏瑾瑜想了想："能不能把最近一个月到你们科室看病的患者名单给我？"

"可以。"

很快徐主任打印了一份长长的名单给苏瑾瑜。

苏瑾瑜道了谢，一边看一边对柯曦说："走吧。"

柯曦侧着脑袋一看："哇，这么多。"

苏瑾瑜说："不多。"

"这里起码好几百号人，哪里查得过来。"

"我们可以从结果倒推。秦武阳在这里找癌症病人聊天，问人家想不想赚钱，那肯定是要付出代价的。哪种人最可能愿意付出代价？"

"当然是最需要钱的人了。"

"什么人最需要钱？没有保险，没有社保，上有老下有小的人。是家中的重要经济支柱。知道自己是治不好了，想留一笔钱给家里的人。"

"这只是我们一厢情愿的想法。"

"不，这是秦武阳的想法。他不会浪费太多时间逐个人去问。我们只需要在这个表单上找没有社保的已婚的中年人。男人。并不多。"

"如何界定中年人？难道30岁到60岁都算是中年人？"

"当时痕迹技术员在油罐车上采集了一些指纹，录入指纹库之后没有比对到任何人。这个人没有前科。而且是前期——在2013年采集指纹之前，已经办理了二代身份证，而现在他的二代身份证还没有到期。"

"苏队，到底是什么意思？我没有听明白。"

"他要么在2012年的时候已经满46岁，要么，至今还不到46岁。还没到需要换长期身份证的时候。查30—50年龄段。"

根据苏瑾瑜的想法，柯曦很快在表单上圈出二十来个人。柯曦首先电话联系了其中的一位杨先生。

杨先生对有人问他想不想赚钱有印象，杨先生说："我倒是想要赚钱，但是他还要求要有A2驾照。"

"他有没有提到赚钱项目是什么呢？"

"我说没有驾照,他就去找别人问去了。"

"原来是这样,谢谢啊!祝你早日康复!"柯曦说。

"神经病!"对方生气地挂了电话。

苏瑾瑜看着柯曦闷闷不乐的样子,说:"你应该对他说,愿你战胜病魔。"

柯曦问:"这又有什么不同?"

苏瑾瑜:"区别在于,人家不会骂你'神经病'。"

柯曦:"这都不重要了,我们都没搞清楚秦武阳说的赚钱项目是什么呢。"

苏瑾瑜:"已经搞清楚了!"

柯曦:"这……"

苏瑾瑜干脆给她背了一段:"A2驾照的准驾车型为牵引车,持有我国公安交警车管机关核发的有效A2驾照能驾驶重型、中型全挂、半挂汽车列车……"

柯曦:"啊,他找人去开油罐车!"

苏瑾瑜:"查下剩下的人里边到底谁有A2驾照。50周岁以下。"

在剩下的人里面只有3个人有A2驾照。

苏瑾瑜看着那3个人的名字,出了神,半晌他说:"我知道是谁了。那个人,早几天已经死了。"

柯曦不解地看着苏瑾瑜:"这到底怎么回事?"

苏瑾瑜指着名单上的一个人说:"这就是陈兴救的那个人,叫戚明,39岁。他当时进去警察拦着的警戒圈里面捡钱。陈兴虽然在油罐车爆炸的一瞬牢牢地把他挡在身下,但他还是受了重伤,他本身就有重病,最终没有抢救过来。"

苏瑾瑜去查了戚明家属的账户,在爆炸案之后,收到了一笔来自海外的大额款项,但家属矢口否认与戚明的死有关。苏瑾瑜从戚家的门锁上偷偷用粉末扫了一些指纹回来比对,与油罐车驾驶室上提取的指纹比中了。

但戚明已经去世,此条线索也就中断了。

十六

2018年1月18日晚上9时。

有人报案称:一年轻女子死于S市西北部郊区某偏僻路段。

由于局里的两名法医在油罐车爆炸案里都受了伤,还在康复中,所以苏瑾瑜打电话请示张局:"能否让柯曦提前复职?"

张局:"为什么呢?"

"因为局里没有能上班的法医了。交警那边的法医有几宗交通事故要处理,也抽身不得。"

"那就把她叫回来。"

"是可以复职了吗?"

张局没有明确答复,只说:"你看着她点儿。"

苏瑾瑜带了几个警员去到现场。现场已经被辖区派出所的警员围上了警戒带。

柯曦从家里直接过来,十分钟内就赶到了。苏瑾瑜把法医现场勘查箱给了她。她戴上手套就开始工作。

受害人仰面躺在地上,已经死亡。柯曦看到她的右手捂住腹部,仿佛生前腹部受了袭击。她挪开受害人的右手,掀起衣服检查,发现受害人的腹部有皮下出血。皮下出血能大致反映出凶器接触部位的轮廓形状。腹部是软组织比较丰富的部位,因此形成皮下出血的边界也比较清楚。柯曦发现受害人曾被一种 15mm×15mm 的有防滑齿的钝器猛烈击打过腹部一次,她尝试用手捂住疼痛的地方,但这不是她的致命伤,她的致命伤在颅骨。

她判断:"受害人颅骨线性骨折,因失血性休克而死。"

颅骨骨板的结构由外板、板障和内板三层所组成。当颅骨受到凶器大力打击时,多会发生骨折,但即使无骨质移位也很难根据创伤痕迹,找到跟凶器相对应的痕迹特征。就这一次受害人的颅骨线性骨折情况来看,就不能很好地反映出凶器的大小,也观察不到凶器的细节特征。

"但她腹部挨那一下,总算不是白挨的。"柯曦说,"凶器可能是一把方形击打面的锤子,击打面上有一种网状的防滑齿。"

"方形击打面? 要么是鸭嘴锤,要么是羊角锤。"

"羊角锤?"柯曦下意识地复述了这三个字。老柯的笔记。失血性休克。没有"过度"杀害。左天伦。

2017 年 1 月 23 日,一个男人,在离这里不远的一个废弃仓库,头部受钝器强力击打。死于外伤性休克。手臂有勒伤。

2017 年 7 月 11 日,一个少年,在西郊一条小巷,头部受钝器强力击打。外伤性休克。手臂有勒伤。

这两宗案子虽然因为相似的作案手段并案了,但至今未破。

柯曦指出,这一次也是同一个凶手作案,此人每隔半年作案一次。她向前两宗案件的受害人家属确认过,两个人正好都是 O 型血。

但 2018 年 1 月 18 日这一次,凶手没这么幸运了。他不仅在受害人的软组织上留下了凶器的细节特征,而且柯曦确认过这次的被害的年轻女子是 AB 型血。

十七

2010 年,时年 35 岁的"老大"觉得身体不适,头晕目眩。他的私人医生给他做了基因检测之后发现他竟是中度地中海贫血。据有关报道,S 市所在的省份,人们的地贫基因携带率为 16.8%,而且地中海贫血是无法根治的。医生建议,中度型的地中海贫血症状明显的话,要及时输血。

然而,"老大"的血型也是很特别的,是 Rh 阴性 O 型血。这又叫熊猫血,想要输血也是难啊。而且"老大",要是被人知道自己的贫血症,还是熊猫血,那不等于告诉兄弟们:我快死了?

"老大"想,既然是基因的事情还是让基因来解决吧。在中国人群中,苗族是 Rh-阴性血比例最多的民族,高达 13%,所以他去了一趟云贵高原。他跟兄弟们说他在那边有生意要打理,实际上他是去寻找合适的血源,能够随取随用,还要创造一个良好的储血条件。他决定为自己找一个私人血库,活体的。

　　他每天故意把半个钱包露在裤后袋里,到人流密集的地方去"引人犯罪"。每次有人偷他钱包的时候,他就顺势抓住别人,如果是看起来少不更事的年轻孩子,就让他们配合验一下血型,否则就要将他们送派出所去。左天伦是第三个他找到的 O 型血的孩子,他把左天伦带到医院去确认血型。他对左天伦说:"我想要一个血型跟我一样的孩子,当我的儿子。"

　　当他发现左天伦非但是 O 型血还 Rh 阴性的时候,他就觉得这是上天的恩赐。左天伦当时叫符左。"老大"一听这名字还跟"辅佐"谐音,就保留了他一个"左"字,对左天伦说:"有我在,你就有家了。天伦之乐,你就叫左天伦吧。"

　　"老大"当然在乎左天伦,从某种意义上来说,左天伦就是他的命根。而且左天伦已经陪伴了他多年,给他提供了源源不断的新鲜的 Rh 阴性 O 型血,是他的私人血库。左天伦失踪了,就坏事了。意味着"老大"又要去云贵高原,重新找一个"私人血库",又要重新"培养感情"。而且谁知道失踪的左天伦到底会给他捅出什么乱子来? 不行! 不惜一切代价要把他找回来。"老大"表现出"爱子心切",发动所有兄弟去找左天伦。其实左天伦不是第一次失踪,只是这次失踪的时间超过了半个月,"老大"需要输血的时候,发现他的"养子"不在了。秦武阳知道纸包不住火,便承认,左天伦确实是失踪了。

　　秦武阳向"老大"保证:"找不到左天伦,我会自行了断的!"

　　"老大"笑了笑:"你本来就快死了,自行了断?给点诚意出来。老婆、女儿,你挑一个吧。"

　　秦武阳无计可施:"老大,左天伦能不能找到,这个得看天意。但希望你看在我追随多年的分儿上。请你网开一面。但我愿意策划一宗爆炸案,让警力涣散,给兄弟们找到左天伦争取一点儿时间。"

　　"你能付出怎样的代价?"

　　"放过我的妻女,定当全力以赴!"

　　"再说吧。""老大"甚至没有答应他,因为若是答应了他,谁知道他会不会真的"全力以赴"? 不过秦武阳的"全力以赴",最终却也没有找回左天伦。但"老大"的确放过了他的妻女,这是出于本意,抑或是因为秦武阳可能被警方盯上了就不得而知了。

　　左天伦离开了秦武阳,也不需要每隔半个月被"爸爸"召见,为"爸爸"献血一次了。这是"爸爸"绝不准他跟人提起的秘密。他们是被"血缘"绑在一起的"父子"。这个秘密,他甚至就连他的倾诉对象——那个姓柯的作家都没有提起过。这也是一个让他不堪重负的秘密,成年后,他的心骚动着,可是他连一次都"不行",他不算是一个男人。是缺血造成了他的病。他尝试过给自己注射鸡血,不行,是因为鸡没有那种体外生殖器官?他又给自己注射兔血,这种传说中性能力很强的动物,依旧没让他的病好起来⋯⋯他产生了发热过敏症状,是"爸爸"的私人医生给他吃药,照料他好起来⋯⋯他想过,要不找个人下手吧?秦叔有个女儿,证明他的性能力是正常的。可是作家上次又说过,秦叔有恶疾,绝不会害他,但也根本帮不了他⋯⋯看起来也像,秦叔吃不下什么东西,有时候还会吐血⋯⋯

　　他开始物色一些在隐蔽的花街柳巷觅食之后的男人⋯⋯一个男人,甚至是一个少年。

　　左天伦是幸运的,他前两次杀的人,正好都是 O 型血,因此他注射到自己体内并没有发生溶血现象,所以他一直活着。但这一次他就没这么幸运了⋯⋯

　　柯曦跟苏瑾瑜分析:"如果没有交通工具,凶手很可能就在这附近。半径 10 公里的区域之内。因为这次的受害人是 AB 型血,假如他不是 AB 型血的话就会产生某种溶血现象,假如他是 O 型血的话,这种现象会更严重。AB 型表面凝集原跟 O 型血中的抗 AB 凝集素反应,红细胞受损害会产生溶血。"

　　"上次的爆炸案之后,我们损兵折将,没有多少人手可以调动了。半径 10 公里可不是一个小区域。"

　　"他可能已经倒在路上。一个身上携带着方形击打面的羊角锤的男人。锤子的击打面上有一种网状的防滑齿。他正在发热。"

444

经过 5 个小时的搜索，在一个自助加油站的桩子后面发现了一个半坐着的男人，他身上有血迹，口唇发绀，嘴边有粉红色的泡沫，已经陷入了休克状态。警方立即将其送 S 市中心医院抢救。经身份核实，他真名叫符左。柯曦检测了他的血型是罕见的 Rh 阴性 O 型血。

根据血库查询，这座 200 多万人口的 S 市里，Rh 阴性的只有 2000 多人，而 Rh 阴性 O 型血只有 800 人左右。符左或者说左天伦需要换血治疗，但血库已经告急。

符左曾经醒过一次，虚弱地说了一句："爸爸和我一样的血型。"他说出了一个名字。这个名字正是在血库档案的 Rh 阴性 O 型血的 800 人之列。

苏瑾瑜和柯曦迅速找到了那个人。那个人神色平静地笑了："他最终还是把我给抖出来了。我中度地中海贫血，哪里有能耐给他输血？"

柯曦明白了，一个 Rh 阴性 O 型血的人，他一直把符左养在身边作为自己的"私人血库"。

苏瑾瑜说："有人指证，符左经常跟秦武阳在一起。秦武阳跟油罐车爆炸案脱不了干系。而你，长期为秦武阳提供经济来源。"

"我遇人不淑，结交了错误的人不行吗？我豪爽，喜欢给别人埋单，不行吗？现在秦武阳已经死了。死无对证。"那个人无动于衷，"两位警官，门口就在那儿。"

直到符左离开这个世界，那个人也没有去看过他一次。

系列杀人案告破。凶手也不在了。

柯曦问苏瑾瑜："'那个人'就这样清白吗？"

苏瑾瑜："至少我们盯上他了。"

十八

2018 年 1 月 19 日，柯曦和麻薯复职。

又是星期五，下班之后，柯曦自己去兆记火锅店。

还是当门的那张桌子。中辣的鸳鸯锅。除了没有陈红雨，一切都跟最后一次遇见生前的陈兴一模一样。

柯曦在陈兴坐过的空位上倒了一杯酒。

"虽然这案子破得不那么完美。"柯曦把自己的酒杯往那个酒杯上轻轻碰了一下,"至少知道,你救的那个人,才是收了钱财,实施爆炸案的人。没有那些声音了。"

"像马洛跟莱诺克斯告别一样,我终于也可以跟你正式告别了。"柯曦把一杯白酒一饮而尽。她没吃得下什么,自己灌了自己小半瓶白酒,醉醺醺地回到了家,一关上门,就一头栽倒在地上。所幸她是侧着脸,脸向下,所以她第二天醒来的时候,发现呕吐物没有堵塞了她的气道导致她窒息,捏了一把冷汗。她清理了秽物,洗了个热水澡。她擦干湿漉漉的头发,裹了浴袍。心里还装着事。

她坐在书房角落里,翻起那个箱子里的一本书。书名叫:《精神病态者的科学》,在这本书中,世界顶级心理学家和脑神经科学家肯特.基尔指出,精神病态者大脑中负责情感联系和反应的重要脑组织萎缩了。柯曦想,这是"基因的原罪",怪不得封面上有那么骇人的字:不是我杀的人,是我的大脑和基因!

地中海贫血。Rh 阴性。又何尝不是基因的原罪呢?

门铃突然响了。柯曦慢慢地走过去打开门,首先映入她眼帘的是一只伏在来人肩膀上的网纹希拉毒蜥,那毒蜥伸出分叉的扁平舌头仿佛在探寻着什么,它动了动,来人顺势把它抱进了怀里。

"柯曦,你好。好久不见。"

虫灾

文/七奉一

一

2412年6月13日。

今天穆银又在晨读时呼呼大睡，林书柳转头一看，就知道他通宵打游戏了。

班主任觉得年级第二十名可以帮助年级第两千名进步，然后就把他们调成同桌。结果，林书柳没把穆银带得好好学习天天向上，反而被他美其名曰"放松放松"拉进网游坑里，后来又以"做情侣任务"的理由在游戏里结了婚。到现在，她已经习惯连上麦，听穆银号着："夫人，我们上！"大杀四方了。

下课铃响，林书柳连忙推推他。昨晚她提前下线的时候，明明耳提面命，今天考试，不能睡过去。

"嗯？"穆银发出一声含糊的鼻音，懒洋洋地睁开眼。清晨阳光正好，把发丝晕成金线又点染眉目，林书柳瞧着他半梦半醒的表情，愣是觉得少年郎几多俊俏。

不料，穆银盯着她眨眨眼，回过神来似的，说："夫人啊。"

"啊……"林书柳下意识地回答,猛地反应过来,扭过头去。可这一喊已经被同学听见了,班上忽然爆发出一阵热烈的掌声,夹杂着起哄嘲笑,好不热闹。

林书柳回头就是一书本砸过去,穆银抱着头求饶,笑个不停。

二

啊!太羞耻了!

X小姐捂住脸,恨不得以头抢地。

25世纪初期,人们已经能够在网络上建设逼真的虚拟时空。搭建场景、捏造人物、编写台词、策划剧情、走一遍生成程序,就可以创造一个自己的虚拟世界。人物如同真实存在般,在其中上演悲欢离合,观众可以进入旁观乃至与人物互动。这是非常受欢迎的一种创作方式。

女孩作为这个时代的典型青少年,习惯了顶着"X小姐"的昵称,穿着数字编织的白裙子,在庞大的网络空间里飞来飞去,逛遍各个平台的高楼大厦,也自己做了一些创作。

今天她心血来潮,从存放故事的水晶球库里,找出自己的21世纪校园恋爱故事《如鱼饮水》。水晶球被她忽略太久,都快落灰了,她一头扎进水晶球里,钻进故事世界,回顾自己两年前的创作。

没撑到五分钟,就羞耻地逃出来了。

黑历史啊,妥妥的黑历史!X小姐抱着这颗水晶球,无声哀号,只想摔了它,毁尸灭迹。

忽然,水晶球里飞出一颗桃心,撞到她怀里。桃心是鲜艳的红色,软乎乎、暖烘烘的。如果观众表示喜爱,就可以给作者这样一颗小心心——它可以兑换金钱,也是无价的宝贝。X小姐没想到,自己觉得丢人现眼的故事,还会有一个人真心实意地喜欢。

不……不对……

这颗桃心只是一个跑得快的,几十颗桃心紧随其后飞出来,X小姐接了一大捧,一个怀抱都揣不住了。水晶球滚落在地,源源不断地涌出桃心,很快，X小姐就被小心心淹没了。两年份的喜爱，沉甸甸地压在身上。

她好不容易才爬出来，难以置信地调出留言频道。自己一个人的休息大厅里，顿时出现许多人的影像，围着自己，你一言我一语。

"好看！"

"做了不少考据吧，蛮真实的。"

"时隔两年回来看看，当时穆银也是我男神啊。"

"打滚求作者理我一下……"

…………

X小姐在桃心堆里坐了一会儿，把水晶球捡回来，抱进怀里。

时隔两年回来看看，她也能想起当初为它哭为它笑的记忆，发现自己的心脏还会为一个场景而加速跳动。这是她捧在手心里细细琢磨的故事，林书柳和穆银是她一点点捏出来的孩子，无论好坏，都被自己爱着。

三

"这里有虫子？"

"我也看到了！有虫子在吃它！"

"已经全吃毁了，作者快回来看看吧！"

几个观众忽然喊出奇怪的留言，X小姐一愣，以为出现什么情节BUG。她无法和这种虚拟影像交流，只能回到故事世界，循着留言的时空定位飞过去，快速掠过大段剧情。飞了1/5不到，她怔怔地停下来，悬浮在空中。

名叫"虫子"的东西，身长7米，高达5米，8足节肢，背生4翼，披覆钢铁外壳，布满五彩斑斓的花纹，没有类似眼睛的部位，嘴却占了大半张脸。

它们密密麻麻地占满前方空间，吞食世界里的一切事物，学生、树木、教学楼、道路……都被一口口咬得支离破碎，进了它们的肚子。所过之处，不剩分毫。铺天盖地的虫子后面，是黑洞洞的虚无，莫说人物的生息，那一块世界整个消失了。

这不是可以交流的东西，它们一刻不停地疯狂呐喊，却令人无法理解，发出的声音像尖叫、像狂笑、像嘶吼，又像悲泣。

X 小姐调头换了一个方向，又换了一个方向，都在半途被虫子的入侵挡住去路。

这个世界已经千疮百孔，被"吃毁了"。四面八方，无处幸免。

X 小姐僵在半空，手脚冰凉。虫子咬开教学楼的一角，暴露出在教室内部。同学们起哄笑闹，林书柳红着脸扔书本，穆银抱着头一边求饶一边笑，谁也不知道周围的墙壁断裂，一张血盆大口在自己头顶张开。

X 小姐看到这一幕，只觉得一股热血直冲脑门，然后不管不顾地扑过去，把两人推开。虫子的利齿擦过她的身体，她的腰部顷刻出现一块大缺口，衣服也随之消失，伤口散落发出蓝色荧光的数字，像流血似的。带着两排尖刺的巨腿踩下来，X 小姐连忙滚到一旁。

不料旁边已经被吞噬殆尽，教室的地板消失了大半。X 小姐惊声尖叫，跌进无尽的黑暗里。

四

她接入网络的程序仿佛出现故障，一时间眼前闪过无数电流，调不出个人操作面板，飞不起来，只能在虚空中坠落。

虽然视野里一片黑暗，X 小姐却渐渐听到虫子的叫声。前面，右面，下面，后面……哪里都有。其中一个声源，竟然离她越来越近。恐惧攫住她的心脏，明知身处无人的世界，她仍情不自禁地呼救。

一道红色的光芒闪过，这黑暗忽然消退。X 小姐赫然看到一只虫子在自己面前，被劈成两半，流出有腐臭气的黑血。

虫尸坠落下去，她却被一双手接住。

"没事吧。"一个低沉的女声说，"你怎么掉进网络夹缝了？"

X 小姐久久没有回过神来。接住她的是一个外表二十多岁的女子，短发齐耳，穿着银色的盔甲，腰悬一把红柄宝剑，令人想到遥远时代的战士。

"你是谁？你怎么也在这里？"她问。

"我……叫山茶。"

五

"没人知道这些虫子是什么时候出现的。它们虽然没有脑子，却战斗力恐怖，喜欢以数量取胜，平时在网络夹缝里休息、赶路、找到你们创造的世界就去吞食。有些人知道虫灾的存在，却没有效对策。"山茶说着，手起剑落，劈开一只靠近的虫子，"我也是无意间掉进网络夹缝的，留在这里，是为了与它们战斗。"

她有一架飞碟状的飞行器，上面点亮一盏长年不灭的灯，暖黄色的光温温柔柔地笼罩两人。X小姐坐在飞行器的外壳上，两眼眨也不眨地盯着她。

细看过去，她的盔甲沾了不少污血，有些已经变成抹不掉的痕迹。她的半边身体，包括右腿和右臂都是金属义肢，甚至心脏部位也有金属物填充，恐怕都被虫子吞食了，看着令人触目惊心。

"它们到底是什么？"X小姐问。

"这个我很难说明。"

X小姐想了想，站起来向她深深地鞠躬，说："我得快点回去，告诉网络管理员这事……不对，得让网络安全局管管，它们咬了我，还在吃我的世界。"

山茶转过身来，用怜悯的目光看着她，说："你在这里调不出操作面板，回去也调不出。被虫子咬了，你的网络身份就缺失了，在其他人眼里，你是个死人。"

"那我只能看着它们吃吗?!"

"当然不。"山茶收剑入鞘，向她伸出手，露出一丝笑容，"战斗吧，X小姐。"

六

山茶操纵飞行器，带X小姐向上升。《如鱼饮水》残破的世界在视野里慢慢放大,从下方看,它就像一具被蚂蚁啃噬的鱼骨架。有一些虫子撑满胃袋了似的,调头飞走,但更多的虫子不断汇聚过去。

"我们能杀掉所有虫子吗?"X 小姐底气不足,把声音放得很低。

"显然不能,我们得擒王。"

山茶取出一柄枪,瞄准一只离开的虫子,扣动扳机。特制的发光子弹在空中划过一道轨迹,精准地击中虫子,没有造成伤害,而是黏附在它身上,让它变成一个发光的移动标志。她驱动飞行器,紧跟在它后面,穿行虚空。

虫子带它们来到另一个虚拟世界,那个世界看起来只缺失了一点儿,却已经被大批虫群包围。X 小姐看在眼里,感同身受,无意识地握紧拳头,幸好有山茶把她按在座位上。

"接下来,冷静点。"

山茶低声嘱咐,开启飞行器的隐身模式,把长明灯收进舱内,融入浩浩荡荡的虫群。它们没有从各处入侵,而是堵在世界残缺的入口处,似乎飞向同一个中心。

随着飞行器逼近,X 小姐渐渐看清,虫子靠近中心之后,便吐出它们胃袋里的东西。沾满胃液的团状物滚进中心,依稀可以辨认出学生、花草与建筑等内容物,他们没有被消化,却被胡乱混合在一起,强行挤压成类圆形。接着,从中心抛出来一块腐肉,虫子欢天喜地地吞下,转头飞往来时的方向。

它们在给虫王上供?

"攻击你的世界的虫子,都是被他操控的。"山茶指着中心说,"给它们一点儿好吃的,它们就去冲锋陷阵了。"

虫子一只接一只离开,她们越来越接近中心,X 小姐屏住呼吸,做足看到骇人巨虫的心理准备。眼前最后一只虫子扇动翅膀,与她们擦肩而过,一个人影显出轮廓。

那人立在虫群中央,身边堆满虫子吐出的团状物。她用脚踢开其中一个,拨弄一番,双手提起一张沾满胃液与血的沥青路的皮,铺在脚下,世界的残缺顿时被补全了一段。

"咚"的一声，双目紧闭的穆银从团状物里栽出来，手脚扭曲，向反关节方向弯折，了无生息。

X小姐捂住嘴，把惊呼声压在喉咙里。

那人解开穆银所穿的校服，抽出一把薄细的解剖刀，从左胸口切入，一点点划开皮肤。不多时，她把穆银的整张皮取了下来，随手抛进一个虫子的口中，拖过来另一张人皮，套在血淋淋的骨肉上面，穿好西装。顶着陌生面皮的男子站起来，缓缓地露出笑容。

一颗接一颗桃心从空中飞出来，撞进那人怀里。

X小姐终于看明白了，这个世界从未有所缺失，只是还剩《如鱼饮水》的"鱼骨架"没有补全。

当初她捏出穆银花了三个月，从心血管设计到青春痘，吞食换皮则只需要三个小时，快捷得不可思议。如果她再晚一会儿回顾"黑历史"，连穆银生前的最后一面也见不到了。

山茶拍了拍她的肩膀，把她揽到自己的怀里。

她的眼泪一下子涌出来，嘴开开合合好几次，才发出声音："驱使虫子的，是人类？"

"赶虫人和虫子互相供养，为彼此保驾护航。"山茶叹了口气，说，"如果仅仅是天灾，以我们现在的科技，有什么可犯愁的呢？"

她顿了顿，说："但你的这一个赶虫人，我们可以解决。"

七

赶虫人的具体位置已经到手，她们飞离一段距离，山茶拿出另一种枪，瞄准一只赶来的虫子。它中弹之后，晃了晃，开始向下坠落。X小姐掐准时间，按动捕捉网的发射按钮，软质金属网从飞行器舱底弹出，把虫子兜在其中，拖到飞行器旁边。

山茶一脚踩到昏厥的虫子身上，拔出剑，摇了摇头，说："这是最恶心的活儿。"

开膛破肚，埋入炸弹，还要进行缝合。山茶做得面不改色，倒是坚持打下手的 X 小姐,没擦干净溅到脸上的胃液,就跑到角落吐得昏天黑地。

这只虫子醒来后,迷茫地四处转了两圈,仿佛听到什么呼唤,继续向赶虫人飞去。X 小姐和山茶紧盯飞行器屏幕上的定位,一起在心里默念距离,虫子一点点接近中心,X 小姐也越来越紧张。

"轰"的一声巨响,虫群中心爆开。

黑暗中绽开一朵绚丽的花,那个世界塌了半边。周围的虫子都被惊动,或四散逃命,或不着边际地乱飞。一堆散发蓝色荧光的数字飘过来,回到 X 小姐的腰部和衣服上,咬她的虫子把吞下的还回来了。

山茶操纵飞行器左躲右闪,避开混乱的虫群,动作忽然一顿。一颗子弹刺进她的右臂,爆发出一股强电流。她颤抖着倒在驾驶位上,半身义肢动弹不得。

"山茶!"

X 小姐扑到她身边,顺着子弹的来向抬头望去,一只虫子直冲她们飞来,坐在上面的是持枪的赶虫人。那人竟然逃离了爆炸。

X 小姐气得发抖,一时间把恐惧抛之脑后。眼看虫子迫近,她猛地抽出山茶的剑,踏上飞行器外壳。一道红色的光芒闪过,虫子裂成两半,赶虫人露出惊恐的表情,身体散成数字,在虚空中消散。

她喘着粗气,大汗淋漓,手一松,剑落下来。

八

"多亏对方也没什么经验。"半小时后,山茶开着飞行器,走在回程的路上。她用备用义肢修理好了身体,只剩半个心脏,不能现场动手术,只能暂时让左胸里空着一块,看得 X 小姐一阵内疚。

X 小姐坐在副驾驶座上,托着腮,明显没怎么听进去她的话,走神到走天边外:"山茶,你在这里待多久了,这么有经验?"

"记不清了。"山茶说。

"你是不是也被赶虫人和虫子伤害过?"

山茶斜睨她一眼,说:"小姑娘问题真多。"

就在 X 小姐以为她不会回答的时候,她沉默半晌,用平静的语气说:"我以前啊,年少气盛,又什么都不懂。这颗心被虫子咬了一口的时候,立下重誓,不把它们赶尽杀绝不罢休。现在倒看开了,能救一个小孩是一个。"

"说不定,虫灾没那么难解决?"X 小姐说,"赶虫人和虫子是互利共生的,把所有虫子都解决,赶虫人就没有虫子供他驱使了。"

山茶摇摇头,没有回话。X 小姐想起自己可以调出浮空的操作面板了,输入"虫灾"二字搜索,一条条浏览各种报道和解说。她以前没有留意过,现在才知道网络世界发生过无数起虫灾事件,不乏影响深远的圈内大新闻。

"到了,X 小姐。"

飞行器停在《如鱼饮水》的世界缺口,山茶把 X 小姐抱上地面。虫子已经四散而去,可惜被吞食的痕迹依然存在,一片狼藉。

"抱歉,我没法恢复它。"山茶轻轻地说。

"你已经帮我很多了。"X 小姐站在原地,迟迟没有挪动脚步,"你想不想……和我回到普通的网络世界看看?"

山茶笑了笑,说:"我要留在这里,继续战斗。"

九

X 小姐目送她远去,心里酸涩不已,低头再次调出搜索页面,拼命翻找各类资料。她总觉得虫灾可以根治,那样,或许山茶也可以卸下重负。

正想着,"山茶"二字忽地掠过眼前。X 小姐连忙翻回去,看到一篇惊人的报道。

五年前,昵称为"山茶"的网友所创作的虚拟世界遭遇虫灾,她以身抵挡,从此消失无踪。当时的影像被观众存了下来,那个穿着盔甲的女子驾驶飞行器,独自一人冲向虫群,顷刻被吞没。有虫子咬断她的右臂,有虫子咬断她的腿,还有一只虫子,咬下她半颗心脏……

X 小姐感到脑部一阵剧痛,抱着头痛苦地蹲下,再抬起头时,已经泪流满面。她想起了官方极力掩盖，山茶也向她隐瞒的事。

虫子是人类化成的。

她小时候游览过和山茶的世界八九分相似的另一个世界，捧出一堆桃心献给它。

她说："作者设计得多好啊。"

她说："我怎么看不出来主角是换了皮。"

她说："不要理那些人！"

…………

她身体胀大，神志模糊，嘴咧开成了血盆大口，不停地发出嘶吼。她化成虫子，面对冲过来的山茶，挥舞八支利爪。

X小姐跪倒在地，咳嗽不止，五脏六腑都搅在一起，痛苦磨人。接着，她猛地张开嘴，呕出那个在身体翻搅的东西。那是半颗心脏。

它滚落在地，化成散发蓝色荧光的数字，向远处的山茶飞去。

X小姐伸出手，却让它们尽数从指缝溜走，她徒劳地哭喊："等等……对不起！"

山茶的身影没入黑暗中，远远的，还可以看到长明灯的光。

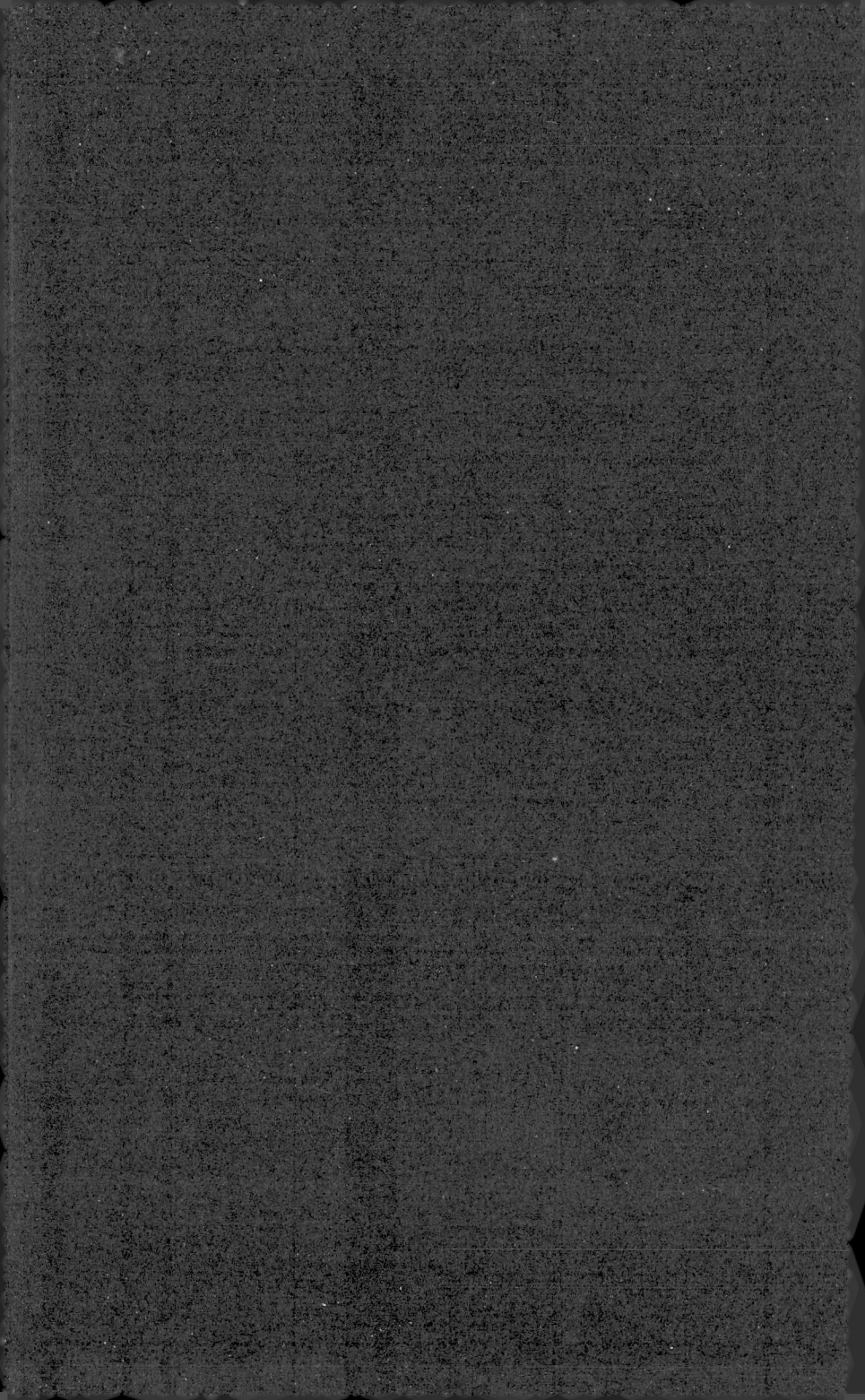